REGATTA IN DEN TOD

Bengt Thomas Jörnsson, geboren 1969 in Bremerhaven, ist Pädagoge, Germanist und promovierter Psychologe. Bevor er sich ganz dem Schreiben widmete, war er einige Jahre in der Wissenschaft tätig. Jörnsson ist verheiratet und lebt und arbeitet in Kiel.
www.joernsson.de

Dieses Buch ist ein Roman. Handlungen und Personen sind frei erfunden. Ähnlichkeiten mit lebenden oder toten Personen sind nicht gewollt und rein zufällig.

BENGT THOMAS JÖRNSSON

REGATTA IN DEN TOD

Förde Krimi

emons:

Bibliografische Information der Deutschen Nationalbibliothek
Die Deutsche Nationalbibliothek verzeichnet diese Publikation in der Deutschen Nationalbibliografie; detaillierte bibliografische Daten sind im Internet über http://dnb.d-nb.de abrufbar.

FSC
www.fsc.org
MIX
Papier aus verantwortungsvollen Quellen
FSC® C083411

Umschlagmotiv: mauritius images/imageBROKER/
Michael Dietrich
Umschlaggestaltung: Nina Schäfer, nach einem Konzept von Leonardo Magrelli und Nina Schäfer
Umsetzung: Tobias Doetsch
Gestaltung Innenteil: César Satz & Grafik GmbH, Köln
Lektorat: Carlos Westerkamp
Druck und Bindung: CPI – Clausen & Bosse, Leck
Printed in Germany 2018
ISBN 978-3-7408-0292-9
Förde Krimi
Originalausgabe

1

Watson würde sich totlachen, wenn er ihn so sah.

Paul Beck hockte auf allen vieren auf dem weißen Brett und fühlte sich, als würden ihn unzählige Hände umklammern. Dabei war es nur der Anzug, in den er sich gezwängt hatte. Schwarzes Neopren, das enger am Hals lag als jede Krawatte und einen unangenehmen Geruch nach Gummi absonderte. Das Material heizte sich in der Julisonne auf und grillte ihn wie ein Backofen.

Zum Glück war der Kater zu Hause geblieben. Das hätte ihm noch gefehlt, dass er hier saß, den Kopf schief legte und ihn aus seinen grünen Augen spöttisch anfunkelte.

»Na los. Stell dich hin«, verlangte Nick Harder. »Erst den einen Fuß aufsetzen, dann den anderen. Und langsam aufrichten.«

Beck blickte zu seinem Freund und Kollegen. Auch dieser trug einen schwarzen Neoprenanzug mit kurzen Ärmeln und Beinen. Im Gegensatz zu ihm selbst sah er darin allerdings ausgesprochen gut aus. Das eng anliegende Material betonte seinen durchtrainierten Körper, und mit dem Dreitagebart und den dunklen, modisch geschnittenen und gerade jetzt vom Wind zerzausten Haaren wirkte er selbstbewusst und verwegen zugleich. Was er ja auch war.

Beck versuchte, die Anweisungen zu befolgen, und kam wackelig auf die Beine.

»Prima«, kommentierte Nick und reichte ihm das Paddel.

Beck ruderte mit den Armen und klammerte seine Finger um das Aluminiumrohr. Da Nick es festhielt, fühlte er sich sicher, doch schon im nächsten Moment ließ dieser los, und Beck hatte das Gefühl, das Paddel zöge ihn nach vorn. Eilig riss er es näher zu sich heran und spürte, wie er seine Stabilität wiederfand. Soweit man so etwas auf einem wackeligen Paddle-Board überhaupt empfinden konnte.

»Wenn du fahren willst, solltest du das Paddel vielleicht auch benutzen«, schlug Nick vor. Beck meinte, eine Spur von Ungeduld in seiner Stimme wahrzunehmen.

Er ließ das Paddel vorsichtig sinken und tauchte das Ruderblatt ein. Irgendwo draußen rauschte ein Motorboot vorbei.

Ein paar flache, sanfte Wellen rollten vom Meer an den Strand von Holnis Drei. Das Brett unter Pauls Füßen bewegte sich leicht.

Er versuchte sich auszubalancieren, doch sein Körper gehorchte ihm nicht. Das Paddelbrett glitt unter seinen Füßen davon, und er stürzte ins flache Wasser. Wie schon bei den drei – oder waren es zehn? – Versuchen zuvor. Wenigstens war das Wasser weich und angenehm warm, fast zu warm für den Neoprenanzug, zu dem Nick ihn gedrängt hatte.

Nick Harder rettete das Paddel, das er verloren hatte, und schob ihm das Brett wieder hin.

»Los. Noch mal.«

Beck kletterte wieder auf den aufblasbaren Schwimmkörper, setzte die Füße auf und stellte sich vorsichtig hin.

»Steh nicht so steif«, befahl Nick. »Bleib locker in den Knien.«

Beck beugte die Knie und streckte den Arm aus, um das Paddel entgegenzunehmen. Sein Blick glitt über die blaue Ostsee, die im Sonnenlicht glitzerte.

Bei den anderen Stand-up-Paddlern sah es ganz leicht aus. Sie standen entspannt auf ihren Brettern, tauchten abwechselnd rechts und links das Paddel ein und glitten zügig über die Wasserfläche.

Beck umfasste mit beiden Händen das nasse Aluminiumrohr und stieß das Ruderblatt ins Wasser. Entschlossen drückte er es nach hinten, und das Brett setzte sich in Bewegung.

»Na also. Geht doch«, freute sich Nick, und Paul Beck verspürte plötzlich ein köstliches Triumphgefühl. Er tauchte das Blatt wieder ein und schob sich ein Stück weiter. Das Paddelbrett gewann an Fahrt. Zu viel, wie er fand. Das Brett zog seine Füße nach vorn, während sich sein restlicher Körper gefährlich weit nach hinten neigte. Im nächsten Moment verlor er das Gleichgewicht und knallte auf das Brett. Das Paddel entglitt ihm, das Board kippte zur Seite, und Beck rutschte ins Wasser.

Nick Harder verschränkte die Arme und stöhnte.

»Also, ganz ehrlich, Paul«, sagte er, nachdem Beck sich wieder aufgerappelt hatte. »Ich fürchte, damit wirst du Lotta nicht beeindrucken.«

2

Rechts und links von ihnen zogen baumbestandene Wiesen vorbei. Über ihnen erstreckte sich der weite azurblaue Himmel, unter ihnen plätscherte das tiefblaue Wasser. Graue Wolken trieben am Horizont, formierten sich zu seltsamen Gebilden und trennten sich wieder.

Am linken Ufer des Koldingfjords tauchte das Hotel mit seiner imposanten roten Backsteinfassade und den weißen Sprossenfenstern auf, doch die Frau am Paddel hatte keinen Blick für die Schönheiten der Landschaft. Sie hielt die Augen fest auf die Fahrrinne gerichtet und konzentrierte sich vollkommen auf das, was sie tat.

»Wie eine Kriegerin«, dachte Lotta Lundkvist. Sie saß mit dem Rücken zum Bug des Kanus und vervollständigte mit ein paar Bleistiftstrichen das Porträt ihrer Freundin.

Grit Larsen stand aufrecht vor der zweiten Sitzbank und stieß das lange Paddel abwechselnd rechts und links ins Wasser. Das Boot glitt zügig durch die Wellen. Grit hatte Schweiß auf der Stirn, doch ihr Atem ging ruhig und gleichmäßig, und sie ließ nicht nach.

Lotta arbeitete mit dem weichen Stift die weiblichen Linien von Grits Körper nach, die sich unter dem hautengen Neoprenanzug abzeichneten. Anschließend widmete sie sich dem Gesicht, skizzierte mit feinen Strichen die langen blonden Haare, die schmale Nase und den energischen Mund. Für die Augen hätte sie eigentlich ein schimmerndes Blau benötigt. Da sie aber ausschließlich Bleistifte benutzte, deutete sie das Leuchten stattdessen mit einem winzigen Strahlenkranz in den Augenwinkeln an.

Schließlich betrachtete sie ihr Werk und nickte zufrieden. Sie hatte nicht nur Grits außergewöhnliche Schönheit eingefangen, sondern auch etwas von der unbändigen Tatkraft, die sie ausstrahlte. Lotta hielt ihr die fertige Zeichnung hin, und

Grit nahm das Paddel aus dem Wasser und setzte sich Lotta gegenüber auf die Bank.

»Du hättest das wirklich studieren sollen«, erklärte sie ernst. »Anstatt dein Leben im Staatsdienst zu verschwenden.«

Es war einer der wenigen Punkte, über die sie sich nie einig wurden.

»Mir gefällt die Sicherheit«, erwiderte Lotta wie jedes Mal, wenn sie auf dieses Thema kamen. »Und das Gefühl, etwas Bedeutsames zu tun. Für ein bisschen mehr Gerechtigkeit in der Welt zu sorgen.«

»Ha.« Grit Larsen stand abrupt wieder auf und rammte ihr Paddel so heftig ins Wasser, dass es aufspritzte. »Gerechtigkeit! Ich bitte dich. Du dienst nur dem Gesetz. Und das ist etwas vollkommen anderes.«

Lotta hielt eilig ihre Zeichnung hoch. Beinahe wäre sie von dem Wasserschwall getroffen worden. Stattdessen waren jetzt ihre Jeans nass, doch die würden wieder trocknen. Sie steckte das Bild in eine Plastiktüte und verstaute es zusammen mit den Stiften in der wasserdichten Tonne, die hinter ihr im Boot stand.

»Tut mir leid«, sagte sie. Sie hatte sich geschworen, diese Diskussion zu vermeiden. Aber wenn Grit ihren Beruf in Frage stellte, konnte sie sich einfach nicht zurückhalten.

Grit paddelte verbissen weiter. Lotta begann zu frösteln. Sie zog ihre Windjacke enger um die Schultern.

»Grit. Ich verstehe deine Wut«, versuchte sie es erneut. »Mir ist klar, dass es nicht dasselbe ist, ob man recht bekommt oder ob einem Gerechtigkeit widerfährt. Trotzdem muss man es doch wenigstens versuchen. Auch wenn man scheitert.«

Ihre Freundin hörte auf zu paddeln.

»Du hast keine Ahnung, wie sich das anfühlt.«

»Nein. Aber ich habe gesehen, was es mit dir gemacht hat.«

Grit sank zurück auf die Bank.

»Du bist die Einzige, die mich nicht im Stich gelassen hat«, sagte sie, die Stimme weicher, aber auch brüchiger als zuvor. »Glaub mir: Ich weiß das zu schätzen.«

Lotta legte ihre Hand auf die der Freundin. Es war ihr in

den letzten beiden Jahren nicht immer leichtgefallen, ihr die Treue zu halten. Grit hatte sich verändert. Von ihrer alten Leichtigkeit und Fröhlichkeit war nicht viel geblieben. Stattdessen war sie immer vergrämter und verbissener geworden. Doch das war ja auch kein Wunder.

»Ich kann nachvollziehen, dass es nicht einfach für dich ist«, sagte Lotta. »Aber es hat keinen Sinn, mit dem zu hadern, was war. Du hast getan, was du konntest.«

»Ja. Und was hat es genützt? Dieser Verbrecher läuft weiterhin frei herum und genießt sein Leben«, erwiderte Grit bitter.

»Ich hätte mir auch gewünscht, dass sie ihn schuldig sprechen«, bestätigte Lotta, und die Bilder der Gerichtsverhandlung, der sie im Publikum beigewohnt hatte, zogen wie ein Film vor ihrem geistigen Auge vorbei. Sie hatte Grits Schmerz und ihre Verzweiflung gesehen, als das Urteil verkündet worden war. Sie selbst hatte sich in diesem Moment vollkommen taub gefühlt, obwohl sie den Ausgang des Verfahrens bereits vorhergesehen hatte. Spätestens nachdem das ärztliche Gutachten verlesen worden war. Sie war erst wütend gewesen und dann maßlos enttäuscht, und sie konnte erahnen, wie erschüttert Grit gewesen sein musste.

»Aber selbst wenn sie ihn verurteilt hätten …«, gab Lotta zu bedenken, »… hätte es Pia nicht wieder lebendig gemacht.«

Grit presste die Kiefer zusammen. Sie umklammerte ihren eigenen Oberkörper, als könne sie auf diese Weise Halt finden. Sie zitterte und krümmte sich, und ihre Augen begannen zu schwimmen.

»Sie war erst sechs, Lotta«, stieß sie hervor.

Lotta hockte sich vor sie. Sie schloss ihre Freundin in die Arme und strich ihr beruhigend über den Rücken. Lottas Kehle fühlte sich an, als sei sie geschwollen, und sie musste sich räuspern, um weitersprechen zu können.

»Und trotzdem hast du nicht aufgegeben. Du hast ein neues Lebensziel gefunden.«

Grit richtete sich auf und wischte sich energisch die Tränen aus dem Gesicht.

»Ja. Du hast recht.« Sie befreite sich aus Lottas Umarmung. »Ich lasse mich nicht unterkriegen.« Sie stand wieder auf und nahm das Paddel zur Hand. »Ich werde kämpfen und siegen. Und wehe den Deutschen, die mir im Weg stehen.«

Lotta rutschte zurück auf ihre Sitzbank und rang sich ein Lächeln ab. Sie wusste nicht, was ihr mehr Sorgen machte. Eine Grit Larsen, die unter der Last des Vergangenen zusammenzubrechen drohte? Oder eine, die wie ein Bulldozer in die Zukunft walzte?

3

Die Luft in der Schwimmhalle war warm und feucht, kein Wunder bei einer Wassertemperatur von sechsundzwanzig Grad. Julia Richter warf einen sehnsüchtigen Blick durch die hohen Fenster des Sportbads auf den Außenbereich der Glücksburger Fördelandtherme mit den Kinderbecken und der Leuchtturmrutsche. Sie hätte es vorgezogen, sich den sanften Wind um die Nase wehen zu lassen, der dort den Strandhafer streichelte. Seit man im vergangenen Jahr die Palmen und Papageien durch ostseetypische Symbole und Pflanzen ersetzt hatte, mochte sie das Bad noch lieber. Doch heute war sie nicht hier, um sich im Meerwasserbecken von den Massagedüsen die Muskeln durchkneten zu lassen.

Stattdessen stand sie mit verschränkten Armen am Beckenrand und sah zu, wie ihre Sportkameradinnen durch das Wasser pflügten. Alle vier trugen die dünnen und hautengen Schwimmanzüge des deutschen Teams und die schwarzen Kappen mit der aufgeprägten Deutschlandflagge. Sie zogen ihre Bahnen, getrennt durch die Schnüre mit den roten und weißen Schwimmkörpern, wendeten und kraulten in die entgegengesetzte Richtung, ein ums andere Mal.

Julias Ehemann Heiko, der neben ihr stand, hielt die Stoppuhr hoch.

»Letzte Bahn«, kündigte er an.

Julia nickte, schaute aber nicht zu ihm hinüber. Ihre Aufmerksamkeit galt ausschließlich dem Wettstreit im Becken. Sie fühlte sich angespannt. Und mit jeder Minute, die sie den Schwimmerinnen zusah, sank ihre Laune.

Die Frauen waren alle zeitgleich gestartet, doch das Feld hatte sich auseinandergezogen. Susanne Holst, die erst vor einigen Wochen zum Verein dazugestoßen war, lag deutlich vorn. Friederike Niehaus, eigentlich gesetzt als Schwimmerin in Team eins, fiel immer weiter zurück.

Julia presste ärgerlich die Lippen aufeinander. Friederike hatte in den letzten Monaten um einiges zugelegt, wie der Blick in das kristallklare Wasser über den blauen Bodenkacheln deutlich zeigte. Der dünne Neoprenanzug konnte kaum noch verhüllen, dass sie Speck angesetzt hatte. Und zugleich hatte sie offenbar ihr Training vernachlässigt. Als Julia sie darauf angesprochen hatte, hatte sie irgendetwas von Kinderkrankheiten gemurmelt, doch darauf konnte Julia keine Rücksicht nehmen. Auch wenn Friederike ihre Freundin war und in der schweren Zeit zu ihr gestanden hatte. Doch hier ging es nicht um Freundschaft. Hier ging es um den Sieg.

Susanne Holst schlug als Erste am Beckenrand an und reckte den Arm in die Luft. Ein paar Sekunden später folgten die beiden anderen Schwimmerinnen, die für die Teams zwei und drei vorgesehen waren. Erst als Letzte langte Friederike Niehaus am Ziel an.

Heiko Richter drückte den Knopf seiner Stoppuhr und verzog den Mund.

»Das war nichts, Friederike«, bekundete er. »Deine schlechteste Leistung seit Monaten.«

Friederike Niehaus stemmte sich aus dem Becken und nahm die schwarze Badekappe ab. Ein Schwall brauner Locken ergoss sich über ihre Schultern. Julia fühlte einen heißen Stich und fuhr sich unwillkürlich mit der Hand über ihre eigenen stoppelkurzen Haare.

»Ich bin nicht gut vom Block weggekommen«, rechtfertigte sich Friederike. »Und bei der zweiten Wende habe ich mir den Fuß gestoßen.«

Heiko Richter setzte eine bedenkliche Miene auf und sah zu seiner Frau. Auch die Schwimmerin wandte sich ihr zu.

»Morgen läuft das anders«, versicherte Friederike. »Im Meer kann ich mich nicht stoßen, und es gibt auch keinen Startblock. Und überhaupt: Du weißt doch, dass ich diese Chlorbrühe nicht leiden kann. Wenn ich im Salzwasser bin, schwimme ich wie ein Fisch.«

Heiko wechselte einen unsicheren Blick mit Julia. So bullig

er mit seinen breiten Schultern und den militärisch kurzen dunklen Haaren wirkte, so weich war sein Herz. Auch wenn man ihm das nur selten anmerkte.

»Na ja …«

»Nein.« Julia schüttelte den Kopf. In den letzten beiden Jahren hatte sie gelernt, hart zu sein. Gegen sich selbst, aber auch gegen andere.

Heiko hob die Arme, und seine kräftigen Muskeln wölbten sich. »Tut mir leid.«

Friederikes braune Augen begannen zu glänzen.

»Das kannst du nicht machen. Ich trainiere seit einem Jahr für diesen Wettbewerb. Und es war immer klar, dass ich in Team eins schwimme.«

»Sofern du deine Leistung bringst«, schränkte Heiko Richter ein, die Stimme jetzt eine Spur ungeduldig. Er war es gewohnt, dass man seinen Befehlen Folge leistete, und Widerspruch ertrug er nicht gut. »Aber das hast du nicht. Und wenn Julia Zweifel hat …«

Friederike ballte die Fäuste. »Ich denke, du bist hier der Trainer.«

Heiko Richter machte eine abweisende Geste, ein deutliches Signal, dass für ihn die Diskussion beendet war. Jede weitere Nachfrage würde unweigerlich einen Wutausbruch zur Folge haben.

»Ich kümmere mich bei diesem Wettbewerb um alle deutschen Sportlerinnen«, sagte er. »Aber über die Besetzung der einzelnen Mannschaften entscheiden die Teamleaderinnen.«

»So?« Friederike wandte sich von ihrem Trainer ab und funkelte Julia an. »Und was bedeutet das?«

Julia erwiderte ihren Blick leidenschaftslos. Es fiel ihr nicht leicht, doch sie hatte gar keine andere Wahl.

»Das heißt, du bist raus.«

4

Watson saß auf dem Schreibtisch und glotzte ihn an. Natürlich konnten Katzen weder grinsen noch jemanden auslachen. Dennoch war es genau das, was Watson tat. Der Kater hatte seinen rotbraunen, fast orangefarbenen Kopf mit dem ausgefransten linken Ohr zur Seite geneigt, und seine smaragdgrünen Augen blitzten.

»Ich kann nichts dafür«, verteidigte sich Paul Beck. »Die Sachen hat Lotta ausgesucht.«

Mit Unbehagen dachte er daran, wie sie ihn durch die Flensburger Einkaufsmeile geschleppt hatte. Damit er sich endlich einmal vernünftig anzog, wie sie gemeint hatte. Wahrscheinlich war es ihr peinlich, einen Mann an ihrer Seite zu haben, der sich kleidete wie sein eigener Großvater. Bei den ersten zwei, drei Geschäften hatte er sich noch drücken können. Doch vor dem Kaufhaus hatte es kein Entkommen mehr gegeben.

Also hatte er sich gehorsam auf die Suche nach ein paar Hosen und einer neuen Jacke gemacht. Lotta hatte ihm eine Weile zugesehen und dann eingegriffen. Ganz offensichtlich war sie mit seinen Bemühungen nicht zufrieden gewesen. Beharrlich hatte sie ihn von den Ständern weggezogen, die er angesteuert hatte, hier und da ein paar Stücke von den Stangen geangelt und ihn mit einem Armvoll Klamotten in eine der Kabinen gedrängt. Durch einen Spalt im Vorhang hatte sie die ganze Zeit zu ihm hereingesehen und nicht lockergelassen, bis er schließlich ein Outfit gewählt hatte, das ihr passend erschien.

»Sie sagt, ich blamiere mich, wenn ich in den alten Sachen mit Nick zum Glücksburg Trimarthon gehe.«

Der Kater fixierte ihn.

»Du willst wissen, was das ist?« Beck hob müde die Mundwinkel. »Ich hatte auch keine Ahnung. Eine Werbeagentur hat sich das Ganze ausgedacht. Die Stadt Glücksburg hat sie beauftragt. Sie wollten etwas, um den Tourismus weiter anzukurbeln. So wie die Kieler Woche, nur spektakulärer. Und innovativ.« Er schnitt eine Grimasse. »Also haben sie den Trimarthon erfunden. Einen Wassersportwettbewerb. Fünf Teams aus jeweils drei Frauen treten gegeneinander an. Wenn das Konzept einschlägt, wollen sie das Ganze auch mit Herrenmannschaften und gemischten Teams etablieren, aber für die Premiere haben sie sich für einen Damenwettbewerb entschieden. Zunächst einmal mit Teilnehmerinnen aus der Region und zwei Gastmannschaften, einer dänischen und einer holländischen, damit es einen Anstrich von Internationalität bekommt. Die Frauen haben die Aufgabe, die Förde zwischen Glücksburg und Sønderhav zu überqueren – das sind ungefähr vier Kilometer. Eine schwimmt, eine surft mit dem Kite, und die dritte fährt mit einem Stand-up-Paddle-Board.«

Kurz dachte er an seinen Versuch vom Vortag, unter Nicks Anleitung die Fortbewegung auf einem solchen Brett zu erlernen. Dann schüttelte er die Erinnerung schnell wieder ab.

»Dem Gewinnerteam winkt ein Preisgeld von zehntausend Euro. Die Hälfte stellt das Tourismusbüro, den Rest ein Sportausrüster, der dafür seine Werbelogos überall anbringen darf.«

Watson schnupperte. Wahrscheinlich rechnete er aus, wie viele Schalen seines bevorzugten Futters man für diese Summe erwerben könnte.

»Nick meint, ich müsse mir das unbedingt ansehen. Weil ich doch ein Faible für Schiffe habe.« Sein Blick wanderte zu den Rumflaschen, die in einem Regal an der Wand aufgereiht waren. Ein Großteil von ihnen stand aufrecht und enthielt, was das Etikett versprach. Ein kleinerer Teil lag auf winzigen Holzböcken, und in jeder dieser Flaschen befand sich ein Buddelschiff, das Beck selbst in geduldiger Bastelarbeit gefertigt hatte. Auch der Kater nahm die Sammlung in Augenschein. Seine Schnurrhaare sträubten sich.

»Ich weiß, dass du sie nicht magst«, sagte Beck warnend. »Aber du lässt die Pfoten davon. Das ist *mein* Hobby.«

Der Kater zog den Kopf zwischen die Vorderläufe, als wolle er gelangweilt mit den Schultern zucken.

»Gut.« Beck drehte sich zum Spiegel und betrachtete sein neues Erscheinungsbild.

Die Bluejeans saßen eng und betonten seine langen Beine. Die blauen Turnschuhe wirkten dagegen übertrieben wuchtig. Und das weiße Hemd mit den flatternden Ärmeln hätte seiner Ansicht nach wenigstens eine Nummer kleiner ausfallen dürfen. Wie ein Storch, der sein Gefieder aufplustert, dachte er. Aber Lotta und die emsige Verkäuferin, die nach einer Weile dazugestoßen war, hatten beteuert, dass ihm die Sachen gut standen.

Beck griff nach der Windjacke, die über einem Bügel am Schrank hing, und schlüpfte hinein.

Watson schnaubte und sträubte sein Fell.

»Hör auf«, drohte Beck und warf erneut einen Blick in den Spiegel. Aber der Kater hatte ja recht. Die Jacke saß zwar gut, doch die Farbe war eine Zumutung. »Signalrot«, hatte auf dem Schild gestanden, und die Beschreibung war mehr als zutreffend.

Paul Beck schnalzte unzufrieden mit der Zunge. Er sah aus, als hätte er sich in die schleswig-holsteinische Landesflagge gewickelt. Blau-weiß-rot ... Und dazu noch diese alberne Schirmmütze, die Lotta ausgesucht hatte. Dunkelblau, mit einem seltsamen chinesischen Schriftzeichen in Weiß auf der Vorderseite.

Der Kater warf sich auf die Seite, streckte alle vier Beine von sich und machte seltsame Geräusche. Vermutlich kugelte er sich vor Lachen.

»Nein.«

Beck nahm die Mütze ab. Zusammen mit seinem schmalen Gesicht und den halblangen blonden Haaren sah sie einfach nur grotesk aus. Dann zog er Jacke, Hemd, Hose und Schuhe wieder aus und verstaute alles im Schrank. Er öffnete die andere Tür und griff nach den Sachen, die er zum Glück noch nicht in die Altkleidersammlung gegeben hatte, auch wenn das Lottas Wunsch gewesen war.

Er verspürte ein schlechtes Gewissen. Lotta würde das nicht gefallen, und er wollte sie nicht enttäuschen. Die Lebensfreude, die sie versprühte, tat ihm gut, auch wenn er sich manchmal von ihrer Emotionalität überrollt fühlte. Lotta war eine tolle Frau, und Beck konnte es noch immer nicht so recht glauben, dass sie sich für ihn entschieden hatte. Er sehnte sich plötzlich danach, ihre Stimme zu hören. Auch wenn sie ihm angesichts seiner modischen Entscheidung sicher den Kopf waschen würde. Doch er konnte nicht anders.

»Tut mir leid«, sagte er laut. »Aber wenn sie mich liebt, muss sie mich so nehmen, wie ich bin.«

5

Nick Harder winkte.

»Hey! Paul! Hier drüben!«

Beck schob sich zwischen den Menschen hindurch, die sich am Glücksburger Strand drängten, direkt vor dem Strandhotel, dem imposanten »Weißen Schloss von Glücksburg«, wie es genannt wurde. Natürlich hatte Nick einen Platz in der ersten Reihe ergattert. Beck wurde mehrfach angerempelt und beschimpft, während er sich zu ihm durcharbeitete. Als er es endlich geschafft hatte, atmete er erleichtert auf und zog seine Pfeife aus der Manteltasche.

Nick Harder kniff die Augen zusammen und musterte Becks Stoffhose, das Hemd, den Sommermantel und den Bowler, alles in Schwarz.

»Ist das dein neues Outfit?«, erkundigte er sich. »Sieht aus wie immer, finde ich.«

»Nein.« Beck begann seine Pfeife zu stopfen, um sein Unbehagen zu verbergen, vor Nick ebenso wie vor sich selbst. »Ich habe Watson die neuen Sachen gezeigt. Er fand sie schrecklich.«

»Soso.« Nick grinste. »Und was sagt Lotta, wenn dir die Meinung deines Katers wichtiger ist als ihre?«

»Keine Ahnung«, gestand Beck, der lieber nicht darüber nachdenken wollte. Lotta war impulsiv und machte aus ihrem Herzen keine Mördergrube. Das war es ja, was ihn so an ihr anzog, ihre direkte, ehrliche und kompromisslose Art. Lotta schaffte es, ihn zu berühren. Doch ihr Temperament hatte auch seine Nachteile. Vermutlich würde sie aus der Haut fahren, wenn sie entdeckte, dass er ihre Liebesbemühungen in Sachen Kleidung einfach so zurückwies und keinen Schritt auf sie zukam – und mit so etwas konnte er überhaupt nicht umgehen. »Aber sie sieht mich ja nicht.«

»Tja. Das ist wohl dein Glück«, entgegnete Nick und zog

die unvermeidliche Tüte mit Pistazien aus der Jackentasche. Beck betrachtete ihn mit leisem Neid.

Wie er selbst trug auch Nick Harder Schwarz. Allerdings waren es bei ihm figurbetonte Jeans und Sneakers. Die Jacke war eine anthrazitfarbene Motorradjacke aus Canvas mit zahlreichen Taschen, das Polohemd, das darunter hervorschaute, war gelb und hatte auffällige Applikationen. Wie immer sah Nick auf lässige Weise männlich und bestechend attraktiv aus.

»Hm.« Beck beschloss, sich nicht länger mit dem Thema Mode zu beschäftigen. Er wandte seine Aufmerksamkeit dem Wasser zu und zündete die Pfeife an.

In der für den Wettbewerb abgesteckten Zone machten sich fünf Frauen bereit. Sie alle trugen Neoprenanzüge, drei von ihnen in Schwarz mit einer kleinen Deutschlandfahne auf der Brust, eine in Rot und Weiß mit der dänischen Flagge und eine in Knallorange, mit der Fahne, die dieselben Farben hatte wie die schleswig-holsteinische, nur in umgekehrter Anordnung: rot-weiß-blau. Die Paddle-Boards der Deutschen waren weiß, das Brett der Dänin rot, und das der Holländerin war im selben Oranje gehalten wie ihr Dress.

Hinter den Frauen befand sich ein langer Tisch, auf dem fünf Wettbewerbsuhren aufgereiht waren, verbunden mit einer kompliziert aussehenden Computeranlage. Ein ernst dreinblickender Mann betätigte die Apparatur. Ein zweiter, korrekt im Anzug gekleidet, stand direkt an der Wasserkante und hielt eine Startschusspistole in der Hand. Am Strand entlang zogen sich bunte Verkaufsstände, an denen man Getränke, Waffeln und Würstchen, Lenkdrachen, Sonnenschirme und Kappen und alle möglichen maritimen Andenken erwerben konnte. Das Publikum war bunt gemischt. Beck sah Familien mit kleinen Kindern, junge Leute in kurzen Hosen und Sandalen und eine Reihe älterer Herrschaften, die sich größtenteils in dichte Windjacken gehüllt hatten. Die Stimmung war ausgelassen, Lachen, Rufe und Musikfetzen mischten sich mit dem leisen Rauschen der Wellen und dem Geschrei der Möwen. Beck, der kein Freund von Volksfesten und ähnlichen Veranstaltungen war, bemerkte zu seiner Erleichterung, dass er sich nicht so unwohl fühlte, wie er befürchtet hatte. Er ließ den Blick über die blau schimmernde Ostsee gleiten und betrachtete dann die letzten Vorbereitungen.

Mehrere Fernsehteams hatten sich rund um den Startbereich aufgestellt und richteten ihre Kameras jetzt auf den Anzugträger.

Paul Beck zog an seiner Pfeife. »Und wie geht das nun? Ich dachte, jedes Team besteht aus drei Frauen?«

Nick Harder kaute eine Pistazie und rollte mit den Augen.

»Hast du den Flyer nicht gelesen? Nur die Frau mit dem Paddle-Board fährt hin und zurück. Sie ist die wichtigste Person im Rennen, weil sie zwei Zeiten in das Gesamtresultat einbringt – die für den Weg nach Sønderhav und die für den Weg zurück. Die beiden anderen – die Schwimmerin und die Kite-Surferin – fahren nur eine Zeit ein. Sie starten drüben in Dänemark und laufen hier ein. Deswegen sind sie jetzt dort, genau wie die Trainer.«

»Aha.« Paul verdichtete den Tabak im Pfeifenkopf mit dem entsprechenden Werkzeug.

Nick gestikulierte in Richtung der gegenüberliegenden Uferseite.

»Die Paddlerinnen gehen in Sønderhav an Land. Die haben dort genauso eine Messstation wie hier. Die Zeiten werden einzeln erfasst. Und die Paddlerinnen starten drüben erst neu, wenn sie alle angekommen sind. Schließlich wollen die Veranstalter ja hier in Glücksburg den spektakulären Zieleinlauf haben.«

Beck warf seufzend einen Blick auf seine Armbanduhr. Fünf vor elf, noch fünf Minuten bis zum geplanten Start. Nach dem, was Nick ihm soeben erklärt hatte, würde wahrscheinlich der halbe Tag für die Sache draufgehen, und bis er wieder daheim in Kappeln war, wäre nicht mehr viel davon übrig. Ein eigentlich wunderschöner arbeitsfreier Sonntag, den er damit hätte verbringen können, sich auf seine Terrasse mit Blick auf die Schlei zu setzen und mit dem Bau eines neuen Buddelschiffs zu beginnen oder etwas mit Lotta zu unternehmen.

»Das heißt, wir müssen warten, bis sie wieder zurück sind?«

Harder schlug ihm auf die Schulter und grinste.

»Ja«, erwiderte er. »Aber du wirst sehen: Es lohnt sich.«

***

Auf der anderen Seite der Flensburger Förde, im dänischen Sønderhav, hob ein Startrichter die Pistole, der weitaus weniger steif wirkte als sein Glücksburger Pendant. Er trug einen schlichten dunkelblauen Trainingsanzug und Flip-Flops. Auch wenn hier genau wie in Glücksburg zahlreiche Zuschauer und Medienvertreter erschienen waren, verstand man das Event eher sportlich als kulturpolitisch.

Die fünf Kite-Surferinnen hatten ihre Lenkdrachen steigen lassen und in den Wind gedreht. Ihre Bretter lagen an der Wasserkante im Sand. Genau wie am gegenüberliegenden Ufer war auch hier ein langer Tisch mit Wettbewerbsuhren und einer Computeranlage aufgebaut worden. Der Mann, der davorsaß, trug ebenfalls einen Trainingsanzug. Er machte seinem Kollegen ein Zeichen, und der Mann mit der Startschusspistole bedeutete den Sportlerinnen, sich bereitzuhalten.

Theresa Vestergaard zog die Ärmel ihres langen grün-grau gemusterten Wollpullovers weiter nach unten und ließ ihre Finger darin verschwinden. Lotta Lundkvist, die der dänischen Kite-Surferin mit erhobenen Daumen ihren Zuspruch signalisierte, warf ihr einen kurzen Seitenblick zu.

»Sag nicht, du frierst.«

Theresa hob die Schultern. »Der Wind ist frisch, oder?« Sie stülpte eine farblich passende Wollmütze über ihre langen dunklen Haare. »Und für Anfang Juli ist es eindeutig zu kalt.«

»Stimmt«, entgegnete Lotta. »Aber ich finde es schön.«

Der Himmel war von einem intensiven, satten Blau. Die dichten weißen Wolken, die sich immer wieder vor die Sonne schoben, verhinderten, dass es zu heiß wurde. Die Luft duftete herrlich, und der Wind war perfekt. Sobald sie Grit nach ihrer ersten Etappe in Empfang genommen und ihr Glück für das zweite Stück gewünscht hatte, würde Lotta nach Sønderborg fahren. Dort lag ihr Segelboot, die »Lydløst«, eine Ypton 22 von 1984 mit Kajüte, Schlafcouch und Küchenblock. Damit würde sie, genau wie die Sportlerinnen, die Förde überqueren und hoffentlich rechtzeitig in Glücksburg sein, um Grit zu beglückwünschen. Falls ihr Team den ersehnten Sieg schaffte.

Der Startrichter stellte sich in Position, und alle Blicke richteten sich auf die Athletinnen.

»Auf die Plätze! Fertig! Los!«, rief der Startrichter und feuerte seine Pistole ab.

***

Im exakt selben Augenblick, um Punkt elf, fiel auch der Startschuss in Glücksburg. Die fünf Sportlerinnen nahmen ihre Paddel in die Hand, liefen zu ihren Brettern, schoben sie ins seichte Wasser und kletterten hinauf. Genauso, wie Nick Harder es Paul Beck am Tag zuvor beigebracht hatte: Sie suchten auf allen vieren den geeigneten Standpunkt, setzten erst den einen, dann den anderen Fuß auf, stellten sich hin und stießen das Ruderblatt ins Wasser. Anders als Paul benötigten sie für diesen Vorgang allerdings nur wenige Sekunden. Im nächsten Moment glitten alle fünf hoch aufgerichtet auf die Ostsee hinaus und steuerten dem dänischen Ufer entgegen.

Eine der Sportlerinnen kam jedoch schon nach den ersten fünfzig Metern ins Schwanken. Sie stand nicht fest. Ihre Füße bewegten sich auf dem Brett, als tasteten sie nach Halt. Sie tauchte ihr Paddel nicht wieder ein, sondern hielt es mit beiden Händen vor der Brust wie ein Balancekünstler seine Stange. Trotzdem pendelte ihr Körper leicht von einer Seite auf die andere.

Beck kniff die Augen zusammen.

»Was ist denn mit der los? Ist die betrunken?«

»Wohl kaum. Das ist Julia Richter. Die absolute Topfavoritin.« Harder deutete auf den Schriftzug auf der Rückenfläche des schwarzen Neoprenanzugs der Sportlerin. »GER 1«, stand dort.

»Hm«, machte Paul und beobachtete, wie sie weiter um ihr Gleichgewicht kämpfte. Ihre Füße fanden nicht den richtigen Standpunkt und vollführten einen beinahe grotesk wirkenden Tanz. Julia Richter ließ ihr Paddel fallen und ruderte mit den Armen, doch sie geriet immer weiter aus der Mitte. Im nächsten Moment neigte sich das Paddelbrett zur Seite, und die Sportlerin stürzte ins Wasser. Die vier Konkurrentinnen zogen davon.

»Da stimmt doch was nicht.« Nick Harder warf seine Jacke beiseite und riss sich die Kleider vom Leib. Die Schuhe trat er einfach von den Füßen, die Hose schüttelte er ab, das Polohemd zog er mit einer Hand über den Kopf, während er mit der anderen die Socken von den Füßen zupfte.

Dann lief er, nur noch mit seinen schwarzen Boxershorts bekleidet, ins Wasser.

***

Lotta Lundkvist und Theresa Vestergaard sahen den Kite-Surferinnen hinterher, die sich rasend schnell vom Ufer entfernten. Die Lenkdrachen blähten sich im Wind, und an den Spitzen der Surfbretter spritzte Gischt auf. Zwei der Teilnehmerinnen, die eine in Rot-Weiß, die andere in Schwarz, hatten sich bereits ein Stück von den anderen abgesetzt. Erwartungsgemäß waren es die Dänin und die Surferin aus dem favorisierten Team Deutschland eins.

Aus dem Augenwinkel bemerkte Lotta eine Bewegung und wandte sich zu dem langen Tisch, auf dem die Messinstrumente standen. Die beiden Männer in den Trainingsanzügen diskutierten aufgeregt. Der eine deutete immer wieder auf die Geräte. Der andere fuchtelte in besorgniserregender Weise mit seiner Startschusspistole.

»Verdammt«, fluchte er, nicht besonders laut, doch so, dass Lotta es verstehen konnte.

Sofort erwachte ihre professionelle Neugier. Sie stieß Theresa sacht mit dem Ellenbogen an und wies sie mit einer knappen Kopfbewegung an, ihr zu folgen. Dann schlüpfte sie unter dem rot-weißen Flatterband hindurch, das den Startbereich vom restlichen Strand abteilte, und ging zu den Männern am Tisch.

»Hej«, grüßte sie. »Gibt es ein Problem?«

Der Startrichter wehrte ab.

»Nichts, das Sie interessieren müsste.«

»Ach so?« Lotta wollte sich nicht so einfach abspeisen lassen. Sie lächelte ihn an. »Ich hatte einen anderen Eindruck.«

Der Mann hinter dem Messpult erhob sich.

»Gehen Sie bitte hinter die Absperrung«, verlangte er. »Dies hier ist der Platz für die Sportler und die Wettbewerbsleitung.«

Lotta wollte weiter diskutieren, doch Theresa kam ihr zuvor.

»Ja. Natürlich«, sagte sie höflich und zupfte Lotta am Ärmel. Sie strebte zurück zum Publikumsbereich und zog Lotta mit sich, die ihr nur unwillig folgte. In der Hoffnung, doch noch etwas aufzuschnappen, ging sie absichtlich langsam.

Der Mann am Tisch wartete, bis sie sich ein Stück weit entfernt hatten. Dann sagte er leise zu seinem Kollegen: »Ich fürchte, wir müssen die Polizei einschalten.«

Lotta blieb stehen. Ein Lächeln breitete sich auf ihrem Gesicht aus. Sie griff nach Theresas Arm und bedeutete ihr, umzukehren. Dann lief sie zurück zu den beiden Männern und zog schwungvoll ihren Ausweis aus der Tasche.

»Und da sind wir auch schon«, verkündete sie. »Lotta Lundkvist und Theresa Vestergaard, Reichspolizei.«

6

Das Wasser war herrlich, wärmer, als er angenommen hatte, und der leichte Wind verwirbelte die Oberfläche zu kleinen Wellen, die einen frischen und salzigen Duft an seine Nase trugen. Leider blieb ihm keine Zeit, diesen Umstand zu genießen, denn die gestürzte Stand-up-Paddlerin trieb reglos auf dem Wasser. Doch Müßiggang gehörte ohnehin nicht zu Nick Harders Leidenschaften. Er liebte Abenteuer und Action. Und genau das bot sich ihm hier.

Er kraulte zügig auf das führerlose Paddelbrett zu. Da es über eine Leine mit Julia Richters Fuß verbunden war, war es nicht abgetrieben. Das Paddel allerdings schaukelte einsam auf dem Wasser und wurde mit jeder Welle ein Stück weiter fortgespült.

Nick erreichte die Sportlerin und griff nach ihrem Handgelenk. Sie lag auf dem Rücken, entspannt, wie es schien. Nick konnte keine Anzeichen dafür entdecken, dass Wasser in Mund, Nase oder Lungen gelangt war, dennoch war die Frau offenbar bewusstlos. Nick meinte, einen schwachen Puls zu spüren, war sich aber nicht sicher. Die rhythmischen Bewegungen des Wassers, das über sie hinwegschwappte, machten es schwierig, das Pulsieren der Haut von jenem des Seegangs zu unterscheiden.

Er betrachtete Julia Richters Gesicht, das ihm gleichermaßen blass und ungewöhnlich gerötet vorkam. Sonderbar, denn von der im Vergleich zum Körper niedrigen Temperatur des Wassers konnte dies eigentlich nicht herrühren. Die Paddlerin schwamm erst seit ein paar Minuten darin, und sie trug außerdem den schützenden Neoprenanzug. Doch darüber konnte er sich Gedanken machen, wenn sie sicher an Land war.

Nick holte das Paddelbrett zu sich heran, stützte sich mit beiden Händen darauf und stemmte sich nach oben. Er kniete sich hin und zog die Sportlerin an der Fußleine zu sich. Dann griff er nach ihren Armen und zerrte ihren leblosen Körper auf das Brett. Es war mühsam, seine Finger fanden keinen rechten Halt auf dem glatten, nassen Neopren. Er rutschte ab und hätte sie beinahe verloren, bekam sie aber doch noch zu fassen. Entschlossen umklammerte er das nachgiebige Material und zog. Das Neopren dehnte sich, und Nick fürchtete schon, es könnte reißen, doch es hielt.

Als sie sicher auf dem Brett lag, glitt er wieder ins Wasser. Er schaute sich nach dem Paddel um, konnte es aber nicht mehr entdecken. Da er keine Zeit mit Suchen vergeuden wollte, schwamm er ans Heck des Paddelbretts. Er umfasste es mit beiden Händen und vollführte mit den Beinen kräftige Schwimmzüge.

Das Brett setzte sich langsam in Bewegung. Dann nahm es Fahrt auf, und Nick schob es eilig über die Wasseroberfläche in Richtung Strand, der aufgeregten Menschenmenge und dem »Weißen Schloss von Glücksburg« entgegen.

***

Der Mann hinter dem Messpult in Sønderhav warf einen Blick zu den Zuschauern und Fernsehleuten, doch die interessierten sich zum Glück nicht für sie. Sie schauten den Surferinnen hinterher oder beobachteten, wie sich die Schwimmerinnen bereit machten. Etliche der Betrachter schossen Fotos oder filmten die Startvorbereitungen mit ihren Handys. Trotzdem senkte der Mann die Stimme.

»Ich fürchte, wir haben es hier mit einem Fall von Wettbewerbsverzerrung zu tun. Meiner Ansicht nach hat jemand die Messvorrichtung manipuliert.«

»Ah ja?« Theresa Vestergaard, die sich bisher im Hintergrund gehalten und ihr Gesicht hinter ihrem langen Pony versteckt hatte, trat vor. »Darf ich mir das mal ansehen?« So scheu sie im Umgang mit Menschen war, so sehr liebte sie alles, was mit Technik zu tun hatte.

»Bitte«, sagte der Mann und begann ihr das Funktionsprinzip der Anlage zu erläutern. Lotta Lundkvist wandte sich derweil an den Startrichter. Sie verabscheute jede Form von Betrug, doch beim Sport, wo es vor allem um Fairness gehen sollte, erschien er ihr hässlicher als irgendwo sonst. Und nun war auch noch ausgerechnet der Wettbewerb betroffen, der für ihre Freundin Grit so wichtig war.

»Wer hätte denn die Möglichkeit gehabt, eine Veränderung an den Geräten vorzunehmen?«, erkundigte sie sich.

Der Mann ließ seine Augen nachdenklich über den weißen Strand wandern.

»Eigentlich niemand«, erwiderte er nach einem Moment. »Wir haben die Anlage erst heute Morgen um neun, zwei Stunden vor dem geplanten Start, aufgebaut. Seitdem war die ganze Zeit einer von uns hier. Wir hätten es bemerkt, wenn sich ein Unbefugter innerhalb der Absperrung aufgehalten hätte.«

»Und was ist mit den Sportlerinnen und ihren Trainern? Die waren doch sicher in diesem Bereich?«

»Natürlich.« Der Startrichter gestikulierte ungeduldig. »Aber denken Sie wirklich, es wäre nicht aufgefallen, wenn sich einer von denen an den Geräten zu schaffen gemacht hätte?«

»Das heißt, es ist überhaupt nicht möglich, dass jemand die Messinstrumente manipuliert hat?«, fasste Lotta zusammen und hob die Augenbrauen. »Und trotzdem denken Sie, dass genau das geschehen ist?«

Der Mann machte ein unglückliches Gesicht.

»Ja. Das bringt es ganz gut auf den Punkt«, bestätigte er.

Lotta stöhnte leise. Täuschte sich der Mann, und es gab überhaupt keinen Eingriff in die Zeiterfassung – oder hatten sie es hier mit einem besonders vertrackten Rätsel zu tun? Sie schaute zu Theresa, um zu sehen, wie ihre Kollegin die Lage einschätzte, doch Theresa hob nicht einmal den Kopf. Sie war vollkommen davon absorbiert, irgendetwas mit der Tastatur einzugeben und die Ergebnisse auf dem Monitor zu scannen.

7

Die Zuschauer drängten sich so nah an der Wasserkante, dass der Notarzt mit seinem Team kaum hindurchkam. Paul Beck schwenkte die Arme und rief den Neugierigen zu, dass sie eine Rettungsgasse frei machen sollten, doch kaum jemand reagierte darauf. Alle waren viel zu sehr damit beschäftigt, ihre Smartphones in die Luft zu recken und Nick Harder zu filmen, der die leblose Sportlerin auf ihrem Paddelbrett über das Wasser der Förde in Richtung Strand schob. Die Reporter, weitaus erprobter und skrupelloser im Besetzen der besten Plätze als das einheimische Publikum, kämpften sich rüde mit ihren Schulterkameras in die erste Reihe. Eine junge Frau mit langen blonden Haaren, die kaum älter als achtzehn sein konnte, baute sich vor Beck auf und hielt ihm ihr fellummanteltes Mikrofon vor den Mund.

»Sina Lorenz, Sport TV«, rief sie ihm zu. »Sie gehören zu den Organisatoren? Schildern Sie unseren Zuschauern doch bitte, was hier gerade geschieht!«

Beck hob die Hand, um sein Gesicht abzuschirmen.

»Sehen Sie das nicht?«, fragte er ruhig. »Eine Sportlerin ist verunglückt. Mein Kollege versucht, sie zu bergen. Und Sie«, er zielte mit dem Zeigefinger der freien Hand auf die Journalistin, »behindern die Rettungsarbeiten.« Er zog seinen Dienstausweis aus der Tasche. »Machen Sie bitte umgehend den Weg für die Sanitäter frei.«

Die junge Frau warf einen schnellen Blick auf seinen Ausweis. Dann drehte sie sich zu ihrem Kameramann um. Dieser war mindestens doppelt so alt wie sie und hatte eine Schirmmütze mit dem Logo des Senders auf dem Kopf. Hinter seinem Ohr steckte eine Zigarette.

»Wir stehen hier am Ostseestrand, wo soeben der Glücksburg Trimarthon gestartet ist«, sagte die Reporterin in die Kamera. »Ein Ereignis, dem die Region seit Monaten entgegengefiebert hat, doch jetzt ist nur wenige Sekunden nach dem Start ein Unglück geschehen. Eine der Teilnehmerinnen ist von ihrem Paddle-Board gestürzt, und im Augenblick wissen wir nicht, ob sie noch lebt. Die Polizei war sofort zur Stelle. Bei mir ist jetzt der Flensburger Kriminaloberkommissar Paul Beck.« Sie wandte sich halb zu Paul. »Herr Beck. Können Sie uns schon etwas sagen? Haben wir es hier womöglich mit einer Straftat zu tun?«

Beck schaute die junge Frau einen Moment lang fassungslos an.

»Allerdings«, sagte er dann. »Was Sie hier tun, ist ein Verbrechen. Sie verhindern, dass einem Menschen in Not geholfen werden kann.«

Damit drehte er sich um und schwenkte seinen Dienstausweis in Richtung der Zuschauer.

»Polizei«, rief er. »Machen Sie Platz für den Notarzt. Wenn Sie nicht sofort aus dem Weg gehen, lasse ich Sie verhaften.«

Die Zuschauer murrten ein wenig, wichen aber ein paar Schritte zurück. Der Notarzt und die beiden Sanitäter langten endlich bei Paul an. Im selben Moment erreichte auch Nick Harder mit dem Paddelbrett den Strand. Die Sanitäter liefen ihm entgegen, um die bewusstlose Sportlerin vom Brett auf ihre Trage zu hieven. Der Arzt blieb neben Paul Beck stehen.

»Die Leute sind krank«, bemerkte er.

Hinter sich hörte Beck die Stimme der Reporterin.

»Keine Sorge«, verkündete sie. »Das können wir später rausschneiden.«

***

Im obersten Stockwerk des Strandhotels standen vier Männer in anthrazitfarbenen Anzügen am geöffneten Fenster und starrten nach draußen auf den Strand. Alle vier trugen Krawatten mit dem eingeprägten Emblem, das für den Glücksburg Trimarthon entworfen worden war. Einer von ihnen hielt ein Fernglas auf die Menschentraube gerichtet, die sich um die

Trage der Sanitäter mit der Sportlerin aus dem deutschen Team eins gebildet hatte. Das Ansteckschild an seinem Anzug wies ihn als »Friedrich Ernst, technischer Leiter« aus.

»Ist sie tot?«, fragte ein Zweiter, auf dessen Schild der Name »Sebastian Schön« zusammen mit der Funktionsbezeichnung »sportlicher Leiter« stand.

»Das kann ich von hier nicht sehen«, erwiderte Ernst. »Zu viele Leute.«

»Was machen wir denn jetzt?«, fragte der Dritte: Jakob Wolff, Marketing. »Abbruch?«

Der vierte Mann, dessen Krawatte im Gegensatz zu den anderen zusätzlich von dünnen Goldstreifen geziert war, zupfte nervös an seinem Kinnbart. Es war Rudi Hager, Vorsitzender des Tourismusverbandes und Schirmherr des Wettbewerbs.

»Eine Katastrophe«, murmelte er.

»Vielleicht ist es ja nichts Ernstes«, beschwichtigte Schön, der sportliche Leiter. »Die Richter hat trainiert wie besessen. Könnte doch sein, dass es einfach nur ein Schwächeanfall war.«

»Dein Wort in Gottes Ohr«, sagte Ernst, der immer noch versuchte, mit dem Feldstecher etwas zu erkennen.

»Rudi«, drängte Marketing-Leiter Wolff. »Was ist denn nun? Wir müssen irgendetwas tun, sonst wird man am Ende uns an den Pranger stellen.«

»Nicht irgendwas«, bemerkte Ernst. »Wir müssen das Richtige tun.«

»Und das wäre?«, gab Wolff bissig zurück.

»Wir warten«, entschied Rudi Hager und gestikulierte in Ernsts Richtung. »Funk den Startrichter an. Er soll herausfinden, was mit der Frau los ist. Falls es nur ein Schwächeanfall ist, machen wir weiter. Wenn sie tot ist …«, seine Mundwinkel sanken herab, und seine Stirn umwölkte sich, »… müssen wir abbrechen.«

***

Die Sanitäter setzten die Trage mit der bewusstlosen Frau ein Stück von der Wasserkante entfernt ab. Der Notarzt kniete sich in den Sand und öffnete seinen Koffer. Er legte einen Finger erst auf das Handgelenk der Sportlerin, dann an ihren Hals.

»Sauerstoff«, ordnete er an. »Und eine Infusion. Schnell.«

Die beiden Sanitäter rannten zum Rettungswagen, um das Gewünschte herbeizuholen. Der Notarzt hängte sich sein Stethoskop um und öffnete den Neoprenanzug, um den Oberkörper der Sportlerin abzuhorchen. Er löste den Klettverschluss in ihrem Nacken und zog den Reißverschluss auf der Rückseite so weit nach unten, dass er den Anzug über Schultern und Arme herunterziehen konnte. Paul Beck stellte erleichtert fest, dass die Sportlerin unter dem Neopren einen einteiligen Badeanzug trug, ebenfalls in Schwarz mit einer kleinen aufgeprägten Deutschlandfahne. Es hätte ihm nicht gefallen, wenn der Arzt unter den Blicken der Schaulustigen ihre Brust hätte entblößen müssen.

»Sie lebt noch«, konstatierte der Notarzt und streifte sich ein Paar hellblaue Latexhandschuhe über. »Aber die vitalen Zeichen sind sehr schwach. Wir müssen sie schnellstens stabilisieren. Und herausfinden, was ihr fehlt.«

Nick Harder, von dessen schwarzen Boxershorts das Wasser tropfte, trat neben Beck.

»Ich hatte den Eindruck, dass ihr Gesicht eine komische Farbe hat.«

Der Notarzt nickte, ohne ihm den Kopf zuzuwenden.

»Irgendetwas stimmt mit ihrer Atmung nicht.« Er nahm eine kleine Taschenlampe zur Hand, öffnete den Mund der Sportlerin und tastete vorsichtig darin herum. Anschließend begutachtete er ihre Nase und befühlte ihren Hals.

»Die Atemwege sind frei«, stellte er fest. »Keine Fremdkörper und anscheinend auch kein Wasser in Mund, Rachen und Nase. Und mit der Lunge scheint auch alles in Ordnung zu sein.«

Die beiden Sanitäter kehrten zurück, und der Arzt nahm die Sauerstoffmaske entgegen, während der zweite Sanitäter den Ärmel des Neoprenanzugs vom linken Arm der Paddlerin zerrte und einen Zugang für die Infusion legte.

Im selben Moment bäumte sich der Körper der Frau auf, und ein Schwall weißen Schaums quoll aus ihrem Mund. Einige der Schaulustigen, die sich nach vorn gedrängt hatten, keuchten erschrocken auf.

Der Notarzt befreite rasch die Mundhöhle vom Schaum und presste der Frau die Sauerstoffmaske aufs Gesicht. Das Beatmungsgerät fing an zu pumpen. Der Arzt spritzte irgendein Mittel in die Infusionslösung und begann, rhythmisch auf den Brustkorb der Frau zu drücken. Nach einem Moment fühlte er nach dem Puls, und seine Miene verzog sich bedenklich.

»Defi«, verlangte er, und die Sanitäter schleppten eilig einen tragbaren Defibrillator heran. Der Notarzt presste die Pads des Geräts auf die Brust der Frau.

»Zurück.«

Der Stromstoß jagte durch den Körper der verunglückten Sportlerin, und dieser bäumte sich auf. Paul Beck spürte, dass sich seine Hände, die er in die Hosentaschen gestopft hatte, verkrampften. Er warf einen schnellen Blick zu Nick und sah, wie dessen Kiefermuskeln mahlten. Zugleich drückte sein Kollege beide Daumen, doch die Frau im Sand rührte sich noch immer nicht.

Der Notarzt erhöhte die Stromstärke und aktivierte erneut den Defibrillator, ein zweites, drittes, viertes Mal. Beck atmete durch den Mund und murmelte leise vor sich hin: »Komm schon. Bitte.« Doch die erhoffte Reaktion blieb aus.

Der Notarzt legte der Sportlerin noch einmal einen Finger an die Halsschlagader und leuchtete ihr mit seiner Taschenlampe in die Augen. Dann seufzte er und drückte ihr die Lider zu. Ein wenig mühsam kam er auf die Füße und drehte sich zu Paul Beck um. Die Betroffenheit stand ihm ins Gesicht geschrieben.

»Tut mir leid«, sagte er. »Wir können nichts mehr für sie tun. Die Frau ist tot.«

8

»Bluetooth«, sagte Theresa Vestergaard und blickte auf. Lotta und die beiden Männer in den Trainingsanzügen schauten sie verständnislos an. Theresa lächelte.

»Diese Anlage hier«, erklärte sie, »kommuniziert mit jener am anderen Ufer in Glücksburg. Das muss auch so sein, schließlich müssen die Start- und Zielzeiten abgeglichen werden. Das Problem ist, dass man dafür eine Funkverbindung benötigt. Ich will euch nicht mit Details langweilen, aber Fakt ist, dass es eine offene Bluetooth-Schnittstelle gibt. Und über die hat sich jemand eingewählt und eine kleine Veränderung vorgenommen.« Ihr Gesichtsausdruck trübte sich. »Leider habe ich bisher nicht herausgefunden, was diese Person genau getan hat, deshalb kann ich auch noch nicht sagen, zu wessen Gunsten die Manipulation erfolgt ist. Aber dass da jemand versucht hat, den Ausgang des Rennens zu beeinflussen, ist absolut sicher.«

»Scheiße«, sagte der Mann, der für die Zeitmessung zuständig war. »Was machen wir denn jetzt?«

Der Startrichter blies die Backen auf. »Tja. Die Verantwortlichen sitzen alle drüben in Glücksburg.« Er schaute von seinem Kollegen zu den fünf Schwimmerinnen, die an der Wasserkante standen und auf ihren Start warteten. »Soll ich sie trotzdem losschicken?«, überlegte er laut. »Oder warten, bis wir herausgefunden haben, was hier los ist?«

Die vorläufige Antwort erschien in Gestalt dreier Männer, die mit entschlossenen Schritten auf die kleine Gruppe am Tisch mit der Messvorrichtung zukamen, unschwer zu erkennen als die Trainer der am Wettbewerb beteiligten Teams. Auch sie trugen Trainingsanzüge, einer in Rot-Weiß, einer in Bundeswehrgrün und einer in Orange.

»Warum geht das hier nicht weiter, verdammt?«, polterte der Mann in Nato-Oliv auf Deutsch. Er war groß und breitschultrig und hatte eine dunkle, militärische Kurzhaarfrisur. »Wenn die Schwimmerinnen nicht bald starten, kommen sie den Stand-up-Paddlerinnen auf dem Rückweg in die Quere.« Er tippte auf seine klobige Armbanduhr. »Die Wettbewerbsleitung hat einen präzisen Zeitplan ausgearbeitet. Warum haltet ihr euch nicht daran? Ist Disziplin hier in Dänemark ein Fremdwort?«

»Also bitte.« Sein Kollege in Rot-Weiß schaute ihn ärgerlich an. Hier im deutsch-dänischen Grenzgebiet gab es kaum Verständigungsprobleme, die meisten Bewohner sprachen oder verstanden beide Sprachen, und der Däne hatte offensichtlich sehr genau mitbekommen, was sein Gegenüber gesagt hatte. Er war fast genauso groß wie der Deutsche, wirkte mit seinen halblangen semmelblonden Haaren und dem deutlichen Bauchansatz allerdings viel weniger sportlich als dieser. »Aber in der Sache hat er recht«, erklärte er anschließend auf Dänisch. »Wenn wir den Plan nicht einhalten, gerät alles durcheinander.«

»Und die Sportlerinnen werden kalt«, fügte der orange gekleidete Trainer hinzu. In makellosem Dänisch, allerdings mit einem lustigen niederländischen Akzent, wie Lotta fand. So wie auch der ganze Mann heiterer und gelassener wirkte als seine beiden Kollegen. Er war deutlich jünger als diese, höchstens Mitte zwanzig, und seine schwarzen Haare standen in alle Richtungen vom Kopf ab, als wäre er eben erst aus dem Bett gekrochen.

»Es gibt ein Problem mit den Geräten zur Zeiterfassung«, erläuterte sie, erst auf Dänisch, dann auf Deutsch.

»So?« Der Mann im Bundeswehrtrainingsanzug funkelte sie an. »Dann beseitigen Sie es. Und zwar schleunigst. Sonst reiche ich Beschwerde bei Ihrem Vorgesetzten ein.«

Lotta verschränkte die Arme. Männer, die glaubten, sie könnten mit Frauen umspringen wie mit Untergebenen, konnte sie auf den Tod nicht leiden.

»Das wäre sicher über alle Maßen vergnüglich«, gab sie zurück. »Wenn Sie sich darüber bei der dänischen Reichspolizei beklagen.«

»Polizei?« Der deutsche Trainer kniff die Augen zusammen. »Was hat die Polizei mit technischen Schwierigkeiten bei der Zeitmessung zu tun?«

»Nun ja.« Lotta war es plötzlich unangenehm, dass sie sich so in den Vordergrund gedrängt hatte, doch jetzt blieb ihr nichts anderes übrig, als die Sache auch zu Ende zu bringen. Der Mann am Messpult und der Startrichter machten jedenfalls keine Anstalten, ihr zu Hilfe zu kommen. »Tatsächlich scheint es sich nicht um ein Problem mit der Technik zu handeln, sondern um einen ungeplanten Eingriff in den Messvorgang«, erläuterte sie.

Der deutsche Trainer war vielleicht ein Choleriker, doch schwer von Begriff war er nicht.

»Manipulation?«, fauchte er. »Jemand verfälscht die Messergebnisse?« Er wartete ihre Antwort nicht ab, sondern wandte sich an den dänischen Trainer und packte ihn am Kragen. »Das kannst doch nur du gewesen sein. Weil du genau weißt, dass meine Mädels besser sind als dein dänischer Hühnerhaufen.«

Der Hüne mit den semmelblonden Haaren versuchte vergeblich, sich zu befreien.

»So?«, gab er zurück. »Du glaubst, das hätten wir nötig?« Er lachte verächtlich. »Dabei weiß doch jeder, dass du es bist, der um den Sieg bibbert. Deswegen hast du an den Stoppuhren gedreht. Und jetzt willst du es mir in die Schuhe schieben, um von dir abzulenken.«

»Das ist der größte Schwachsinn, den die Welt je gehört hat«, knurrte der Deutsche. Er zog seinen dänischen Widersacher mit einer Hand zu sich heran und ballte die andere zur Faust.

»Meine Herren, bitte«, mischte sich Lotta ein, doch die beiden beachteten sie nicht.

Der Deutsche hielt dem Dänen drohend die Faust unter die Nase.

»Na los. Gib schon zu, dass du es warst!«

»Von wegen.« Der Däne packte den Deutschen mit beiden Händen am Kopf und drückte ihn von sich weg. Er mochte zwar nicht so durchtrainiert sein wie dieser, doch seine Hände waren groß wie Schaufeln und kräftig. »Ich gebe gar nichts zu. Weil ich es nämlich nicht war. Du hast das getan.«

Die beiden gifteten sich weiter lautstark an und begannen, aufeinander einzuprügeln. Der holländische Trainer stand mit gekreuzten Beinen daneben. Er war klug genug, sich aus dem Streit herauszuhalten. Seine Kollegen dagegen veranstalteten einen derartigen Wirbel, dass das Klingeln von Theresas Telefon beinahe untergegangen wäre.

Als sie das kurze Gespräch beendet hatte und sich erhob, war ihre Stimme so dünn wie immer, und doch drang sie auf wundersame Weise zu den Streithähnen durch.

»Sie können aufhören, sich die Köpfe einzuschlagen«, sagte sie. »Das Rennen ist abgebrochen worden.«

»Was?« Nicht nur der deutsche und der dänische, auch der holländische Trainer gafften sie ungläubig an. »Aber ... warum denn das?«

»Hat da drüben vielleicht auch jemand an den Messgeräten herumgespielt?«, riet der Deutsche.

»Nein.« Theresa räusperte sich und blickte hilfesuchend zu Lotta, doch die konnte ihr nicht beispringen. Sie wusste ja nicht, worin die Nachricht bestand, die ihre Kollegin erhalten hatte.

»Auf der anderen Seite«, sagte Theresa leise, »hat es ein Unglück gegeben. Eine der Sportlerinnen ist von ihrem Paddle-Board gestürzt. Sie ... sie ist tot.«

Die drei Trainer standen wie zu Eis erstarrt.

»Wer?«, brachte der Holländer mit krächzender Stimme hervor.

Theresa sah den deutschen Trainer an.

»Eine Frau aus Ihrem Team. Das heißt ... *Ihre* Frau. Julia Richter.«

»Nein!« Der Deutsche brüllte wie ein verwundeter Löwe. »Nein«, keuchte er gleich darauf noch einmal, leise, verzweifelt. Dann sank er auf die Knie, vergrub sein Gesicht in den Händen und begann hemmungslos zu weinen.

Lotta schluckte. Natürlich hatte sie schon oft gesehen, wie Angehörige angesichts einer Todesnachricht zusammenbrachen. Aber dass ein Mann, der so stabil wirkte wie ein Panzer und so hart schien wie Stahl, binnen Sekunden zersplitterte wie hauchfeines Glas, erschütterte sie trotzdem.

9

Nick Harder beugte sich über die Tote und schnupperte.

»Riechst du das?« Er winkte Paul Beck, näher heranzukommen, und Beck hockte sich neben den Leichnam und schnüffelte. Er roch die salzige Seeluft der Ostsee und etwas Süßliches, wie Lavendel oder Flieder. Der Duft des Sommers, der von den nahen Feldern herüberwehte. Doch etwas Ungewöhnliches konnte er nicht feststellen.

Auch der Notarzt versuchte es.

»Ja«, sagte er schließlich. »Ganz schwach. So ein leichtes Aroma ...«, er dachte nach und nickte, als er sich sicherer wurde, »... nach Mandeln.«

»Genau.« Nick Harder richtete sich auf. »Das ist es.«

Die drei Männer wechselten kurze Blicke.

»Das könnte bedeuten ...« Der Arzt sprach nicht weiter, weil er bemerkte, dass die aufdringliche Reporterin mit ihrem Kameramann in Hörweite vorgerückt war. Stattdessen nahm er einen Kugelschreiber aus der Brusttasche seiner roten Jacke und einen Block aus seinem Koffer. Es waren die Formulare für den Totenschein. Der Arzt tippte mit dem Stift auf den Block und setzte dann ein Kreuz bei »nicht natürlicher Tod«.

»Ich denke, Sie stimmen mir zu?«, fragte er an Beck gewandt.

Der Kriminaloberkommissar nickte. Er nahm an, dass der Notarzt den gleichen Verdacht hatte wie er selbst und vermutlich auch Nick, doch keiner von ihnen wollte sich hier vor all den Journalisten und Schaulustigen äußern. Die zeigten sich auch so schon aufdringlich genug. Die Kollegen von der Schutzpolizei, die Beck zwischenzeitlich angefordert hatte, hatten ihre liebe Mühe, die Neugierigen von der Toten fernzuhalten und zu verhindern, dass weitere Aufnahmen entstanden, die sich nur wenige Stunden später im Netz finden würden.

»Wir lassen sie nach Kiel in die Rechtsmedizin bringen«, bestätigte er.

»Gut.« Der Notarzt schenkte ihm ein knappes Lächeln und schaute wieder auf die Tote. »Kennen Sie den Namen der Frau?«

»Julia Richter«, sagte Nick Harder. »Geboren am 6.8.1983, wohnhaft in Flensburg.«

Der Arzt sah ihn überrascht an.

»Sind Sie ein Angehöriger? Ich dachte, Sie wären ein Kollege von der Kripo.«

»Bin ich«, bestätigte Nick. »Die persönlichen Daten standen in dem Flyer zum Wettbewerb. Da gab es eine Übersicht, in der die Sportlerinnen vorgestellt wurden, genau wie bei diesen Heften, die man im Stadion zum Fußballspiel bekommt.«

»Ach so?« Der Notarzt schien verblüfft, gab aber keinen weiteren Kommentar ab, sondern notierte die Angaben in seinem Formular.

Paul Beck wusste, was ihn irritierte. Nick sah aus wie ein Abenteurer und Draufgänger, nicht wie ein Mann mit einem exzellenten Gedächtnis. Aber er war sowohl das eine als auch das andere, auch wenn Beck keine Ahnung hatte, wie Nick das anstellte. Er selbst hätte sich nicht einmal zehn Prozent dessen merken können, was Nick en passant abspeicherte. Doch was Beck interessierte, war auch nicht das Reproduzieren von Daten und Fakten. Es war das Herstellen von Verknüpfungen. Und darin war er nicht schlecht. Wenn auch vielleicht nicht so brillant wie sein Vorbild Hercule Poirot. Oder wie sein Kater Watson.

10

Grit Larsen war die Erste, die auf ihrem Paddle-Board den Strand von Sønderhav erreichte. Sie reckte triumphierend den Arm mit dem Paddel in die Luft und sprang vom Brett. Die Zuschauer klatschten. Zumindest jene, die weit genug vom Tisch mit den Messinstrumenten entfernt standen und nicht mitbekommen hatten, was sich dort abgespielt hatte. Diejenigen, die erst den Wutanfall und anschließend den Zusammenbruch des deutschen Trainers erlebt hatten, ließen die Hände in den Taschen oder an ihren Smartphones, mit denen sie das Ganze filmten. Ihre Mienen waren verunsichert, teils erschrocken, teils von sensationslüsterner Neugier gezeichnet.

Grit trug ihr Paddelbrett an Land.

»Was ist denn hier los?«, fragte sie, als sie bei Lotta angelangt war. »Ist jemand gestorben?«

Lotta holte tief Luft.

»Ja«, sagte sie und legte ihrer Freundin die Hände auf die Schultern. Sie zögerte kurz, weil sie, wie ihr aufging, Angst vor Grits Reaktion hatte. »Julia Richter. Sie ist von ihrem Board gestürzt.«

»Was?« Grit machte sich unwillig frei und warf ihr Brett in den Sand. »Davon stirbt man doch nicht.«

»Nein.« Lotta schob ihre Hände in die Jackentaschen. »Paul und Nick denken, dass sie vergiftet wurde.«

»Dein Paul?«, fragte Grit nach. »Und Theresas Nick?«

»Ja.« Sie hatten sich im letzten Sommer bei den Ermittlungen zu einem Fall kennengelernt, der sowohl die deutsche als auch die dänische Polizei betroffen hatte, und zwischen Theresa und Kriminalkommissar Nick Harder hatte es ebenso gefunkt wie zwischen Paul Beck und ihr. Seitdem waren ihre Kollegin und der deutsche Kommissar ein Paar, und auch Paul und sie hatten eine Beziehung, wenn auch eine etwas kompliziertere als Theresa und Nick.

Grit zerrte ihre Neoprenkappe vom Kopf und schüttelte ihre langen blonden Haare aus. Ihre Miene war undurchdringlich, doch Lotta sah, wie es hinter ihrer Stirn arbeitete.

»Und nun glaubst du, dass ich etwas damit zu tun habe?«, erkundigte sich die Sportlerin.

Lotta horchte in sich hinein. Grit hatte befürchtet, dass Julia Richter ihr den Sieg streitig machen könnte, den sie so dringend wollte. Sie war geradezu besessen davon gewesen. Aber Grit war eine integre, warmherzige und engagierte Frau, die anderen nicht schaden, sondern helfen wollte. Und darüber hinaus war sie seit ihren gemeinsamen Studientagen Lottas beste Freundin.

»Nein. Das denke ich nicht«, sagte sie aufrichtig. »Aber ich fürchte, du wirst zu den Verdächtigen zählen.«

»Damit kann ich leben«, erwiderte Grit, und für einen kurzen Moment blitzte die Kampfeslust in ihren Augen auf, die Lotta dort seit dem Rechtsstreit nach Pias Tod nicht mehr gesehen hatte. »Bei Ermittlungsverfahren macht mir so leicht niemand etwas vor.«

»Ja«, sagte Lotta und fühlte sich ein wenig unbehaglich. »Ich weiß.«

Das stimmte, denn bis zum Tod ihrer Tochter war Grit eine von Dänemarks erfolgreichsten Strafverteidigerinnen gewesen, und Lotta hatte sie oft im Gerichtssaal erlebt. Grit hatte Menschen vor dem Gefängnis bewahrt, die Lotta bereits für sicher verurteilt gehalten hatte. Im Gegensatz zu Grit war sie allerdings nicht in allen Fällen davon überzeugt gewesen, dass die Angeklagten tatsächlich unschuldig waren.

***

Die Spurensicherung war bereits nach einer halben Stunde vor Ort, denn der Weg von der Bezirkskriminalinspektion Flensburg bis nach Glücksburg war nicht weit. Allerdings gab es nicht viel, das die Kollegen tun konnten. Weder auf dem Wasser, wo Julia Richter vom Brett gestürzt war, noch am Strand, wo sie verstorben war, ließen sich irgendwelche Spuren sichern. Also konzentrierte man sich auf die Halle, in der die Ausrüstung aufbewahrt wurde. Ein zweites Team würde sich das Hotelzimmer von Julia Richter ansehen. Die Unterkünfte der anderen Sportlerinnen waren vorerst tabu. Solange nicht feststand, dass Julia Richter wirklich ermordet worden war und ein begründeter Tatverdacht vorlag, würde der Untersuchungsrichter keinen Durchsuchungsbeschluss ausstellen.

Nick Harder hatte sich mittlerweile mit einem Handtuch abgetrocknet, das ihm einer der Startrichter geliehen hatte, und war wieder in seine Kleider geschlüpft. Jetzt stieg er in einen der weißen Tyvek-Anzüge, und Jan Böttcher, der Verantwortliche der Spurensicherung, ein stiller Mann mit widerspenstigen blonden Haaren und roter Metallbrille, wartete auf ihn. Er hatte es schon lange aufgegeben, Nick darauf hinzuweisen, dass die Suche nach Spuren am Tatort nicht zu den Aufgaben eines Kommissars der Mordkommission gehörte. Stattdessen wandte er sich an Beck.

»Vergiftet, meint ihr?«, fragte er nach. »Womit?«

Beck nahm seine Pfeife aus der Manteltasche.

»Nick und der Notarzt waren der Ansicht, dass die Tote nach Mandeln riecht. Bittermandel.«

Böttcher hob die Augenbrauen.

»Blausäure?«, fragte er ungläubig. »Ich dachte, das ist etwas aus dem letzten Jahrhundert. Solange ich diesen Job mache, hatten wir jedenfalls noch keinen derartigen Fall.«

Da Böttcher, wie Paul Beck wusste, im Monat zuvor seinen vierzigsten Geburtstag gefeiert hatte, umfasste dieser Zeitraum ungefähr die letzten zwanzig Jahre. Verwundert war er nicht. Auch er selbst war der Ansicht, dass Blausäure ein Mordwerkzeug war, das man heutzutage nur noch in den Romanen von Agatha Christie oder Georges Simenon fand. Hercule Poirot hatte solche Fälle gelöst. In Becks eigenen Berufsalltag gehörten sie nicht.

Er zog seinen Tabakbeutel hervor und stopfte die Pfeife.

»Es ist nur ein Verdacht. Womöglich täuschen wir uns auch. Ich«, er betonte das Personalpronomen, »habe es nicht gerochen.«

»Okay.« Jan Böttcher strich die Tolle über seinem jungenhaften, bartlosen Gesicht nach hinten und zog die Kapuze seines Anzugs darüber. Beck zündete die Pfeife an und sog daran. Dann folgte er Böttcher, der sich mit seinen Kollegen auf den Weg zu der Leichtbauhalle machte, die man eigens für den Trimarthon auf der anderen Seite der Promenade auf der freien Fläche eines Parkplatzes errichtet hatte. Der Spurensicherer rüttelte an der Klinke, fand die Tür aber verschlossen.

Beck ließ eine lange Rauchfahne entweichen. Er blickte sich suchend um und entdeckte einen groß gewachsenen Mann mit Kinnbart und streng nach hinten gekämmten Haaren, der mit großen Schritten auf sie zustrebte. Er trug einen dunklen Anzug, dazu eine Krawatte mit dem Logo des Glücksburg Trimarthon und eingewirkten Goldfäden.

»Guten Tag«, sagte der Mann, an niemand Bestimmten gewandt. »Rudi Hager, Wettbewerbsleitung. Kann mir vielleicht jemand sagen, was hier vorgeht?«

Beck löschte seine Pfeife und steckte sie zurück in die Tasche. Dann trat er dem Mann entgegen und streckte die Hand aus.

»Kriminaloberkommissar Paul Beck, Bezirkskriminalinspektion Flensburg.«

Hager umklammerte Pauls Finger und ließ sie nicht wieder los. Seine Handfläche war heiß und feucht.

»Polizei?«, fragte er heiser. »Weshalb denn das?«

»Eine der Sportlerinnen ist verunglückt«, erwiderte Beck irritiert und fragte sich, wie es sein konnte, dass die Veranstalter darüber nicht im Bilde waren.

»Ja. Schrecklich«, sagte Hager und gab Becks Hand endlich frei. »Gerade jetzt, wo wir alle dachten, sie sei über den Berg. Wir haben den Wettbewerb selbstverständlich sofort abgebrochen. Aber ich begreife trotzdem nicht, was die Polizei dabei zu tun hat.«

Paul Beck legte den Kopf schief.

»Gerade jetzt? Was meinen Sie damit?«

»Julia Richter hatte Krebs«, berichtete Hager. »Wir haben alle befürchtet, dass sie es nicht schafft, doch dann ist sie wieder auf die Beine gekommen, und schließlich ging es ihr so gut, dass sie sogar ihr Training wiederaufgenommen hat. Julia war ehrgeizig. Sie wollte ihr altes Leben zurück. Vor ihrer Erkrankung war sie sehr aktiv und engagiert. Sie gehörte auch zum ›Freundeskreis Glücksburg-Tourismus‹, der die Idee für den Wettbewerb entwickelt hat. Sie müssen wissen, dass Julia aus Glücksburg stammte. Ihre Familie hat sich schon immer dafür eingesetzt, dass der Stadt die Aufmerksamkeit zukommt, die sie aufgrund ihrer Einzigartigkeit und ihrer historischen Bedeutung verdient. Auf diesem Weg haben wir uns kennengelernt. Julias Onkel war quasi mein Amtsvorgänger.«

Sein Blick trübte sich und schien in die Vergangenheit zu schweifen. Dann wurde er wieder klar.

»Ich bin der Vorsitzende des Tourismusverbands«, erläuterte Hager. »Ich mochte Julia. Weil sie Visionen hatte. Und weil sie sich niemals hat unterkriegen lassen. Und jetzt …« Er schüttelte traurig den Kopf. »Es ist einfach eine heimtückische Krankheit.«

Paul Beck dachte nach. Natürlich war es möglich, dass Rudi Hager richtiglag und Julia Richter tatsächlich infolge irgendwelcher Nachwirkungen ihrer Krebserkrankung kollabiert war. Doch er hatte in diesem Zusammenhang noch nie von Symptomen gehört, die denen einer Vergiftung ähnlich waren. Selbstverständlich mussten sie das Ergebnis der Obduktion abwarten. Aber bis dahin würde er so vorgehen, wie es bei Verdacht auf ein Kapitaldelikt üblich war.

»Wir können nicht ausschließen, dass Fremdverschulden vorliegt«, erklärte er Hager. »Deshalb sehen wir uns das Hotelzimmer von Frau Richter an. Und wir würden gern einen Blick auf die Ausrüstung in der Halle werfen.«

Hager kniff die Augen zusammen. »Fremd…? Sie meinen, irgendjemand hat Julia … ermordet?«

»Wir wissen es nicht«, erwiderte Beck steif. »Aber wir müssen sichergehen. Dazu sind wir gesetzlich verpflichtet. Wenn der Verdacht besteht, dass ein Verbrechen vorliegt, müssen wir Ermittlungen einleiten.«

»Angenommen, jemand hätte sie getötet«, mischte sich Nick Harder ein, der mit dem Ankleiden fertig war und sich dazugesellt hatte. »Hätten Sie eine Idee, wer dafür in Frage kommt?«

Rudi Hager musterte Nicks Tyvek-Anzug mit sichtlichem Befremden.

»Nein«, sagte er. »Das hier ist lediglich ein semiprofessioneller Wettbewerb. Da gibt es keine aggressiven Machtkämpfe. Nur sportlich faire Konkurrenz.«

Beck sah den Wettbewerbsleiter nachdenklich an. Fehlgeleiteten Ehrgeiz gab es nicht nur unter Profis.

»Welche Sportlerinnen hatten Zugang zu dieser Halle?«, erkundigte er sich.

»Alle.« Hager strich seine Krawatte glatt. »Die Teams lagern ihre Ausrüstung dort. Wir haben hier nicht den Platz, um jedem Team eigene Räumlichkeiten zur Verfügung zu stellen. Das sollte sich natürlich ändern, wenn der neue Wettbewerb einschlägt. Wir haben Pläne für ein Wassersportzentrum …« Seine Stimme verlor sich.

»Wie war denn die Stimmung?«, fragte Nick. »War da alles entspannt?«

Hager hob hilflos die Arme.

»Darüber weiß ich nichts. Vielleicht kann unser sportlicher Leiter mehr dazu sagen. Sebastian Schön. Aber wir haben uns vor allem um die Organisation gekümmert.« Wieder versickerte seine Stimme.

Becks Blick wanderte über den weißen Strand auf die Förde. Irgendwo dort jenseits des Wassers lag Sønderhav, der Ort, an dem sich Heiko Richter derzeit aufhielt.

»Sag Theresa Bescheid«, bat er Nick. »Sie sollen die Sportlerinnen und die Trainer zu uns herüberschicken.«

Nick hatte bereits sein Smartphone in der Hand.

Beck sah Rudi Hager an und deutete auf die Tür der Leichtbauhalle.

»Wenn Sie uns vielleicht öffnen könnten? Je eher die Kollegen mit der Arbeit beginnen, desto schneller haben wir Klarheit.«

Er sah, wie Hagers Kiefer mahlten. Zögerlich zog der Wettbewerbsleiter ein Schlüsselbund aus der Tasche seiner Anzugjacke und öffnete das Tor.

»Bitte«, sagte er, klang dabei aber eher widerstrebend als einladend.

Nick hielt sein Smartphone hoch.

»Die Sportlerinnen kommen«, berichtete er. »Aber die Trainer brauchen Lotta und Theresa noch. Offenbar geht auf der anderen Seite auch nicht alles mit rechten Dingen zu.«

Der Wettbewerbsleiter zuckte zusammen. Beck spürte, wie ihm ein Schauer über den Rücken rieselte.

»Was meinst du damit?«, fragte er nach.

»Scheint, als hätte dort jemand die Zeiterfassung verfälscht«, berichtete Nick Harder.

»Wie bitte?« Rudi Hager starrte Nick an, und Beck konstatierte befremdet, dass der Wettbewerbsleiter über die mögliche Manipulation des Trimarthons kaum weniger schockiert schien als über den Tod von Julia Richter. Allerdings war der Eingriff in die Zeitmessung ja auch ein Indiz dafür, dass der Sturz der Stand-up-Paddlerin alles andere als ein Unfall gewesen war. Anscheinend hatte tatsächlich jemand auf Teufel komm raus versucht, den Ausgang des Wettbewerbs zu beeinflussen. Auch wenn Beck bisher nicht die geringste Idee hatte, was das Motiv für einen solch brutalen Eingriff gewesen sein könnte.

»Das Preisgeld für das Gewinnerteam beträgt zehntausend Euro?«, fragte er nach, weil er sich plötzlich nicht mehr sicher war, ob er die Information korrekt abgespeichert hatte.

»Stimmt«, antwortete Nick, ehe Rudi Hager es konnte.

Beck strich nachdenklich über die Pfeife in seiner Manteltasche. Zehntausend Euro waren kein Pappenstiel, aber doch zu wenig, um dafür zu töten. Oder nicht?

Nick steckte das Telefon weg und schloss den Reißverschluss seines Tyvek-Anzugs. Er fischte seine Kopfkamera samt Stirnband und sein Headset aus der Ausrüstungstasche, die er aus seinem VW-Bus geholt hatte, und hielt beides hoch.

»Soll ich dich mitnehmen?«, fragte er. Wenn Paul wollte, konnte er auf diese Weise auf seinem Tablet Nick und den Kollegen von der Spurensicherung bei der Untersuchung eines Tatorts zusehen. Doch Beck schüttelte den Kopf.

»Ich rufe Lotta an. Ich muss wissen, wie Heiko Richter auf die Nachricht vom Tod seiner Frau reagiert hat. Und dann will ich mit diesem Sebastian Schön, Ihrem sportlichen Leiter, und den anderen Verantwortlichen des Wettbewerbs sprechen«, fügte er an Rudi Hager gewandt hinzu.

Hager, der offensichtlich lieber durch das offene Hallentor den Beamten von der Spurensicherung bei der Arbeit zugesehen hätte, deutete einen ergebenen Diener an. Nick Harder rieb sich die Hände und zog sich dünne Latexhandschuhe darüber.

»Na, dann wollen wir mal«, sagte er und tauchte in die Halle ein.

11

Heiko Richter saß auf einem Klappstuhl in dem Container, den man am Strand von Sønderhav für die Schiedsrichter aufgestellt hatte. Er hatte die Unterarme auf die Knie gestützt, und seine Hände baumelten kraftlos zwischen seinen Beinen.

Lotta Lundkvist studierte sein kantiges Gesicht. Richter sah aus, als hätte man jedes Quäntchen Energie aus seinem Körper gezogen.

»Es tut mir sehr leid«, sagte sie. »Der Tod Ihrer Frau muss ein Schock für Sie sein.«

Richter sah sie mit zusammengepressten Lippen an.

»Ich habe jeden Tag erwartet, dass sie stirbt«, entgegnete er rau. »Fast zwei Jahre lang. Sie war völlig ausgezehrt. Diese Krankheit …«

»Ihre Frau war krank?«

»Leukämie«, erklärte Richter. »Langsam. Schleichend. Heimtückisch. Und dann plötzlich wie ein Keulenschlag.«

Lotta verspürte den Impuls, seine Hände in ihre zu nehmen, hielt sich aber zurück. Zugleich überschlugen sich die Gedanken in ihrem Kopf. War Julia Richter womöglich gar nicht ermordet worden? War sie einfach infolge ihrer Erkrankung gestorben?

»Und trotzdem hat sie Leistungssport getrieben?«, fragte sie ungläubig.

»Nein. Sie hat eine Knochenmarkspende bekommen. Sie war geheilt.« Richter lachte bitter. »Jedenfalls war es das, was ihre Ärzte behauptet haben.« Er schluckte sichtlich. »Sie war so glücklich. Sie dachte, sie hätte eine zweite Chance bekommen und könnte noch einmal von vorn anfangen.«

Lotta fragte sich, ob Paul von Julias Krankheit wusste. Und ob er dennoch von einem Tötungsdelikt ausgehen würde. Sie merkte, dass sie sich wünschte, dass es einfach ein ungnädiges Schicksal und kein Verbrechen gewesen war. Es würde die

Dinge für sie und Grit so viel einfacher machen. Aber Heiko Richter hatte ja gesagt, dass seine Frau als geheilt gegolten hatte.

»Wir werden Sie so bald wie möglich nach Glücksburg fahren«, erklärte sie. »Doch vorher muss ich Ihnen noch ein paar Fragen stellen. Im Angesicht der Ereignisse mag Ihnen die Manipulation der Messgeräte nicht mehr wichtig erscheinen, aber wir können nicht ausschließen, dass diese beiden Begebenheiten zusammenhängen.«

Richter sprang unvermittelt auf und schlug mit der Faust gegen die Metallwand des Containers. Lotta, die darauf nicht vorbereitet gewesen war, zuckte erschrocken zusammen.

»Sie glauben, jemand hat meine Frau ermordet?«, bellte er. »Dieselbe Person, die auch an den Instrumenten gedreht hat?«

Lotta stand auf, um sich mehr Autorität zu verschaffen.

»Wir können es zumindest nicht ausschließen.«

Heiko Richter sank zurück auf seinen Stuhl. Er ballte ein paarmal die Fäuste und öffnete sie wieder, ganz offensichtlich darum bemüht, seine Fassung wiederzufinden. Dann zog er konzentriert die Augenbrauen zusammen.

»Wenn es um den Wettbewerb ging, kommen nur die Däninnen in Frage.« Er bemerkte, wie Lottas Mundwinkel nach unten wanderten, und machte eine entschuldigende Geste. »Sorry. Aber sie waren die einzige ernst zu nehmende Konkurrenz für unser Team eins.« Seine dunklen Augen bohrten sich in ihre. »Die Messinstrumente muss Rask manipuliert haben. Anders Rask, der Trainer. Sie haben ihn ja gesehen. Und meine Frau … Dafür kommt nur die Stand-up-Paddlerin in Frage. Grit Larsen ist ihr Name. Sie ist die einzige Dänin, die beim Start auf derselben Seite der Förde war wie Julia. Und ich habe gesehen, wie sie meine Frau angeschaut hat. Das war nicht nur sportliche Konkurrenz. Das war … Hass.«

Lotta nahm wieder Platz. Sie spürte, wie sich ihr Magen schmerzhaft zusammenzog. Sie hatte denselben Eindruck gehabt, was die Gefühle ihrer besten Freundin der deutschen Gegnerin gegenüber anging. Doch warum? Lotta wusste natürlich, dass Grit auf das Preisgeld aus dem Wettbewerb gehofft hatte. Seit dem Tod ihrer Tochter Pia betreute sie ein Projekt in Afrika, das wegen fehlender finanzieller Mittel zu scheitern drohte. Ihr Engagement für notleidende Kinder hatte fast fanatische Ausmaße angenommen. Trotzdem war es nur ein sportlicher Wettkampf und die Siegprämie nur eine Möglichkeit, die Zukunft von Grits Projekt zu sichern. Julia Richter war eine starke Konkurrentin gewesen, aber doch keine Todfeindin.

»Für jemanden, der gerade einen so heftigen Schock erlitten hat, denken Sie sehr rational«, sagte sie zu Richter, um ihre eigene Betroffenheit zu verbergen.

Heiko Richter blinzelte nur kurz.

»Ich bin Soldat«, gab er zurück. »Ich habe gelernt, auch unter emotionalem Stress zu funktionieren.«

»Ah.« Lotta wusste nicht so recht, was sie darauf entgegen sollte, und begab sich lieber auf unbedenklicheres Terrain.

»Sie selbst haben nichts unternommen, um den Ausgang des Wettbewerbs zu beeinflussen?«, erkundigte sie sich. »Verzeihen Sie, aber ich muss Sie das fragen.«

Richter signalisierte, dass er keine Einwände hatte.

»Ich habe nichts dergleichen getan«, versicherte er. »*Wir* haben das nicht nötig.«

Lotta merkte, wie sie ärgerlich wurde. Seine Überzeugtheit von der Leistungsfähigkeit seiner Sportlerinnen in allen Ehren, doch sein Unterton missfiel ihr. Die Deutschen waren schließlich nicht per se bessere Menschen.

»Die Kollegen auf der anderen Seite werden Sie das auch fragen«, sagte sie schärfer als beabsichtigt. »Könnten Sie sich vorstellen, dass außer der dänischen Paddlerin, dieser …«, sie gab vor, den Namen memorieren zu müssen, »… Grit Larsen … noch jemand ein Motiv gehabt haben könnte, Ihrer Frau etwas anzutun?«

Richter, offenbar immun gegen ihre latente Aggression, wollte spontan den Kopf schütteln, hielt dann aber inne.

»Nun ja«, sagte er langsam, den Blick nach innen gerichtet. »Gestern Abend, beim Abschlusstraining, gab es einen ziemlichen Krach. Meine Frau hat kurzfristig entschieden, die Schwimmerin in ihrem Team auszutauschen. Diejenige, die eigentlich für den Wettkampf vorgesehen war, war deutlich außer Form. Aber die Schwimmerin hat ihren Ausschluss nicht besonders gut aufgenommen. Sie hat Julia fürchterlich beschimpft.«

Lotta spürte, wie sie Hoffnung schöpfte. Falls es denn tatsächlich Mord war, schien Grit zumindest nicht die einzige Tatverdächtige zu sein.

»Wie ist der Name dieser Schwimmerin?«, erkundigte sie sich.

»Friederike Niehaus«, sagte Richter. Es klang, als würde er auf den Boden spucken.

12

Die Suite in der obersten Etage des Strandhotels sah gleichermaßen gediegen und gemütlich aus. Beck stellte fest, dass man von hier aus einen hervorragenden Blick über den Strand und die blau schimmernde Ostsee hatte. Hätte er nicht seine Kate mit der hübschen Aussicht auf die Schlei gehabt, er wäre ernstlich neidisch geworden.

Sebastian Schön, der sportliche Leiter des Glücksburg Trimarthon, hatte ein paar zusätzliche Stühle organisiert und um den niedrigen Tisch herum aufgestellt, auf dem eine Auswahl an Saft- und Wasserflaschen bereitstand. Beck nahm sich ein Wasser und blickte die vier Männer an, die sich ihm im Halbkreis gegenübergesetzt hatten: den Wettbewerbsleiter Rudi Hager, den technischen Leiter Friedrich Ernst, den Marketing-Mann Jakob Wolff und Sebastian Schön. Der sportliche Leiter war deutlich jünger als die anderen drei und der Einzige, der keinen Bauchansatz hatte.

»Schrecklich«, sagte Wolff. »Eine Katastrophe. Ein Jahr Vorbereitung. Wir haben Unsummen in Organisation und Werbung investiert. Und nun …«

Friedrich Ernst hüstelte. Die mangelnde Empathie seines Kollegen war ihm ganz offensichtlich peinlich.

»Wir bedauern diese Tragödie ganz außerordentlich«, beteuerte er. »Ausgerechnet Julia Richter. Eine verdiente Person dieser Stadt.«

Sebastian Schön gab ein seltsames Geräusch von sich.

»Meinst du, es wäre weniger tragisch, wenn es jemand anderen getroffen hätte?«

Ernst errötete leicht.

»Nein. So war das ja nicht gemeint …«

Beck tastete in seiner Manteltasche nach der Pfeife. Er hätte sie gerne angezündet, weil er dann besser nachdenken konnte. Doch die Suite war natürlich ein Nichtraucherraum, und außer ihm schien keiner der Anwesenden diesem Laster zu frönen. Zumindest merkte man es keinem von ihnen an.

Beck wandte sich an Sebastian Schön.

»Ihr Vereinsvorsitzender, Herr Hager«, sagte er und deutete auf den Wettbewerbsleiter, »meinte, Sie könnten mir vielleicht mehr über die deutschen Sportlerinnen erzählen.«

Schön nickte, sah ihn aber nicht an. Stattdessen blickte er auf seine Hände, die er auf den Knien gefaltet hatte. Ein Muskel in seinem Gesicht zuckte, und es kostete ihn offenbar Mühe, sich zu sammeln. Schließlich hob er den Kopf.

»Julia ... Julia Richter war eine Kollegin«, erklärte er mit rauer Stimme.

Beck war überrascht. Er hatte eigentlich nur auf Informationen über die Teams gehofft. Doch wenn Schön die Tote persönlich gekannt hatte, umso besser.

»Vor ihrer Krebserkrankung war Julia die Leiterin der Pathologie bei uns am Diakonissenkrankenhaus in Flensburg«, fuhr der sportliche Leiter fort. »Als es zu schlimm wurde, musste sie aussetzen. Mittlerweile arbeitet sie wieder, aber die Leitung hat inzwischen Cornelia König übernommen. Sie ist die Surferin im deutschen Team zwei.«

»Ach so?« Beck machte sich eine gedankliche Notiz. Berufliche Veränderungen dieser Art konnten leicht zu Konflikten führen. Und die beiden Frauen hatten in der gemeinsam genutzten Halle für die Ausrüstung leichten Zugriff auf das Equipment der jeweils anderen gehabt. Allerdings war es ja nicht Cornelia König, die ums Leben gekommen war, sondern ihre degradierte Kollegin Julia Richter. Im umgekehrten Fall hätte er eher ein Motiv gesehen.

»Sie sind also Arzt?«, fragte er nach.

»Assistenzarzt«, bestätigte Schön. »Sportmedizin.«

Beck spürte, wie sein Enthusiasmus verblasste.

»Das heißt, Sie hatten nur wenig Kontakt mit Frau Richter?« In der Sportmedizin hatte man es ja eher selten mit Fällen zu tun, die eine Abklärung in der Pathologie erforderten.

»Bei der Arbeit sind wir uns nicht oft begegnet«, stimmte

der sportliche Leiter zu. »Aber beim Betriebssport. Wir sind ... waren ... beide leidenschaftliche Paddler.«

»Ah.« Beck kramte sein Notizbuch und einen Stift hervor. »Dann beschreiben Sie mir doch bitte, was für ein Mensch Frau Richter war.«

»Tja.« Schön hob die Schultern. »Was soll ich da sagen? Geradlinig. Selbstbewusst. Ehrgeizig. Eine Kämpfernatur. Ich denke, nur deshalb hat sie es geschafft, den Krebs zu besiegen.« Er schluckte. »Jedenfalls war es das, was wir geglaubt haben.«

»Wir wissen noch nicht, ob ihr Tod mit ihrer Erkrankung in Zusammenhang steht«, bemerkte Beck.

»Nein. Sie müssen die Obduktion abwarten«, entgegnete Schön, ohne nachzudenken. Dann ging ihm auf, was er soeben gesagt hatte, und er wurde blass. »Sie glauben, jemand hat ihren Tod absichtlich herbeigeführt?«

»Wir können es zumindest nicht ausschließen«, relativierte Beck.

»Ja. Sicher.« Schön fuhr sich mit der Hand über das Gesicht. »Weshalb sollte auch sonst die Polizei kommen und Fragen stellen?«

Beck blickte in die Runde.

»Fällt Ihnen jemand ein, der einen Grund gehabt haben könnte, Frau Richter nach dem Leben zu trachten?«

Die vier Verantwortlichen des Trimarthons sahen sich ratlos an.

»Ich habe es schon gesagt«, erklärte Rudi Hager. »Ich kann mir nicht vorstellen, dass irgendjemand wegen zehntausend Euro Preisgeld einen Mord begeht. Und von persönlichen Feindschaften weiß ich nichts.«

Beck wandte sich wieder an Sebastian Schön.

»Wie sah es bei den Teams aus?«, kam er auf die Frage zurück, die er ihm ursprünglich hatte stellen wollen. »Gab es da Spannungen?«

Der sportliche Leiter setzte eine nachdenkliche Miene auf.

»Ich habe nichts dergleichen bemerkt. Das können Ihnen

die Trainer sicher besser beantworten. Anders Rask, Ruut van Rijn und Heiko Richter.« Er verzog mitfühlend den Mund, als ihm aufging, dass er vom Ehemann der Toten sprach. »Mein Gott. Das muss ein schwerer Schlag für ihn sein. Gerade dachte er, dass das Leben weitergeht. Und jetzt …«

»Ja.« Beck, der sich zunehmend unbehaglich fühlte, erhob sich. Er hatte nicht das Gefühl, dass er hier noch etwas erfahren würde, das ihm weiterhalf. Die Wettbewerbsleitung war zu weit von den Teilnehmerinnen entfernt gewesen, um tiefere Einblicke zu gewinnen. Er würde mit den Sportlerinnen und ihren Trainern sprechen müssen. Und hoffen, dass er auf diesem Wege weiterkam.

Er wollte sich gerade verabschieden, als das Telefon in seiner Jackentasche zu klingeln begann.

»Verzeihung.« Beck nahm das Gespräch an. Als er Lottas Stimme am anderen Ende erkannte, erfasste ihn ein warmes Gefühl. Als er hörte, was sie zu berichten hatte, wurde ihm heiß.

»Danke«, sagte er und beendete das Telefonat. Er schaute wieder die vier Verantwortlichen an.

»Können Sie mir verraten, wo ich Friederike Niehaus finde?«

Er erntete fragende Blicke.

»Es stimmt doch, dass sie nicht unter den Wettkämpferinnen war?«, insistierte er.

Schön runzelte die Stirn.

»Ja. Julia hat ihr Team kurzfristig umbesetzt. Friederike war nicht gut vorbereitet. Aber Sie glauben doch nicht, dass sie deshalb …?«

»Im Augenblick glaube ich gar nichts«, entgegnete Beck hölzern. »Ich möchte nur mit ihr reden. Also: Wissen Sie, wo sie ist?«

Ernst, Hager und Schön verneinten bedauernd, doch Jakob Wolff, der Marketing-Experte, hob die Hand.

»Ich habe sie gesehen. Sie stand mit einem Fernglas auf dem Balkon von ihrem Zimmer und hat sich den Start der Paddlerinnen angeschaut. Sie wohnt hier im Hotel.« Er zog einen Tablet-PC aus der Tasche seiner Anzugjacke und aktivierte ihn. »Zimmer 313 im dritten Stock.«

***

Lotta Lundkvist begleitete Heiko Richter zu dem Polizeifahrzeug, das ihn nach Glücksburg bringen würde. Sie konnte nicht umhin, seine Haltung zu bewundern. Der Ehemann der toten Stand-up-Paddlerin ging aufrecht und gerade. Die breiten Schultern hatte er nach hinten gezogen, die Hände pendelten entspannt neben dem Körper. Nur am Mahlen seiner Kiefermuskulatur konnte sie erahnen, was tief in seinem Inneren vorgehen mochte.

Sie hätte gern ein paar tröstende Worte für ihn gehabt, doch ihre Gedanken kreisten so verbissen um Grit, dass ihr einfach nichts einfiel. Immer wieder schob sich dasselbe Bild vor ihre Augen: Grit, die wütend ihre blonde Mähne zurückwarf und mit harter Miene verkündete, dass sie das deutsche Team mit allen Mitteln besiegen würde.

Mit allen Mitteln.

Das waren die Worte, die Lotta nicht aus dem Kopf gingen. Dabei konnte, durfte Grit sie nicht so gemeint haben, wie es jetzt erscheinen mochte. Doch konnte Lotta sich wirklich sicher sein? Seit Pias Tod war Grit einfach nicht mehr dieselbe. Und das Fundament ihrer mehr als zehn Jahre alten Freundschaft kam ihr plötzlich löcherig und morsch vor.

Lotta blieb stehen und atmete tief durch.

Nein. Es war einfach nur ihre Phantasie, die mit ihr durchging. Sie hatte gemeinsam mit Grit Jura studiert, und für sie beide waren Recht und Gerechtigkeit immer das höchste Gut gewesen. Auch wenn sie unterschiedliche Wege eingeschlagen hatten und Grit sich als Anwältin selbstständig gemacht hatte, während Lotta sich für eine Karriere bei der Polizei entschieden hatte, in den grundlegenden Überzeugungen waren sie sich immer einig gewesen. Grit würde niemals etwas Ungesetzliches tun. Schon gar nicht, um einen persönlichen Vorteil daraus zu ziehen.

Lotta hielt Heiko Richter die Wagentür auf und schob die Gedanken an Grit energisch beiseite.

»Mein herzliches Beileid«, sagte sie warm. »Es tut mir wirklich leid, was Ihrer Frau widerfahren ist. Wir werden alles daransetzen, die Umstände ihres Todes so rasch wie möglich zu klären. Sie werden in Glücksburg von Kriminaloberkommissar Paul Beck erwartet. Er leitet die Ermittlungen in dieser Sache.«

Richter, der schon halb in den Wagen gestiegen war, hielt in der Bewegung inne.

»Sie kennen den Mann?«

»Ja. Wir haben bereits in einem anderen Fall zusammengearbeitet«, erwiderte Lotta. »Kommissar Beck ist ein sehr umsichtiger und besonnener Ermittler.« Das einzig Negative, was man über ihn sagen konnte, war, dass er ein wenig steif war und sich kleidete wie eine Figur aus einem Fünfziger-Jahre-Krimi. Aber im Hinblick auf Ersteres würden Paul und Heiko Richter sich hervorragend ergänzen. Und in Bezug auf das Zweite hatte sie selbst in den letzten Wochen Abhilfe geschaffen.

»Gut.« Heiko Richters dunkle Augen ruhten für einen Moment auf ihr. »Dann müssen Sie ja nur dafür sorgen, dass Ihr Landsmann Rask zugibt, dass er die Messstation manipuliert hat.«

Damit schlüpfte er in das Auto und schlug die Tür zu. Der Polizist am Steuer gab Gas, und Lotta blieb allein in der Staubwolke zurück, die er aufgewirbelt hatte. Sie blickte zum Strand hinüber, wo Theresa noch immer damit beschäftigt war, zusammen mit dem Startrichter und dem Mann für die Technik den Computer für die Zeiterfassung unter die Lupe zu nehmen. Wenn sie herausfand, zu wessen Gunsten manipuliert worden war, würde es sicher nicht schwer sein, den Schuldigen zu finden und zu überführen.

Zumindest hoffte Lotta das. Sobald dieser Strang der

Ermittlungen aufgerollt war, wollte sie auf die andere Seite der Förde und Paul und Nick bei deren Part unterstützen. Die entsprechende Eingabe hatte sie bei ihrem Vorgesetzten bereits gemacht, und der hatte ohne zu zögern zugestimmt, weil offensichtlich war, dass dieser Vorfall beide Länder betraf, und man überdies seit Jahren bemüht war, die deutsch-dänische Kooperation zu verstärken. Sich selbst allerdings konnte Lotta nicht so leicht davon überzeugen, dass es ihr nur darum ging, den deutschen Kollegen, die überdies ihre aktuellen Lebenspartner waren, bei der Aufklärung des Falls zu helfen. Und nicht vielmehr darum, ihre Freundin Grit zu beschützen.

Aber, dachte sie trotzig, das war ja auch egal. Das eine war so legitim wie das andere.

13

Nick Harder sah zu, wie die Spurensicherer die Ausrüstungsgegenstände der Trimarthon-Athletinnen in Kisten verpackten und zu den Mercedes-Vito-Bussen trugen, die vor der Leichtbauhalle parkten. Zwei Kollegen von der Schutzpolizei würden die Sachen nach Kiel ins Landeskriminalamt fahren, wo sie von den Beamten des Dezernats 43 für Naturwissenschaftliche Kriminaltechnik untersucht werden würden. Was, wie Nick wusste, eine Weile dauern konnte. Die Toxikologie war eine Wissenschaft, die Geduld erforderte, weil die Verfahren kompliziert und zeitaufwendig waren. Etwas, das ihm überhaupt nicht gefiel. Er hasste es, herumzusitzen und zu warten. Er wollte etwas tun.

Beiläufig streifte er den Tyvek-Anzug ab und zog sein Smartphone aus der Tasche.

»Paul?«, sagte er, als das Gespräch angenommen wurde. »Wir sind hier durch. Auf den ersten Blick nichts Verdächtiges. Jan schickt alles nach Kiel in die KT, aber bis dahin …« Er sprach nicht weiter. Paul kannte den Text auch so.

Er ließ den Blick noch einmal durch die Halle schweifen. Sie war so schlicht, wie man es von einem derartigen Provisorium erwartete, mit Rigipswänden in Abteile untergliedert. In jedem befanden sich Bänke, ein paar Haken und offene Schränke, in denen die Sportlerinnen ihre Ausrüstung und ihre persönlichen Sachen verwahrten, ebenso wie ihre Getränkeflaschen und Sportriegel, die jetzt auf dem Weg ins LKA waren.

Nick wusste, dass die Chance, etwas zu finden, gering war. Wenn Julia Richter tatsächlich einem Anschlag zum Opfer gefallen war, hatte man sie vermutlich gezielt vergiftet, und das Getränk oder der Fitnessriegel oder was immer der Täter für sein Vorhaben ausgewählt hatte, befand sich in ihrem Magen. Aber vielleicht hatten die Kollegen ja Glück, und es ließen sich noch Rückstände in einer leeren Flasche oder an einer Verpackungsfolie aus einem der Mülleimer nachweisen, die sie in große Plastiksäcke geleert hatten.

Darüber hinaus gab es natürlich zahllose Spuren, wie es in einem Gebäude, das von mindestens fünfzehn Personen genutzt wurde, vorauszusehen war. Doch solange sie nicht wussten, wonach sie Ausschau halten sollten, nützte ihnen das alles wenig. Sie würden die Halle versiegeln und gegebenenfalls später noch einmal unter die Lupe nehmen.

Er hörte zu, was Paul zu berichten hatte, und merkte, wie sich seine Laune wieder hob. Eine Tatverdächtige war allemal besser als ein Haufen nichtssagender Spurenträger in Plastiktüten, selbst wenn ihm das mögliche Mordmotiv mehr als dünn erschien. Aber zumindest würden sie etwas tun können.

»Super«, sagte er. »Ich komme ins Hotel.«

Er steckte sein Mobiltelefon weg, drehte sich um und wollte aus der Tür ins Freie treten, doch der Weg war versperrt. Vor ihm standen fünf Frauen in Neoprenanzügen. Jede von ihnen hatte ein Board und ein aufgerolltes Kite-Segel dabei.

Nick Harder betrachtete die Sportgeräte interessiert. Er war selbst ein leidenschaftlicher Kite-Surfer und hatte für seine Ausrüstung tief in die Tasche gegriffen, doch an das, was die Frauen unter den Armen trugen, kam sein Equipment nicht heran. Die vorderste hielt gar das Board in der Hand, mit dem er seit einiger Zeit liebäugelte, für das sein Budget aber derzeit einfach nicht reichte.

»Cooles Brett«, sagte er.

Die Frau bedachte ihn mit einem ungnädigen Blick.

»Ja«, entgegnete sie. »Und deshalb würde ich es gern in die Halle bringen und sauber machen.« Sie beäugte die Beamten, die gerade die letzten Kisten in einem der Busse verstauten. »Was tun Sie hier eigentlich?«

Harder ging auf, dass die Kite-Surferinnen wahrscheinlich noch gar nicht wussten, was geschehen war. Natürlich waren sie mit ihren Kites viel schneller als die Stand-up-Paddlerinnen, die bereits einige Zeit zuvor am dänischen

Ufer angelangt waren, doch im Gegensatz zu diesen war für die Surferinnen nicht der direkte Weg von Sønderhav nach Glücksburg gewählt worden. Man hatte, wie er in der Wettbewerbsbroschüre gelesen hatte, eine Regattastrecke abgesteckt, die ein gutes Stück auf die Ostsee hinausführte, und der Wind blies aus Südwest. Auf dem letzten Teil der Etappe hatten die Frauen vermutlich etliche Male kreuzen müssen, statt sich einfach vom Wind vorwärtstragen lassen zu können.

Er berichtete in knappen Worten, was vorgefallen war, und die ungeduldige Anspannung in den Gesichtern der Frauen wich ungläubigem Entsetzen.

»Tot?«, ächzte die Frau, die direkt vor ihm stand. »Julia ist tot?«

Es war, wie ihm ein Blick auf ihren Neoprenanzug verriet, die Surferin aus dem deutschen Team eins, eine kleine, blonde und kräftige Frau mit bemerkenswert blauen Augen.

»Ja«, sagte Nick. »Es tut mir sehr leid.«

Die zweite deutsche Surferin, eine große, schlanke Frau mit kurzen dunklen Haaren und einer großen Nase, trat einen Schritt nach vorn.

»Woran ist sie gestorben?«, fragte sie. »War es … der Krebs?«

»Wir wissen es noch nicht«, entgegnete Nick. »Aber wir können nicht ausschließen, dass es sich um ein Gewaltverbrechen handelt.«

Die Frauen schwiegen betroffen. Nick Harder deutete auf ihre nassen Sachen.

»Wohnen Sie hier in der Nähe?«

Die Dunkelhaarige deutete zum »Weißen Schloss«.

»Dann gehen Sie doch bitte in Ihr Hotel und ziehen sich um«, forderte er sie auf. »Wir müssen mit jeder von Ihnen sprechen. Bleiben Sie einfach auf Ihren Zimmern. Wir melden uns dann bei Ihnen.«

Die drei Frauen, die sich im Hintergrund gehalten hatten – die dritte Deutsche, die Dänin und die Holländerin –, befolgten seine Bitte wortlos. Die beiden Frauen aus den deutschen Teams eins und zwei verharrten in ihrer Position.

»Das müssen Sie uns schon ein wenig genauer erklären«, verlangte die größere der beiden.

»Das werden wir«, erwiderte er. »Aber nicht hier.« Er verschränkte die Arme vor der Brust, um zu signalisieren, dass dieser Punkt nicht verhandelbar war.

Die kleinere der Frauen blitzte ihn an.

»Ihren Namen und Ihren Dienstrang«, verlangte sie. »Damit wir uns gegebenenfalls über Sie beschweren können.«

»Kriminalkommissar Nick Harder, Bezirkskriminalinspektion Flensburg«, erklärte Nick gelassen. »Die Ermittlungen leitet Kriminaloberkommissar Paul Beck. Und Sie dürfen sich gerne beschweren. Es wird allerdings nichts nützen. Wir machen hier alles nach Vorschrift.«

»So?« Die blonde Surferin funkelte ihn an. »Und weshalb fragen Sie dann nicht nach unseren Namen?«

Nick Harder schenkte ihr ein breites Lächeln.

»Das ist nicht nötig«, erwiderte er. »Sie sind Martina Scheffler, Surferin im deutschen Team eins. Und Ihre Kollegin«, er deutete auf die große Dunkelhaarige, »ist Cornelia König von Team zwei.«

Die beiden Frauen blinzelten verwirrt.

»Stimmt«, sagte Martina Scheffler. »Aber woher wissen Sie das?«

Nick grinste.

»Ich könnte jetzt sagen, die Polizei weiß alles. Aber ich habe einfach nur die Wettbewerbsbroschüre gelesen. Sie sind ja quasi prominent.«

Cornelia König schnaubte. Sie wandte sich ab und marschierte davon. Ganz offensichtlich war sie für Harders Humor nicht empfänglich. Martina Scheffler dagegen schien gegen ihren Willen beeindruckt.

»Okay«, sagte sie und musterte ihn mit zusammengekniffenen Augen. »Aber ich kann jetzt nicht einfach herumsitzen und warten.« Sie klemmte sich ihr Brett wieder unter den

Arm. »Ich gehe noch eine Runde aufs Wasser. Wenn Sie mit mir reden wollen, kommen Sie einfach an den Strand und geben mir ein Zeichen.«

»Mache ich.« Nick zögerte kurz, weil es eigentlich nicht der passende Moment dafür war, doch er wollte zu gern wissen, was die Frau auf dem teuren Board konnte. Und mit ihr sprechen konnte er ja auch beim Sport.

»Ich bringe mein Brett mit«, schlug er vor. »Vielleicht können Sie mir ein paar Tricks zeigen.«

Ein kleines Schmunzeln stahl sich in ihre Mundwinkel.

»Sie wollen herausfinden, ob eine Frau Ihnen das Wasser reichen kann?«, schloss sie ohne große Mühe. »Ja. Warum nicht?« Sie legte zackig die Hand an die Stirn. »Stets zu Diensten«, erklärte sie und wandte sich in Richtung Strand. Dann drehte sie sich noch einmal um.

»Aber machen Sie sich auf eine bittere Niederlage gefasst«, fügte sie hinzu, ehe sie mit langen Schritten davonging.

Nick Harder lachte leise. Diese Martina Scheffler war eine Frau nach seinem Geschmack.

***

Vor der Tür von Zimmer 313 standen drei Frauen in schwarzen Trainingsanzügen. Die Schwimmerinnen der drei deutschen Teams, schloss Paul Beck messerscharf, der aus dem obersten Stockwerk die Treppe herunterkam und in den langen Flur trat. Nachdem das Rennen abgesagt worden war, hatte man die Schwimmerinnen mit einem Polizeibus zurück nach Glücksburg gebracht. Und man hatte sie ganz offensichtlich darüber informiert, was geschehen war.

Eine der Frauen hämmerte mit der Faust gegen die Zimmertür.

»Friederike!«, brüllte sie. »Mach auf. Wir wissen, dass du da bist.«

Beck beschleunigte seine Schritte, doch ehe er die Schwimmerinnen erreicht hatte, öffnete sich die Tür des Hotelzimmers, und das Gesicht einer Frau mit wilden braunen Locken erschien in dem schmalen Spalt.

Die erste der Schwimmerinnen warf sich gegen die Tür und drängte Friederike Niehaus zurück ins Zimmer. Die beiden anderen folgten. Beck hörte erregte Stimmen.

»Was hast du getan?«, rief die eine. »Bist du vollkommen übergeschnappt?« eine andere. Dann hatte Beck das Zimmer erreicht.

Er sah, wie sich die Frau mit den braunen Locken gegen die anderen drei zur Wehr zu setzen versuchte, die nicht nur mit Worten auf sie losgingen. Eine der Schwimmerinnen hatte Friederike Niehaus an den Aufschlägen ihrer Bluse gepackt und bohrte den Zeigefinger in ihre Brust.

»Gib doch zu, dass du es nicht ertragen hast«, fauchte sie. »Diese Demütigung, nachdem du ein Jahr für diesen Wettbewerb trainiert hast.« Ein verächtliches Lächeln erschien auf ihren Lippen. »Und dann kickt sie dich einfach raus, am Abend vor dem Start. Das hast du ihr nicht verziehen. Und deswegen musste sie sterben.«

Friederike Niehaus versuchte sich zu befreien und schlug wild um sich.

»Ihr spinnt doch!«, keuchte sie. »Hör sofort damit auf.«

Doch die Schwimmerin, die sie festhielt, dachte überhaupt nicht daran. Sie nahm die zweite Hand zu Hilfe und zog den Kragen von Friederikes Bluse so eng, dass sie nicht mehr schlucken konnte.

»Meine Damen! Bitte!«, sagte Paul Beck und machte einen Schritt auf die Kontrahentinnen zu. Sie beachteten ihn nicht und rangelten weiter. Friederike Niehaus schnappte verzweifelt nach Luft.

»Polizei!«, rief Beck. »Lassen Sie die Frau los.«

Die Schwimmerin, die Friederike Niehaus am Kragen gepackt hatte, warf ihm einen kurzen Blick zu, lockerte ihren Griff aber nicht. Stattdessen schüttelte sie Friederike energisch. »Na, komm schon«, forderte sie. »Mach den Mund auf.«

Friederike holte aus. Beck versuchte, sich zwischen die beiden Frauen zu drängen, um sie zu trennen. Friederikes flache Hand landete schmerzhaft auf seiner Wange.

»Au!«, sagte er.

Der Effekt war verblüffend. Der jammervolle Laut bewirkte, was sein Versuch, sich Autorität zu verschaffen, nicht vermocht hatte.

Die Schwimmerin gab Friederike frei. Auch die anderen kamen wieder zur Besinnung. Sie standen ein wenig verloren im Raum, die Blicke beschämt zu Boden gerichtet. Friederike Niehaus zupfte ihre Bluse zurecht und rieb sich den Hals.

»Ihr habt doch nicht mehr alle Tassen im Schrank«, verkündete sie.

Beck wandte sich an die drei Frauen in den Trainingsanzügen.

»Warten Sie bitte draußen«, forderte er sie auf. »Ich möchte mich mit Frau Niehaus unterhalten, aber mit Ihnen will ich auch noch sprechen.«

Die drei trotteten zur Zimmertür und schlichen davon wie gescholtene Schülerinnen. Friederike Niehaus ließ sich aufs Bett sinken.

Beck schloss die Tür hinter den anderen Schwimmerinnen, nahm sich einen Stuhl und setzte sich Frau Niehaus gegenüber.

»Tut mir leid«, sagte sie. »Die Ohrfeige, meine ich.«

Beck machte eine wegwerfende Handbewegung, obwohl er sich auf eigenartige Weise gekränkt fühlte. In seinem ganzen Leben hatte ihn noch niemand geohrfeigt. Auch nicht aus Versehen.

»Ich denke, wir können es kurz machen«, sagte er. »Julia Richter ist tot, möglicherweise ermordet. Und Sie hatten ganz offensichtlich ein Motiv.«

Friederike Niehaus sah ihn an. Sie hatte, wie er jetzt feststellte, ein hübsches Gesicht und rehbraune Augen. Für eine Sportlerin war sie vielleicht ein wenig zu mollig, aber mit ihren ungebändigten braunen Locken, die ihr über die Schultern fielen, gab sie ein apartes Bild ab.

»Ich war sauer, ja«, sagte sie. »Natürlich war ich das. Ich

wollte so gern für unser Team schwimmen und Julia helfen, diesen Preis zu gewinnen. Sie hätte ihn gebraucht, wissen Sie? Als sie damals erfahren hat, dass sie Krebs hat, ist ihre ganze Welt zusammengebrochen. Sie musste ihren Posten im Krankenhaus aufgeben. Und sie konnte keinen Sport mehr machen. Der Sieg beim Trimarthon hätte bedeutet, dass sie wieder zurück ist.«

Beck legte den Kopf schief.

»Das heißt, Julia Richter war Ihre Freundin?«

Friederike Niehaus nickte heftig.

»Wir kennen uns schon lange. Sie war meine Trainerin.« Sie sah Beck vertrauensvoll an. »Ich war früher furchtbar dick, wissen Sie?« Sie stand auf und zog ihren Pullover hoch. Mit Daumen und Zeigefinger hob sie eine Speckfalte an, die schlaff wirkte, aber offensichtlich früher einmal prall gefüllt gewesen war. »Sehen Sie?«

Beck wusste nicht, wo er hinschauen sollte. Er warf einen flüchtigen Blick auf den präsentierten Bauch und verdrehte dann die Augen zur Seite. Die Situation war ihm mehr als peinlich. Friederike Niehaus allerdings schien das nicht so zu empfinden. Sie zog den Pullover wieder herunter und setzte sich.

»Die Ärzte haben mir geraten, mit dem Schwimmen anzufangen, und Julia hat mir geholfen, durchzuhalten. Sie wusste, dass ich nicht glücklich bin. Mein Mann ist viel auf Montage, und unsere beiden Jungs sind so wild. Und mein Mann … ich glaube nicht, dass er mir treu ist.«

Beck hustete. Er war ohnehin nicht gut in Beziehungsdingen, und das alles hier war definitiv mehr Information, als er haben wollte.

Friederike bemerkte sein Unbehagen nicht.

»Ich habe mich so leer gefühlt«, berichtete sie weiter. »Ich habe nur noch vor dem Fernseher gesessen und Eis und Schokolade in mich hineingestopft. Bis mein Arzt festgestellt hat, dass mein Blutzucker viel zu hoch ist. Beginnender Diabetes, hat er gesagt. Mit sechsundzwanzig, stellen Sie sich das vor.«

Beck wollte sich das lieber nicht ausmalen. Er hatte einen Blick in die Wettbewerbsbroschüre geworfen und herausgefunden, dass Friederike Niehaus dreiunddreißig Jahre alt war, genau wie er selbst. Zu jung, um sich mit einer schwerwiegenden chronischen Erkrankung herumzuschlagen.

»Das war vor sieben Jahren«, bestätigte Friederike seine Recherche. »Mein Arzt hat mich dann zur Kur geschickt. Und anschließend habe ich mit dem Schwimmen begonnen.« Ihr Blick kehrte sich nach innen, und ein versonnenes Lächeln erschien auf ihren Lippen. »Sie können sich nicht vorstellen, was das für eine Erleichterung war. Zu Hause, mit den Jungs und dem Haushalt, fühle ich mich manchmal so eingesperrt, aber im Wasser bin ich frei.«

»Hm.« Beck hatte das Gefühl, dass das Gespräch nicht in die Richtung führte, in die er wollte, aber er wusste auch nicht, was er ändern konnte.

»Julia hat mich trainiert«, fuhr Friederike fort. »Ich bin so schlank geworden, wie ich es nicht mal als junges Mädchen war. Und mein Blutzucker war wieder im grünen Bereich. Und dann hatte Julia die Idee mit diesem Wettbewerb, und sie hat mich gefragt, ob ich für ihr Team schwimme. Ich war so stolz!«

Friederike stand auf und öffnete die Tür, die auf den Balkon führte. Sie betrat das kleine Viereck, legte ihre Hände auf die Brüstung und schaute über die Promenade auf den Strand und die Förde. Die See war tiefblau und ruhig, und am Himmel zogen dünne weiße Wolkenfäden vorbei. Die Szenerie wirkte so friedlich. Es war kaum zu glauben, dass hier nur kurz zuvor eine Frau qualvoll gestorben war.

Beck lehnte sich mit dem Rücken gegen die Brüstung und sah Friederike an. Sie schaute zwar auf den Strand, schien aber nichts von dessen Schönheit wahrzunehmen. Stattdessen war ihr Blick nach innen gerichtet.

»Ein halbes Jahr darauf kam der Krebs«, berichtete sie. »Julia konnte nicht mehr trainieren. Der Tourismusverband hat ihren Vorschlag mit dem Trimarthon tatsächlich verwirklicht, doch Julia wusste, dass sie nicht dabei sein würde. Sie war so furchtbar traurig.«

»Sie haben sich um sie gekümmert?«, fragte Beck, froh, dass er endlich auch etwas sagen konnte.

Friederike Niehaus nickte heftig.

»Ich war immer für sie da. Vorher waren wir nur locker befreundet, aber dann …« Ihr heiteres Gesicht verdunkelte sich. »Wenn jemand krank wird, wenden sich die Leute ab. Als ob man sich mit Krebs anstecken könnte.«

»Und weiter?«

Friederike hob die Hände.

»Julia hatte schon aufgegeben. Doch plötzlich kam die Nachricht. Sie hatten einen Spender gefunden.« Ihre Augen leuchteten. »Es hat funktioniert. Julia ist wieder ganz gesund geworden. Und sie hat angefangen, für den Trimarthon zu trainieren.«

Beck hatte das Gefühl, dass sie an diesem Punkt schon gewesen waren.

»Sie wollte den Sieg, um sich selbst zu beweisen, dass sie wieder vollständig im Leben angekommen ist«, sagte er.

»Ja.« Friederike schaute auf ihre Hände, und ihre Stimme klang plötzlich bitter. »Sie war wieder ganz die Alte. Ehrgeizig und unversöhnlich und schroff.«

»Und undankbar?«

Die Schwimmerin blickte auf.

»Ich habe mich zwei Jahre lang um sie gekümmert. Ich war immer da, wenn es ihr schlecht ging. Und jetzt, wo ich ein wenig Unterstützung bräuchte, da … da lässt sie mich einfach fallen.«

Sie ballte die Fäuste.

»Die beiden Großen stecken mitten in der Pubertät und tanzen mir auf der Nase herum. Unser Jüngster ist ständig krank. Und mein Mann quält mich.« Sie hob die Hand, als sie Becks erschrockene Miene sah. »Nicht wirklich. Aber er verlangt, dass ich öfter zu Hause bin und mich mehr um die Kinder kümmere. Und er will, dass ich putzen gehe, weil das

Geld hinten und vorne nicht reicht. Dabei ist es nur deshalb nicht genug, weil er alles in seine verdammten Fußballwetten steckt. Als ob man damit etwas gewinnen könnte.«

Sie wandte sich von der herrlichen Aussicht ab und ging wieder nach drinnen. Beck folgte ihr.

»Ich habe zu jung geheiratet«, gestand Friederike. »Gleich nach der Realschule. Eine Ausbildung habe ich nicht gemacht, weil ich sofort schwanger geworden bin. Und jetzt stecke ich fest.« Sie ließ sich wieder auf das Bett sinken. »Das Schwimmen ist das Einzige, was mir hilft. Wenn ich im Wasser bin, ist meine Welt in Ordnung.«

Beck wollte sie fragen, weshalb sie sich nicht von ihrem Mann trennte, ließ es dann aber sein. Die Alternativen waren vermutlich auch nicht besonders erstrebenswert.

»Und eben das hat Ihnen Julia Richter verwehrt«, konstatierte er stattdessen. »Sie hat Ihnen genau die eine Sache weggenommen, die für Sie derart wichtig ist. Obwohl Sie ihr in der schlimmen Zeit eine so treue Freundin waren.«

»Ja.« Friederike Niehaus presste die Lippen zusammen.

»Haben Sie sie deshalb ermordet?«

»Nein.« Friederike schnappte nach Luft und legte theatralisch eine Hand aufs Herz. Ihre rehbraunen Augen glänzten feucht, und tatsächlich rollten gleich darauf ein paar Tränen über ihre Wangen. Friederike zog ein Taschentuch hervor und tupfte sie ab. Wie eine Schauspielerin in einem schlechten Film, dachte Beck.

Friederike Niehaus knüllte das Taschentuch zusammen und presste es in die Augenwinkel.

»Ich meine, ich war wütend, das schon«, schniefte sie. »Aber ich hätte ihr niemals etwas antun können. Und ich wusste doch, dass sie den Sieg so viel dringender brauchte als ich.«

Sie blickte auf ihre molligen Schenkel.

»Natürlich hört man nicht gern, dass man den Anforderungen nicht genügt«, schloss sie. »Aber sie hatte ja recht.«

14

Nick Harder stand vor der Tür, als Paul Beck das Hotelzimmer von Friederike Niehaus verließ.

»Du bist doch ein Glückspilz, Paul«, verkündete er feixend. »So viele schöne Frauen.«

Beck, dem der Umgang mit dem anderen Geschlecht nicht besonders lag, wie Nick sehr wohl wusste, blickte sich suchend auf dem Flur um.

»Hm«, knurrte er und nahm seine Pfeife aus der Manteltasche. »Und wo sind sie hin? Ich hatte sie gebeten, auf mich zu warten.«

Harder zog ein zerfleddertes Heft aus der Hosentasche und wedelte damit vor Becks Nase herum.

»Ich habe ihre Aussagen aufgenommen. Und ihnen gesagt, sie sollen ihre Zimmer aufsuchen und sich umziehen.«

Er folgte Beck, der den Weg zur Treppe einschlug und nach unten ging.

»Mehr können wir ja im Augenblick nicht tun. Nur Fragen stellen und uns die Sachen der Toten ansehen. Und hoffen, dass ein Befund aus der Rechtsmedizin kommt, mit dem wir arbeiten können«, fuhr er fort, während er Beck mit dynamischen Schritten überholte. »Für alles andere brauchen wir richterliche Beschlüsse. Und die kriegen wir nicht, solange nicht eindeutig feststeht, ob Fremdverschulden vorliegt.«

Beck trat durch die Hoteltür ins Freie und zündete seine Pfeife an. Was Nick sagte, war natürlich richtig. Wenn der Verdacht auf ein Kapitaldelikt bestand, war es ihre Aufgabe, Hinweise und Motive zu suchen. Doch ein Verfahren konnte erst eröffnet werden, wenn es belastbare Beweise gab.

Er ließ seinen Blick über die Promenade und den menschenleeren Strandabschnitt vor dem Hotel schweifen, wo man am Morgen noch so hoffnungsvoll die Stände und Buden für den Trimarthon aufgerichtet hatte. Jetzt sah es aus, als sei ein Sturm über das Gelände gefegt. Der Sand war aufgewühlt von den vielen Füßen, die darübergetrampelt waren. Die Buden hatten geschlossen, und die heruntergelassenen Planen über den Theken flatterten im Wind. Zwei eilig aufgestellte Stangen mit einem dazwischen gespannten Stück rot-weißem Flatterband standen nutzlos herum. Die Sanitäter und die Spurensicherung waren längst abgezogen, der Leichnam von Julia Richter abgeholt und in die Rechtsmedizin nach Kiel gebracht worden. Selbst die Reporter waren von der Bildfläche verschwunden. Der Hintergrund war unverändert, ein wolkenloser blauer Himmel über der im Sonnenlicht glitzernden Ostsee, aber er passte nicht mehr. Dem bunten Treiben vor dem Trimarthon hatte er ein besonderes Strahlen verliehen, nun betonte er nur die Tragik der Szenerie.

»Was haben die anderen Frauen denn gesagt?«, erkundigte sich Beck, während er an seiner Pfeife zog.

Nick Harder blätterte in seinem Heft.

»Sie meinen, dass Friederike Niehaus etwas mit Julia Richters Tod zu tun hat.«

Beck machte eine wegwerfende Handbewegung.

»Du denkst das nicht?«, erkundigte sich Nick.

»Sie war sauer, weil Julia Richter sie kurzfristig aus dem Team geworfen hat«, erwiderte Beck. »Aber sie war auch ihre Freundin. Sie bestreitet, dass sie Julia etwas angetan hat. Und ich bin geneigt, ihr zu glauben.«

»Hm.« Harder studierte seine Notizen. »Ich hätte noch eine weitere Kandidatin. Cornelia König.«

Beck erinnerte sich, dass das Leitungsteam des Wettbewerbs die Frau bereits erwähnt hatte. »Sie ist die Kite-Surferin im deutschen Team zwei, richtig?« Er stocherte mit seinem Werkzeug im Pfeifenkopf herum, weil die Pfeife nicht richtig zog. »Und eine Kollegin der Toten. Sie haben beide in der Pathologie im Flensburger Diakonissenkrankenhaus gearbeitet. Vor ihrer Krebserkrankung war Julia Richter die Chefin, jetzt ist es Cornelia König.«

»Stimmt.« Nick hob den Daumen. »Gute Arbeit, Chef.« Er kramte nach seinen Pistazien und schob sich eine davon in den Mund.

Beck stieß eine Rauchwolke aus.

»Und wo ist das Motiv?«, erkundigte er sich. »Es würde ja Sinn machen, wenn Julia Richter Cornelia König ermordet hätte, weil sie ihren Posten wiederhaben will. Aber andersherum?«

Nick steckte die Tüte mit den Pistazien zurück in die Tasche.

»Es geht nicht um den Job. Es geht um Rache. Cornelia König wollte für das deutsche Team eins surfen, aber Julia Richter hat nicht sie ausgewählt, sondern Martina Scheffler. Nicht, weil Martina besser war, meinen ihre Teamkolleginnen, sondern weil sie Cornelia nicht verzeihen konnte, dass diese ihren Chefsessel übernommen hat. Und das konnte wiederum Cornelia König nicht ertragen.«

»Okay.« Beck versuchte, einen Rauchkringel zu produzieren, doch es war nur eine unförmige Wolke, die vor ihm durch die Luft waberte. »Dann sollten wir wohl mit Cornelia König und Martina Scheffler sprechen.«

»Ich nehme die Scheffler«, sagte Harder.

Beck hob die Augenbrauen.

»Aha? Warum?«

Nick Harder grinste.

»Ich hatte das Vergnügen, die beiden schon kennenzulernen, deshalb.«

Beck sog an seiner Pfeife.

»Das ist keine besonders eloquente Argumentation«, bemängelte er.

»Bitte.« Nick Harder schnalzte mit der Zunge. »Du kannst es auch ausführlich haben. Es gibt zwei Gründe. Erstens: Cornelia König ist eine Zicke. Und du hast das dickere Fell. Fast so wie dein Kater.«

Beck zog es vor, die Bemerkung nicht zu kommentieren.

»Und zweitens?«

»Bin ich mit Martina Scheffler zum Kiten verabredet.«

»So?« Beck schaute seinen Freund und Kollegen skeptisch an. »Und was sagt Theresa dazu?«

Nick Harder blinzelte ihm zu.

»Was soll sie dazu sagen? Theresa ist wasserscheu. Und außerdem ist es rein dienstlich.«

***

Lotta Lundkvist stand mit den beiden dänischen Schiedsrichtern neben dem Tisch mit den Messinstrumenten am Strand von Sønderhav und sah zu, wie Theresa Vestergaard auf dem Bildschirm des zugehörigen Computers lange Zahlenreihen durchlaufen ließ. Die Zuschauer waren mittlerweile nach Hause gegangen, nur ein paar versprengte Neugierige lungerten noch hinter dem rot-weißen Flatterband herum. Die Schwimmerinnen waren mit dem Polizeibus nach Glücksburg gebracht worden, und auch Heiko Richter war inzwischen auf dem Weg dorthin. Die Kite-Surferinnen würden – aus eigener Kraft – inzwischen ebenfalls auf der anderen Seite angelangt sein. Der dänische Trainer war nach seinem Streit mit Heiko Richter nach Hause gegangen, nachdem er Lottas Erlaubnis eingeholt und ihr noch einmal versichert hatte, dass er nichts mit der Manipulation der Zeiterfassung zu tun hatte. Die einzige Person, mit der sie im Augenblick hätte sprechen können, war Grit. Aber dieses Gespräch schob sie lieber noch vor sich her.

»Warum dauert das so lange?«, fragte sie ihre Kollegin. »Das ist doch nur eine Uhr.«

Theresa blickte auf und zupfte an den langen Ärmeln ihres Wollpullovers. Sie war, wie Lotta flüchtig dachte, der einzige Mensch, den sie kannte, der bei Temperaturen von deutlich über zwanzig Grad ein derartiges Kleidungsstück trug.

»So einfach ist es nicht«, entgegnete ihre Kollegin. »Derjenige, der sich hier eingehackt hat, ist sehr geschickt vorgegangen. Er hat einen Rechenalgorithmus zwischen der Zeiterfassung und der Darstellung der Ergebnisse eingebaut. Siehst du das hier?«

Sie rief ein Bild auf, das fünf nebeneinander angeordnete virtuelle Stoppuhren zeigte.

»Diese Uhren werden gestartet, wenn der Startschuss fällt.« Sie setzte eine davon in Gang, und der animierte Sekundenzeiger begann sich zu bewegen. »Das Messergebnis sieht man mit bloßem Auge, aber den genauen Wert ermittelt der Rechner bis in den Millisekundenbereich. Er wird in den Kästen hier unten dargestellt.« Sie deutete auf eine Reihe rot umrahmter Felder unter den Stoppuhren. »Und das ist der Wert, der nach Glücksburg übertragen und für die Entscheidung herangezogen wird.«

Theresa blickte auf und sah den Schiedsrichter an, der die Manipulation bemerkt hatte.

»Ich weiß wirklich nicht, wie Sie das entdeckt haben«, lobte sie. »Der Algorithmus ist so gestrickt, dass er alle zehn Sekunden das Ergebnis um eine Zehntelsekunde korrigiert. Das kann man mit bloßem Auge eigentlich nicht erkennen.«

Der Schiedsrichter machte eine vage Geste. »Das habe ich auch nicht bemerkt. Mir ist nur aufgefallen, dass es eine Verzögerung gibt, bevor das Ergebnis angezeigt wird. Das war gestern beim Test noch nicht so.«

»Und was hat Sie auf den Gedanken gebracht, es heute erneut auszuprobieren?«, erkundigte sich Lotta.

»Nichts.« Der Schiedsrichter grinste betreten. »Ich bin bloß versehentlich auf die Taste gekommen.«

»Er ist ein Tollpatsch«, erwähnte sein Kollege. »Aber in diesem Fall muss man wohl dankbar sein.«

Lotta beugte sich näher zu Theresa.

»Und wessen Ergebnis ist nun geschönt worden?«

Ihre Kollegin deutete auf den Rechner.

»Das ist der Grund, weshalb es nicht einfach war. Die Manipulation ist sehr geschickt durchgeführt worden. Der Algorithmus bewirkt nicht, dass ein Ergebnis verbessert wird, sondern sorgt dafür, dass sämtliche Werte bis auf einen schlechter aussehen, als sie es in Wirklichkeit sind. Und das einzige Ergebnis, das nicht nach unten korrigiert wird ...«, sie hüstelte und sah erst Lotta und dann die Schiedsrichter verlegen an, »... ist das des dänischen Teams.«

15

Vor ihm ragte das Glücksburger Schloss auf, ein imposantes weißes Gebäude mit hohen Mauern und vier schlanken runden Türmen mit spitzen Dächern. Paul Beck überquerte eilig die erste der beiden hintereinanderliegenden Brücken. Vor der zweiten Brücke, die durch das Tor in den Burghof führte, bog er nach rechts ab und ging durch den Park. Der Weg führte an den See, der die Insel, auf der sich das Schloss befand, umgab. Die Schwimmerin aus dem deutschen Team zwei hatte ihm verraten, dass Cornelia König gerne dort verweilte und auf das Wasser blickte, wenn sie nachdenken wollte. Er schaute sich um und entdeckte auf einer Bank eine schlanke, groß gewachsene Frau mit kurzen dunklen Haaren, die sehr aufrecht saß. Ihre Hände ruhten in ihrem Schoß. Ihr Körper wirkte angespannt. Beck, der sich das kleine Foto von ihr in der Wettbewerbsbroschüre angesehen hatte, beschleunigte seine Schritte. Die Frau dort war mit ziemlicher Sicherheit Cornelia König.

Er lief den kleinen Abhang zum Ufer hinunter, doch ehe er bei der Kite-Surferin anlangte, blieb er mit dem Fuß an einer vorstehenden Wurzel hängen. Er strauchelte, machte ein paar schnelle Schritte nach vorn, um sein Gleichgewicht wiederzufinden, und stürzte dann doch. Sein Bowler fiel ihm vom Kopf und rollte ein paar Meter davon. Durch seinen linken Knöchel schoss ein scharfer Schmerz, und Beck schrie unwillkürlich auf.

Die Frau auf der Bank wandte sich zu ihm um. Dann stand sie ohne Eile auf, kam zu ihm herüber und hockte sich neben ihn.

»Haben Sie sich verletzt?«

Beck setzte sich hin, löste sein Schuhband und streifte mit zusammengebissenen Zähnen den linken Schuh ab. Er wies auf seinen Fuß. Die Frau nahm ihn in die Hände und betastete ihn behutsam. Beck stöhnte auf.

»Gebrochen ist er nicht. Nur gezerrt oder vielleicht verstaucht«, erklärte die Frau und hielt ihm die Hand hin. »Können Sie aufstehen?«

Beck zog den Schuh vorsichtig wieder an. Anschließend rappelte er sich mühsam auf und ließ sich von Cornelia König auf die Füße helfen. Es tat weh, aber es ging. Cornelia König hob seinen Bowler auf und gab ihn ihm zurück. Dann reichte sie Beck einen Arm, und er humpelte an ihrer Seite zur Bank. Erleichtert ließ er sich darauf nieder.

»Sind Sie sicher?«, erkundigte er sich. »Dass er nicht gebrochen ist, meine ich.«

Cornelia König betrachtete ihn nachsichtig.

»Ich bin Ärztin. Die Orthopädie ist zwar nicht mein Fachgebiet, doch für eine derartige Diagnose reicht meine medizinische Grundausbildung durchaus.«

»Hm.« Beck stellte seinen linken Fuß auf die Bank und befühlte den Knöchel. Er war empfindlich, aber nicht geschwollen. Und er konnte den Fuß ganz normal bewegen. Er streckte das Bein aus, um das Gelenk zu entlasten, und wandte sich Cornelia König zu. Sie hatte eine große Nase, grüngraue Augen und einen stechenden Blick.

»Sie sind Pathologin, nicht wahr?«

Cornelia König zog die Augenbrauen zusammen.

»Woher wissen Sie das?«

»Ich habe nach Ihnen gesucht«, erklärte Beck. »Kriminaloberkommissar Paul Beck, Bezirkskriminalinspektion Flensburg. Ich untersuche den Tod von Julia Richter.«

»Ach so?« Cornelia König rückte zwar nicht von ihm weg, ging aber spürbar auf Distanz. »Wissen Sie schon, was die Todesursache war?«

»Nein«, entgegnete Beck. »Die Symptome deuten auf eine Art des Erstickens, aber wir können noch nicht sagen, was der Grund war. Sie hatte weder Wasser noch irgendeinen Fremdkörper in den Atemwegen. Ihr Gesicht wies allerdings eine ungewöhnliche Färbung auf.«

Den Geruch nach Bittermandel, den Nick wahrgenommen zu haben glaubte, unterschlug er. Wenn sie es tatsächlich mit einem Mord zu tun hatten, war die Art der verwendeten Substanz Täterwissen, das er nicht preiszugeben gedachte. Im Zweifelsfall ließ sich mit dieser Information entscheiden, ob ein mögliches Geständnis der Wahrheit entsprach oder nicht.

Doch die Ärztin verstand ihn ohnedies. Ihre Miene verdüsterte sich. Auch wenn Pathologen es eher selten mit Leichen, sondern meist mit Gewebeproben zu tun hatten, konnte sie sich mühelos ausrechnen, was das bedeutete.

»Sie vermuten eine Vergiftung?«

»Ja.«

Cornelia König wandte den Blick ab und schaute über das Wasser. Ein paar Meter entfernt schwammen ein paar Enten vorbei. Am anderen Ende des Parks, vor dem Pavillon, versammelte sich eine größere Gruppe, und ein Mann im Anzug machte Fotos. Beck hörte Musik, beschwingte Klänge, die zu ihnen herübergetragen wurden. Wahrscheinlich eine Hochzeitsgesellschaft.

»Und nun denken Sie, dass ich etwas damit zu tun habe?«, erkundigte sich die Pathologin, ohne ihn anzusehen.

Beck schob den Bowler in den Nacken.

»Wir haben gehört, dass es Konflikte gab. Sie wollten für das deutsche Team eins starten, aber Julia Richter hat Sie abgewiesen. Weil sie Ihnen verübelt hat, dass Sie ihre Stelle als Chefin der Pathologie übernommen haben.«

»Richtig. Julia wollte nicht einsehen, dass mich keine Schuld trifft. Es war der Krebs, der sie gezwungen hat, ihre Arbeit aufzugeben. Die Krankenhausleitung hat mich beauftragt, ihre Aufgabe zu übernehmen.« Cornelia König wandte sich Beck zu. »Man hätte die Pathologie nicht zwei Jahre lang ohne Aufsicht lassen können. Und als Julia unerwartet zurückkam, wäre es kaum angemessen gewesen, mich wieder zurückzustufen.«

»Trotzdem hat Julia Richter ihren Groll auf Sie gerichtet und Ihnen die Aufnahme in ihr Team verweigert.«

»Ja. Alberne, kleinliche Rachegelüste. Unfair und vollkommen übertrieben.«

»Das hat Sie verstimmt?«

»Selbstverständlich hat es das.« Die Ärztin funkelte ihn an. »Ich habe bei allen Trainings bessere Zeiten eingefahren als Martina. Und trotzdem hat Julia sich für Martina entschieden. Ich war beleidigt und wütend.«

»Also haben Sie auf eine Möglichkeit gesonnen, sich zu rächen.«

»Ach was.« Cornelia König fegte seine Unterstellung mit einer knappen Handbewegung beiseite. »Das ist doch lächerlich. Natürlich hätte ich mir eine gewisse Schadenfreude nicht verkneifen können, wenn ich gesehen hätte, wie sie von ihrem Brett fällt. Aber ich ziehe mein Selbstbewusstsein nicht aus der Platzierung bei einem semiprofessionellen Sportwettbewerb. Und ich weiß, dass Julia eine kranke Frau ist. Als Ärztin empfinde ich für ihr Benehmen Verständnis. Ihr Verhalten hat mich verletzt, aber ich kann darüber hinwegsehen.«

»Hm.« Beck schob seinen Bowler wieder nach vorn. Cornelia König war eine kluge und offenbar besonnene Frau. Sie wirkte nicht, als würde sie sich von ihren Gefühlen zu unmoralischen Handlungen verleiten lassen. Und tatsächlich war der Ärger darüber, nicht im ersten Team berücksichtigt worden zu sein, als Mordmotiv mehr als dünn, das galt für Cornelia König ebenso wie für Friederike Niehaus.

»Danke«, sagte er und stand auf. »Wir melden uns bei Ihnen, wenn ...« Ein heißer Schmerz fuhr durch seinen linken Fuß, und für einen Moment blieb ihm die Luft weg. Er hatte seinen Unfall tatsächlich schon wieder vergessen. »... wir noch Fragen haben«, keuchte er.

Cornelia König runzelte die Stirn.

»Gehen Sie zu einem Orthopäden«, riet sie. »Lassen Sie sich einen Verband machen. Und schonen Sie um Gottes willen den Fuß.«

Beck hob die Hand, um ihr zu signalisieren, dass er ihren

Vorschlag befolgen würde. Dann humpelte er, so elegant er es vermochte, davon. Nur gut, dachte er, dass ihn Watson nicht so sah. Mit seiner wehleidigen Miene wäre er bei seinem kampferprobten Kater vermutlich endgültig unten durch.

16

Die Eingangstür der Bäckerei Rask war verschlossen, und auch auf ihr Klingeln an der danebenliegenden Tür der Privatwohnung Rasks reagierte niemand. Lotta Lundkvist sah sich ungeduldig um.

»Es ist Sonntag«, bemerkte Theresa Vestergaard neben ihr.

»Hm.« Lotta spähte durch die große Schaufensterscheibe. Sie hatte auch nicht erwartet, dass der Laden geöffnet sein würde. Trotzdem musste Anders Rask, der Trainer des dänischen Teams, ja irgendwo sein. Sie blinzelte, weil sie meinte, durch die rückwärtige Tür des Geschäftsraums eine Bewegung erspäht zu haben. Entschlossen ging sie den schmalen Gang neben der Bäckerei entlang in den Hof und rüttelte an der Klinke der Hintertür. Tatsächlich ließ sie sich bewegen. Lotta öffnete die Tür und trat in den dunklen Flur. Theresa folgte ihr zögerlich.

Anders Rask stand in der Backstube und knetete verbissen einen Teig. Als er sie bemerkte, blickte er auf.

»Ach.« Der blonde Hüne lächelte unsicher. »Suchen Sie mich?«

Lotta fand die Frage reichlich überflüssig. Trotzdem nickte sie.

Rask nahm die Hände aus dem Teig und wischte sie an der weißen Schürze ab, die er umgebunden hatte.

»Die Messgeräte, nicht wahr?«, fragte er. Seine Stimme klang kleinlaut.

»Die Manipulation der Zeiterfassung«, bestätigte Lotta. »Sie ist zugunsten *Ihrer* Mannschaft erfolgt. Aber das wissen Sie natürlich schon.«

Rask stützte seine Hände rechts und links neben der Teigschüssel auf den Tisch.

»Ich war das nicht.«

Lotta stöhnte.

»Bitte, Herr Rask«, sagte sie entnervt. »Ersparen Sie uns die Lügen.«

»Mein Vater sagt die Wahrheit«, verkündete eine Stimme von der Tür zum Ladengeschäft her.

Lotta drehte den Kopf und entdeckte einen schlaksigen semmelblonden Jungen von vielleicht sechzehn Jahren mit einem breiten Mund und Segelohren.

»Er wüsste gar nicht, wie das geht«, erklärte der Junge grinsend. »Er versteht von Technik so viel wie ich vom Brötchenbacken. Das heißt: nichts«, fügte er hinzu.

»Halt den Mund, Morten«, wies ihn sein Vater zurecht.

Doch der Junge ließ sich nicht beirren und schlenderte auf Theresa zu. Er legte den Kopf schief und betrachtete sie eingehend.

»Sie waren das, stimmt's? Ich hab am Strand gesehen, wie Sie die Anlage unter die Lupe genommen haben. Und Sie haben rausgekriegt, was ich mit den Uhren gemacht hab. Sie müssen richtig gut sein.«

Theresa versteckte sich hinter ihrem langen Pony.

»Das war nicht so schwer«, murmelte sie.

Morten schob seine Hände in die Hosentaschen.

»Wollen Sie mich beleidigen? Das war ein verdammt genialer Code, den ich geschrieben hab.«

Theresa hob den Kopf.

»Der war ziemlich clever«, gab sie zu. »Aber ich habe nur meine Arbeit gemacht.«

Morten dachte darüber nach. Schließlich zuckte er mit den Schultern und wandte sich an Lotta.

»Verhaften Sie mich jetzt?«, fragte er provokant.

»Nein. Aber du kriegst eine Anzeige. Ich nehme an, der Richter brummt dir ein paar Stunden Arbeitsdienst auf.«

»Ach, fuck.« Morten schaute seinen Vater an. »Das hat man davon, wenn man dir einen Gefallen tut.«

Anders Rask versenkte seine Hände wieder im Teig und knetete energisch.

»Als ob du es aus reiner Nächstenliebe gemacht hättest«, schnaubte er. »Ich habe dafür bezahlt. Damit du für dein kostbares neues Smartphone nicht in meiner Backstube schuften musst.«

Sein Sohn sah sich missfällig um.

»Das ist nichts für mich«, erläuterte er. »Immer so früh aufstehen. Und ständig klebrige Finger.« Er rümpfte die Nase. »Damit hab ich mir das alte Handy ja versaut.«

Rask blitzte seinen Sohn an.

»Aber das ist nun mal unsere Existenz. Ich plage mich hier jeden Tag, um dir eine ordentliche Zukunft zu ermöglichen.«

Der Junge verdrehte die Augen.

»Jetzt tu doch nicht so. Du wolltest den Laden. Du liebst es, zu backen. Das hat jedenfalls Mama immer gesagt.«

Für einen Moment huschte ein Lächeln über das Gesicht des Bäckers.

»Ja«, sagte er versonnen. Dann verdunkelte sich seine Miene wieder. »Aber ich habe immer gehofft, du würdest mir nachfolgen. Ich betreibe das Geschäft in dritter Generation«, fügte er an Lotta und Theresa gerichtet hinzu, ehe er seinen Sohn wieder ansah. »Und deine Mutter hätte sich das ebenfalls gewünscht.«

Auch der Blick des Jungen wurde finster.

»Mama ist tot«, versetzte er. »Und man kriegt eben nicht immer, was man sich wünscht.« Ein verschlagenes Flackern stahl sich in seine Augen. »So, wie du auch deine Grit nicht kriegst.«

Der Bäcker lief rot an.

»Halt dein verdammtes Schandmaul!«

Der Junge feixte und blinzelte Lotta und Theresa zu.

»Deswegen wollte er nämlich, dass ich für ihn den Messcomputer hacke. Damit Grit den Wettbewerb gewinnt. Er ist total in sie verknallt.«

Anders Rask hob seine Hände aus dem Teig und formte eine tennisballgroße Kugel, die er wütend auf seinen Sohn schleuderte. Morten duckte sich mühelos und wich dem Geschoss aus. Der pappige Klumpen landete mit einem satten Klatschen auf Theresas grün-grauem Wollpullover.

»Igitt!« Theresa hielt die Vorderseite des Pullovers mit beiden Händen von sich weg. Morten blickte sich zu ihr um und zog vorsorglich den Kopf zwischen die Schultern. Anders Rask wischte sich die Hände an der Schürze ab und kam eilig um seinen Arbeitstisch herum auf sie zu.

»Ach Gott«, sagte er. »Das tut mir leid. Das wollte ich nicht.«

Er verpasste seinem Jungen eine beiläufige Kopfnuss, eher zärtlich als fest.

»Na los. Zeig der Dame, wo unser Badezimmer ist, und bring ihr ein Handtuch und eine Schüssel und Waschpulver. Und irgendetwas aus dem Schrank deiner Mutter, das sie überziehen kann.«

»Klar.« Morten huschte zur Tür und winkte Theresa. »Kommen Sie.«

Theresa folgte ihm mit einer Miene, als wäre es nicht Teig, sondern stinkender Unrat, der ihren Pullover verklebte.

Anders Rask sah den beiden beschämt hinterher.

»Ich bin manchmal ein wenig impulsiv«, bekannte er.

»Und meine Kollegin ist ein bisschen empfindlich«, erwiderte Lotta.

Sie sahen sich an, und plötzlich mussten sie beide lachen.

Lotta betrachtete das freundliche Gesicht des Bäckers. Gutmütig, mit leuchtenden kornblumenblauen Augen. Er wäre sicher ein Mensch, der Grit guttun würde. Doch vermutlich war er Grit zu schlicht.

»Ehrlich gesagt bin ich froh, dass die Katze aus dem Sack ist«, gestand Rask und begann routiniert, aus seinem Teig kleine Stücke zu formen, die er auf einem Backblech platzierte. »Morten hat recht. Ich habe mich in Grit verliebt, aber sie bemerkt es überhaupt nicht. Sie kauft ihre Brötchen bei mir und respektiert mich als Trainer, doch auf alles andere geht sie nicht ein. Sie grübelt die ganze Zeit nur über ihr Afrika-Projekt.«

»Ja, ich weiß«, erwiderte Lotta. »Ich kenne Grit.«

Auch ihre Gespräche mit der Freundin hatten sich in den letzten Monaten fast ausschließlich um deren Hilfsprojekt in Malawi gedreht, ein Kinderheim für Aids-Waisen. Einer von Grits Förderern war abgesprungen, und das ganze Unternehmen drohte den Bach herunterzugehen. Die Organisation brauchte dringend eine Finanzspritze. Das Preisgeld aus dem Trimarthon hätte sie vorerst retten können.

»Ach so?« Anders Rask blickte von seinem Blech auf, und Lotta meinte, so etwas wie einen Hoffnungsschimmer in seinen Augen zu sehen. »Dann verstehen Sie vielleicht …« Er seufzte leise. »Ich dachte, wenn ich dafür sorge, dass sie das Preisgeld gewinnt und ihr Aids-Waisenhaus retten kann …«

»… hat sie den Kopf wieder für andere Dinge frei«, ergänzte Lotta. »Und sieht, was Sie ihr bieten können.«

Der Bäcker legte das letzte Teigstück aufs Blech. Er wischte sich die Hände ab, zog einen Hocker unter seinem Arbeitstisch hervor und ließ sich daraufsinken.

»Dumm und naiv, nicht wahr?«

Lotta erwiderte seinen offenen Blick und lächelte.

»Ja, möglicherweise«, sagte sie. »Aber auch nachvollziehbar und menschlich.«

Rask nickte langsam.

»Und was passiert jetzt?«, erkundigte er sich. »Werden Sie Morten wirklich anklagen? Und was ist mit mir?«

»Ich denke, wir können die Wettbewerbsleitung überzeugen, auf eine Anzeige zu verzichten«, sagte Lotta. »Angesichts der tragischen Ereignisse auf der anderen Seite ist die Manipulation der Messgeräte nicht mehr so bedeutsam. Es sei denn …«

»Ja?«

»Sie hätten sich nicht auf die Technik beschränkt, sondern auch dafür gesorgt, dass Grits schärfste Konkurrentin ihr Ziel nicht erreicht.«

»Wie bitte?« Rasks eben noch rotes Gesicht wurde blass. Er sprang auf und ballte die Fäuste, und für einen Moment glaubte Lotta, er würde auf sie losgehen. »Meinen Sie vielleicht, ich hätte die Frau ermordet?«

»Nein«, sagte Lotta, und Rask ließ die erhobenen Fäuste wieder sinken. »Ich glaube es nicht. Aber wir – oder vielmehr: unsere Kollegen auf deutscher Seite – müssen in alle Richtungen ermitteln.«

Der dänische Trainer atmete tief durch.

»Ja. Selbstverständlich.« Er ruderte mit den Armen. »Sie müssen wirklich entschuldigen. Ich bin manchmal einfach nicht Herr meiner Sinne.«

»Kein Problem«, erwiderte Lotta und lächelte beruhigend. Aber insgeheim fragte sie sich, ob Rask nicht vielleicht aus Liebe zu Grit tatsächlich eine Grenze überschritten hatte.

17

Das Brett pflügte durch die Wellen, und das Kite-Segel knatterte. Gischt spritzte auf, und die winzigen Tropfen glitzerten im Sonnenlicht. Frische, salzige Luft wehte ihm um die Nase, und hoch über ihm zogen ein paar Möwen kreischend ihre Bahnen.

Nick Harder fuhr hart am Wind, doch Martina Scheffler lag trotzdem ein gutes Stück in Führung. Sie hatte bereits die Boje erreicht, die sie als Wendepunkt ausgewählt hatten, drehte ihr Segel und fuhr einen engen Kreis um den orangefarbenen Schwimmkörper. Im nächsten Augenblick kam sie direkt auf ihn zugerast.

Taktik, dachte Nick und korrigierte die Position seines Kites, um ihr auszuweichen. Er schaute in ihr Gesicht, das absolute Konzentration verriet, und verlor dabei sein eigenes Segel aus den Augen. Ein unerwarteter Windstoß drückte es nach unten, und ehe er sich's versah, rauschte es abwärts und durchschlug die Wasseroberfläche. Der Zug, der ihn vorwärtsgetragen hatte, verschwand von einer Sekunde auf die nächste.

Nick Harder versuchte, die Balance zu halten, doch das Brett war zu wackelig, um ohne den Vortrieb durch das Segel darauf zu stehen. Ergeben ging er in die Knie und legte sich bäuchlings auf sein Board. Anschließend holte er das Kite-Segel zu sich heran und rollte es zusammen. Das nasse Material wieder in die Luft zu befördern war ein aussichtsloses Unterfangen. Stattdessen stopfte er es zwischen Brett und Brustkorb und paddelte mit Armen und Beinen, um zurück zum Strand zu gelangen. Als er endlich dort ankam, hatte Martina Scheffler ihr Segel bereits zusammengefaltet und war in Shorts und Bluse geschlüpft. Ihr Neoprenanzug lag zum Trocknen neben ihrem Handtuch ausgebreitet.

Nick Harder glitt vom Brett und klemmte es sich unter

den Arm. Das nutzlose Kite nahm er in die andere Hand. Er stapfte durch das flache Wasser auf den feinkörnigen, warmen Sand, warf die Sachen achtlos auf den Strand und ging zu Martina.

»Das war nicht fair«, verkündete er.

»Warum nicht?« Die Sportlerin blinzelte ihm zu. »Du hattest den Wind auf deiner Seite, also hatte ich Vorfahrt. Lee vor Luv.«

»Hm«, knurrte Nick. Das war natürlich richtig. Aber es wurmte ihn, dass sie ihn so mühelos ausmanövriert hatte.

»Ich will eine Revanche«, forderte er.

»Kriegst du.« Martina Schefflers blaue Augen leuchteten. Es war nicht zu übersehen, dass sie den sportlichen Wettstreit liebte. Und vermutlich war es ein wirksames Mittel, um den Tod ihrer Teamkollegin zumindest für eine Weile zu verdrängen.

Nick Harder zog den Reißverschluss seines Neoprenanzugs auf.

»Eigentlich darf ich das nicht«, erklärte er. »Mit dir surfen gehen. Und dich duzen.«

»Warum nicht?«

»Du bist möglicherweise eine Zeugin in einem Mordfall.«

Martina Schefflers Lächeln verblasste.

»Das heißt, es ist wahr? Julia ist wirklich ermordet worden? Es war nicht der Krebs?«

Harder befreite sich aus dem Anzug und hüllte sich in ein Handtuch, mit dem er sich trocken rieb.

»Wir wissen es noch nicht«, entgegnete er. »Aber es besteht der Verdacht. Und solange wir nicht sicher sind …«

Martina nahm einen Kamm aus ihrer Sporttasche und fuhr damit durch ihre kurzen blonden Haare.

»Du kannst ja sagen, dass wir einfach nur am Strand gesessen und geredet haben. Ein Verhör, so nennt ihr das doch?«

»Nee. Verhör sagt man nicht mehr. Heutzutage heißt es Vernehmung«, korrigierte Nick, schlüpfte in Boxershorts und Hose und zog sich sein Polohemd über den Kopf. »Wenn wir

Zeugen oder Verdächtige befragen. Solange wir nicht wissen, ob jemand überhaupt etwas gesehen oder die Tat begangen haben kann, ist es nur eine Befragung.«

»Gut.« Sie legte den Kopf schief. »Dann frag mich doch. Und wenn deine Kollegen dabei sind, siezen wir uns einfach.«

»Okay.« Harder rubbelte sich mit dem Handtuch die Haare. »Erzähl mir was. Julia und du, ihr wart im deutschen Team eins. Habt ihr euch gut verstanden?«

Martina steckte ihren Kamm weg.

»Wir haben uns respektiert. Ich bin nicht der Typ, der um andere herumscharwenzelt und ihnen nach dem Mund redet. Ich sage, was ich denke, aber ich glaube, Julia war das nur recht. Friederike, die für uns schwimmt … schwimmen sollte … hat sich irrsinnig um Julia bemüht, als sie von ihrer Krebserkrankung erfahren hat, doch ich hatte immer den Eindruck, dass Julia das Getue ein bisschen auf die Nerven ging. Ich schätze, mit meiner direkten Art kam sie besser zurecht.«

»Hm.« Nick Harder konnte das nachvollziehen. Er fand wortreiches Mitgefühl auch schwerer zu ertragen als eine ehrliche Ansage. »Aber Freundinnen wart ihr nicht?«

Martina machte eine vage Geste.

»Schwer zu sagen. Wir hatten abgesehen vom Training nicht viel miteinander zu tun. Und wir waren selten zusammen auf dem Wasser. Meistens war sie mit den anderen Paddlerinnen unterwegs und ich mit den Surferinnen.«

Nick holte seine Sachen von der Wasserkante und breitete sein nasses Kite-Segel auf dem Sand aus.

»Euer Trainer war Julias Ehemann, richtig?«, fragte er nebenbei. »War das ein Problem?«

»Du meinst, ob er Julia irgendwie bevorzugt hat? Nein. Heiko ist absolut korrekt. Er trifft seine Entscheidungen ausschließlich unter sportlichen Gesichtspunkten.«

Nick bemerkte, dass sich ihr Tonfall verändert hatte.

»Ihr kennt euch gut?«

Martina lächelte. »Wir sind in derselben Einheit. Kaserne Nord, Eckernförde. Heiko ist mein Vorgesetzter und Trainer.«

Harder betrachtete sie mit neuem Respekt.
»Du bist bei der Truppe?«
»Ja. Als Sportsoldatin. Bei der Sportfördergruppe der Bundeswehr.«
Harder legte den Kopf schief.
»Und wie geht das? Mit dem Kite über den Kasernenhof? Das ist doch keine olympische Disziplin.«
Martina Scheffler lachte.
»Nein. Das Surfen ist bloß ein Hobby. Heiko und ich sind leidenschaftliche Wassersportler. Aber meine eigentliche Sportart ist eine andere.«
Harder betrachtete sie. Martina Scheffler war klein und kräftig. Keine Leichtathletin, schloss er. Vielleicht eine Ballsportart?
»Was ist es?«
Martina blinzelte ihm zu.
»Rate!«
»Hm. Hockey? Oder Wasserball?«
»Falsch.« Sie machte einen Schritt auf ihn zu. »Ich gebe dir einen Tipp.«
Sie griff nach den Aufschlägen seines Polohemds und hakte ihren Fuß hinter seinen Unterschenkel. Ehe er wusste, wie ihm geschah, fand er sich auf dem Rücken im Sand, und Martina lag halb auf seinem Brustkorb und hielt seinen Hals mit einem Arm im Würgegriff umklammert.
»Ah!« Harder hob die Hände und ergab sich. »Judo.«
»Richtig.« Martina hielt ihn noch einen Moment fest, und ihre blauen Augen funkelten. Dann gab sie ihn frei und reichte ihm die Hand, um ihm aufzuhelfen.
»Ich bin in der deutschen Olympiamannschaft«, erläuterte sie. »Beim letzten Mal habe ich den vierten Platz geschafft.«
»Krass.«
Martina Scheffler verzog den Mund.
»Ich wollte eine Medaille. Ich werde langsam zu alt. Wenn es beim nächsten Mal nicht klappt, kann ich den Traum an den Nagel hängen.«

Harder klopfte sich den Sand von den Kleidern.

»Und jetzt ist aus dem Sieg beim Trimarthon auch nichts geworden«, stellte er fest.

Martina machte eine zustimmende Handbewegung.

»Mit Julia hatten wir eine echte Chance. Ihr Tod ist nicht nur schrecklich, es ist auch ein bitterer sportlicher Rückschlag.« Sie fuhr sich mit beiden Händen durch die kurzen blonden Haare. »Ich hoffe, Heiko verkraftet das.«

Nick Harder nickte. Das Gespräch mit dem Ehemann der Verstorbenen stand ihnen noch bevor, und es würde wie immer der schwierigste und härteste Teil seiner Arbeit sein. Nick rieb sich unbehaglich den Hinterkopf. Die eben noch so beschwingte Stimmung war verschwunden, und die Niedergeschlagenheit, die mit jedem Tod einherging, kehrte zurück.

»Wir sollten uns lieber auf den Weg machen«, sagte Martina, und Harder folgte ihrem Blick, der zum Himmel gerichtet war. Dort formierten sich dunkle, hoch aufgetürmte Wolken, die ein baldiges Gewitter und Regen ankündigten.

Sie sammelten ihre Sachen ein und gingen zurück zum Hotel, während über ihnen die Wolkenberge wuchsen und immer größere Schatten auf sie warfen.

***

Der Himmel hatte sich zugezogen, und dicke Tropfen klatschten auf den Weg und verwandelten ihn in einen schlammigen Morast. Paul Beck schlüpfte aus seinem schwarzen Mercedes, einem Liebhaberstück, dessen Baujahr noch vor der Jahrtausendwende lag, und verschloss eilig die Wagentür. Dann humpelte er, so schnell es sein schmerzender Knöchel zuließ, zu seiner kleinen Kate, die auf einer Wiese im Fischergang in Kappeln direkt am Ufer der Schlei stand.

Heiko Richter war im Polizeibus, der ihn nach Glücksburg hatte bringen sollen, ohnmächtig geworden, und so hatte ihn der Beamte, der den Wagen steuerte, kurzerhand nach Flensburg ins Krankenhaus gefahren, wo er ärztlich versorgt worden war. Man hatte ihm eine Beruhigungsspritze gegeben und den Polizisten gebeten, Richter nach Hause zu bringen. Beck und Harder hatten daraufhin beschlossen, ihm einen Abend Ruhe zu gönnen und die erste Teamsitzung und das Gespräch mit Richter auf morgen zu verschieben. Vielleicht würde es ja auch einfacher werden, wenn sie zumindest sicher wussten, woran Julia Richter gestorben war. Und Beck wollte den Abend nutzen, um nachzudenken.

Lotta und Theresa hatten ihnen am Telefon berichtet, was sie auf dänischer Seite herausgefunden hatten, und es gefiel ihm nicht. Dass Anders Rask, der dänische Trainer, die Wettbewerbsuhren manipuliert hatte, bedeutete wohl, dass man sich auf dänischer Seite nicht sicher gewesen war, den ersehnten Sieg aus eigener Kraft zu erlangen. Und dass ausgerechnet Lottas Freundin Grit Larsen das stärkste Motiv hatte, Julia Richter, ihre gefährlichste Konkurrentin, aus dem Weg zu räumen …

Er öffnete die Haustür und betrat den Raum, der Wohnzimmer und Küche zugleich war. Daneben gab es nur noch ein kleines Schlafzimmer und ein noch kleineres Bad. Das Haus war eng und wenig komfortabel, doch Beck genügte es. Und die große Terrasse mit Blick auf die Schlei entschädigte seiner Ansicht nach mehr als reichlich für eventuelle sonstige Mängel.

Beck drückte die Tür ins Schloss, schüttelte seinen Mantel aus und hängte ihn über den Haken. Den Bowler platzierte er direkt darüber. Dann wandte er sich um.

Watson saß mitten auf dem Esstisch und blickte ihm entgegen. Seine gesamte Haltung war in Katzengestalt gegossene Empörung.

Beck sah sich im Raum um und erwartete beinahe, zerbrochene Flaschen und zerfetzte Buddelschiffe zu entdecken. Doch offenbar war es nicht sein Hobby, das ihm Watsons Unmut eingetragen hatte.

»Was ist los?«, erkundigte er sich.

Der Kater mit dem rotbraunen, fast orangefarbenen Fell sprang vom Tisch und baute sich vor dem Kühlschrank auf, die smaragdgrünen Augen auf die Tür gerichtet.

Paul Beck schaute zu den Näpfen, die für gewöhnlich Futter und Wasser enthielten. Sie waren beide leer.

»Du hast Hunger«, folgerte der Kriminaloberkommissar. Was nicht besonders schwierig war. Der Kater hatte immer Hunger. Er fraß mehr, als gut für ihn war, und er hatte deutliches Übergewicht. Beck versuchte seit Langem, etwas dagegen zu unternehmen, doch bisher hatte er den Kampf gegen Watsons Heißhunger stets verloren.

»Warum bist du nicht nach draußen gegangen und hast dir etwas gefangen?«, erkundigte er sich und deutete auf die Katzenklappe, die er vor einiger Zeit in die Terrassentür eingebaut hatte. Auf der Terrasse stand auch eine weitere große Wasserschale, die bis oben hin voll war. »Passt du nicht mehr durch? Oder bist du so langsam geworden, dass die Mäuse im Loch sind, ehe du dich in Bewegung gesetzt hast?«

Watson rümpfte die Nase und richtete seinen Blick bedeutungsvoll aus dem Fenster in den strömenden Regen.

»Es ist dir zu nass?«, riet Beck. »Was bist du denn? Ein echter Kater? Oder ein Schoßkätzchen?«

Watson ging auf die Provokation nicht ein. Er fixierte die Kühlschranktür und maunzte ungeduldig.

Beck seufzte.

»Ja. Schon gut.«

Er öffnete den Kühlschrank, nahm eine Schale Katzenfutter heraus und leerte den Inhalt in einen der Näpfe. Den anderen füllte er mit Wasser.

Watson stürzte sich auf das Futter und ignorierte das Wasser. Innerhalb von maximal zwei Minuten war der Fressnapf leer und so blitzblank, als käme er frisch aus der Spülmaschine. Der Kater setzte sich davor und hob seinen Kopf zu Beck.

»Lass mich raten«, spottete der. »Du bist nicht satt geworden.«

Der Kater fauchte. Er mochte es nicht, wenn man ihn auf den Arm nahm. Beck hob abwehrend die Hände.

»Entschuldige.« Er überlegte kurz. »Ich mache dir einen

Vorschlag. Du hilfst mir ein bisschen bei der Arbeit. Und wenn du gut bist, kriegst du noch eine Schale. Mit Huhn.«

Watson legte den Kopf mit dem zerfransten Ohr schief. Dann trottete er zu Becks Relaxsessel und ließ sich auf dem kleinen Teppich nieder, der davorlag.

»Also schön.« Beck erhitzte Milch und mixte sich eine Tote Tante, Kakao mit Rum und Sahne. Er stellte das Getränk auf den kleinen Beistelltisch, nahm eine seiner Pfeifen aus der Kiste auf dem Schreibtisch, stopfte sie und ließ sich erleichtert in den Sessel sinken. Er legte den linken Fuß auf den Hocker, zündete sich die Pfeife an und trank einen Schluck Kakao. Das Pochen in seinem verletzten Knöchel ließ endlich nach, und sein Kopf wurde frei.

»Pass auf«, forderte er und sah seinen Kater an. »Wir haben einen neuen Fall. Eine Stand-up-Paddlerin, die von ihrem Board gestürzt ist. Sie ist nicht ertrunken, aber sie ist trotzdem tot.«

Der Kater wandte den Kopf ab und fuhr sich mehrfach mit dem Vorderlauf über die Schnauze.

»Ja, ich weiß, du magst keine Schiffe«, sagte Beck ungeduldig. »Aber ein Paddle-Board ist nicht wirklich ein Schiff. Und bei der ganzen Sache geht es auch nicht um Wasser. Sie ist an Land gestorben.«

Watson drehte den Kopf ein Stück in Becks Richtung und blinzelte. Offenbar traute er dem Frieden nicht.

»Nick ist aufgefallen, dass das Gesicht der Frau eine ungewöhnliche rosarote Farbe hatte«, erläuterte Beck. »Allerdings war sie krank. Sie hatte Krebs.«

Der Kater kam näher und schmiegte sich an Becks rechtes Bein, das auf der Erde stand.

»Hm. Du hast recht«, sagte Beck. »Das ist eine schreckliche Krankheit. Doch wir glauben nicht, dass sie deshalb gestorben ist. Nick meint, er habe einen verdächtigen Geruch wahrgenommen. Nach Bittermandel. Ich habe es nicht gerochen, aber der Notarzt meinte, es könnte stimmen. Das heißt, sie ist womöglich vergiftet worden.«

Watson beendete seine Bekundung von Mitgefühl und kehrte zu seinem Platz in der Mitte des Teppichs zurück. Er setzte sich auf die Hinterläufe, wandte Beck den Kopf zu und spitzte die Ohren.

Beck sog an seiner Pfeife.

»Wir haben bisher drei Verdächtige. Erstens: Friederike Niehaus, die eigentlich in Team eins schwimmen sollte und von der Toten am Abend vor dem Wettbewerb ausgeschlossen worden ist. Du erinnerst dich, was ich dir über den Trimarthon erzählt habe?«

Watson bleckte die Zähne, was wohl heißen sollte, dass er zwar nur ein Kater, aber weder geistig beschränkt noch dement war.

»Entschuldige.« Beck lächelte reumütig. »Also. Die Tote, Julia Richter, hat Friederike aus dem Team geworfen. Friederike war sauer darüber. Aber war sie so wütend, dass sie Julia Richter deshalb getötet hat?«

Der Kater ließ sich auf den Bauch fallen, streckte alle viere von sich und schloss die Augen.

»Ich schätze, das heißt Nein? Gut. Ich glaube es nämlich auch nicht.« Beck nippte an seinem Kakao. »Zweite Verdächtige: Cornelia König. Sie surft mit dem Kite für Team zwei, wollte aber in Team eins. Sie meint, Julia Richter hat ihr das nur deshalb verwehrt, weil sie während ihrer Krankheit Richters Chefarztposten übernommen hat. Sie war ebenfalls wütend.«

Watson machte sich nicht einmal die Mühe, die Augen zu öffnen.

»Fein.« Beck holte tief Luft. »Dann hätten wir noch das dänische Team. Die Däninnen wollten den Trimarthon unbedingt gewinnen, um das Geld für ein Hilfsprojekt in Malawi zu spenden. Der Trainer hat deshalb die Zeiterfassung manipuliert. Aber vielleicht war das nicht das Einzige, was sie unternommen haben.«

Der Kater blinzelte.

»Er könnte es selbst getan haben. Oder die Frau, die dieses Afrika-Projekt betreibt. Sie heißt Grit Larsen.« Er spürte, wie sich etwas in seinem Inneren zusammenzog. »Das ist eine Freundin von Lotta.«

Watsons Augen verengten sich.

»Keine sehr angenehme Vorstellung, nicht wahr?«

Lotta hatte am Telefon beteuert, dass ihre Freundin Grit eine aufrechte und integre Frau war, die niemals etwas Ungesetzliches tun würde. Doch nach Lage der Dinge stand sie dennoch auf Becks Verdächtigenliste an erster Stelle. Er fragte sich, wie Lotta darauf reagieren würde. Lotta war sehr impulsiv. Und Beck graute vor den geballten Emotionen, die manchmal unvermittelt aus ihr heraussprudelten. Doch darauf durfte er keine Rücksicht nehmen. Er musste sich an die Fakten halten.

»Ich fürchte, sie könnte es gewesen sein«, sagte er. »Diese Grit Larsen könnte Julia Richter irgendetwas verabreicht haben, um sie aus dem Wettbewerb zu nehmen. Wer weiß … Vielleicht wollte sie sie gar nicht töten, sondern nur für eine Weile außer Gefecht setzen, was meinst du?«

Der Kater erhob sich und schnaubte. Dann trottete er langsam zur Terrassentür und zwängte sich durch die Katzenklappe nach draußen. Einen Augenblick lang sah es so aus, als würde er stecken bleiben, aber dann schaffte er es doch. Die Klappe fiel mit einem dumpfen Laut zu.

Beck legte die Pfeife beiseite.

»Vielen Dank auch, Watson«, sagte er in Richtung Terrassentür. »Du warst mir eine große Hilfe.«

Er leerte seinen Kakaobecher und beschloss, sich eine weitere Tote Tante zu machen. Und nicht länger über diesen Fall zu grübeln. Das Unwetter, das sich ankündigte, würde noch früh genug über ihn hereinbrechen.

18

Nick Harder strahlte, als sich die Tür des Büros öffnete und Lotta Lundkvist und Theresa Vestergaard eintraten. Er sprang auf, lief auf Theresa zu und schloss sie so stürmisch in die Arme, als wären sie wochenlang getrennt gewesen. Dabei hatte Theresa lediglich das Wochenende bei Lotta verbracht, um mit ihr auf dänischer Seite dem Start des Trimarthons beizuwohnen. Doch den beiden war die Zeit ganz offensichtlich länger vorgekommen. Sie hielten sich fest bei den Händen und küssten sich zärtlich.

Paul Beck erhob sich und sah ihnen mit leisem Neid zu. Viel Muße blieb ihm dafür allerdings nicht. Lotta baute sich vor ihm auf, stemmte die Hände in die Seiten und musterte ihn von Kopf bis Fuß: das Hemd, die Hose und die Schuhe, alles in Schwarz. Dann wanderte ihr Blick zum Garderobenständer, an dem sein gleichfarbiger Sommermantel und der Bowler hingen.

»Das ist nicht dein Ernst, oder?«, rief sie aus. »Du läufst immer noch in den alten Sachen herum? Wofür haben wir dich denn letzte Woche neu eingekleidet?«

»Oh, oh.« Nick löste sich von Theresa. »Dicke Luft.«

Er trat zu Lotta und legte ihr leicht eine Hand auf die Schulter.

»Nimm's ihm nicht übel«, sagte er. »Er kann nichts dafür. Watson gefällt das neue Outfit nicht.«

Lotta fand die Bemerkung offenbar nicht komisch. Ungeduldig schüttelte sie Nicks Hand ab.

»So?«, fragte sie verschnupft. »Schade.« Sie verschränkte die Arme vor der Brust, und ihre meerblauen Augen funkelten. »Von mir aus zieh an, was du willst. Aber ich will nicht von den Leuten angegafft werden, weil mein Freund aussieht wie Charlie Chaplin.«

Beck verspürte einen Stich. Zugegeben, auch der Komiker

hatte Schwarz getragen und einen Bowler dazu, genau wie Becks Vorbild Hercule Poirot. Aber ihn mit einer Witzfigur zu vergleichen …

»Ich sehe nicht aus wie Chaplin«, erwiderte er kühl und versuchte, seine Gekränktheit zu verbergen. »Ich kleide mich lediglich etwas konservativ.«

»Etwas? Haha.« Lotta verzog spöttisch den Mund. Dann holte sie tief Luft.

»Ich möchte wirklich gern wissen …«, setzte sie an, doch Beck erfuhr nicht, was sie sagen wollte, denn in diesem Moment begann das Telefon auf seinem Schreibtisch zu klingeln. Beck stürzte sich geradezu darauf und riss den Hörer von der Basis.

»Beck?«, meldete er sich.

Im nächsten Moment verschwendete er keinen Gedanken mehr an Bekleidungsfragen. Der Anrufer war Dr. Marten Reimers aus der Abteilung für Rechtsmedizin am Universitätsklinikum Schleswig-Holstein, Campus Kiel. Ein Blick auf die Uhr verriet Beck, dass Reimers schon früh bei der Arbeit gewesen sein musste, wenn er bereits jetzt Ergebnisse hatte. Er drückte auf einen Knopf der Telefonanlage, um das Gespräch auf Lautsprecher zu legen, damit die anderen mithören konnten.

»Wir haben uns den Leichnam heute Morgen gleich als Erstes vorgenommen«, berichtete Reimers. »Sie wissen wahrscheinlich, dass Eile nottut, wenn Ihr Verdacht stimmt, dass es Cyanid war, mit dem Julia Richter vergiftet wurde.«

»Cyanid?«

»Cyanwasserstoff. Blausäure. Das war es doch, was Sie vermutet haben? Wegen der auffällig rosaroten Gesichtshaut und des Geruchs nach Bittermandel?«

Beck seufzte.

»Ja. Auch wenn ich gehofft hatte, dass wir uns täuschen.«

»Nein, nein.« Marten Reimers war zu sehr Wissenschaftler, um auf den emotionalen Aspekt der Sache einzugehen. »Sie hatten vollkommen recht.«

»Ich war mir nicht sicher«, erklärte Beck. »Ich habe nichts gerochen. Und der Notarzt hatte auch Zweifel.«

»Das ist kein Wunder«, erläuterte der Rechtsmediziner. »Es gibt eine genetische Disposition für die Fähigkeit, Bittermandelaroma wahrzunehmen. Schätzungsweise zwanzig bis dreißig Prozent der Bevölkerung, vielleicht auch mehr, sind nicht in der Lage, es zu riechen. Dadurch ist es in der Vergangenheit immer wieder zu tödlichen Unfällen gekommen. In der chemischen Industrie, bei der Herstellung von Kunststoffen, beim Galvanisieren und beim Auswaschen von Gold wird mit Blausäure gearbeitet. Unter anderem. Die Substanz ist hochgiftig, die Flüssigkeit ebenso wie die Dämpfe. Wenn man nicht sofort bemerkt, dass man es versehentlich eingeatmet hat, ist es oft zu spät, um Gegenmaßnahmen einzuleiten. Das Cyanid bindet sich an ein Enzym in den Mitochondrien und bringt die Zellatmung zum Erliegen. Der Tod erfolgt durch inneres Ersticken. Er kann, je nach Konzentration, innerhalb von Minuten eintreten, bei geringerer Dosis aber auch erst nach mehreren Stunden.«

»Hm«, machte Beck unbehaglich.

»Das ist auch der Grund, weshalb wir rasch handeln mussten. Cyanwasserstoff verflüchtigt sich sehr schnell und lässt sich dann nicht mehr zuverlässig nachweisen. Wenn die Obduktion nicht zügig erfolgt, lassen sich keine gerichtsverwertbaren Beweise mehr sichern.«

»Aber Sie haben etwas gefunden?«

»Ja.« Der Rechtsmediziner räusperte sich. »Der äußere Befund – die rosarote Hautverfärbung, der Bittermandelgeruch und die auffälligen leuchtend rosafarbenen Totenflecken – deutet bereits auf eine Blausäurevergiftung hin. Dazu kommt das hellrote Leichenblut. Doch das Entscheidende ist der Nachweis des Toxins, und der ist positiv: Sowohl im Blut und im Urin als auch in Leber und Nieren finden sich Rückstände von Cyanwasserstoff. Das heißt, Julia Richter wurde Blausäure verabreicht. Allerdings können wir im Augenblick noch nicht sagen, auf welche Weise.«

»Was wären denn denkbare Möglichkeiten?«, erkundigte sich Beck.

»Sie erinnern sich vielleicht an Zyklon B, mit dem man im Dritten Reich in den Konzentrationslagern die Gefangenen vergast hat? Und an die Giftkapseln, mit denen sich einige hochrangige Militärs derselben Epoche der Gerichtsbarkeit entzogen haben? Das war Blausäure. Das heißt, man kann es einatmen oder schlucken. Es wirkt aber auch über die Haut. Und vermutlich könnte man es auch intravenös verabreichen.«

Becks Unwohlsein verstärkte sich. Jeder Mord war grausam, doch die Heimtücke eines Giftmords schien ihm besonders abscheulich.

»Eine Aufnahme des Cyanids über die Atemwege können wir mit ziemlicher Sicherheit ausschließen«, erklärte der Rechtsmediziner. »Es gibt keine Spuren an den Schleimhäuten, der Luftröhre und der Lunge. Und das Opfer hat sich zum Zeitpunkt der Vergiftung unter freiem Himmel aufgehalten, nicht wahr?«

»Das ist richtig«, sagte Beck.

»Eine Injektion als Beibringungsmethode kommt ebenfalls nicht in Frage«, setzte Marten Reimers seine Erläuterungen fort. »In beiden Armbeugen und auf den Handrücken finden sich zwar Einstichspuren, aber die sind älteren Datums und wahrscheinlich bei der Behandlung ihrer Krebserkrankung entstanden. Die Operationsnarben der Knochenmarktransplantation sind auch noch gut zu erkennen, aber frische Verletzungen oder Einstiche gibt es nicht.«

Beck hörte, wie Reimers in irgendwelchen Papieren blätterte.

»Unsere Vermutung, dass Julia Richter das Gift oral verabreicht wurde, hat sich bisher ebenfalls nicht bestätigen lassen«, berichtete der Rechtsmediziner dann. »Wir haben keine Verätzungen im Mund- und Rachenraum und im Magen gefunden, und im Mageninhalt konnten wir kein Cyanid nachweisen. Das heißt allerdings nicht, dass sie das Gift nicht mit der Nahrung zugeführt bekommen haben kann. Es könnte in irgendwelchen Kapseln enthalten gewesen sein, die sich erst im Darm aufgelöst haben. Den müssen wir uns noch ansehen. Aufgrund der Größe des Organs ist das etwas aufwendiger als beim Magen.«

Reimers machte eine kurze Pause, wahrscheinlich, weil er Beck die Gelegenheit geben wollte, die Fülle der Informationen zu verdauen.

»Wenn es ihr nicht unter die Nahrung gemischt wurde«, führte er seinen Bericht dann fort, »wäre die andere Möglichkeit, dass sie das Gift über die Haut aufgenommen hat. Blausäure ist ein gut geeignetes Kontaktgift. Falls das so war, können wir es allerdings nicht direkt nachweisen. Cyanwasserstoff ist ausgesprochen flüchtig. An der Haut selbst lassen sich keine Rückstände nachweisen, selbst wenn das Opfer die Blausäure darüber aufgenommen haben sollte.«

Beck ließ hörbar die Luft entweichen.

Es würde nicht leicht sein, die Herkunft des Gifts zu ermitteln. Wenn es in Kapseln der Nahrung beigefügt worden war, die sich erst im Darm auflösten, würde die Untersuchung der Getränke und Lebensmittel ebenso wie die der leeren Trinkgefäße und Folienverpackungen aus dem persönlichen Besitz der Toten wahrscheinlich auch dann keine Bestätigung erbringen, wenn sich das Gift tatsächlich darin befunden hatte. Und wenn sie es über die Haut aufgenommen hatte …

»Wie kommt man denn heutzutage überhaupt an Blausäure?«, fragte er. »Ich dachte, das sei etwas … Antiquiertes. Eben aus der Zeit des Dritten Reichs. Oder von Agatha Christie.«

»Nein, nein.« Paul Beck hörte das Lächeln in der Stimme des Rechtsmediziners. »Cyanwasserstoff ist auch in unserer modernen Gesellschaft weitaus präsenter, als man denkt. Abgesehen von den Möglichkeiten zur industriellen Nutzung, die ich Ihnen genannt habe, findet sich Blausäure auch in zahlreichen Lebensmitteln. In Bittermandeln zum Beispiel, aber auch in bitteren Süßmandeln sowie in Aprikosen- oder Apfelkernen.«

Beck fasste sich unwillkürlich an den Hals. Er verspürte ein leichtes Würgen. Nie wieder würde er das Kerngehäuse eines Apfels mitessen.

»Das heißt, man könnte aus Aprikosenkernen Blausäure gewinnen?«

»Nicht ohne Weiteres«, erwiderte der Rechtsmediziner. »Der Stoff in den Kernen wird erst durch die Magensäure in Cyanwasserstoff umgewandelt. Man bräuchte schon ein gewisses chemikalisches Wissen, ein Labor und die entsprechenden Reagenzien.«

Beck dachte an Cornelia König, die in der Pathologie des Flensburger Diakonissenkrankenhauses arbeitete. Dort fand man sicher alles, was man für den Herstellungsprozess benötigte.

»Es wäre allerdings reichlich aufwendig und wenig effizient«, ergänzte der Rechtsmediziner. »In jedem einzelnen Kern ist nur eine geringe Menge des Gifts enthalten. Eine tödliche Dosis daraus zu extrahieren scheint mir kein sonderlich praktikabler Weg zu sein. Ich persönlich würde mir das Gift auf anderem Wege besorgen.«

»Nämlich wie?«

»Nun ja. Blausäure wird auch zur Schädlingsbekämpfung eingesetzt«, erläuterte der Rechtsmediziner. »Es ist ein hochwirksames Pestizid und Insektizid.«

»Sie meinen, so etwas wie Rattengift?«

»Im Prinzip: ja. Allerdings verwendet man für Rattenköder gewöhnlich andere Substanzen. Blausäure wird vor allem bei Mühlenbegasungen eingesetzt. Der Cyanwasserstoff lagert sich an den Wänden ab, und die Schädlinge, die sich dort niederlassen, nehmen ihn über den Panzer auf. Aus dem Getreide dagegen verflüchtigt sich das Gift bei entsprechender Wärmebehandlung, sodass keine für den Menschen schädlichen Rückstände zurückbleiben. Es ist eine sehr wirksame und äußerst effiziente Methode.«

Beck dachte nach.

»Wie stark wirkt Cyanid auf den Menschen, wenn es mit

der Haut in Kontakt kommt? Würde es ausreichen, etwas Giftiges zu berühren?«, fragte er. »Oder müsste man das Gift in größerer Menge auf den Körper auftragen, damit es tödlich wirkt?«

Der Rechtsmediziner seufzte leise.

»Das ist letzten Endes immer eine Frage der Konzentration. Im Prinzip könnte es schon genügen, wenn das Opfer das vergiftete Objekt nur kurz berührt hätte.«

»Das heißt, es könnte auch ein Unfall gewesen sein? Sie hat vielleicht versehentlich einen vergifteten Köder oder etwas Derartiges angefasst?«

»Nein.« Dr. Reimers lachte trocken. »Das halte ich für ausgeschlossen. In allen Bereichen, in denen mit Blausäure gearbeitet wird, gelten strenge Sicherheitsvorschriften. Die Kammerjäger tragen Schutzanzüge und Gasmasken. Und selbstverständlich werden die behandelten Räumlichkeiten abgesperrt, solange Vergiftungsgefahr besteht. Natürlich gibt es auch kleinere Köder, Kieselgur-Kugeln, die mit Blausäure getränkt werden. Aber diese Lockmittel haben auffällige Warnfarben. Man fasst sie nicht einfach versehentlich an.«

»Aber man könnte sie in ein gleichfarbiges Getränk oder Nahrungsmittel mischen«, schloss Beck.

»Ja.« Der Rechtsmediziner klang plötzlich genauso müde, wie Beck sich fühlte. »Und ich fürchte, irgendetwas in der Art hat Ihr Mörder getan.«

»Danke«, sagte Beck matt.

»Keine Ursache«, erwiderte Reimers. »Ich melde mich, wenn wir oder die Kollegen von der Toxikologie im LKA Rückstände des Gifts in den sichergestellten Lebensmitteln oder irgendwo sonst finden.«

Beck verabschiedete sich von ihm und legte den Hörer auf. Er schaute Nick, Theresa und Lotta an und sah seine eigene Betroffenheit in ihren Gesichtern gespiegelt.

»Wie gemein«, flüsterte Theresa.

»Allerdings«, bestätigte Nick Harder. »Und blöd für uns. Ich meine, wenn man Julia Richter die giftige Substanz direkt verabreicht oder gespritzt hätte, könnten wir den Kreis der Verdächtigen erheblich eingrenzen. Aber wenn das Gift in einem Energydrink oder Eiweißriegel oder vielleicht auch als Vitaminkapsel getarnt in einer Pillendose war, muss der Täter nicht mal in ihrer Nähe gewesen sein, als es anfing zu wirken.«

»Stimmt«, sagte Lotta und sah dabei seltsam erleichtert aus, wie Beck mit einer gewissen Irritation feststellte. So, als wäre es ihr wichtiger, ihre Freundin Grit zu entlasten, als den Fall zu klären. Doch vielleicht täuschte er sich ja auch. Er war nicht besonders gut darin, die Gefühle anderer Menschen zu entschlüsseln. Nicht einmal dann, wenn es sich um die Frau handelte, die er liebte.

***

Eine halbe Stunde später saßen sie gemeinsam mit Oberstaatsanwältin Dr. Margarete Döscher im Besprechungsraum. Nicht nur Paul Beck, auch Nick Harder freute sich, dass das Los auf sie gefallen war und sie diesen Fall als zuständige Kapitaldezernentin am Landgericht Flensburg übernehmen würde. Sie hatten beide schon des Öfteren mit der kleinen, zierlichen Frau zusammengearbeitet, die Nick so eben bis zum Kinn, Beck dagegen nur bis zur Brust reichte. Angesichts der natürlichen Autorität, die sie ausstrahlte, würde es allerdings dennoch niemand wagen, sie von oben herab anzusehen. Sie ging bereits auf die sechzig zu, und ihre brünetten Haare waren mittlerweile reichlich von grauen Strähnen durchzogen, doch ihre braunen Augen strahlten warm und jugendlich, und ihre Körperhaltung war wie immer energisch. Beck und Harder schätzten die Oberstaatsanwältin, weil sie gleichermaßen engagiert und besonnen war. Margarete Döscher machte sich nicht wichtig, sondern hielt sich im Hintergrund und beobachtete. Sie überließ es den Beamten, ihre Schlüsse zu ziehen. Und nur wenn sie das Gefühl hatte, dass etwas aus dem Ruder lief, mischte sie sich ein.

So war es auch jetzt.

Dr. Margarete Döscher saß an der Rückseite des Raums, nippte an einer Tasse Kaffee und machte sich Notizen. Lotta Lundkvist hatte es übernommen, auf der Weißwandtafel eine Tabelle anzufertigen. Paul Beck war froh darüber. Lotta besaß ein ausgeprägtes zeichnerisches Talent, und ihre Handschrift war sauber und ordentlich. Beck selbst dagegen hätte keine einzige gerade Linie hinbekommen, Nick hatte eine Sauklaue, und Theresa war nicht auf Medien eingestellt, die keine Tastatur oder keinen Touchscreen besaßen. Dafür hatte sie bereits umfangreiche Notizen auf ihrem iPad erstellt, die sie nun beisteuerte. Sie erläuterte, dass es beim Glücksburg Trimarthon letztlich auf einen Titelkampf zwischen dem dänischen und dem deutschen Teams eins hinausgelaufen war. Die drei anderen Mannschaften hatten keine echte Konkurrenz dargestellt.

Paul Beck legte die Stirn in Falten.

»Das heißt, wenn das Motiv der Sieg beim Trimarthon war, kommen eigentlich nur die dänischen Sportlerinnen in Frage«, stellte er fest. Lotta warf ihm einen bösen Blick zu, doch Beck gab vor, ihn nicht zu bemerken. »Und natürlich der dänische Trainer«, fügte er hinzu.

Lotta notierte die Namen der Däninnen auf dem Whiteboard: Jette Nielsen, Hedvig Rasmussen und Grit Larsen sowie den des Trainers, Anders Rask. Theresa berichtete von ihrer Befragung des Teams. Demnach wollten die Mannschaftskollegen das Preisgeld gerne Grit Larsen für ihr Afrika-Projekt überlassen. Dafür gemordet hätten sie jedoch wohl kaum.

Beck und Harder nickten, und auch Margarete Döscher signalisierte ihre Zustimmung. Lottas Miene verfinsterte sich weiter.

»Das heißt, Grit ist eure Hauptverdächtige?«

Theresa blickte auf.

»Nein«, sagte sie. »Ich bin ja noch lange nicht fertig.«

Beck beobachtete Lotta, die tief Luft holte und für einen Moment die Augen schloss. Es war nicht zu übersehen, dass es ihr schwer zu schaffen machte, dass ihre Freundin zu den

Verdächtigen gehörte. Vielleicht wäre es besser, wenn sie ihre dänischen Kolleginnen aus dem Fall heraushielten. Aber Lottas Ersuchen, die Ermittlungen auf deutscher Seite unterstützen zu dürfen, war ja bereits stattgegeben worden. Und wenn er ihr jetzt vorschlug, sich zurückzuziehen, würde sie ihm vermutlich an die Gurgel gehen.

»Entschuldige«, sagte Lotta zu ihrer Kollegin. »Ich wollte dich nicht angreifen. Ich bin froh, dass du die Sache neutral betrachtest.«

Theresa hob kurz die Mundwinkel. Ob das Lächeln auch ihre Augen erreichte, konnte Beck nicht erkennen, weil sie sich wie so oft hinter ihrem langen Pony versteckte.

Nick Harder streckte unter dem Tisch die Beine aus.

»Ich finde das als Motiv dürftig«, verkündete er. »Grit Larsen ist eine angesehene Anwältin. Die würde doch nicht wegen zehntausend Euro morden. Wenn das alles ist, was sie für das Projekt braucht, und ihr die Sache so wichtig ist, könnte sie es einfach von ihrem eigenen Geld nehmen.«

Lotta lächelte Nick an, dankbar, dass er ihr zu Hilfe kam, schüttelte aber gleichzeitig den Kopf.

»Sie hat kein Geld mehr. Sie hat alles in ihren Prozess investiert.«

Beck und Harder und die Oberstaatsanwältin sahen sie neugierig an. Theresa zupfte am Ärmel ihres Wollpullovers. Heute war es ein blau-grauer, nachdem ihr grau-grüner Lieblingspullover am Vortag der Teigattacke von Anders Rask zum Opfer gefallen war und zunächst einer gründlichen Reinigung bedurfte.

»Grits Tochter Pia ist vor drei Jahren bei einer Blinddarmoperation gestorben«, erklärte Lotta. »Die Ärzte hatten zu lange gewartet. Die Entzündung war bereits weit fortgeschritten, und als sie den Bauchraum geöffnet haben, war alles voller Eiter. Die Ärzte haben ihr Bestes gegeben, aber Pias Kreislauf ist plötzlich zusammengebrochen. Sie haben es nicht geschafft, sie zurückzuholen.« Sie machte eine kurze Pause. »Pia war sechs.«

Beck, Harder und Margarete Döscher wechselten betroffene Blicke.

»Grit ist der Ansicht, dass der behandelnde Arzt bei dem Eingriff gepfuscht hat«, fuhr Lotta fort. »Er war derjenige, der zu lange gezögert hat. Und eine der Schwestern hat behauptet, dass er bei der Operation betrunken war. Es war eine Not-OP, lange nach Feierabend. Pias Zustand hatte sich von einer Stunde auf die nächste rapide verschlechtert, und man hat den Arzt von einer Feier weggeholt. Er wollte erst nicht operieren, aber weil kein anderer Operateur greifbar war, hat er es doch getan.«

Lotta zog einen Stuhl unter dem Tisch hervor und setzte sich.

»Grit hat einen Kunstfehlerprozess angestrengt. Sie hat ihre gesamte Zeit und Energie und all ihre Ersparnisse darauf verwendet. Ihre Ehe ist daran zerbrochen, und sie hat aufgehört, als Anwältin zu arbeiten, weil sie sich nicht mehr in der Lage sah, sich für Menschen zu engagieren, die sich gesetzwidrig verhalten haben. Sie hatte nur noch ein Ziel: diesen Arzt, der ihre Tochter ›ermordet‹ hat, hinter Gitter zu bringen.«

»Aber sie hat den Prozess verloren«, folgerte Beck.

»Ja. Die Schwester hat ihre Behauptung, dass der Arzt betrunken war, zurückgezogen. Und ein Gutachten hat bestätigt, dass die Operation nach allen Regeln der Kunst durchgeführt wurde.« Lotta seufzte schwer. Sie betrachtete ihre Hände, die sie vor sich auf dem Tisch gefaltet hatte. »Grit ist fast daran zerbrochen. Es hat sie unendlich viel Mühe gekostet, sich ins Leben zurückzukämpfen. Sie ist erst wieder aufgelebt, als sie begonnen hat, sich für die Aids-Waisen in Malawi zu engagieren. Und nun tut sie das mit derselben Verbissenheit, mit der sie den Prozess für ihre Tochter geführt hat.«

»Das war jetzt nicht gerade ein Plädoyer für ihre Unschuld«, bemerkte Beck.

»Nein.« Lotta blickte auf. »Aber ich *weiß*, dass Grit keine Mörderin ist.«

»Was ist mit diesem Rask?«, fragte Nick Harder. »Er hat die Zeiterfassung manipuliert, weil er in Grit verknallt ist und ihr zu dem Preisgeld verhelfen wollte.«

»Ja.«

»Vielleicht hat ihm das nicht gereicht«, schlug Nick vor. »Womöglich wollte er sichergehen.«

Margarete Döscher schaute ihn interessiert an.

»Sie meinen, er hat die schärfste Konkurrentin seiner Angebeteten aus falsch verstandener Liebe ermordet?«

»Warum nicht?«

Die Oberstaatsanwältin schmunzelte.

»Sie haben recht. So etwas kommt vor.«

»Aber Anders Rask ist kein armer Mann«, warf Theresa ein. »Er ist der Inhaber einer Bäckerei, die sehr gut läuft. Ich habe mich heute Morgen schon beim Finanzamt und bei der Handelskammer erkundigt. Der Betrieb ist schuldenfrei und erwirtschaftet Gewinn. Nicht so viel, dass Rask riesige Sprünge machen könnte, aber doch genug, um Grit Geld für ihr Malawi-Projekt zu geben.«

»Das hätte sie nicht genommen«, verkündete Lotta.

Margarete Döscher wandte sich ihr zu.

»Warum nicht?«

Lotta hob die Schultern.

»Stolz.«

»Ja.« Die Oberstaatsanwältin lächelte flüchtig. »Das ist immer eine dumme Sache.«

»Also ist Anders Rask die Nummer zwei auf unserer Verdächtigenliste«, sagte Nick Harder, und Lotta stand auf, um auf der Tafel einen entsprechenden Vermerk hinter Rasks Namen zu machen.

Die Oberstaatsanwältin betrachtete die kurze Liste.

»Haben Sie noch weitere Personen ermittelt, die ein Motiv gehabt haben könnten?«, erkundigte sie sich.

Harder nickte und erläuterte, dass Friederike Niehaus wütend gewesen war, weil Julia Richter sie im letzten Moment aus der ersten Mannschaft geworfen hatte. Beck ergänzte, dass

Friederike das umso mehr getroffen hatte, weil sie in einer unglücklichen Ehe feststeckte und sich von ihrem Mann gegängelt fühlte.

»Ah ja«, bemerkte Lotta gallig. »Dann muss die Beziehung natürlich freudlos sein.«

Beck stöhnte leise. Er hatte nicht geahnt, dass Lotta so aufgebracht reagieren würde. Sonst hätte er sich doch lieber in die engen Jeans gezwängt, die sie ausgesucht hatte.

»Das Schwimmen war ihr Rettungsanker«, versuchte er es noch einmal.

»Grund genug, ihrer Mannschaftsführerin ins Gesicht zu springen«, stellte Margarete Döscher fest. »Aber Mord? Und ein Giftanschlag ist selten eine Tat im Affekt. Hätte Friederike Niehaus zwischen dem Abschlusstraining und dem Start des Wettbewerbs überhaupt Zeit und Gelegenheit gehabt, sich das Cyanid zu besorgen?«

Beck musste zugeben, dass er diesen Aspekt nicht bedacht hatte.

Lotta schrieb den Namen von Friederike Niehaus in die nächste Zeile der Tabelle, notierte das mögliche Motiv und machte drei Fragezeichen dahinter.

»Gibt es sonst noch jemanden?«, erkundigte sich Dr. Margarete Döscher, und Beck berichtete von Cornelia König und ihrer Vermutung, von Julia Richter aus Rache für den verlorenen Chefarztposten aus dem deutschen Team eins verbannt worden zu sein.

»Und darüber soll sie so empört gewesen sein, dass sie ihre Kollegin ermordet hat?« Die Oberstaatsanwältin setzte eine zweifelnde Miene auf.

Beck, der sich erinnerte, dass sein Kater Watson ganz ähnlich reagiert hatte, winkte ab.

»Vermutlich nicht«, gab er zu. »Sie hat es auch bestritten. Aber wir sollten sie der Vollständigkeit halber auf die Liste setzen.«

Lotta tat es und schaute ihn an.

»Bleibt noch der Ehemann.«

»Heiko Richter?« Paul Beck war verblüfft. »Welchen Grund sollte er haben, seine Frau zu ermorden?«

»Keine Ahnung.« Lotta, die den Namen auf die Weißwandtafel geschrieben hatte, steckte die Kappe auf den Stift. »Aber wir wissen doch, dass die Mehrzahl der Tötungsdelikte vom eigenen Partner begangen wird.« Sie schaute Beck vielsagend an. »Nirgendwo gibt es mehr Konflikte, verborgene Kränkungen und schwelende Aggressionen als innerhalb einer Beziehung.«

Nick Harder, der die implizierte Botschaft ebenso mühelos entzifferte wie Beck selbst, grinste.

»Sie hat recht«, sagte er. »Heiko Richter ist der Erste, mit dem wir reden sollten.«

Beck stand auf und strich seine Hemdsärmel glatt.

»Das müssen wir ohnehin«, gab er säuerlich zurück. »Schließlich hat er seine Ehefrau verloren. Und er ist derjenige, der sie wahrscheinlich am besten kannte. Außerdem brauchen wir seine Zustimmung, uns in der gemeinsamen ehelichen Wohnung umzusehen.«

Nick Harder erhob sich ebenfalls.

»Also, sprechen wir mit ihm«, sagte er und versicherte sich des Einverständnisses der Oberstaatsanwältin. »Und ihr«, er schaute zu Lotta und Theresa, »könntet vielleicht noch einmal diesen Rask unter die Lupe nehmen und bei der Kriminaltechnik nachfragen, ob sie die Speicherkarte aus Julia Richters Handy schon ausgelesen haben.«

»Einverstanden«, sagte Lotta. Sie griff nach ihrer Handtasche und blickte an Nick vorbei zu Beck. »Aber versprecht euch nicht zu viel von eurem Gespräch mit Richter. Die meisten Ehemänner wissen weniger über ihre Frauen, als man meinen sollte.«

***

»Warum regt es dich eigentlich so auf?«, erkundigte sich Theresa, als sie wieder im Wagen saßen und auf der Autobahn gleich hinter Flensburg die dänische Grenze überquerten. »Pauls Klamotten, meine ich.«

Lotta warf ihr einen kurzen Blick zu und schaute dann wieder auf das graue Asphaltband, das sich vor ihnen erstreckte.

»Weil es albern ist. Als hätte er sich für ein Schülertheater verkleidet. Er spielt eine Rolle. Der große Denker mit Bowler und Pfeife.«

»Hercule Poirot.«

»Ja. Ich bin sicher, mit dem würde er gerne tauschen.«

Theresa strich abwesend mit dem Finger über die Armlehne in der Beifahrertür.

»Ich denke, es passt zu ihm.«

Lotta trat das Gaspedal weiter durch.

»Ich finde es affig«, gab sie heftiger zurück, als sie wollte. »Er wirkt so steif damit. So … arrogant.«

»Aber du weißt, dass er das nicht ist.«

Lotta presste die Lippen zusammen. Wenn sie ehrlich war, hatte sie keine Ahnung. Obwohl Beck und sie seit fast einem Jahr ein Paar waren. Aber sie sahen sich nicht so oft. Paul wohnte in seiner kleinen Kate in Kappeln, sie selbst in der Nähe ihrer Dienststelle in Esbjerg. Wenn sie sich trafen, sprachen sie über Kunst oder Schiffe oder über seinen Kater, gingen in Museen oder auf Flohmärkte oder fuhren mit ihrem Boot hinaus. Wenn sie telefonierten, redeten sie meistens über die Arbeit.

»Im Grunde kenne ich ihn überhaupt nicht«, gestand sie.

Falls Theresa aufgefallen war, wie sich Lottas Miene verdüstert hatte, ließ sie es sich nicht anmerken.

»Bei mir stört es dich nicht«, sagte sie stattdessen.

»Was?« Lotta war einen Moment abgelenkt, weil ein altersschwacher Polo, den sie überholen wollte, direkt vor ihr ausscherte, um an dem vor ihm fahrenden Lkw vorbeizuziehen. Lotta stieg in die Bremse und schaffte es gerade noch, eine Kollision zu vermeiden.

»Meine Kleidung«, sagte Theresa, als wäre nichts geschehen. »Du hast dich noch nie darüber beschwert.«

Lotta zog an dem unaufmerksamen Polofahrer vorbei und gestikulierte ärgerlich durch die Seitenscheibe. Der Mann hinter dem Steuer – jung, glatzköpfig und mit einem wilden Bart – beachtete sie nicht.

Lotta lenkte den Wagen wieder auf die rechte Spur und schaute zu Theresa. Es stimmte natürlich. Auch ihre Kollegin pflegte einen besonderen Stil. Sie war stets fein und elegant gekleidet, mit edlen Stoffhosen und Wollpullovern und Pumps. Lotta selbst wäre mit diesem Outfit zumindest im Sommer unweigerlich ins Schwitzen geraten. Sie bevorzugte leichte Blusen und Jacken, dazu Jeans und Turnschuhe. Aber Theresa fror ja auch ständig.

»Du siehst schick aus«, entgegnete Lotta. »Es gibt keinen Grund, sich mit dir zu schämen.« Ganz im Gegenteil. Mit ihrem zarten, filigranen Gesicht und den seidenglatten dunklen Haaren sah Theresa aus wie ein Model.

Ihre Kollegin lächelte still.

»Aber neben Nick nehme ich mich kaum weniger sonderbar aus als Paul neben dir, oder nicht?«

Lotta dachte an Nick Harder mit seinen kurzen, modisch geschnittenen schwarzen Haaren, dem Dreitagebart, seinen schwarzen Jeans, der Motorradjacke und den sportlichen Poloshirts. Es stimmte natürlich. Nick war cool, Theresa bieder.

»Aber es macht dir nichts aus?«, fragte sie. »Oder ihm?«

»Nein«, sagte Theresa versonnen. »Er nimmt mich, wie ich bin. Und ich ihn.«

»Schön.« Lotta biss die Zähne zusammen. Womöglich war das einfach ein Talent, das ihr abging. Aber sie konnte es nicht.

»Was ich eigentlich sagen wollte«, fuhr Theresa unbeirrt fort, »ist, dass es einen Grund hat, warum ich mich so kleide.«

Lotta spürte, wie sich ein dumpfes Gefühl in ihrem Magen ausbreitete. Sie hatten nie darüber gesprochen, aber sie wusste, dass Theresa in äußerst einfachen Verhältnissen aufgewachsen war. Ihre Eltern hatten einen kleinen Hof im Norden des Landes gehabt, der wenig Erträge abwarf, und eine ganze Schar von Kindern, die es zu versorgen galt. Es hatte kaum für alle gereicht, doch die Eltern waren offenbar zu stolz gewesen, um staatliche Unterstützung anzunehmen. Lotta hatte das recherchiert, als Theresa als Kollegin zu ihr gekommen war, es aber nie erwähnt.

»Ja. Ich weiß«, sagte sie jetzt.

»Ach so?« Theresa hob die Augenbrauen. »Dabei sind Datenbanken doch eigentlich meine Domäne.« Sie schaute aus dem Fenster auf die raue, flache Landschaft.

»Ich habe meistens die Kleider meiner älteren Schwester aufgetragen«, berichtete sie, den Blick offenbar weit in die Vergangenheit gerichtet. »Und ich habe mich deshalb immer irgendwie als minderwertig empfunden. Ich hatte Glück, dass ich gut in der Schule war und ein Stipendium fürs Studium bekam. Sonst würde es mir heute so gehen wie meinen Geschwistern, die sich irgendwo als Landarbeiter oder Kellnerinnen durchschlagen. Ich habe es geschafft, der Armut zu entfliehen. Aber irgendwo tief in mir drin fühle ich mich immer noch wie ein Bauernkind.«

Lotta sah sie überrascht an. Sie hatte keine Ahnung gehabt, dass Theresa so empfand. Und ihr ging auf, was die Kollegin ihr damit sagen wollte.

»Du meinst, bei Paul ist es ähnlich? Der Mantel und der Bowler und die Pfeife sind so etwas wie …«

»… seine Rüstung.«

»Ja. Gut möglich.« Lottas Griff um das Lenkrad verstärkte sich. »Nur leider habe ich keine Ahnung, wovor er sich schützt. Er spricht nicht über sich. Jedenfalls nicht über Dinge, die ihm wirklich wichtig sind.«

Theresa setzte sich ein wenig aufrechter hin.

»Und das ist es, was dich so in Rage bringt, nicht wahr?«, sagte sie. »Dass er dich einfach nicht an sich heranlässt.«

»Ja, verdammt.«

Lotta hieb mit der Faust auf das Steuer. Dann schaute sie zu ihrer Kollegin.

»Du hast es doch die ganze Zeit gewusst«, stellte sie fest. »Warum hast du es nicht einfach gesagt?«

»Ach.« Theresa senkte den Kopf und versteckte sich hinter ihrem Pony. »Ich dachte, es ist besser, wenn du selbst darauf kommst.«

19

Die große Sporthalle auf dem Gelände der Kaserne Nord in Eckernförde war leer, doch aus einer offen stehenden Tür in der Seitenwand der Halle waren Geräusche zu hören. Ein metallisches Quietschen und ein Stöhnen, das klang, als leide jemand erhebliche Qualen.

Paul Beck und Nick Harder tauschten einen schnellen Blick und gingen dann eilig auf die Tür zu. Becks linker Fuß quittierte die plötzliche Belastung mit einem reißenden Schmerz, und beinahe hätte er aufgeschrien. Im letzten Moment drängte er den Laut zurück und biss die Zähne zusammen. Er humpelte hinter Nick her, doch der war auf die kleine Tür konzentriert und bemerkte es nicht.

Als sie den Raum dahinter betraten, schnaubte Beck. Nick Harder grinste.

Es war ein Kraftraum, ausgestattet mit einer Reihe von Maschinen und einem großzügigen Freihantelbereich. Ein Mann, in dem Beck nach dem Foto in der Wettbewerbsbroschüre den deutschen Trainer Heiko Richter erkannte, lag rücklings auf einer Trainingsbank, die Knie angezogen, die Füße auf die Bank gestützt, und stemmte eine Stange mit mehreren großen Gewichtsscheiben. Seine Arme zitterten, und auf seiner Stirn stand Schweiß, doch er setzte die Langhantel nicht ab.

Nick Harder trat hinter ihn und legte die Zeigefinger unter die Hantelstange.

Heiko Richter ließ die Hantel bis auf die Brust sinken, und Harder ging leicht in die Knie, um die Spannung zu halten. Richter drückte die Stange hoch und senkte sie erneut. Er ächzte, und seine Arme bebten jetzt so heftig, dass Beck fürchtete, er würde die Hantel jeden Moment auf seinen Brustkorb fallen lassen. Doch Richter ließ nicht nach.

»Ein Stück noch«, feuerte Harder ihn an, und tatsächlich

schaffte es Richter, die schwere Stange noch einmal nach oben zu wuchten und sie in die Halterung des Gerüsts fallen zu lassen. Einen Augenblick blieb er ausgepumpt liegen, ehe er sich aufrichtete und zischend Luft holte.

»Danke«, sagte er zu Nick Harder. Dann wandte er sich an Beck.

»Es hilft nicht wirklich«, erklärte er. »Aber ich weiß nicht, was ich sonst tun soll. Der Schmerz frisst mich auf.« Seine dunklen Augen bohrten sich in Becks. »Sie sind von der Polizei?«

»Ja. Ich bin Kriminaloberkommissar Paul Beck, und das ist Kriminalkommissar Nick Harder.« Beck schaute sich um und zog sich eine freie Trainingsbank heran. Er setzte sich Richter gegenüber. »Es tut mir leid, was mit Ihrer Frau passiert ist«, sagte er und fühlte sich so befangen wie immer, wenn er es mit den engsten Angehörigen eines Opfers zu tun hatte. »Aber wir müssen Ihnen trotzdem ein paar Fragen stellen.«

Richter funkelte ihn an.

»Was *ist* denn geschehen? Wissen Sie das mittlerweile?«

Beck machte eine entschuldigende Geste. Sie hatten entschieden, dass es besser war, dem Ehemann der Toten die Nachricht persönlich zu überbringen, doch nun fiel es ihm schwer, die richtigen Worte zu finden.

Nick Harder hockte sich neben Beck auf die Bank.

»Ihre Frau wurde ermordet«, erklärte er schlicht. »Die Rechtsmedizin hat bei der Obduktion Rückstände von Gift gefunden.«

»Gift?«

»Ja. Wir vermuten, dass man es ihr in die Nahrung oder ihre Sportgetränke gemischt hat.«

»Wie bitte?« Heiko Richter sprang auf. Seine Augen schienen zu glühen. »Wer macht denn so etwas?«

»Das ist genau die Frage, die wir klären wollen«, sagte Beck.

Richter atmete tief durch. Dann setzte er sich wieder hin.

Paul Beck betrachtete den Mann. Er war groß und breitschultrig, ein auf kantige Weise gut aussehender Typ mit militärischer Kurzhaarfrisur und starkem Bartwuchs. Obwohl er sich ganz offensichtlich am Morgen rasiert hatte, lag ein bläulicher Schatten auf seinen Wangen. Beck sah, wie sehr er sich bemühte, seine Gefühle zu kontrollieren. Als Soldat war es ihm vermutlich zuwider, Schwäche zu zeigen, und doch konnte man ihm die Trauer ohne Mühe vom Gesicht ablesen. Die Kiefer waren verkrampft, die Mundwinkel nach unten gezogen, die Augen rot gerändert und von einem feuchten Schleier überzogen.

Beck beschloss, die Befragung so nüchtern und sachlich wie möglich zu gestalten. Auch in seinem eigenen Interesse. Er hätte nicht gewusst, was er tun sollte, wenn ein Mann wie Heiko Richter in Tränen ausbrach.

»Haben Sie eine Idee, wer Ihrer Frau das angetan haben könnte?«, stellte er die erste der unvermeidlichen Fragen.

Richter legte den Kopf in den Nacken.

»Nein. Ich meine, Julia war auf ihre Art unnachgiebig. Sie hat sich sicher nicht nur Freunde gemacht. Aber dass jemand sie deshalb ermorden wollte … nein.« Er schluckte, und sein Adamsapfel bewegte sich in seiner Kehle auf und ab.

»Im ersten Moment habe ich an Friederike gedacht«, erläuterte er. »Sie war so wütend darüber, dass Julia sie am Abend vor dem Trimarthon aus der Mannschaft geworfen hat. Aber das ist Unsinn.« Richters Wangenmuskeln arbeiteten. »Friederike würde so etwas niemals machen. Sie war Julias beste Freundin. Und wenn sie jemandem etwas antun würde, dann sich selbst. Sie ist der Typ, der alles in sich reinfrisst.« Er schnitt eine Grimasse. »Deswegen hatte sie ja so zugelegt, dass sie nicht mehr konkurrenzfähig war.«

Heiko Richter stand von der Trainingsbank auf, nahm zwei kurze, mit etlichen Gewichtsscheiben bestückte Hanteln von einem Ständer und winkelte beinahe beiläufig die Arme an. Es sah nicht so aus, als würde ihn die Übung anstrengen. Wahrscheinlich absolvierte er sie einfach nur, weil er nicht still sitzen konnte.

Beck erhob sich ebenfalls und legte die Hand um eine der anderen Hanteln im Ständer. Er wollte sie aus der Halterung heben, doch sie schien wie festgeklebt und ließ sich nicht bewegen.

Richter musterte ihn mit zusammengezogenen Augenbrauen.

»Wenn Sie normalerweise nicht trainieren, fangen Sie besser mit leichteren Gewichten an«, bemerkte er.

Nick Harder sprang auf. Er trat neben Beck und befühlte dessen Oberarm.

»Nur Pudding«, berichtete er, und für eine Sekunde hoben sich Richters Mundwinkel. Beck war Nick dankbar, dass er versuchte, die Atmosphäre aufzulockern. Es hätte allerdings nicht unbedingt auf seine Kosten sein müssen.

Mit gespielter Gleichgültigkeit zog er die Finger zurück.

»Danke«, sagte er. »Das ist nicht mein bevorzugter Sport.«

»Ach so?«, sagte Richter ohne echtes Interesse. Er musterte Becks schlaksigen Körper mit dem Blick des erfahrenen Trainers, entdeckte aber anscheinend kein Potenzial für irgendeine Art der Leibesertüchtigung. Seine Augen wanderten weiter zu Nick.

»Ich habe gehört, dass Sie es waren, der meine Frau aus dem Wasser geholt hat.«

»Ja.« Nick Harder ergriff gedankenverloren die Hantel aus dem Ständer, an der Beck gescheitert war, und hob sie ohne erkennbare Mühe heraus. »Es tut mir sehr leid, dass ich nichts mehr für sie tun konnte.«

»Das war nicht Ihre Schuld«, sagte Heiko Richter hart. »Das hat derjenige zu verantworten, der sie vergiftet hat. Aber Sie haben schnell und klug und umsichtig gehandelt, und dafür will ich Ihnen danken.«

Harder legte die Hantel zurück. Auch wenn Richter mit ihm sprach wie mit einem seiner Soldaten, schien Nick die Beurteilung zu gefallen.

Beck fühlte sich zwischen den beiden plötzlich vollkommen fehl am Platz. Richter mit seinem Bundeswehrtrainingsanzug und Nick mit seinem sportlich-lässigen Outfit waren echte Kerle. Er selbst dagegen, mit dem dunklen Mantel und dem Bowler, passte einfach nicht hierher. Vielleicht hatte Lotta doch recht, und er sollte zumindest gelegentlich seine Kleidung dem Anlass entsprechend variieren.

»Und wie war das mit Cornelia König?«, fragte er, um seine Beklemmung zu überspielen. »Trauen Sie ihr eine solche Tat zu?«

Heiko Richter verharrte mit den angehobenen Hanteln.

»Cornelia? Warum um alles in der Welt sollte sie das tun?«

»Aus Rache, weil Ihre Frau sie nicht in ihrem Team haben wollte. Wie Frau König glaubt, nur deshalb, weil sie den Chefarztposten Ihrer Frau übernommen hat, als sie wegen ihrer Krebserkrankung aussetzen musste.«

Heiko Richter legte die Hanteln fast behutsam zurück in den Ständer.

»Ja. Das hat Cornelia ihr vorgeworfen. Aber es ist nicht wahr. Ich meine: Natürlich war meine Frau enttäuscht, dass man ihr den Posten nicht frei gehalten hat.« Er hob die Hand, um Nick Harder, der etwas einwenden wollte, zu stoppen. »Nicht über zwei Jahre natürlich. Aber meine Frau war noch keine vier Wochen krankgeschrieben, als man Cornelia ihre Stelle angeboten hat. Sie hatte noch nicht einmal die Diagnose.«

»Und Sie glauben, Frau König hat das vorangetrieben?«

»Dazu kann ich nichts sagen. Doch ich weiß, dass Cornelia sehr ehrgeizig ist. Sie scheut sich nicht, ihre Ellenbogen einzusetzen.«

»Das heißt, Ihre Frau hatte tatsächlich Vorbehalte gegen Cornelia?«

Richter fuhr sich über Mund und Kinn.

»Das muss man wohl so sagen, ja. Trotzdem war das nicht der Grund für ihre Entscheidung. Julia hat Martina nicht deshalb für ihr Team ausgewählt, weil sie Cornelia eins auswischen wollte, sondern einfach, weil Martina die bessere Sportlerin ist.« Ein flüchtiges Leuchten erschien in seinen Augen und verschwand gleich darauf wieder. »Ich weiß das. Ich trainiere sie seit sechs Jahren.« Seine Lippen wurden schmal. »Cornelia hat das natürlich anders gesehen. Sie war mächtig angefressen. Aber …«, wieder kam er Nick zuvor, ehe dieser etwas einwenden konnte, »… deshalb bringt man doch niemanden um.« Er lachte, ein kurzes, bitteres Aufkeuchen. »Das wäre eine etwas unverhältnismäßige Reaktion, finden Sie nicht? Und Cornelia ist nicht nur strebsam, sie ist auch in höchstem Maße kontrolliert.«

»Gut.« Beck strich seinen Mantel glatt. Richters Aussage untermauerte ja nur die Schlüsse, die sie selbst bereits gezogen hatten: dass die plausibelsten Verdächtigen nicht aus den Reihen der deutschen Teams kamen. Es bedeutete allerdings auch, dass Grit Larsen und Anders Rask wieder in den Fokus rückten, was Lotta sicher nicht gefallen würde. Und dass er selbst nicht länger darum herumkam, mit Heiko Richter den unangenehmsten aller Punkte zu erörtern.

Der Kriminaloberkommissar räusperte sich vernehmlich.

»Verzeihen Sie«, sagte er. »Aber ich muss Sie das fragen. Wie war die Ehe mit Ihrer Frau?«

Heiko Richter ballte die Fäuste. Seine Augen blitzten. Beck fragte sich, ob er ihm statt einer Antwort einfach einen Kinnhaken versetzen würde, doch Richter marschierte an ihm vorbei zu einem Sandsack, der von der Decke hing. Er drosch auf das Sportgerät ein, schnelle, harte Schläge, die den Sack ins Pendeln brachten. Nick Harder stellte sich dahinter und hielt den Sandsack fest, um dem Boxer einen besseren Widerstand zu bieten. Richter, trotz seines Gefühlsausbruchs offenbar noch genügend bei Sinnen, um seine Umgebung wahrzunehmen, dankte ihm mit einem knappen Nicken, während er weiter auf das Kunstleder einprügelte.

»Ich habe meine Frau geliebt«, stieß er hervor und landete eine wuchtige rechte Gerade auf den Sandsack. »Ich habe geglaubt, es zerreißt mich, als ich erfuhr, dass sie Krebs hat.« Zwei schnelle, kurze Schläge, dann zwei Schwinger von unten. »Es hat mich … beinahe um den Verstand gebracht, sie …

leiden zu sehen«, keuchte er, jede Pause zwischen den Worten von einem weiteren Hieb begleitet. »Ich dachte, ich sterbe, wenn sie stirbt.«

Richter ließ die Hände sinken, und Paul Beck sah, dass seine Knöchel blutig waren.

»Ich habe geweint, als die Nachricht kam, dass es einen Spender gibt«, sagte er tonlos. »Ich war so glücklich. Und Julia war es auch.«

Paul Beck schluckte. Richters ungezügelte Emotionen kamen ihm vor wie eine Welle, die über ihn hinwegspülte, und er fühlte sich plötzlich unglaublich schäbig, dass er Richters Schmerz weiter schüren musste. Doch das war nun einmal seine Arbeit.

Nick Harder ließ den Sandsack los. Er trat neben Richter und legte ihm kurz eine Hand auf die Schulter.

»Danke«, sagte er. »Wir wissen Ihre Offenheit zu schätzen.«

Beck seufzte. Da er bei diesem Auftritt ohnehin schon der Buhmann war, konnte er seine Rolle auch zu Ende spielen.

»Wir würden uns gern in Ihrer Wohnung umsehen«, erklärte er. »Wenn Sie nichts dagegen haben.«

Heiko Richter straffte sich.

»Lassen Sie doch das Getue«, entgegnete er schroff. »Wenn ich Nein sage, besorgen Sie sich eben einen richterlichen Beschluss. Aber Sie werden dort nichts entdecken. Wenn es einen Grund gäbe, Julia zu ermorden, dann wüsste ich das.«

Paul Beck wollte ihn darauf hinweisen, dass es ein Motiv geben *musste*, denn irgendwer *hatte* Julia Richter getötet, doch er kam nicht dazu, weil in diesem Moment eine kleine blonde Frau mit energischen Schritten den Kraftraum betrat. Sie trug Turnschuhe, eine dunkelblaue Cargohose und ein graues Kapuzensweatshirt.

»Oh«, sagte sie, als sie die Männer entdeckte. »Entschuldigung. Ich hatte nicht damit gerechnet, dass jemand hier ist. Auf dem Plan steht, die Halle und der Trainingsraum sind frei.«

Paul Beck vollführte eine einladende Geste.

»Wir sind schon weg«, erklärte er, bemerkte dann jedoch, dass sowohl Heiko Richter als auch Nick Harder offenbar erfreut waren, die Frau zu sehen.

»Das ist Martina Scheffler, die Kite-Surferin aus dem deutschen Team eins«, erläuterte Nick.

»Ah ja. Angenehm.« Beck begrüßte die Sportlerin. Diese musterte ihn interessiert.

»Herr Harder hat mir von Ihnen erzählt«, verkündete sie. »Er sagt, Sie seien ein kluger Kopf. Deswegen tragen Sie auch diesen Hut, nicht wahr? Damit er nicht nass wird. Der Kopf, meine ich.«

Nick Harder und Heiko Richter kicherten, und zum ersten Mal, seit Beck und Harder den Raum betreten hatten, schien etwas von Richters Anspannung von ihm abzufallen.

Beck war trotzdem nicht amüsiert.

»Sie dagegen scheinen den Ihren lieber ins Schwitzen zu bringen«, konterte er mit einem Blick auf das dicke Kapuzensweatshirt.

Die Heiterkeit, die in Martina Schefflers Augen aufgeblitzt war, verschwand.

»Am liebsten würde ich meinen Schädel den ganzen Tag gegen die Wand schlagen, damit ich nicht ständig daran denke, was mit Julia geschehen ist«, sagte sie leise. »Aber dann dachte ich, ich könnte vielleicht so lange trainieren, bis mein Geist zu müde ist, um mir immer wieder diesen Film vorzuspielen.«

Heiko Richter machte eine Handbewegung, die wohl besagen sollte, dass er aus demselben Grund hergekommen war.

Nick Harder nahm Paul am Arm und zog ihn zur Tür.

»Wir lassen Sie in Ruhe«, erklärte er und fügte im Hinausgehen, an Beck gewandt, hinzu: »Auch wenn ich nicht weiß, ob sie auf eine Stimmungskanone wie dich verzichten können.«

***

Der Himmel war blau und sah aus wie frisch gewaschen, das Gras leuchtete grün in der Sommersonne. Hinter dem flachen rot gestrichenen Bootshaus mit den weißen Fensterläden waren ein hölzerner Klapptisch und ein paar Stühle aufgestellt worden. Auf dem rot-weiß gewürfelten Tischtuch standen Platten mit Wurst und Käse und Töpfe mit Marmelade und Honig. Anders Rask leerte duftende Brötchen aus einer großen Papiertüte in einen bereitgestellten Korb. Die drei Frauen am Tisch griffen zu.

»Ich bin immer noch vollkommen fassungslos«, verkündete die eine und biss krachend in ihr Brötchen. »Ich meine ... du liebe Güte. Wir dachten, wenn wir eine Trauerfeier machen, dann deshalb, weil uns die Deutschen den Sieg vor der Nase weggeschnappt haben und Grit ihr Aids-Waisen-Projekt begraben muss. Aber doch nicht, weil eine von uns ... ermordet wurde.«

»Tja.« Grit Larsen teilte ihr Brötchen in zwei Hälften und bestrich diese mit salziger Butter. Ihr Magen grummelte. »Das Leben geht seltsame Wege.«

Ihre zehn Jahre jüngere Teamkollegin Hedvig Rasmussen betrachtete sie skeptisch.

»Du klingst nicht besonders betroffen, Grit.«

Grit schnitt sich ein dickes Stück Käse ab. Sie wusste nicht, was sie antworten sollte. Ihre eigenen Gefühle waren ihr ein Rätsel. Sie hatte gedacht, dass sie Befriedigung empfinden würde, womöglich sogar Triumph. Doch stattdessen verspürte sie eine innere Leere, die größer war als je zuvor.

»Ich kannte sie ja kaum«, erwiderte sie. »Es kommt mir einfach nicht real vor.«

Jette Nielsen, die neben ihr saß und sich aus einer Schale Erdbeeren bediente, nickte.

»Ich weiß, was du meinst. Julia Richter war für uns immer das Feindbild, aber das war einfach nur eine mentale Geschichte. Die Vorbereitung auf den Wettkampf. Es hatte nichts mit der wirklichen Person zu tun. Natürlich haben wir uns gewünscht, sie zu vernichten. Im sportlichen Sinne. Aber dass sie jetzt tatsächlich tot ist ... also, in meinen Kopf geht das nicht rein.«

Grit warf ihr einen dankbaren Blick zu. Jettes Sinndeutung hatte so gut wie nichts mit Grits wahren Empfindungen zu tun. Doch es war eine Erklärung. Und sie war so gut wie jede andere.

»Hm.« Hedvigs Miene blieb skeptisch. »Aber ihr müsst doch die Ikone von der echten Person unterscheiden können. Ich meine, sie war ein Mensch. Und irgendjemand hat sie heimtückisch ermordet. Vergiftet, haben sie in den Nachrichten gesagt.«

Ihre Augen bohrten sich fragend in Grits, und Grit senkte den Blick. Sie spürte, dass auch Jette sie argwöhnisch musterte. Wahrscheinlich dachten ihre beiden Teamkolleginnen darüber nach, ob sie diejenige gewesen sein könnte, die Julia Richter das Gift verabreicht hatte. Schließlich wussten sie nur zu gut, wie sehnlich sie sich den Sieg gewünscht hatte.

»Die Polizei war auch schon bei mir«, sagte Anders Rask in die unheilvolle Stille hinein.

Grit schaute auf, und die beiden anderen Frauen wandten sich ebenfalls dem Trainer zu.

»Wegen der Zeiterfassung«, fügte Rask hinzu.

»Sie glauben, dass du die Messgeräte manipuliert hast?«, fragte Hedvig und runzelte die Stirn.

Rask nahm eine Gabel vom Tisch und drückte die Zinken gegen seinen Daumen. »Sie denken es nicht nur.«

»Was?« Grit hatte den Eindruck, dass ihre Gedanken nicht folgen konnten. Sie schienen wie durch zähen Matsch zu waten und machten die plötzliche Richtungsänderung nicht mit.

Anders Rask starrte auf das eingeprägte Muster auf seiner Haut. »Es stimmt.«

»Wie bitte?« Grit hatte Mühe, ihren Mund wieder zu schließen. Sie fühlte sich, als hätte ihr jemand ein Paddel vor die Stirn geschlagen.

Hedvig machte große Augen. »Sag, dass das nicht wahr ist, Anders.«

Der Trainer ließ den Kopf hängen.

»Doch. Das heißt, nein. Ich war es nicht. Es war Morten, mein Sohn. Aber ich habe ihn darum gebeten. Ich selbst wüsste überhaupt nicht, wie man so etwas macht.«

»Aber warum?«, bohrte Hedvig nach. »Hast du nicht daran geglaubt, dass wir es aus eigener Kraft schaffen? Dachtest du, wir haben es nötig, zu betrügen?«

»Ich wollte einfach kein Risiko eingehen«, bekannte Rask. »Damit Grit … das Geld für ihr Projekt bekommt.«

Hedvigs Blick glitt zwischen Rask und Grit hin und her.

»Soso«, sagte sie.

Grit sah Anders Rask in die Augen, und sie begriff plötzlich, was ihn angetrieben hatte. Eilig wandte sie sich von ihm ab.

Nicht auch das noch, dachte sie. Ihr Leben war ein einziges Trümmerfeld. Sie hatte mehr als genug Probleme. Das Letzte, was sie brauchte, war ein liebeskranker Bäckermeister, der glaubte, er würde ihr einen Gefallen erweisen, indem er ihr zu einem betrügerischen Sieg verhalf, und sich heimlich ausmalte, wie sie ihm aus lauter Dankbarkeit in die Arme fiel.

Jette Nielsen tippte nachdenklich die Fingerspitzen gegeneinander.

»Und das war alles, was du getan hast?«, fragte sie. »Die Zeiterfassung zu manipulieren?«

Hedvig schrak hoch.

»Du glaubst …« Sie schaute zu Rask. »Du hast nicht … Du hast Julia Richter nicht ermordet, oder?«

Grit spürte, wie sich etwas wie Säure durch ihre Eingeweide fraß.

Rask warf die Gabel zurück auf den Tisch und fuhr sich durch seine semmelblonden Haare.

»Natürlich nicht. Was denkst du denn von mir?«

Hedvig blitzte ihn an.

»Bisher war ich der Ansicht, du seiest ein geradliniger und ehrlicher Mann. Aber dieses Bild hast du soeben erschüttert.«

Rask lachte bitter.

»Du meinst, wer schummelt, mordet auch?«

»Wer weiß?«

Grit richtete sich auf.

»Du solltest ihn wirklich besser kennen, Hedvig«, sagte sie bestimmt. »Anders ist eine Seele von Mensch. Ich bin sicher, dass er Julia Richter nicht vergiftet hat.«

Ihre Teampartnerin funkelte sie an.

»Weil du es selbst warst, hm?«

»Hedvig, bitte.« Jette Nielsen vollführte eine ungeduldige Handbewegung. »Es bringt nichts, wenn wir uns gegenseitig zur Schnecke machen.«

»Aber ich würde die Antwort gerne hören«, sagte eine Stimme neben dem Bootshaus, die Grit fast so vertraut war wie ihre eigene. Sie wandte den Kopf und sah Lotta Lundkvist und Theresa Vestergaard auf sie zukommen.

»Das trifft sich gut«, fuhr Lotta fort, »dass wir Sie alle hier versammelt finden. Umso eher haben wir unsere Fragen geklärt.«

Grit schloss die Augen. Es war schlimm genug, dass sie plötzlich in diesen Strudel von Hass und Gewalt geraten war. Aber dass sie nun ausgerechnet ihrer besten Freundin Rede und Antwort stehen sollte, war einfach zu viel. Wenn Lotta gegen sie ermittelte, wem sollte sie sich dann anvertrauen? Und wenn es niemanden gab, dem sie die Wahrheit sagen konnte, wie sollte sie dann damit leben?

20

Der Wohnsitz des Ehepaars Richter lag im Flensburger Jürgensby-Viertel. Für Julia Richter war es günstig gewesen, in der Nähe der Klinik zu leben, in der sie arbeitete. Heiko Richter schlief gewöhnlich in der Kaserne in Eckernförde und verbrachte nur seine freien Tage in der gemeinsamen Wohnung.

Es war eine großzügige, lichtdurchflutete Altbauwohnung mit einem offenbar erst kürzlich abgeschliffenen und neu versiegelten hellen Parkettboden. Die Möbel waren schlicht und vor allem funktional, die Bilder an den Wänden abstrakte, aber geschmackvolle Farbtupfer. In der Küche stand eine Eckbank, wie sie sich Paul Beck schon seit Kindertagen wünschte. Bei seinen Großeltern hatte es eine solche gegeben. Das Möbelstück beschwor Erinnerungen herauf an leckere Pfannkuchen mit Apfelmus und Zuwendung. Seine Großeltern waren beide kurz nacheinander gestorben, als er gerade acht geworden war, doch er vermisste sie noch heute. Bei seinen Eltern hatte er nie die Wärme gefunden, nach der er sich gesehnt hatte. Sie waren beide schrecklich intellektuell und verkopft, genau wie er selbst es geworden war.

Beck verscheuchte die nostalgischen Empfindungen und sah sich um.

Die Wohnung hatte insgesamt sechs Räume, neben dem großzügigen Wohn- und Esszimmer je ein Schlaf- und ein Arbeitszimmer für jeden Ehegatten.

»Viel haben sie offenbar nicht miteinander geteilt«, bemerkte Nick Harder, der zusammen mit Beck und zwei Streifenwagenbesatzungen in die Wohnung gekommen war.

Beck, dem das Arrangement gefiel, machte eine vage Geste. »Sie hatten Räume, in denen sie gemeinsam Zeit verbringen konnten, und jeder hatte genug Platz für sich«, erwiderte er. »Das ist doch nicht schlecht.«

Nick fuhr sich flüchtig durch die Haare.

»Na ja. Aber weder bei ihm noch bei ihr steht ein breites Bett. Das braucht man doch, wenn man ein bisschen Spaß haben will.«

Beck wollte nicht darüber nachdenken, was Nick und die stille Theresa in Nicks breitem Bett anstellen mochten. Er hätte Theresa nicht als besonders sinnenfreudig eingeschätzt, eher als ebenso steif und zurückhaltend wie sich selbst. Im Grunde fand er immer noch, dass Theresa und er das bessere Paar abgegeben hätten, genauso wie Lotta und Nick, auch wenn es ihm natürlich das Herz zerrissen hätte, weil er Lotta liebte. Aber die beiden waren sich einfach viel ähnlicher, hatten viel mehr miteinander gemein, genauso wie Theresa und er. Wobei Theresa und er sich vermutlich mit ihrer Schüchternheit gegenseitig zu Tode langweilen würden. Insofern war es schon besser, wie es war. Auch wenn ihm die Beziehung mit Lotta Konflikte bescherte, die ihm unlösbar erschienen.

»Hallo?« Nick Harder schwenkte eine Hand vor seinem Gesicht. »Erde an Paul: Bist du noch unter uns?«

Beck kehrte eilig ins Hier und Jetzt zurück. Er wandte sich zu den Schutzpolizisten um und wies sie an, sich um die beiden Schlafräume und das Arbeitszimmer von Heiko Richter zu kümmern.

»Kontoauszüge, Versicherungsunterlagen, sonstige Urkunden. Wenn ihr etwas Interessantes findet, sagt Bescheid. Wir entscheiden dann, ob wir die Sachen mitnehmen. Macht auf jeden Fall ein Foto für die Akten. Ansonsten haltet einfach die Augen offen. Vermutlich gibt es keine Drohbriefe, die offen herumliegen, aber vielleicht irgendetwas anderes, das uns Informationen liefert.«

Die Beamten nickten und gingen ans Werk.

»Wir schauen uns das Arbeitszimmer von Julia Richter an«, sagte Beck zu Nick Harder. »Ihr Handy haben die Kollegen von der Spurensicherung ja schon in ihrem Hotelzimmer sichergestellt, aber vielleicht gibt es noch andere Medien. Tablet, PC und so weiter packen wir ein. Die Kollegen von der IT-Beweissicherung sollen sich das ansehen und uns eine Liste mit E-Mail-, Twitter-, Facebook- und sonstiger Korrespondenz schicken.«

»Hm.« Nick Harder nickte abwesend. Er war bereits damit beschäftigt, die Schubladen von Julia Richters Schreibtisch aufzuziehen und zu durchwühlen.

Beck betrachtete unterdessen das schmale Regal an der Seite des Raums. Es enthielt, den Aufschriften auf den ordentlich aufgereihten Aktenordnern zufolge, Julia Richters persönliche Dokumente und Steuerunterlagen bis vor gut zwei Jahren – dem Zeitpunkt, folgerte Beck, zu dem Julia Richter ihre Krebsdiagnose erhalten hatte. Im untersten Fach standen außerdem zwei offene Plastikkisten. In ihnen befand sich ein buntes Sammelsurium an Papieren, mehrheitlich ärztliche Berichte und Krankenhausunterlagen, aber auch Schreiben von Versicherungen und Depotauszüge der Bank.

Beck nahm einen Packen Papier in die Hand und klopfte ihn auf seinem Bein zu einem ordentlichen Stapel. Dabei segelte ein kleineres Objekt heraus und landete vor Nick Harders Füßen. Es war ein Foto.

Harder hob es auf.

»Ach nee«, sagte er mit hörbarer Enttäuschung und hielt Beck das Bild hin.

Beck trat einen Schritt näher und kniff die Augen zusammen. Er erkannte die beiden Personen auf der Fotografie sofort, und auch er fühlte sich mit einem Schlag ernüchtert.

***

Lotta Lundkvist und Theresa Vestergaard setzten sich auf die beiden Stühle, die Anders Rask aus dem Bootshaus geholt hatte. Lotta schaute ihre Freundin Grit an. Sie sah mitgenommen aus. Die langen blonden Haare waren glanzlos, ihr Gesicht war blass, unter ihren Augen lagen dunkle Schatten. Und ihr Lachen klang aufgesetzt und ein wenig hysterisch.

»Das kann doch nicht euer Ernst sein«, sagte sie. »Wie hätte ich das denn anstellen sollen, Julia zu vergiften?«

»Das wäre nicht so schwer gewesen«, erwiderte eine ihrer Teamkolleginnen kühl. Hedvig Rasmussen, die Kite-Surferin, wie Lotta wusste. »Wir haben unsere Sachen alle in derselben Halle in Glücksburg aufbewahrt. Du hättest dich nur in das Abteil der Deutschen schleichen müssen und das giftige Zeug in Julias Trinkflasche schütten oder in eine Packung von ihrem Energygel spritzen müssen.«

»Und wo sollte ich so etwas herhaben?«, fragte Grit müde. »Ein Gift, das man jemandem ins Essen oder Trinken mischen kann und das unmittelbar tödlich ist?«

Es war exakt der Punkt, um den sich auch Lottas Gedanken drehten. Als Anwältin hatte Grit natürlich Kontakte zu ehemaligen Klienten. Zu Menschen, die es mit dem Gesetz nicht so genau nahmen. Unter Umständen auch zu solchen, die alles Erdenkliche besorgen konnten. Lotta konnte nur hoffen, dass dem nicht so war. Oder wenn, dass Grit diese Möglichkeit nicht genutzt hatte.

»Keine Ahnung«, entgegnete Hedvig, die offenbar nicht die beste Meinung von Grit hatte. »Vielleicht hast du dir ja etwas aus Malawi mitgebracht, als du das letzte Mal da warst.«

Grits blaue Augen schimmerten feucht, doch sie bewahrte Haltung. Lotta sah, dass es sie Mühe kostete, genau wie ihren Trainer. Rask hockte auf der Kante seines Klappstuhls, und die semmelblonden Haare fielen ihm ins Gesicht. Er hatte die Unterarme auf die Knie gestützt und starrte auf seine großen Hände, mit denen er unablässig einen unsichtbaren Teig knetete.

»Du denkst, ich hätte das von langer Hand geplant?«, fragte Grit ihre Teamkollegin bitter. »Weil ich mir schon vor acht Wochen, als ich in Malawi war, überlegt habe, dass es sicherer ist, wenn Julia Richter gar nicht erst beim Trimarthon antritt, anstatt zu riskieren, dass sie uns das Preisgeld wegschnappt?«

»Wer weiß?« Hedvig Rasmussen breitete die Arme aus. »Seit du dich da für deine Aids-Waisen engagierst, bist du doch vollkommen vernagelt.«

Jette Nielsen, die Schwimmerin, machte eine beschwichtigende Geste.

»Hedvig, bitte. Sag so etwas nicht. Das glaubst du doch nicht im Ernst.«

»Und warum nicht?« Hedvig richtete ihren Blick auf die Teamkollegin. »Würdest du die Hand dafür ins Feuer legen, dass es nicht so war?«

Lotta spürte, wie sie sich versteifte. Die ganze Situation war ausgesprochen unangenehm. Nicht nur Hedvig, auch Grit fixierte Jette Nielsen, und sogar Anders Rask hatte den Kopf gehoben und starrte die Schwimmerin an. Lediglich Theresa hielt die Augen gesenkt und versteckte sich hinter ihrem Pony.

Jette wand sich.

»Na ja …«, sagte sie gedehnt. »Es stimmt schon.« Sie lächelte entschuldigend in Grits Richtung. »Du bist wirklich ganz schön fanatisch mit deinem Afrika-Projekt.«

Anders Rask erhob sich mit einem Ruck, und sein Stuhl kippte um. Lotta zuckte zusammen, überrascht von der plötzlichen Bewegung.

»Ihr seid mir ein schönes Team«, polterte der Trainer. »Statt einander beizustehen, macht ihr euch gegenseitig fertig.«

Hedvig Rasmussen lächelte müde.

»Du«, sagte sie betont, »solltest lieber ganz kleine Brötchen backen.« Ihre Augen verengten sich. »Obwohl … Vielleicht warst es ja auch du, der das Gift besorgt hat. Für Grit würdest du doch alles tun, oder nicht?«

Theresa, die sich auf ihrem iPad Notizen machte, hüstelte leise. Die Sportlerinnen und ihr Trainer wandten ihr den Kopf zu.

»Was wir eigentlich wissen müssten, ist, ob jemand von Ihnen etwas beobachtet hat«, sagte sie.

»Richtig«, bestätigte Lotta, dankbar, dass Theresa einen Ausweg aus dem Morast wies, in den sie hier geraten waren. »Wir brauchen Fakten.« Sie schaute erst Hedvig und dann Jette an. »Haben Sie, Frau Rasmussen, oder Sie, Frau Nielsen, gesehen, wie Frau Larsen oder Herr Rask das Abteil mit der Ausrüstung der Deutschen betreten haben?«

Beide schüttelten die Köpfe.

»Nein«, sagte Hedvig und schürzte die Lippen. »Aber sie hätten ja wohl auch dafür gesorgt, dass man sie nicht sieht.«

Lotta wandte sich ihrer Freundin zu. Der Blick, den diese ihr zuwarf, zerriss ihr fast das Herz. Ein stummes Flehen lag darin. Lotta hätte ihr das gerne erspart, aber sie durfte es nicht. Sie musste ihre persönlichen Wünsche hintenanstellen.

»Sag mir die Wahrheit«, bat sie.

Grit rammte ihr Messer in ein Brötchen.

»Es tut mir nicht leid, dass sie tot ist«, stieß sie hervor. »Aber ich habe sie nicht ermordet.«

Nicht nur Lotta, auch die anderen am Tisch sahen Grit verstört an.

»Grit!«, wimmerte Anders Rask leise. »So etwas darfst du nicht sagen.«

Grit brach das Brötchen in der Mitte auseinander.

»Es ist aber so. Ich kann es nicht ändern.«

Lotta verspürte einen bohrenden Schmerz. Rask fuhr sich nervös mit der Zunge über die Lippen.

»Grit!«, wiederholte er. »Du redest dich um Kopf und Kragen.«

Grit Larsen sprang auf.

»Du musst mich nicht bemuttern, Anders. Und dein Gefummel an den Messgeräten hättest du dir ebenfalls sparen können. Wir hätten die Deutschen auch so geschlagen.«

Anders Rask hob seinen Stuhl auf und klappte ihn wieder auseinander. Dann ließ er sich müde daraufsinken.

»Ich wollte dir doch nur helfen.«

Grit warf ihre Haare zurück.

»Ja. Alle wollen immer helfen. Aber es kommt nichts dabei heraus.«

Sie wandte sich ab und marschierte am Bootshaus vorbei zur Straße.

Lotta eilte hinter ihr her.

»Grit, warte!«, rief sie. »Du bist mir noch eine Erklärung schuldig.«

***

Heiko Richter und Martina Scheffler joggten in gemäßigtem Tempo die Aschenbahn um den großen Sportplatz auf dem Gelände der Kaserne Nord in Eckernförde entlang. Als sie Paul Beck und Nick Harder entdeckten, wechselten sie rasch ein paar Worte und kamen dann quer über den Rasen auf sie zu. Sie blieben vor den Kommissaren stehen und atmeten tief durch, aber das war auch das einzige Anzeichen dafür, dass sie sich körperlich betätigt hatten. Weder Heiko noch Martina keuchten oder schwitzten.

Paul Beck betrachtete die beiden neidvoll. Er hätte einiges dafür gegeben, ein wenig sportlicher zu sein. Doch die einzige Bewegung, die er perfekt beherrschte, war die seines Geistes.

Heiko Richter hob das Kinn und sah Beck ein wenig von oben herab an.

»Haben Sie etwas vergessen?«, erkundigte er sich.

»Nein«, erwiderte Beck und widerstand mit Mühe dem Impuls, Haltung anzunehmen. »Wir nicht. Aber Sie.«

Er zog das Foto, das sie in Julia Richters Arbeitszimmer gefunden hatten, aus der Tasche und hielt es den beiden hin.

Martina Scheffler biss sich auf die Unterlippe. Heiko Richter seufzte.

Das Bild zeigte zwei Personen, die in einem Straßencafé an einem Tisch saßen. Sie hatten sich über die Tischplatte zueinandergebeugt, hielten sich an den Händen und küssten sich. Der Mann war Heiko Richter. Die Frau war Martina Scheffler.

Heiko Richter nahm Beck die Fotografie aus der Hand.

»Ich hätte nicht gedacht, dass sie das aufgehoben hat«, sagte er leise.

Weder Beck noch Harder kommentierten die Bemerkung, weil es gänzlich überflüssig war.

»Sie beide sind also ein Paar?«, fragte Paul Beck stattdessen.

»Nein.« Heiko Richter fuhr sich kurz über die dunklen Haare. »Wir waren es, bevor sich herausstellte, dass Julia Krebs hatte. Wir hatten uns irgendwie auseinandergelebt, und Julia war so spröde und unzugänglich geworden. Ich habe nicht bemerkt, dass es ihr schlecht ging. Ich dachte einfach, sie interessiert sich nicht mehr für mich. Sie war ständig schlecht gelaunt. Und Martina … Wir haben in dieser Zeit viel zusammengearbeitet, und wir hatten Spaß. Martina ist so voller Energie und Lebensfreude.«

Richter lächelte ihr zu, doch Martina Scheffler erwiderte die Geste nicht. Sie hatte die Hände in der Bauchtasche ihres Kapuzensweatshirts vergraben und gab sich unbeteiligt.

»Es ist einfach irgendwie passiert«, erklärte Richter. »Aber wir haben die Affäre beendet, als sich herausstellte, dass Julia krank war. Dass der Krebs die Ursache für ihre gedrückte Stimmung und ihre Lustlosigkeit war. Ich habe meine Frau geliebt. Ich konnte sie in dieser Situation nicht im Stich lassen. Martina hat das verstanden.«

Martina Scheffler nickte, doch Beck sah, wie ein Muskel im Gesicht der Sportlerin zuckte. Sicher hatte Richters Entscheidung sie getroffen.

Heiko Richter drehte das Foto um und studierte die Rückseite. Dann wies er auf das eingeprägte Datum. Es verriet, dass das Bild vor knapp drei Jahren entstanden war.

»Sehen Sie? Das ist lange her.«

Beck musterte den Sportsoldaten.

»Und Ihre Frau konnte das billigen?«, erkundigte er sich. »Sie hat Ihnen den Seitensprung verziehen?«

Richter gestikulierte hilflos.

»Ich vermute, wenn sie gesund gewesen wäre, hätte sie anders reagiert. Sie hat immer gesagt, dass sie sich scheiden lässt, wenn ich sie betrüge. Aber sie war nicht mehr sie selbst. Sie war schwach und brauchte jemanden, der sie hält. Also hat sie sich am Riemen gerissen und die Situation akzeptiert. Das war eine ihrer großen Stärken. Sich durchzubeißen und zu kämpfen. Sie hat es mir nicht leicht gemacht, aber wir haben wieder zusammengefunden. In gewisser Weise hat uns ihre Krankheit einander nähergebracht.«

Beck schaute zu Martina Scheffler und dann wieder zu Heiko Richter.

»Und Sie beide sind seitdem nur noch …«

»Kollegen«, sagte Richter. »Und Freunde. Ich trainiere Martina, aber wir treffen uns auch privat und reden. Für mich war das ebenfalls eine schwere Zeit, als Julia so krank war. Martina war mir eine große Stütze. Ich habe mich so manches Mal bei ihr ausgeweint.«

Wieder lächelte er sie an, und dieses Mal hob auch Martina Scheffler die Mundwinkel.

»Heiko ist ein wirklich feiner Mensch«, sagte sie.

»Und es hat Ihnen nichts ausgemacht?«, wandte sich Beck an Martina, während er sich darüber wunderte, dass Nick Harder sich im Hintergrund hielt und offenbar kein Bedürfnis verspürte, die Sportlerin und ihren Trainer zu befragen. »Sie haben nicht gehofft, dass Herr Richter seine Frau verlässt?«

Martina Scheffler erwiderte seinen Blick offen.

»Doch«, sagte sie. »Das hätte ich mir gewünscht. Aber man kriegt im Leben nicht immer, was man will. Das Schicksal hatte eben andere Pläne.«

»Und Sie haben sich damit abgefunden?«

»Ich habe es akzeptiert. Es wäre einfach unanständig gewesen, wenn Heiko sich von Julia getrennt hätte, nachdem sie so schwer erkrankt war.«

Beck nahm seinen Bowler vom Kopf und betrachtete ihn.

»Sie brauchten ja auch nur zu warten, nicht wahr? Wir haben uns die Krankenhausunterlagen angesehen. Julias Prognosen waren nicht gut. Die Ärzte hatten ihr nicht mehr viel Zeit gegeben.«

»Paul.« Harder stieß ihm rüde den Ellenbogen in die Seite. »Ehrlich, Mann. Das ist geschmacklos.«

Beck wandte ihm den Kopf zu.

»Findest du? Es ist doch eine naheliegende Schlussfolgerung.«

Martina Scheffler blitzte ihn an.

»Nein«, sagte sie scharf. »Heiko und ich haben diese Entscheidung ohne Kalkül und ohne irgendwelche Hintergedanken getroffen. Einfach nur, weil es menschlich war.«

Nick Harder lächelte ihr zu.

Beck machte eine entschuldigende Geste.

»Ich wollte Sie nicht beleidigen«, sagte er und setzte seinen Bowler wieder auf. »Aber es ist unser Job, Fragen zu stellen.«

Martina Scheffler presste die Lippen zusammen. Heiko Richter dagegen überraschte Beck, indem er ihm die Hand reichte.

»Ich bin froh, dass Sie diesen Fall bearbeiten«, erklärte er. »Und dass Sie sich nicht scheuen, unbequeme Fragen zu stellen. Das lässt mich hoffen, dass Sie den Mörder meiner Frau finden. Und das«, er schluckte sichtlich, »würde mir sehr viel bedeuten.«

21

Paul Beck stieg aus seinem schwarzen Mercedes, den er auf dem Parkplatz des Flensburger Diakonissenkrankenhauses abgestellt hatte, und zündete sich seine Pfeife an. Während er paffte, betrachtete er die Klinik. Ein vierstöckiges Backsteingebäude mit schiefergrauem Dach und einer langen Reihe von Fenstern. Und hinter jedem davon Krankheit und Tod.

»Ich hasse Krankenhäuser«, verkündete er.

Nick Harder schlug die Beifahrertür zu, und Beck zuckte zusammen. Der Wagen war alt, ein Liebhaberstück. Beck pflegte ihn sorgsam und behandelte ihn wie ein rohes Ei.

»Du brauchst die Tür nicht so zu knallen«, tadelte er. »Es reicht, wenn du sie sanft ins Schloss fallen lässt.«

»Ja, ja.« Harder schaute ebenfalls an der Fassade des Klinikgebäudes empor. »Sie machen die Leute hier gesund, weißt du?«, sagte er. »Das ist eine verdammt gute Sache.«

»Sicher«, erwiderte Beck. Er hatte Nick nie erzählt, dass er als Zwölfjähriger von einem Auto angefahren worden war. Es war seine eigene Schuld gewesen, er war mit dem Rad über die Kreuzung gesaust, ohne nach rechts und links zu schauen. Der Zusammenprall hatte ihn aus dem Sattel gehoben und gegen eine Hauswand geschleudert. Im Grunde war er glimpflich davongekommen, doch sein linkes Bein war gebrochen gewesen. Ein komplizierter Trümmerbruch, der unzählige Operationen nötig gemacht hatte. Wochenlang hatte er im Krankenhaus liegen und über ein halbes Jahr lang eine steife umschnallbare Beinschiene tragen müssen. Er hatte nicht mit den anderen Kindern herumtoben und spielen können. Doch das war nicht das Schlimmste gewesen. Er hatte seine Bücher gehabt, die ihn getröstet hatten, Sherlock Holmes und Hercule Poirot, und seine Eltern hatten ihm zumindest keine Vorhaltungen gemacht. Sie hatten sich allerdings auch nicht vor Fürsorglichkeit überschlagen. Sie waren nüchterne, rationale Menschen, sein Vater Professor für Kirchengeschichte, seine Mutter Religionslehrerin. Sie hatten getan, was nötig war, ihm aber auch deutlich gemacht, dass er selbst die Verantwortung trug für die Dinge, die ihm widerfuhren. Und dass er mit den Folgen seines Handelns leben musste.

Er hatte gedacht, dass sie die Schmerzen meinten, die lange Zeit des Wartens darauf, dass die Wunden verheilten, und hatte ihnen zugestimmt. Er war sogar stolz darauf gewesen, dass sie ihn fast schon wie einen Erwachsenen behandelten, obwohl er erst zwölf war. Doch der eigentliche Schrecken hatte begonnen, als er nach einigen Wochen in die Schule zurückgekehrt war, einigermaßen wiederhergestellt und in der Lage zu laufen, doch immer noch mit der hinderlichen Beinschiene.

Ein neuer Mitschüler war in der Zwischenzeit hinzugekommen, ein Sitzenbleiber, der auf Pauls Platz saß und ihn von der ersten Sekunde an nicht leiden konnte. Ein Junge, der voller unterdrückter Aggressionen steckte und in Paul schnell denjenigen erkannt hatte, der sich nicht wehren konnte. Er hatte seine Klassenkameraden gegen den Streber aufgehetzt, und die anderen Jungen, die vor den Sommerferien noch seine Freunde gewesen waren, hatten ihn plötzlich verspottet und gepiesackt. Sie hatten sich einen Spaß daraus gemacht, ihm seine Schulsachen wegzunehmen und vor ihm davonzulaufen. Und er hatte mit seiner steifen Beinschiene keine Chance gehabt, sie einzuholen. Stattdessen hatte er hilflos mit ansehen müssen, wie sie seine Bücher und Hefte in den Dreck oder in die Mülltonne warfen. Oder in die Toilette.

Damals hatte er sich geschworen, nie wieder unachtsam und unvernünftig zu sein.

Beck schüttelte die Bilder ab. Er wollte nicht daran denken. Am liebsten hätte er diese Phase seines Lebens aus dem Gedächtnis getilgt. Aber er wusste längst, dass Erinnerungen hartnäckig waren. Sie kamen immer wieder zurück. Insbesondere, wenn es unliebsame waren.

Er löschte seine Pfeife und steckte sie zurück in die Tasche.

»Also. Gehen wir«, sagte er und strebte gemeinsam mit Harder auf den Eingang des Klinikums zu, sorgsam darauf bedacht, Nick nicht sehen zu lassen, dass er humpelte. Er musste die Zähne zusammenbeißen, weil sein linker Knöchel bei jedem Auftreten von einem heißen Blitz durchzuckt wurde, aber es gelang. Nick hatte nur Augen für ihr Ziel und achtete nicht auf Becks seltsamen Gang. Zum Glück. Paul wollte einen Arztbesuch um jeden Preis vermeiden. So wie alles, das auch nur im Entferntesten dazu beitragen könnte, dass sich die Schmach von damals wiederholte.

Sie hatten in der Pathologie Bescheid gegeben, dass sie sich das Büro von Julia Richter ansehen und mit ihren Kollegen sprechen wollten. Vielleicht fanden sie dort Hinweise, die sie dem Motiv für den Mord näher brachten.

Vor den gläsernen Schiebetüren am Eingang stand eine Gruppe von Männern neben dem Aschenbecher und rauchte. Sie alle trugen Bademäntel und wirkten abgekämpft und zerschlagen. Einem von ihnen fehlte ein Bein.

Paul Beck schob sich eilig an den Rauchern vorbei, ehe sich ihm noch mehr unwillkommene Gedanken aufdrängen konnten. Nick Harder allerdings nahm darauf keine Rücksicht.

»Wie blöd muss man sein?«, fragte er. »Die sind vielleicht gerade dem Tod von der Schippe gesprungen, und dann stehen sie da und qualmen.« Er warf Beck einen kurzen Blick zu. »Du solltest auch damit aufhören. Auf die Dauer macht es dich krank.«

Beck beschleunigte seine Schritte und drückte auf den Knopf neben dem Fahrstuhl. Sein Fuß fühlte sich an, als sei er in offene Flammen getreten.

»Ja. Irgendwann«, quetschte er hervor, weil er keine Diskussion beginnen wollte.

Der Knopf blinkte, im Schacht ratterte es, und einen Augenblick später öffneten sich die silbernen Türen. Beck und Harder betraten den Fahrstuhl. Paul Beck dirigierte den Aufzug zur Abteilung für Pathologie.

Nick Harder lehnte sich an den metallenen Handlauf der Kabine und musterte seinen Kollegen.

»Vielleicht solltest du auch darüber nachdenken, ein bisschen Sport zu machen.«

Beck strich verstimmt über seinen Sommermantel.

»Sag mal, was ist los? Hat Lotta dich angestiftet? Oder warum fängst du plötzlich an, mir in alles reinzureden?«

Harder grinste.

»Tu ich doch gar nicht. Ich wollte dich nur ein bisschen aufmuntern. Du guckst so verkniffen.«

Beck atmete tief durch. Nick hatte natürlich recht. Er hatte schon immer gefrotzelt, und Beck hatte es nicht gestört, im Gegenteil. Er mochte Nicks ungezwungene Art, und was er sagte, war niemals bösartig. Wenn er jetzt auf einmal so empfindlich reagierte, lag das wahrscheinlich an ihm selbst. Oder, genauer gesagt, an seiner Beziehung zu Lotta. Er war dünnhäutig geworden, fühlte sich viel zu leicht kritisiert.

»Glaubst du, Heiko Richter und Martina Scheffler haben ihre Affäre tatsächlich beendet?«, fragte er, um wieder sicheren Boden unter die Füße zu bekommen. »Oder haben sie seiner Ehefrau und uns nur etwas vorgespielt?«

Die Kabinentür öffnete sich, und Beck und Harder traten in den Flur der Pathologie.

»Ich würde sagen, es stimmt«, erwiderte Harder. »Sie sind beide geradlinige Typen. Ohne Schnörkel und Firlefanz. Soldaten eben.«

Beck blieb stehen.

»Die Scheffler hätte ein Motiv gehabt«, sagte er. »Wenn sie darauf gehofft hat, dass Heiko Richter nach dem Tod seiner Frau zu ihr zurückkehrt. Es sah ja so aus, als hätte Julia Richter nicht mehr lange zu leben. Bis sie dann die Knochenmarkspende bekam und wieder gesund wurde. Da ist Martina Schefflers Traum in weite Ferne gerückt.«

Harder zog seine Canvas-Jacke aus und hängte sie sich über die Schulter. Die Sonne schien durch die großen Fenster in den Flur, und es war beinahe unangenehm warm.

»Quatsch«, verkündete er. »Martina ist jung und offen und sieht gut aus. Die hätte doch nicht über zwei Jahre darauf gewartet, dass Richter zu ihr zurückkommt.«

Beck legte ebenfalls seinen Mantel ab.

»Man nennt es Liebe, Nick.«

»Ja. Damit kennst du dich natürlich aus.« Harder zupfte am Ausschnitt seines grünen Poloshirts mit dem weißen Camp-David-Aufdruck in fetten Lettern. Bei den meisten Männern hätte das albern ausgesehen, doch für Nick schienen diese Klamotten maßgeschneidert zu sein. »Aber Martina hat sicher kein Problem, jemand anderen zu finden.«

Beck musterte seinen Freund und Kollegen skeptisch.

»Ich dachte, bei dir und Theresa ist alles in Ordnung?«

»Ach, Paul.« Harder lachte. »Ich finde die Scheffler nur nett. Sie ist so ein Kumpeltyp. Und sie surft wie eine gesengte Sau. Das macht einfach Gaudi mit ihr.«

»Hm.« Beck wollte noch etwas erwidern, doch am anderen Ende des Ganges öffnete sich eine Tür, und eine Frau mit langen brünetten Haaren in einem weißen Kittel kam auf sie zu.

»Hallo«, sagte sie. »Kann ich Ihnen helfen?«

Nick Harder strahlte sie an.

»Das hoffen wir.« Er deutete auf Beck. »Das ist Kriminaloberkommissar Paul Beck, Bezirkskriminalinspektion Flensburg, und ich bin Kriminalkommissar Nick Harder. Wir sind die Beamten, die den Tod von Julia Richter untersuchen, und würden uns gern ihr Büro ansehen und mit ihren Kollegen sprechen. Wir hatten uns angekündigt.«

Die Mundwinkel der Frau sanken herab.

»Ja. Natürlich«, erwiderte sie und streckte den Arm aus. »Ich bin Leah Schmidt, medizinisch-technische Assistentin.« Sie schüttelte Beck und Harder die Hand und wandte sich dann um. »Kommen Sie.«

***

Der Anker durchschlug mit einem leisen Ploppen die Wasseroberfläche, und die Leine rollte sich von der Winsch, bis sich die Krallen des Ankers irgendwo auf dem Grund verhakten. Lotta Lundkvist belegte das Ankerseil und löste das Großfall von der Klampe. Das Großsegel rauschte knatternd herab. Lotta faltete es zusammen und befestigte es mit den Zeisern am Baum. Dann kletterte sie in die winzige Kajüte, nahm Zeichenblock und Stifte aus einer Kiste und setzte sich auf das Vordeck. Sie lehnte sich mit dem Rücken gegen den Kajütenaufbau und ließ den Blick über das glitzernde Wasser der Ostsee schweifen.

Ein Stück von ihr entfernt schaukelte eine grüne Tonne. Auf dem kegelförmigen Toppzeichen saß eine weiß-graue Möwe und putzte ihr Gefieder. Lotta betrachtete den Vogel einen Moment lang und begann dann, das Bild auf ihrem Block zu skizzieren. Die Möwe stieg mit einem Schrei auf und flog davon. Lotta ließ den Block sinken.

Grit hatte sie in eine furchtbare Zwickmühle gebracht.

Wenn Paul erfuhr, was sie ihr erzählt hatte, wäre Grit sofort seine Hauptverdächtige. Sie konnte es ihm nicht einmal verdenken. Aber sie wusste, dass Grit unschuldig war.

Einerseits war sie froh, dass ihre Freundin sich ihr anvertraut hatte. Sie waren immer offen zueinander gewesen, und das war der Grund, weshalb ihre Freundschaft so tief war. Sie versuchten nicht, sich etwas vorzumachen. Nur wenn man ehrlich zueinander war, konnte man den anderen wirklich begreifen, und nur dann entstand echte Nähe.

Andererseits wäre es ihr in diesem Fall lieber gewesen, wenn Grit geschwiegen hätte.

Als Freundin fühlte sie sich genötigt, Grits Geheimnis zu wahren. Als Polizistin hatte sie die Pflicht, es offenzulegen.

Aber sie würde Grit damit fürchterlich in Schwierigkeiten bringen. Man würde ihr ganzes Privatleben auf den Kopf stellen, sie stundenlangen Vernehmungen unterziehen und ihre Wohnung durchsuchen. Man würde das Gerüst, das sie nach Pias Tod so mühsam errichtet hatte, ins Wanken bringen, vielleicht sogar nachhaltig erschüttern. Lotta wusste nicht, ob Grit die Kraft hatte, das durchzustehen. Sie war eine starke Frau, aber sie war auch sensibel. Und wenn ihr die Gefühle über den Kopf wuchsen, glitt sie leicht in Depressionen ab. Was würde geschehen, wenn sie zum Mittelpunkt der polizeilichen Ermittlungen im Mordfall Julia Richter wurde und es nicht durchstand? Wenn sie das, was ihr vom Leben noch geblieben war, in Gefahr sah? Oder es womöglich plötzlich völlig wertlos fand? Durfte sie, Lotta, es riskieren, die Freundin einer solchen Situation aussetzen? Wie sollte sie damit fertigwerden, wenn sich Grit womöglich etwas antat?

Aber sie konnte auch Paul nicht belügen. Er war ihr Lebensgefährte, und sie schuldete ihm Vertrauen. Ganz abgesehen davon, dass sie die Sache als an den Ermittlungen beteiligte Polizistin auf keinen Fall für sich behalten durfte. Es war ein Dienstvergehen, nicht mehr und nicht weniger.

Lotta seufzte und punktierte mit der Bleistiftspitze die Möwe auf ihrer Zeichnung, bis das Papier riss.

Sie würde mit Paul reden. Aber sie würde Grit noch eine Schonfrist gönnen. Zwei, drei Tage. Wenn sich bis dahin kein plausibler Tatverdächtiger im Mordfall Richter gefunden hatte, würde sie Paul sagen, was sie von Grit erfahren hatte. Und bis dahin würde sie versuchen, nicht daran zu denken.

Es war ein mehr als fauler Kompromiss. Doch eine bessere Lösung fiel ihr nicht ein.

Sie warf die ruinierte Zeichnung in die Kiste in der Kajüte, setzte das Großsegel und zog den Anker herauf. Dann nahm sie Kurs auf Sønderborg. Vielleicht gab es ja irgendetwas anderes, das sie zu den Ermittlungen beitragen konnte. Damit die Verfehlung, die sie zu begehen plante, nicht ganz so schwer wog.

***

»Na toll. Noch mehr Akten.«

Nick Harder verzog stöhnend den Mund, während er die

Regale in Julia Richters Büro betrachtete. Auch Paul Beck spürte, wie sein Mut sank. Obwohl es ihm gewöhnlich durchaus Spaß machte, sich auf der Suche nach Hinweisen durch Berge von Dokumenten zu wühlen. Doch Julia Richters Sammlung an Unterlagen war so umfangreich, dass diese Arbeit etliche Tage in Anspruch nehmen würde.

Nun gut. Er würde es sich eben in seinem Relaxsessel mit ein paar Toten Tanten und Pfeifen gemütlich machen und sich von Watson unter die Arme greifen lassen. Für Nick Harder, der sich nach Abenteuer und Action sehnte, war es sicherlich härter.

Leah Schmidt, die medizinisch-technische Assistentin der Pathologie, setzte sich halb auf Julia Richters Schreibtisch.

Beck legte seinen Mantel über einen freien Stuhl und nahm den Bowler ab.

»Arbeiten Sie schon länger hier?«, erkundigte er sich.

»Sie meinen, ob ich bereits zu der Zeit hier war, als Julia die Leitung innehatte? Ja.«

»Wie war sie?«, fragte Beck.

»Na ja.« Die MTA zupfte an ihrem Ohrläppchen. »Was soll ich da sagen? Sie war korrekt. Sehr akribisch. Sie hat die Abteilung geführt wie ein Regiment. Man hat so manches Mal hinter ihrem Rücken getuschelt, sie hätte sich ihren Führungsstil von ihrem Mann abgeschaut. Er ist Bundeswehroffizier.«

»Das heißt, sie war nicht besonders beliebt?«, schloss Nick Harder.

Leah Schmidt wehrte ab. »So kann man das nicht formulieren. Sie hat viel Wert darauf gelegt, dass die Arbeit gerecht verteilt wird. Sie hat darauf geachtet, dass alles termingerecht und gründlich erledigt wird. Und sie hat sich für die Interessen ihrer Angestellten eingesetzt. Dank ihr haben wir eine Kinderbetreuung und einen Pausenraum. Und sie hat dafür gesorgt, dass wir alle regelmäßig zu Fortbildungen gehen konnten. Man könnte sagen, sie war hart, aber fair.«

»Sie hat sich also keine Feinde gemacht?«

»Nein.« Ein flüchtiges Lächeln umspielte die Lippen der MTA. »Freunde allerdings auch nicht. Doch als wir erfahren haben, dass sie Krebs hat – da waren wir schon sehr betroffen.«

»Hat sie mit jemandem von Ihnen darüber gesprochen?«

Leah Schmidt wiegte den Kopf.

»Wie gesagt: Sie war nicht besonders offenherzig. Und als sie wusste, was mit ihr los ist, hat sie sich eher noch unzugänglicher gegeben. Sie hat niemanden an sich herangelassen.«

Paul Beck konnte das nachvollziehen. Aber es bedeutete auch, dass er hier vermutlich kaum etwas erfahren würde, das Licht in den Mord an der Pathologin brachte. Trotzdem wollte er nichts unversucht lassen.

»Nachdem Julia Richter erkrankt war, hat Cornelia König die Leitung der Pathologie übernommen«, sagte er. »Hat sich dadurch irgendetwas geändert?«

Die MTA dachte nach.

»Eigentlich nicht«, erklärte sie schließlich. »Was den Führungsstil angeht, sind ... waren ... die beiden sich sehr ähnlich. Nur der Ton ist ein wenig rauer geworden. Cornelia ist ausgesprochen ungeduldig. Sie hat kein Verständnis dafür, wenn es jemandem mal nicht so gut geht oder man einen Fehler macht.«

»Und wie war es, als Julia Richter zurückgekommen ist?«

Leah Schmidt lachte auf.

»Da hätten wir am liebsten alle auf der Stelle unseren gesamten Jahresurlaub genommen«, berichtete sie. »Die beiden haben sich vom ersten Moment an angefeindet. Julia konnte es nicht ertragen, dass Cornelia ihr plötzlich übergeordnet war. Und Cornelia war mit Julia besonders unnachsichtig.«

»Sie hat keine Rücksicht darauf genommen, dass Julia Richter eben erst ihre Krebserkrankung überstanden hatte?«

»Nein. Ich habe mal gehört, wie sie gesagt hat, dazu bestünde kein Anlass. Julia sei schließlich wieder gesund und arbeitsfähig.«

»Hm.« Beck drehte seinen Bowler in den Händen. »Trotzdem wollte Cornelia König beim Glücksburg Trimarthon in Julia Richters Team kämpfen.«

»Tja.« Die Miene der medizinisch-technischen Assistentin wurde ein wenig schadenfroh. »Da hat sie sich ins eigene Fleisch geschnitten. Julia hat sie natürlich abgewiesen.«

Obwohl sie sich Mühe gab, objektiv zu bleiben, war nicht zu übersehen, bei wem ihre Sympathien lagen.

Er fragte sich, ob das bedeutete, dass Cornelia König recht gehabt hatte. Hatte Julia Richter sich tatsächlich aus Rache gegen sie und für Martina Scheffler entschieden? Oder war sie trotz aller Unversöhnlichkeiten nach der sportlichen Leistung gegangen? Mit Martina Scheffler hatte sie schließlich auch eine Rechnung offen gehabt und Grund genug, sie aus Rache auszuschließen. Aber letztlich war es ja auch nicht von Bedeutung, ob Cornelia König mit ihrer Theorie richtiglag. Entscheidend war, dass sie geglaubt hatte, Julia Richter würde sie absichtlich benachteiligen.

Die MTA flocht ihre Finger und richtete den Blick zu Boden. Sie schien mit sich zu ringen.

»Ich weiß nicht, ob ich das sagen soll«, erklärte sie schließlich. »Es ist nur ein Verdacht. Aber einige meiner Kolleginnen und ich hatten den Eindruck, dass Julia versucht hat, Cornelia zu schaden. Es waren immer nur Kleinigkeiten. Proben, die vertauscht wurden. Berichte mit Laborwerten, die nicht stimmten. Bestellungen, die nicht durchgeführt worden waren, sodass Material oder Reagenzien fehlten.« Sie deutete auf einen Tisch, auf dem sich zahllose Formulare stapelten. »Lauter Sachen, die passieren können, wenn viel zu tun ist. Jedem unterlaufen unter Stress gelegentlich Fehler. Aber Cornelia hat immer vehement beteuert, dass sie nichts falsch gemacht hat. Und ... diese Dinge sind erst passiert, seit Julia wieder da war. Vorher hat es derartige Vorfälle so gut wie nie gegeben.«

Beck überlegte. Entweder hatte Julias Rückkehr Cornelia König so aufgewühlt, dass sie nicht mehr so akkurat gearbeitet hatte wie zuvor. Oder aber jemand hatte die angeblichen

Fehler absichtlich produziert. In diesem Fall lag der Verdacht nahe, dass dieser Jemand Julia Richter gewesen war.

»Cornelia hat das schwer zu schaffen gemacht«, erzählte die MTA weiter. »Es hat sie richtiggehend zermürbt.«

Mobbing, dachte Beck. Es klang so harmlos. Doch für die Opfer war es die Hölle. Wenn es stimmte, war Cornelias Ausschluss aus dem deutschen Team eins womöglich nur ein Puzzleteil gewesen, nur eine aus einer ganzen Reihe von Demütigungen. Er war überzeugt davon, dass Cornelia König nicht wegen des Sportwettbewerbs zur Mörderin geworden war. Aber es erschien ihm durchaus plausibel, dass das fortdauernde Mobbing sie zu dieser Tat getrieben haben könnte.

Er wechselte einen Blick mit Nick Harder und erkannte, dass dessen Überlegungen in dieselbe Richtung gingen. Nick vollführte eine weit ausholende Geste, die das Büro und die umliegenden Räume umfasste.

»Gibt es hier in Ihren Labors giftige Substanzen?«, erkundigte er sich.

Leah Schmidt schaute ihn traurig an.

»Jetzt habe ich Cornelia in Schwierigkeiten gebracht, nicht wahr?«

»Nein.« Nick schenkte ihr ein warmes Lächeln. »Wenn sie in Schwulitäten steckt, ist sie ganz allein dafür verantwortlich.«

»Na ja … so gesehen …« Leah Schmidt hob die Mundwinkel. »Aber, nein. Wir haben hier kein Gift. Wir besitzen allerhand chemische Prüfmittel, mit denen man die unterschiedlichsten toxischen Stoffe nachweisen kann, aber nichts, womit man jemanden umbringen könnte. Da müssten Sie schon auf den Stationen fragen. Was die Kollegen da zum Teil in ihren Schränken haben, ist weitaus gefährlicher als alles, was bei uns lagert.«

Paul Beck nickte, aber er vermutete, dass die medizinisch-technische Assistentin sich täuschte. Natürlich wusste sie nicht, wonach sie suchten, und er hatte auch nicht die Absicht, es ihr zu verraten. Je weniger Personen diese Information besaßen, desto sicherer ließ sich aus einer unvorsichtigen Bemerkung auf den Täter schließen.

»Wären Sie trotzdem so freundlich, uns eine Liste aller Reagenzien zusammenzustellen, die Sie hier im Labor haben? Sie können sie uns per Mail schicken. Mein Kollege gibt Ihnen die Adresse.«

»Ja, selbstverständlich.« Leah Schmidt nahm von Nick Harder eine Visitenkarte entgegen. »Ich kümmere mich darum.«

»Danke«, sagte Beck. »Und diese Medikamente auf den Stationen, von denen Sie sprachen – könnte sich Cornelia König Zugang dazu verschafft haben?«

»Eigentlich nicht.« Leah Schmidt steckte Harders Karte ein. »Alles, was gefährlich oder giftig ist, wird natürlich sorgsam weggeschlossen, und die Kollegen führen darüber Buch. Da kann man nicht so einfach etwas mitnehmen. Aber wenn Sie wollen, kann ich auf Station darum bitten, dass man Ihnen dort ebenfalls eine Aufstellung macht.«

»Das wäre sehr freundlich.«

Er bedankte sich noch einmal bei der MTA, und Nick und er verabschiedeten sich. Beck würde ein paar Beamte von der Schutzpolizei bestellen, die Julia Richters gesammelte Akten in die Polizeiinspektion brachten. Und er selbst würde mit Nick etwas essen gehen. Er hatte nur ein paar Scheiben Knäckebrot zum Frühstück gehabt, und mittlerweile hing ihm der Magen in den Kniekehlen.

22

Der Lärm und die Hektik blieben auf der anderen Seite der Mauern. Der Innenhof des Glücksburger Schlosses war eine Oase der Ruhe, auch wenn dort durchaus Betriebsamkeit herrschte. Doch das imposante Bauwerk vermittelte Schutz und Geborgenheit und versetzte den Besucher in eine andere Welt.

Paul Beck und Nick Harder hatten sich im Außenbereich des Cafés niedergelassen, das zu der kleinen Ladenzeile gleich rechts hinter dem Eingangstor gehörte. Sie blickten über den Burghof auf die Brücke, die zum eigentlichen Schloss führte. Beck, der das Bauwerk vor einigen Jahren einmal besichtigt hatte, erinnerte sich an große, prachtvolle Räume, antike Möbel und Bilder und die imposante Waffensammlung. Im obersten Geschoss konnte man sich außerdem die Gesinderäume ansehen, im Keller einen Blick in die Folterkammer werfen. Beck war immer wieder erschüttert, wenn er einen dieser unrühmlichen Räume betrat, weil sie so unverstellt zeigten, wie grausam, wie unerbittlich, wie wenig menschlich der Mensch sein konnte. Natürlich war diese Erkenntnis nicht neu. Sie begegnete ihm jeden Tag bei seiner Arbeit. Doch verglichen mit der Rohheit vergangener Zeiten erschien ihm die Gewalt heutzutage beinahe zivilisiert. Zumindest war sie distanzierter, unpersönlicher geworden.

Als die Bedienung kam, bestellte Beck einen Kakao und ein Sandwich, Nick Harder einen Eiskaffee. Sie beobachteten ein paar Kinder, die in den Miniatur-Burgtürmen am Ufer des Wasserlaufs, der mitten durch den Burghof führte, Verstecken spielten, und einen Hund, der eine der antiken Kanonen markierte. Eine Gruppe älterer Damen und Herren kam über den Hof und strebte zum Schloss, wahrscheinlich eine Reisegruppe. Ein hagerer Mittvierziger mit einem gelben Fähnchen lief vor ihnen her und trieb sie zur Eile an.

»Nie im Leben«, verkündete Harder. »Nie im Leben würde

ich eine Busreise machen. Immer in der Herde, von einer Sehenswürdigkeit zur nächsten, und immer alles im Schweinsgalopp. Was ist daran Erholung?«

»Ich nehme an, es geht um Kultur«, erwiderte Beck, der sich gleichermaßen wenig für diese Art des Reisens erwärmen konnte. Er hatte nicht gerne viele Menschen um sich herum.

»Hm«, machte Nick geistesabwesend. Dann hellte sich sein Blick auf, und auf seinem Gesicht erschien ein breites Lächeln.

»Da ist Theresa«, verkündete er unnötigerweise, sprang auf und eilte zum Burgtor, seiner Angebeteten entgegen.

Paul Beck sah zu, wie sie sich in die Arme fielen und knutschten. Ein bisschen peinlich, in aller Öffentlichkeit, fand Beck, doch vermutlich war das auch wieder eine seiner antiquierten Lebensanschauungen. Auf jeden Fall war er froh, dass Nick so offensichtlich glücklich war. Er gönnte es ihm von Herzen.

Seine Augen wanderten suchend umher. Er erwartete, Lotta in der Nähe ihrer Kollegin zu sehen, doch er konnte sie nicht entdecken. Kurz erwog er, aufzustehen und zu Nick und Theresa zu gehen, entschied sich aber dagegen. Stattdessen zündete er seine Pfeife an. Die Bedienung brachte den Kakao, das Sandwich und den Eiskaffee.

»Vielen Dank.« Beck zog seine Brieftasche hervor und bezahlte für sich und Nick. Als er wieder aufblickte, kamen Nick und Theresa händchenhaltend auf ihn zu. Von Lotta war immer noch nichts zu sehen.

Nick Harder zog höflich den Stuhl unter dem Tisch hervor und rückte ihn für Theresa zurecht.

»Danke.« Theresa setzte sich, zupfte ihre braune Flanellhose zurecht und lächelte. »Hallo, Paul.«

Nick schob Theresa seinen Eiskaffee hin und winkte der Bedienung, noch einmal dasselbe zu bringen.

»Hallo, Theresa«, sagte Beck. Er ließ den Blick erneut durch den Innenhof schweifen. »Bist du allein?«

Theresa versenkte sich in die Betrachtung ihres Kaltgetränks.

»Lotta … wollte mit Grit reden. Allein. Und danach ist sie nach Sønderborg gefahren.«

»Ach so?« Paul Beck wusste, dass es Lotta immer auf ihr Boot zog, wenn sie in Ruhe nachdenken wollte. »Und sie hat dir nicht verraten, was Grit gesagt hat?«

»Nein.« Theresa hob endlich die Augen von ihrem Eiskaffee. »Nachdem wir das dänische Team befragt hatten, ist sie mit Grit weggefahren und hat sich seitdem nicht bei mir gemeldet. Aber Grit hat nicht gerade dazu beigetragen, den Verdacht gegen sie zu entkräften. Sie hat gesagt, es täte ihr nicht leid, dass Julia Richter tot ist.«

»Oha!«, sagte Nick Harder, und die Kellnerin, die in diesem Moment den zweiten Eiskaffee vor ihm abstellte und den Kommentar offenbar auf sich bezog, lief rot an.

»Ist irgendwas nicht in Ordnung?«, fragte sie patzig. »Dass da ein wenig Sahne heruntergelaufen ist, ist nicht meine Schuld. Der Becher ist zu voll.«

Beck musterte den Glaspokal und stellte fest, dass sich eine erhebliche Pfütze um den Standfuß herum gebildet hatte, die vermutlich eher beim sorglosen Tragen als beim Abfüllen des Getränks entstanden war, doch Nick winkte lässig ab.

»Das stört mich nicht«, verkündete er und strahlte sie an. »Ich hatte auch nicht Sie gemeint. Wir waren im Gespräch.« Er drückte der Bedienung ein großzügiges Trinkgeld in die Hand. »Stimmt so.«

»Oh. Danke schön.« Wäre die Kellnerin nicht bereits rot gewesen, wäre sie es vermutlich spätestens jetzt geworden. So war ihr nichts anzusehen, doch als sie rückwärts zum Eingang des Cafés ging, weil sie ihren Blick nicht von Nick lösen konnte, stolperte sie über einen Stuhl und konnte nur mit Mühe einen Sturz verhindern.

Die Gäste an den umliegenden Tischen lachten, nur Paul, Nick und Theresa machten ernste Gesichter, bis die Kellnerin in den Gastraum geflüchtet war. Erst dann ließen sie ihrer Erheiterung freien Lauf.

»Tja«, sagte Nick und tupfte mit ein paar Servietten die

Pfütze auf seinem Unterteller auf. »So ist das. Die kleinen Sünden straft der liebe Gott sofort. So heißt es doch, Paul, oder nicht?«

»Frag mich nicht.« Beck nippte an seinem Kakao. »Ich bin kein Professor für Kirchengeschichte und auch kein Religionslehrer. Wenn es dich interessiert, musst du dich mit meinen Eltern in Verbindung setzen.«

»Mach ich.« Nick Harder blinzelte Theresa zu. »Er ist heute ausgesprochen bärbeißig. Denk dir nichts dabei.«

Seine Freundin nickte und rührte in ihrem Eisbecher herum, doch Beck sah ihr an, dass sie genau wusste, was mit ihm los war. Zum Glück war sie sensibler als Nick und ritt nicht darauf herum.

Er zog sich den Aschenbecher heran, stocherte mit dem Pfeifenreiniger den verbrannten Tabak aus dem Pfeifenkopf und stopfte die Pfeife neu. Eine Todsünde eigentlich, die Pfeife nicht richtig zu reinigen und ruhen zu lassen, aber Paul fühlte sich innerlich aufgewühlt, und wenn das so war, musste er rauchen. Er riss ein Streichholz an und hielt es an den Pfeifenkopf. Dann sog er den süßlichen Rauch ein. Er benutzte ausschließlich Tabak mit Rumaroma.

»Du kennst Grit doch auch, oder?«, erkundigte er sich. »Ich meine, sie ist Lottas beste Freundin, und Lotta und du, ihr seid ebenfalls befreundet.«

Theresa nahm ihren Löffel aus dem Eiskaffee und legte ihn auf den Unterteller. Anschließend begann sie, an ihren Pulloverärmeln zu pflücken.

»Wir … sind uns nur einige Male bei Geburtstagsfeiern und dergleichen begegnet.«

Beck hob die Augenbrauen.

»Du magst sie nicht?«, schloss er messerscharf.

Theresa verschwand fast in ihrem Pullover.

»Nein. So drastisch würde ich das nicht sagen. Es ist nur …«

»Ja?« Nicht nur Beck, auch Nick Harder starrte sie erwartungsvoll an.

»Sie ist so … egozentrisch. Ich meine, sie ist nicht die Einzige. Auch anderen Menschen ist schweres Leid widerfahren. Sicher ist der Tod der eigenen Tochter schwer zu ertragen, gerade weil sie noch so klein war. Und natürlich sind diese Aids-Waisen in Malawi bedauernswerte Geschöpfe. Aber Grit tut immer so, als wären ihre Probleme die einzigen, die zählen. Es ist, als hätte sie Scheuklappen auf den Augen. Ich finde es beeindruckend, wie sie sich engagiert, aber ich habe ein Problem mit Menschen, die immer nur um sich selbst kreisen. Sie ist mir zu fanatisch. Und sie hat überhaupt keine Frustrationstoleranz. Wenn ihr etwas nicht gelingt, stürzt sie in tiefe Depressionen. Das ist mir einfach in alle Richtungen zu viel … Gefühl.«

Beck nickte nachdrücklich. Er verstand nur zu gut, was Theresa empfand.

»Und … könntest du dir vorstellen, dass sie es getan hat? Dass sie Julia Richter vergiftet hat?«

Theresa dachte lange und gründlich nach. Dann schüttelte sie entschieden den Kopf.

»Nein. In dem Punkt ist sie genau wie Lotta. Sie ist Juristin. Sie würde einfach nichts Gesetzwidriges tun.«

Beck sog an seiner Pfeife. Er hoffte, dass Theresa recht hatte, weil es die Dinge mit Lotta einfacher machen würde. Aber wenn man ihn nach seiner ehrlichen Meinung fragen würde, müsste er zugeben, dass Grit Larsen auf seiner persönlichen Liste gerade auf den Spitzenplatz katapultiert worden war.

23

Anders Rask blieb wie vom Donner gerührt stehen. Die Schaufenster seiner Bäckerei waren mit Plakaten beklebt worden. Auf jedem davon prangte sein Konterfei. Und darunter stand in fetten roten Lettern: »Dieser Mann ist ein Mörder.«

Rask spürte, wie sich sein Puls beschleunigte. Mit großen Schritten lief er über die Straße und riss die Tür zum Laden auf. Seine Verkäuferin, die auf einem Schemel hinter dem Tresen gehockt hatte, sprang auf.

»Hast du das nicht gesehen, Sif?«, fragte er. »Diese Schweinerei da draußen?«

Sif Jacobson, eine füllige Frau in den Fünfzigern, schaute verlegen zu Boden.

»Doch. Habe ich.«

»Und weshalb hast du die Plakate dann nicht abgerissen?«, erkundigte sich Rask fassungslos.

»Weil ... da war so ein Mann. Er hat gesagt, wenn ich sie abnehme, sperrt er mich in die Backstube und hängt sie wieder auf. Er war so groß und so ... wütend. Das war bestimmt keine leere Drohung.«

»Ein Mann? Wie sah der aus?«, fragte Rask, obwohl er sich an fünf Fingern ausrechnen konnte, wer für die Verleumdung verantwortlich war.

»Groß, das habe ich doch gesagt. Und stark. Wie ein Soldat. Er hatte ganz kurze dunkle Haare. Und fast schwarze Augen. Die haben geglüht, Anders, ehrlich. Und er hat Deutsch gesprochen.«

Der Bäcker nickte grimmig. Der Mann war zweifellos der deutsche Trainer Heiko Richter gewesen. Der Ehemann der Toten.

»Und du bist nicht auf die Idee gekommen, die Polizei zu rufen?«

»Nein. Er … er hat gesagt, wenn ich das tue, würde ich es bereuen.«

Rask schnaubte.

»Er soll bloß aufpassen, dass es *ihm* nicht leidtut.«

»Es ist keiner mehr in den Laden gekommen«, berichtete Sif. »Sie sind alle draußen stehen geblieben und haben diskutiert. Und dann sind sie gegenüber ins ›Café Lackberg‹ gegangen.«

Anders Rask atmete tief durch. Seit Lasse Lackberg seinen Laden auf der anderen Straßenseite eröffnet hatte, war der Kampf um Kundschaft härter geworden. Anders' Stammkunden hatten ihm die Treue gehalten, und es waren immer noch genug gekommen, die seine Brötchen und Brote zu schätzen wussten. Aber dank Heiko Richters mörderischer Propaganda konnte sich das Blatt schnell wenden.

Rask eilte wieder aus dem Laden und begann, die Plakate abzureißen. Er spürte neugierige Blicke in seinem Rücken und drehte sich rasch um. In Lackbergs Café pressten sich der Inhaber und einige Gäste die Nasen an der Schaufensterscheibe platt.

Wütend knüllte er die Poster zusammen und warf sie auf den Bürgersteig. Anschließend ging er zurück in den Laden, um sich einen Müllsack zu holen. Sif stand immer noch hinter dem Tresen, der so gut gefüllt war wie sonst nur am frühen Morgen. Dabei war in einer halben Stunde bereits Ladenschluss.

»Nimm dir mit, was du haben willst«, sagte Rask. »Den Rest müssen wir wegwerfen. Wir machen zu. Heute wird ohnehin niemand mehr kommen.«

»Ja.« Sif nahm sich eine Papiertüte und füllte sie mit Brötchen. Dann hielt sie inne. »Es tut mir leid«, sagte sie.

»Es ist nicht deine Schuld«, erwiderte Anders und ging zurück auf die Straße. Er stopfte die zerknüllten Plakate in den Müllsack und trug ihn in den Hinterhof zu den Mülltonnen. Als er dort ankam, traf ihn beinahe der Schlag.

Sein einstmals strahlend weißer Lieferwagen mit dem

Schriftzug »Bäckerei Rask« war mit blutroter Farbe besprüht worden. Und quer auf der roten Fläche stand in riesigen weißen Lettern das Wort »Mörder«.

Rask zog sein Mobiltelefon aus der Tasche und merkte, wie sein Puls hämmerte. Er hatte plötzlich ein furchtbar flaues Gefühl in der Magengegend, und in seiner Brust meinte er ein schmerzhaftes Ziehen zu verspüren.

Vielleicht sollte er statt der Polizei lieber einen Krankenwagen anfordern? Er war fünfundvierzig und hatte deutliches Übergewicht. Sein Arzt predigte ihm seit Jahren, dass er abnehmen und die Finger von den Köstlichkeiten seiner Backstube lassen sollte, wenn er nicht frühzeitig einer Herz-Kreislauf-Schwäche erliegen wollte. Und starker Stress war natürlich auch nicht gut für die Pumpe.

Unschlüssig schwebten seine Finger über den Tasten. Noch ehe er sich entschieden hatte, verschwamm das Bild vor seinen Augen, und etwas wie ein Faustschlag traf ihn an der linken Brust.

Rask knickten die Knie ein, und er sank mit einem Stöhnen zu Boden.

Den entsetzten Aufschrei von Sif, die im selben Moment aus der Hintertür der Bäckerei trat, bekam er schon nicht mehr mit.

24

Paul Beck und Nick Harder hatten Grit Larsen in die Bezirkskriminalinspektion Flensburg einbestellt, und Margarete Döscher, die zuständige Kapitaldezernentin, war dazugekommen. Beck hatte einen der kleineren Besprechungsräume für das Gespräch ausgewählt. Es war eine offizielle Vernehmung, aber er wollte trotzdem, dass Grit Larsen sich wohlfühlte.

Der dänischen Anwältin konnte er allerdings nichts vormachen.

»So«, sagte sie, nachdem die Oberstaatsanwältin sie begrüßt und sich vorgestellt hatte. »Dann bin ich also die Beschuldigte im Mordfall Julia Richter.« Sie sprach ein makelloses und fast akzentfreies Deutsch. Die vorab telefonisch gestellte Frage, ob sie einen Dolmetscher wünsche, hatte sie freundlich, aber bestimmt verneint. Wie die meisten Dänen im Grenzgebiet war sie neben der dänischen auch mit der deutschen Sprache groß geworden.

Margarete Döscher wehrte mit einer kleinen Geste ab.

»Im Augenblick möchten wir lediglich mit Ihnen sprechen«, stellte sie klar. »Wir werfen Ihnen nichts vor. Aber Sie haben bei der Befragung durch unsere dänischen Kolleginnen selbst zugegeben, dass Sie ein Motiv hatten. Deshalb benötigen wir ein paar weitergehende Informationen.«

Grit setzte sich auf den Stuhl, den Nick Harder ihr offerierte.

»Geben Sie sich keine Mühe. Ich habe zehn Jahre lang als Strafverteidigerin gearbeitet. Ich kenne das Spiel.«

»Umso besser.« Margarete Döscher blieb freundlich. »Dann verstehen Sie sicher, dass wir Ihnen helfen wollen.«

Grit Larsen schnaubte leise.

»Weil Sie meinen, ein Geständnis würde meine Seele erleichtern?«

»Nein. Wir möchten so viel wie möglich über Sie und Ihr Verhältnis zu Julia Richter erfahren, um alle Indizien zusammenzutragen, die Ihre Unschuld beweisen können.«

Grit hob müde einen Mundwinkel.

»Oder meine Schuld.«

Die Oberstaatsanwältin neigte den Kopf.

»Wenn Sie die Tat begangen haben, auch das.«

Paul Beck und Nick Harder setzten sich neben Margarete Döscher. Grit Larsen nahm eine der kleinen Flaschen vom Tisch und schenkte sich Wasser ein. Still. Harder öffnete sich eine Cola, die Oberstaatsanwältin und Beck bedienten sich aus der Kaffeekanne.

Beck musterte Grit Larsen neugierig und stellte fest, dass sie dasselbe tat. Obwohl sie Lottas beste Freundin war, waren sie einander nie begegnet. Für einen kurzen Moment fragte er sich, weshalb das so war. Vielleicht, weil sie beide nicht gern unter Menschen waren. Oder weil sie beide Lotta am liebsten für sich allein haben und nicht teilen wollten.

Grit Larsen war eine außergewöhnlich schöne Frau. Das lange blonde Haar fiel ihr weich über die Schultern, und das ebenmäßige Gesicht mit der schmalen Nase und den leuchtend blauen Augen wirkte filigran. Sie trug ein Kostüm in einem dunklen Grau. Beck kannte sich damit nicht aus, nahm aber an, dass es nicht billig gewesen war.

Dr. Margarete Döscher öffnete die Kladde, die vor ihr auf dem Tisch lag.

»Sie haben ausgesagt, es täte Ihnen nicht leid, dass Frau Julia Richter tot ist.«

»Ja.« Grit Larsen erwiderte den fragenden Blick der Oberstaatsanwältin ruhig. »Das habe ich.«

»Würden Sie uns freundlicherweise erklären, weshalb?«

»Weil es die Wahrheit ist.«

Auf Margarete Döschers Lippen erschien ein feines Lächeln. Sie liebte, wie Beck wusste, rhetorische Finessen. Und in Grit Larsen schien sie eine würdige Sparringspartnerin gefunden zu haben.

»Sie haben Frau Richter persönlich gekannt?«, erkundigte sich die Oberstaatsanwältin.

»Nein.« Grit Larsen trank einen Schluck Wasser. »Wir sind uns einige Male begegnet. Aber gekannt habe ich sie nicht.«

»Woher rührt dann diese unversöhnliche Feindseligkeit?«

Die Dänin stellte ihr Glas behutsam zurück auf den Tisch.

»Waren Sie schon einmal in Malawi?«

»Nein.«

»Sie können sich das nicht vorstellen. Wie arm diese Menschen sind. Unter welch erbärmlichen Umständen sie leben. In Wellblechhütten ohne fließendes Wasser und ohne Strom. Sie haben kaum genug zu essen und nur selten vernünftige Kleidung. Sie gehen jeden Tag zehn, zwanzig Kilometer weite Wege zu ihrer Arbeitsstelle, wenn sie eine haben, um Geld für das Nötigste zu verdienen. Sie schuften auf irgendwelchen Plantagen, bis sie ausgebrannt sind. Und ihre Kinder spielen in den Slums zwischen Unrat und Dreck. Wenn sie das Glück haben, eine Familie zu haben. Wenn die Eltern krank werden und sterben, bleibt den Kindern oft nicht einmal das. Dann streunen sie durch die Straßen, betteln und stehlen und gehen irgendwann vor die Hunde. Aids ist eine schlimme Seuche in dieser Region. Es gibt unzählige Kinder, die ihre Eltern deshalb verloren haben. Sie haben nichts mehr. Ihre Gegenwart ist ein Trümmerfeld, und eine Zukunft gibt es für sie nicht. Und trotzdem sind all diese Menschen so unglaublich freundlich. Sie lachen. Und es braucht nur so wenig, um sie glücklich zu machen.«

Sie sah ihre Zuhörer eindringlich an.

»Das ist es, was ich tun will. Ich will, dass es für diese Kinder ein Zuhause gibt, in dem sie sich entfalten können. Sie sollen nicht gegen Hunger und Krankheit kämpfen müssen, sie sollen lernen. Bildung ist der einzige Weg, der Spirale aus Armut und Leid zu entkommen. Aber um den Kindern dies zu ermöglichen, brauchen wir Geld.«

Paul Beck spürte, wie ihn Grits Plädoyer berührte, und er sah, dass es Nick und der Oberstaatsanwältin nicht anders ging. Hätte die Dänin in diesem Moment eine Sammelbüchse auf den Tisch gestellt, keiner von ihnen hätte gezögert, ihr eine großzügige Spende zu geben.

Auch Grit Larsen konnte ihnen ihre Empfindungen offenbar unschwer von den Gesichtern ablesen. Ein trauriges Lächeln umspielte ihren Mund.

»Ich habe mit einigen Bekannten eine Organisation gegründet, die sich die Errichtung eines Heims und einer Schule für Aids-Waisen zum Ziel gesetzt hat. Wir haben alle erhebliche persönliche Mittel eingesetzt, aber wir hatten auch einen großzügigen Förderer, einen mittelständischen Unternehmer, der eine Reihe von Sportgeschäften in Dänemark betreibt.«

»Und der ist nun abgesprungen.« Beck erinnerte sich, dass Lotta ihm davon erzählt hatte.

»Ja.« Die Lippen von Grit Larsen wurden schmal. »Ausgerechnet jetzt. Wir hatten endlich sämtliche Vorbereitungen abgeschlossen und alle Genehmigungen beschafft, die wir brauchen. In ein paar Wochen sollte der Grundstein gelegt werden. Und nun könnte die ganze Arbeit umsonst gewesen sein, und die Kinder müssten weiter auf der Straße leben.«

»Warum haben Sie dann das Geld, das Herr Rask Ihnen geben wollte, abgelehnt?«, erkundigte sich die Oberstaatsanwältin.

Grit Larsen runzelte die Stirn.

»Anders? Er hat mir keine finanzielle Unterstützung angeboten.«

Beck schmunzelte heimlich. In diesem Fall hatte Lotta falschgelegen. Grit Larsen wäre keinesfalls zu stolz gewesen, von ihrem Verehrer eine Spende anzunehmen. So gut, wie sie meinte, kannte Lotta ihre beste Freundin offenbar doch nicht.

Er bemerkte, dass Margarete Döscher dasselbe dachte.

»Verzeihung«, sagte sie und schrieb etwas in ihre Kladde. »Das hatte ich mir wohl falsch notiert.«

Hätte er es nicht besser gewusst, er hätte geglaubt, dass es eine absichtliche Finte gewesen war. Aber die Oberstaatsanwältin war absolut korrekt. Sie würde keine Zeugin und erst recht keine Verdächtige anders als nach Vorschrift befragen.

Margarete Döscher rückte ihre Brille zurecht.

»Nur fürs Protokoll: Sagen Sie uns doch bitte, wie Ihr Engagement in Malawi mit dem Mordfall Richter in Verbindung steht.«

Grit Larsen hob ihre hübsch geschwungenen blonden Augenbrauen, anerkennend, wie es Beck schien.

»Das Preisgeld für den Glücksburg Trimarthon beträgt zehntausend Euro. In Malawi ist das ein Vermögen. Es hätte unser Projekt fürs Erste gerettet.«

»Aber Julia Richter stand Ihnen im Weg«, ergänzte Nick Harder.

Grit Larsen sah nur kurz zu ihm hinüber.

»Sie wissen vermutlich, dass ich vor einigen Jahren meine Tochter verloren habe«, sagte sie, und Beck, Harder und die Oberstaatsanwältin nickten. »Seitdem habe ich meine gesamte Energie darauf verwendet, den Kindern in Malawi zu helfen. Und jetzt war ausgerechnet ich diejenige, an der das Projekt womöglich gescheitert wäre.«

»Ach so?« Paul Beck sah die Sportlerin verwirrt an. »Wieso das?«

Grit Larsen warf einen kurzen Blick aus dem Fenster. Graue Wolken zogen vor dem blassblauen Himmel auf.

»Hedvig Rasmussen, die für unser Team surft, ist genauso gut wie Martina Scheffler aus dem deutschen Team eins. Und Jette Nielsen, unsere Schwimmerin, ist schneller als Friederike Niehaus. Aber meine Zeiten auf dem Paddle-Board … die waren nie so gut wie die von Julia Richter.« Sie legte ihre Hände vor sich auf dem Tisch zusammen und betrachtete sie. »Ich habe es den anderen gegenüber nicht zugegeben. Aber ich habe befürchtet, dass wir an Julia Richter scheitern werden.«

Sie schaute wieder auf, und Beck kam es vor, als wären ihre Augen wie ein Laserstrahl, der sich in sein Herz bohrte.

»Deshalb habe ich gebetet, dass sie vom Brett fällt und nicht wieder auftaucht«, erläuterte die Sportlerin. »Es war eine Vision, ein drängender, immer wiederkehrender Traum.

Ich habe es mir in allen Farben ausgemalt und erhofft, ein wenig wie magisches Denken. Es war ein unglaublich starker, heftiger Wunsch, und ich hatte das Gefühl, wenn ich es mir nur konkret genug vorstelle, wird es wirklich geschehen.« Sie hob den Kopf und lächelte selbstironisch. »Aber ich vermute, daran ist sie nicht gestorben.«

»Nein.«

»Nun.« Sie vollführte eine Geste, die offenbar das Ende ihrer Verteidigungsrede ankündigte. »In diesem Fall bin ich unschuldig.«

Paul Beck, Nick Harder und die Oberstaatsanwältin tauschten einen kurzen Blick, und Beck fand die Bewunderung, die er selbst empfand, in den Augen der beiden anderen gespiegelt.

Grit Larsen war wirklich eine hervorragende Strafverteidigerin. Sie hatte sie alle überzeugt.

***

»Das war ein eindrucksvolles Plädoyer«, bekundete Dr. Margarete Döscher, nachdem Grit Larsen den Raum verlassen hatte.

»Stimmt.« Nick Harder zog die Tüte mit den Pistazien aus seiner Jackentasche. »Die Frage ist nur, ob es auch die Wahrheit war.«

Paul Beck nickte verdrossen. Dieser Fall gefiel ihm nicht. Sie hatten einfach zu wenig, womit sie arbeiten konnten. Doch was er sagte, war: »Das werden die Ermittlungen zeigen.«

Die Oberstaatsanwältin leerte ihre Kaffeetasse.

»Angenommen, Grit Larsen ist unschuldig. Wer kommt dann für die Tat in Frage?«

Beck und Harder berichteten, was sie bei der Befragung von Leah Schmidt, der medizinisch-technischen Assistentin der Pathologie im Flensburger Diakonissenkrankenhaus, erfahren hatten.

»Mobbing? Das könnte ein Motiv sein.« Margarete Döscher

legte die Stirn in Falten und machte eine Notiz in ihrer Kladde. »Und wie geht es jetzt weiter?«

»Wir haben die persönlichen Unterlagen von Julia Richter sichergestellt«, informierte Harder sie und zerkaute eine Pistazie. »Das ist ein riesiger Berg. Aber es bleibt uns wohl nichts anderes übrig, als sie alle durchzugehen.« Er stöhnte leise.

Die Oberstaatsanwältin schmunzelte. Genau wie für Beck war es für sie kein Geheimnis, dass diese Art der Tätigkeit nicht zu Nick Harders bevorzugten Aufgaben zählte.

»Und unsere dänischen Kolleginnen?«, fragte sie weiter.

»Frau Vestergaard sieht sich mit den Beamten der IT-Beweissicherung die Computer- und Handydaten von Julia Richter an«, erwiderte Beck. »Und Frau Lundkvist ...«, er zögerte, »... wollte noch einmal die Aussagen der dänischen Sportlerinnen durchgehen.« Margarete Döscher wusste zwar, dass Lotta und die dänische Sportlerin einander kannten, doch Beck wollte lieber nicht preisgeben, wie eng Lotta tatsächlich mit Grit Larsen befreundet war, und seine Vermutung äußern, dass Lotta sich deshalb von Grits Vernehmung ferngehalten hatte. Womöglich würde die Oberstaatsanwältin daraufhin dafür sorgen, dass Lotta von den Ermittlungen entbunden wurde. Und er hatte keinen Zweifel daran, dass Lotta ihm das schwer verübeln würde.

Margarete Döscher betrachtete ihn aufmerksam. So, als wäre ihr keinesfalls entgangen, dass er etwas zurückhielt. Doch sie bohrte nicht weiter.

»Gut«, sagte sie nur. »Gibt es sonst noch etwas, das ich tun kann?«

Beck dachte nach.

»Wir könnten ein Team zusammenstellen und das Gelände der Kaserne Nord in Eckernförde nach blausäurehaltigen Substanzen durchsuchen«, schlug er vor.

Die Oberstaatsanwältin hob die Augenbrauen.

»Das müssten Sie etwas näher begründen.«

Paul Beck war einen Moment lang irritiert. Dann fiel ihm ein, dass Nick und er der Oberstaatsanwältin noch nichts von der heimlichen Liebschaft Heiko Richters mit Martina Scheffler erzählt hatten, und klärte sie eilig auf.

Dr. Margarete Döscher machte eine bedauernde Geste.

»Ich fürchte, für die Durchsuchung eines Militärgeländes müssen wir etwas mehr in der Hand haben. Einen konkreten Verdacht. Ein Beweisstück. Oder zumindest eine glaubhafte Zeugenaussage.«

Paul Beck rang sich ein Lächeln ab. Die Oberstaatsanwältin hatte natürlich recht. Um die gesamte Kaserne auf den Kopf zu stellen, brauchte es wahrscheinlich auch eine komplette Hundertschaft. Und die ordnete man nicht ohne Not ab.

»Wir werden sehen, was wir tun können«, versprach er, und die Oberstaatsanwältin erwiderte sein Lächeln.

»Davon bin ich überzeugt«, sagte sie und erhob sich.

Beck wollte ebenfalls aufstehen, um sich von ihr zu verabschieden, doch im selben Augenblick flog die Tür auf, und Beck erschrak so, dass er wieder auf seinen Stuhl zurücksackte.

Theresa Vestergaard stürzte herein. Ihre sonst so blassen Wangen waren gerötet, und der Pony, der ihr gewöhnlich ordentlich gekämmt in die Stirn hing, hatte sich aufgelöst.

»Anders Rask hat einen Herzinfarkt erlitten«, referierte sie atemlos. »Nachdem er entdeckt hat, dass jemand die Schaufenster seiner Bäckerei mit Plakaten dekoriert hat, auf denen er als Mörder diffamiert wird. Und dass jemand mit roter Farbe das Wort ›Mörder‹ auf seinen Lieferwagen gesprüht hat.«

Beck, Harder und die Oberstaatsanwältin tauschten rasche Blicke.

»Wissen wir, wer für die Plakate und die Schmiererei verantwortlich ist?«

Theresa nickte und hielt ihr iPad hoch.

»Rasks Verkäuferin konnte den Mann sehr gut beschreiben. Es handelt sich mit einiger Sicherheit um Heiko Richter.«

25

Die Sonne stand tief und blendete ihn, doch Heiko Richter blinzelte nicht. Er blickte aus dem Fenster seines Büros über das Kasernengelände zum Sportplatz, auf die langen Schatten, die die Bäume warfen, und auf eine Abteilung von Rekruten, die strammstand und von einem Unteroffizier inspiziert wurde. Paul Beck betrachtete ihn von der Seite. Er konnte Richter unschwer vom Gesicht ablesen, was der Anblick für ihn bedeutete. Dies war seine Welt, sein Zuhause. Hier fand er Halt, auch wenn um ihn herum alles in Scherben fiel.

»Hat er mich angezeigt?«, fragte Heiko Richter knapp.

»Nein«, sagte Paul Beck. »Er hatte es vor. Aber er ist nicht mehr dazu gekommen.«

Richter fuhr zu ihm herum.

»Was soll das heißen, verdammt noch mal?«

»Er hat sich dermaßen über Ihre Plakate und den beschmierten Lieferwagen aufgeregt, dass er einen Herzinfarkt erlitten hat«, entgegnete Paul Beck so nüchtern, wie es ihm möglich war. Er neigte weiß Gott nicht zu überschäumenden Reaktionen, aber Richters kindische Aktion und die scheußlichen Folgen hatten ihn erschüttert.

Er sah, dass auch Richter betroffen war. Seine Gesichtszüge entgleisten, und für einen Augenblick entdeckte er unverhülltes Erschrecken in den Augen des Sportsoldaten. Gleich darauf hatte Richter sich jedoch wieder im Griff.

»Das war kaum vorauszusehen«, gab er zurück.

»Das ist wahr. Aber Sie sollten trotzdem damit rechnen, dass er noch Anzeige erstattet«, verkündete Nick Harder. Beck war froh, dass er ihn an seiner Seite hatte. Heiko Richter strahlte eine so aggressive Präsenz aus, dass er sich neben ihm klein fühlte, obwohl sie in etwa dieselbe Größe hatten. Allerdings war Richter doppelt so breit wie Beck.

»Und? Wollen Sie mich deshalb festnehmen?«

»Nein. Aber Sachbeschädigung und Verleumdung sind keine Kavaliersdelikte.«

Richters dunkle Augen hefteten sich auf Harder.

»Immerhin kommen Sie mir nicht mit fahrlässiger Tötung.«

»Noch ist Herr Rask ja nicht tot«, sagte Beck.

»Also.« Heiko Richter wandte sich vom Fenster ab und verschränkte die Arme. »Für die Sachbeschädigung stehe ich gerade. Und Verleumdung war es nicht. Rask ist ein Mörder. Er hat meine Frau umgebracht.«

»Dafür gibt es keine Beweise«, widersprach Beck.

Richter machte plötzlich einen Schritt auf ihn zu und schnappte sich Pauls Schlips. Er zog daran, und Beck bekam keine Luft mehr.

»Dann sehen Sie zu, dass Sie welche finden«, polterte der Sportsoldat.

»Herr Richter«, sagte Nick Harder mild. »Lassen Sie meinen Kollegen los, ja?«

Richter schaute auf Becks Krawatte, als wisse er nicht, wie sie zwischen seine Finger geraten war, und gab Beck frei.

»Verzeihung«, sagte er.

Paul Beck fasste sich an den Hals. Seine Kehle fühlte sich an, als hätte er eine Chilischote heruntergewürgt.

»Ihr Verhalten ist nicht dazu geeignet, uns von Ihrer Friedfertigkeit zu überzeugen«, röchelte er.

Richter verdrehte die Augen und schaute zu Nick.

»Ist der immer so empfindlich?«

Nick Harder nickte ernst.

Beck funkelte ihn ärgerlich an. Dann wandte er sich wieder an Heiko Richter.

»Glauben Sie wirklich, dass Rask Ihre Frau getötet hat? Oder wollten Sie mit Ihrer Aktion nur von sich selbst ablenken?«

Er sah, wie Richters Kiefer bebten.

»Kommen Sie«, sagte der Sportsoldat. »Lassen Sie uns eine

Runde über das Gelände gehen. Ich werde verrückt, wenn ich hier drinnen eingesperrt bin.«

Er wartete ihre Antwort nicht ab, sondern marschierte an ihnen vorbei zur Bürotür. Er riss sie auf, sprintete die Treppe nach unten und lief über den Flur zum Ausgang. Draußen blieb er stehen und wartete, bis Beck und Harder ihn eingeholt hatten. Er atmete tief durch.

Dann dirigierte er sie über den Kasernenhof, der von lang gestreckten Soldatenunterkünften flankiert war, am Sportplatz vorbei zu einem Waldstück. In dem breiten schlammigen Pfad, der zwischen den Bäumen hindurchführte, erkannte Beck die tiefen Furchen, die von den Reifen schwerer Lastwagen gegraben worden waren. Er blickte zweifelnd auf seine guten Lederschuhe. Für Waldspaziergänge waren sie nicht besonders geeignet. Zum Glück bog Richter gleich darauf in einen kleinen Weg ein, der von Torf bedeckt war und weich unter seinen Füßen federte.

Sie wanderten ein Stück durchs Dickicht und gelangten dann unvermittelt auf eine Lichtung. Ein kleiner See glitzerte im Sonnenlicht, das zwischen den Ästen hindurchfiel. Auf der Oberfläche glitten ein paar Enten vorbei.

Richter betrachtete sie eine Weile. Schließlich drehte er sich zu Beck und Harder um.

»Ich habe meine Frau geliebt«, sagte er rau. »Ich habe einen Fehler gemacht, als ich mich auf Martina eingelassen habe. Es war ein Irrtum. Ich habe die Affäre beendet, als ich das begriffen habe. Ich habe an der Seite meiner Frau gekämpft, bis sie wieder gesund war. Der Tag, an dem sie die Knochenmarkspende erhalten hat, war der glücklichste in meinem Leben. Ich war dem Herrgott dankbar, dass er mir … uns … eine zweite Chance eingeräumt hat. Niemals wäre ich auf die Idee gekommen, mich wieder mit Martina einzulassen.« Er hob die Hände und ließ sie wieder fallen. »Sie können es glauben oder auch nicht. Aber ich habe meine Frau nicht getötet.«

Paul Beck nickte. Er fühlte sich seltsam berührt von Richters kleiner Ansprache, und er merkte, dass er ihm das Gesagte abnahm.

»Warum sind Sie so sicher, dass Anders Rask Ihre Frau ermordet hat?«

Richter schaute wieder auf den See.

»Weil ich weiß, wie es ist, wenn man jemanden so verzweifelt liebt, dass nichts anderes mehr Bedeutung hat. Ich war ein paarmal in Sønderhav und habe den Däninnen beim Training zugesehen. Heimlich. Sie waren schließlich unsere schärfsten Konkurrentinnen. Ich wollte wissen, was sie draufhaben und was wir vielleicht unternehmen können, um sie zu schlagen. Ich habe auch Rask beobachtet. Ich nehme an, Grit Larsen hat es gar nicht gemerkt, aber er ist ihr vollkommen verfallen. Rask ist ein netter Mann. Gutmütig und ein bisschen schlicht. Ich kenne solche Typen. Sie würden alles für die Frau tun, die sie für sich gewinnen wollen.«

»Auch einen Mord begehen?«

Richter umklammerte seine Oberarme mit den Händen.

»Alles«, wiederholte er schroff.

Beck und Harder sahen sich an. Natürlich hatten sie keine Beweise. Aber von der Hand zu weisen war Richters Verdacht nicht.

26

Es dämmerte bereits, als Paul Beck seinen schwarzen Mercedes vor der kleinen Kate im Fischergang in Kappeln abstellte. Er hätte gerne sofort mit Anders Rask gesprochen, doch in der Klinik in Sønderborg hatte man ihnen mitgeteilt, dass man Rask mit Medikamenten ruhiggestellt hatte und er deshalb nicht vernehmungsfähig war. Also war Beck stattdessen nach Hause gefahren, um sich durch die Dokumente der Verstorbenen zu wühlen.

Er stieg aus dem Wagen und verspürte den mittlerweile vertrauten Schmerz im linken Knöchel. Seufzend öffnete er den Kofferraum und hob die beiden schweren Plastikkisten heraus, die seinen Anteil an Julia Richters Unterlagen enthielten. Vermutlich würde er sich die halbe Nacht damit um die Ohren schlagen und trotzdem nur einen Bruchteil schaffen.

Müde schloss er die Kofferraumklappe und verriegelte die Türen. Anschließend wuchtete er die Kisten auf die Arme und schleppte sie zur Haustür. Er biss die Zähne zusammen, weil bei jedem Schritt ein heißer Blitz durch seinen linken Knöchel fuhr. Wahrscheinlich sollte er dringend damit zum Arzt gehen, überlegte er, doch im nächsten Augenblick verschwendete er keinen Gedanken mehr daran. Er blieb stehen, und ein kleiner Laut der Verblüffung entfuhr ihm.

Auf der Stufe vor seiner Haustür saß eine Frau. Sie hatte ihre blaue Windjacke ausgezogen und über die Knie gelegt und knetete geistesabwesend den Stoff, während ihr Blick in weite Ferne gerichtet war.

»Lotta«, sagte Beck und ging auf sie zu. Er wusste nicht, ob er sich freuen sollte. Womöglich war sie ja nur gekommen, um ihm zu sagen, dass das mit ihnen beiden keinen Sinn hatte.

Lotta erhob sich.

»Hallo, Paul«, erwiderte sie. »Ich dachte, wir sollten vielleicht reden.«

Becks ungutes Gefühl verstärkte sich. Er stellte die Kisten ab, kramte seine Schlüssel hervor und öffnete die Haustür. Er zog sie auf und vollführte eine einladende Geste.

»Komm rein.«

Lotta machte einen Schritt auf die Tür zu, doch noch bevor sie den Eingang erreicht hatte, schoss aus dem Gebüsch auf der anderen Seite des Wegs eine orangebraune Fellkugel hervor und sauste an Beck und Lotta vorbei ins Haus.

»Watson!« Beck humpelte eilig hinter dem Kater her. Eine Spur aus schwarzen Pfotenabdrücken führte direkt zum Kühlschrank.

Paul Beck nahm ein Handtuch aus der Schublade, packte den Kater im Nacken und hob ihn hoch. Dann putzte er ihm die Pfoten ab. Watson gefiel das ganz und gar nicht. Er fuhr seine Krallen aus, strampelte mit den Läufen und schlug Beck eine seiner Tatzen in den Unterarm. Beck verstärkte seinen Griff.

»Hör auf«, befahl er. »Sonst gibt es nichts zu essen.«

Der Kater erstarrte. Er blickte Beck aus seinen smaragdgrünen Augen an, wütend und vorwurfsvoll, wie es ihm vorkam. Aber er rührte sich nicht mehr, bis Beck seine Pfoten gesäubert und ihn wieder auf den Boden gesetzt hatte. Mit unübersehbarer Verachtung leerte er den Napf, den Beck ihm füllte. Anschließend stolzierte er mit hoch aufgerichtetem Schwanz davon und ließ sich vor Lotta nieder.

Sie hatte in der Zwischenzeit die Kisten hereingetragen und die Tür geschlossen, die Jacke abgelegt und auf dem Sofa Platz genommen. Auch Beck schälte sich jetzt aus seinem Mantel und hängte ihn zusammen mit dem Bowler an den Kleiderhaken.

Lotta beugte sich vor und tätschelte Watson den Kopf. Der ließ sich nicht lange bitten. Er sprang auf ihren Schoß, rollte sich zu einer Kugel zusammen und ließ sich liebkosen. Der Blick, den er Beck dabei zuwarf, erschien diesem unverkennbar schadenfroh. Tatsächlich hätte er gerne mit Watson getauscht und verspürte so etwas wie Neid. Ärgerlich über diese alberne Anwandlung öffnete er den Kühlschrank und nahm eine Tüte Milch heraus.

»Willst du auch eine Tote Tante?«, fragte er. »Oder irgendetwas anderes?«

»Ein Wasser«, erwiderte Lotta, ohne ihn anzusehen. Stattdessen kraulte sie Watson zwischen den Ohren, und der Kater schnurrte behaglich.

Beck machte die Milch warm, gab Kakaopulver und einen guten Schuss Rum dazu und dekorierte das Ganze mit Sprühsahne. Anschließend füllte er ein Glas mit Wasser und trug die Getränke zum Tisch.

»Soll ich mich umziehen?«, fragte er angespannt. »Die neuen Jeans und das weiße Hemd vielleicht?«

»Nein.« Lotta hob endlich den Kopf. Sie nahm den Kater mit beiden Händen und setzte ihn auf den Boden. »Es tut mir leid, Paul. Ich … hatte gehofft, die Sachen würden dir auch gefallen. Ich wollte dich nicht verbiegen.«

Doch, dachte Beck. Genau das wolltest du.

Er setzte sich in seinen Relaxsessel und zündete seine Pfeife an.

»Woher die plötzliche Einsicht?«, erkundigte er sich.

Lotta sah aus, als wollte sie auffahren, weil er sich so kühl gab, doch sie hielt sich zurück.

»Theresa«, erwiderte sie stattdessen. »Sie hat mir ins Gewissen geredet.«

»Theresa?« Beck hob verblüfft die Augenbrauen. Er hatte einiges erwartet, aber das sicher nicht.

Sie wandten beide den Kopf, als von der Haustür her ein vorwurfsvolles Klagen einsetzte. Watson saß vor dem Hauseingang und fixierte die Tür, doch seine aufgestellten Ohren zeigten, dass seine Aufmerksamkeit bei Paul und Lotta war.

»Er will raus«, sagte Lotta überflüssigerweise.

Beck erhob sich und öffnete die Tür, und der Kater schlüpfte durch den Spalt.

Als Beck sich umdrehte, stand Lotta plötzlich direkt vor ihm.

»Ich dachte, du hättest ihm eine Katzenklappe in die Terrassentür eingebaut«, bemerkte sie, während sie Becks Hände ergriff. Sie verschränkten ihre Finger und strichen mit den Daumen sacht über die Handrücken des anderen. Dann sahen sie sich an, unsicher wie beim ersten Mal.

»Das habe ich«, erklärte Beck rau. »Aber er passt kaum noch durch. Er ist zu fett geworden.«

Lotta lachte herzlich, und endlich löste sich die unsichtbare Mauer zwischen ihnen auf.

27

Auf dem Bild sah sie schöner aus denn je. Es stammte noch aus der Zeit vor ihrer Erkrankung. Die schiefergrauen Augen waren lebendig, und die schwarzen Haare ergossen sich über Julias Rücken. Unter der Chemotherapie waren sie ausgefallen und erst seit der Knochenmarkspende wieder nachgewachsen. Julia hatte sie seitdem kurz getragen, genau wie er.

Heiko Richter legte das schwarze Samtband quer über den Rahmen und strich mit den Fingern über das Bild, um ein paar Staubkörner zu entfernen. Das Glas fühlte sich kühl an. Genauso kalt, wie es Julia jetzt war. Die Vorstellung, dass sie in einem metallenen Sarg in einem Kühlfach in der Kieler Rechtsmedizin lag, brachte ihn fast um den Verstand. Dass man sie aufgeschnitten und ausgeweidet hatte. Dass von der Frau, die er geliebt hatte, nichts geblieben war als eine leere Hülle, die mit wissenschaftlicher Präzision zerstückelt statt mit zärtlichem Andenken gestreichelt wurde.

Zwei Jahre lang hatte er jeden Tag damit gerechnet, dass sie sterben würde. Und doch war er jetzt, wo es geschehen war, in keiner Weise darauf vorbereitet.

Er rückte die beiden Vasen mit den Lilien zurecht, die rechts und links neben dem Foto standen, und wandte sich dann den Sportlerinnen zu. Sie hatten sich im Salon »Felix« im Strandhotel in Glücksburg, dem »Weißen Schloss«, versammelt, den Richter zu diesem Anlass kurzfristig angemietet hatte.

Die Frauen hatten sich in zwei Reihen aufgestellt und blickten stumm auf das Bild. Sie trugen die schwarzen Trainingsanzüge mit der kleinen Deutschlandfahne auf der Brust und dem Schriftzug »GER« auf dem Rücken.

Heiko Richter wollte etwas sagen, doch er brachte keinen Ton heraus. Martina Scheffler, die seine Not bemerkte, löste sich aus der Gruppe. Sie trat neben ihn und berührte kurz seinen Arm.

»Ich finde auch keine Worte«, bekannte sie. »Es ist einfach so unfassbar, was geschehen ist.«

Die anderen Sportlerinnen murmelten etwas Zustimmendes.

»Vielleicht legen wir einfach eine Schweigeminute ein?«

Die Idee wurde aufgegriffen, und für sechzig Sekunden war nichts anderes zu hören als das Ticken der Uhr über der Tür. Dann räusperte sich Heiko Richter.

»Ich danke euch, dass ihr gekommen seid. Es tut gut, in diesem furchtbaren Augenblick nicht allein zu sein.« Er schaute auf das Bild seiner Frau. »Aber Julia hätte nicht gewollt, dass wir im Schock erstarren. Sie hätte sich gewünscht, dass wir weiterleben. Und weiterkämpfen.«

Er blickte in fragende Gesichter.

»Die Wettbewerbsleitung hat mir mitgeteilt, dass man sich entschieden hat, das Rennen am nächsten Wochenende zu wiederholen. Und ich meine, wir sollten Julia die Ehre erweisen, uns zu beteiligen. Und für sie den Sieg holen.«

Cornelia König, die in der zweiten Reihe stand, verschränkte die Arme.

»Das denke ich nicht. Ich finde es pietätlos.«

Friederike Niehaus drehte sich zu ihr um.

»So?«, giftete sie. »Jetzt machst du dir auf einmal Gedanken? Aber als du ihr den Job weggenommen hast, war von Pietät keine Rede.«

Cornelia König rollte mit den Augen.

»Ich habe ihr nichts weggenommen. Man hat mir die Leitung der Pathologie übertragen, weil Julia die Aufgabe nicht mehr erfüllen konnte.«

»Weil du die Klinikleitung dazu gedrängt hast.«

»Bitte.« Heiko Richter sprach nicht laut, aber die beiden Frauen verstummten trotzdem. »Wir sind hier zusammengekommen, um Julias Andenken zu ehren, nicht, um zu streiten.«

»Also, ich finde den Vorschlag gut«, erklärte Martina Scheffler, ehe sich Cornelia und Friederike weiter bekriegen konnten. »Wir holen für Julia den Pokal. Und das Preisgeld stiften wir der Krebshilfe. Ich bin sicher, das wäre in Julias Sinne.«

Heiko Richter nickte ihr zu und blinzelte eine Träne weg. Auf den Gedanken war er noch gar nicht gekommen, aber er gefiel ihm.

»Schön, dass du so genau weißt, was Julia gewollt hätte«, motzte Friederike.

Martina Scheffler ließ sich nicht aus der Ruhe bringen.

»Sie war nicht nur deine Freundin, sondern auch meine.«

»Ach ja?« Friederike Niehaus lachte höhnisch. »Du hast doch überhaupt keine Rücksicht genommen.«

»Ich habe sie bloß nicht verhätschelt. Meinst du, sie hat es gemocht, dass du sie behandelt hast wie ein unmündiges Kind?«

Friederike zog einen Schmollmund.

»Sie hat sich jedenfalls nicht darüber beklagt.«

Heiko Richter stöhnte leise.

»Julia war dankbar, dass du dich so selbstlos um sie gekümmert hast, Friederike. Und sie hat es zu schätzen gewusst, dass Martina ihr immer ehrlich ihre Meinung gesagt hat. Können wir es dabei belassen?«

»Von mir aus.« Friederike hob hochmütig das Kinn. »Und was ist dein Plan? Wer soll das Rennen machen? Wir haben ja nur noch zwei Stand-up-Paddlerinnen.«

»Richtig.« Heiko Richter bemühte sich, ruhig zu atmen. Er wusste nicht, wie es Julia empfunden hatte, aber ihm persönlich war Friederike Niehaus' nörgelige Art schon immer auf die Nerven gegangen. »Wir werden mit zwei Teams starten.«

»Aber ohne mich«, verkündete Cornelia König.

»Ganz wie du willst.« Richter, der als Bundeswehrsoldat nicht an aufmüpfigen Widerspruch gewöhnt war, versuchte, sich zusammenzureißen. »Dann surft Martina wie gehabt für Team eins und Marie«, er zeigte auf die Frau, die bisher die Kite-Surferin der dritten deutschen Mannschaft gewesen war, »für Team zwei.« Er sah die beiden verbliebenen Stand-up-

Paddlerinnen an. »Ihr rückt einfach jede eine Mannschaft nach oben. Und bei den Schwimmerinnen machen wir es genauso.« Er schaute zu Susanne Holst, die für Friederike Niehaus in die erste Mannschaft gekommen war. »Tut mir leid. Ich weiß, dass du im letzten Training die beste Zeit geschwommen bist. Aber die beiden anderen sind schon länger dabei.«

»Kein Problem.« Susanne lächelte. »Ich mache nächstes Jahr wieder mit, und dann trainiere ich von Beginn an mit den anderen.«

»Schön.« Richter war froh, dass sie nicht gekränkt war. Friederike Niehaus dagegen war es sehr wohl.

»*Ich* habe von Anfang an mittrainiert«, beklagte sie sich. »Ich war immer für die erste Mannschaft vorgesehen. Es war unfair, dass Julia mich rausgeworfen hat. Du könntest es wiedergutmachen.«

Heiko Richter kniff die Augen zusammen.

»Du hattest einen Trainingsrückstand, Friederike. Und ich nehme kaum an, dass du den bis nächsten Sonntag behoben hast.«

Cornelia König lächelte schadenfroh.

»Du solltest häufiger im Wasser schwimmen«, versetzte sie. »Statt in Zucker und Fett.«

Martina Scheffler war mit ein paar schnellen Schritten bei ihr. Sie packte Cornelia König grob am Arm und beförderte sie zur Tür.

»Das reicht jetzt, Cornelia«, sagte sie und schob die Kameradin nach draußen. »Tu irgendwas gegen deine schlechte Laune. Und komm erst wieder, wenn du dich beruhigt hast.« Sie schlug die Tür zu.

»Tut mir leid«, sagte sie zu den anderen. »Aber ich konnte sie nicht länger ertragen.«

Heiko Richter lächelte ihr dankbar zu.

»Das geht uns nicht anders«, erwiderte er, und die verbliebenen Sportlerinnen nickten. Alle bis auf Friederike Niehaus. Die warf ihre braunen Locken zurück und strebte ebenfalls zum Ausgang.

»Dann wünsche ich noch eine schöne harmonische Familienfeier«, schnarrte sie, ehe die Tür hinter ihr ins Schloss fiel.

»Mann!« Martina Scheffler holte tief Luft.

Heiko Richter legte ihr eine Hand auf die Schulter.

»Reg dich nicht auf«, sagte er. »Das ist so in Krisensituationen. Sie bringen nicht immer das Beste in uns hervor. Aber sie zeigen uns den wahren Charakter.«

***

Paul Beck und Lotta Lundkvist hatten sich mit einem Glas Wein auf die Terrasse gesetzt und schauten über die Wiese, auf die der Lichtschein aus dem Wohnzimmer fiel, zur Schlei. Man konnte das Wasser nur erahnen, aber sie hörten das Plätschern, das leise Geschnatter der Enten und das Quaken einiger Frösche, die irgendwo im Ufersaum saßen.

»Wo bist du heute Nachmittag gewesen?«, fragte Paul und betrachtete die gelblich schimmernde Flüssigkeit in seinem Glas. »Wolltest du nicht hören, was deine Freundin Grit uns mitzuteilen hat?«

Lotta neigte den Kopf und lehnte sich bei ihm an.

»Ich dachte, es ist besser, wenn ich mich aus diesem Teil der Ermittlungen heraushalte«, erklärte sie. »Was hat sie denn gesagt?«

Beck legte ihr einen Arm um die Schultern und zog sie näher zu sich. Es fühlte sich warm und vertraut an, und dennoch schien Lotta seltsam verkrampft.

Er erzählte, was Grit Larsen ihnen anvertraut hatte, und die Erinnerung, die ihn am Nachmittag vor dem Krankenhaus überfallen hatte, holte ihn wieder ein. »Sie hat sich ausgemalt, wie Julia Richter stirbt. So, wie ich mir immer gewünscht habe, Maurice Keller wäre tot.«

Lotta löste sich von ihm und schaute ihn an.

»Wer ist das?«

Beck machte eine wegwerfende Handbewegung.

»Ein Mitschüler, der mich drangsaliert hat.«

»Ach so?« Er sah, wie Lottas Augen aufleuchteten. Offensichtlich interessierte die Geschichte sie. »Erzähl mir davon.«

Doch Paul wollte nicht.

»Ein andermal, ja?«

Lottas Miene verdüsterte sich.

»Sicher.« Sie legte den Kopf wieder an seine Schulter. »Du hast dir also erträumt, dieser Maurice würde verschwinden, damit du Ruhe vor ihm hast. Und Grit hat sich gewünscht, Julia Richter wäre tot, damit sie ihr nicht das Preisgeld aus dem Trimarthon wegschnappt.«

»Ja. Aber davon stirbt niemand.«

»Das heißt, du verdächtigst Grit nicht mehr?«

Beck strich über Lottas kurze blonde Haare.

»Sie war sehr überzeugend«, erklärte er nachdenklich. »Und sie ist ja nicht die einzige Verdächtige.«

Er berichtete von Heiko Richter und seinen Anschuldigungen gegen Anders Rask und von Nicks und seinem Gespräch mit Leah Schmidt, der Kollegin von Cornelia König.

»Eine Ärztin«, bemerkte Lotta, »kommt sicher leichter an Gift als ein Bäcker.«

»Schon.« Er fuhr mit dem Finger sacht über ihren Nacken. »Aber heutzutage gibt es fast nichts mehr, das man sich nicht über das Internet besorgen kann.«

»Rask ist nicht besonders begabt mit Computern«, gab Lotta zu bedenken. »Die Sache mit den Messgeräten hat sein Sohn für ihn erledigt. Doch der hätte sicher keine Blausäure für seinen Vater beschafft.«

Beck zog seinen Arm zurück.

»Anders Rask wird wohl in der Lage sein, eine Bestellung im Internet aufzugeben«, erwiderte er mürrisch. »Das könnte sogar ich.«

»Klar.« Lotta ergriff seine Hand. »Ein Buch bei einem seriösen Onlinehändler. Oder eine Flasche Rum. Aber wenn du etwas Verbotenes tun willst, musst du tiefer graben. Versteckte Seiten finden. Oder das Darknet.«

»Mir scheint, du hältst nichts von Rask als Täter. Weil er Däne ist?«

»Quatsch.« Lotta rückte mit ihrem Stuhl ein Stück von ihm weg. »Er ist nur so ... ohne Hintergedanken.«

»Er liebt Grit.«

»Ja, offensichtlich. Doch das bedeutet nicht, dass er den Verstand verloren hat. Ein Giftmord ist hinterhältig. So ist er nicht.« Sie gestikulierte ungeduldig. »Du wirst es sehen. Ich nehme an, du willst ihn morgen vernehmen, obwohl er im Krankenhaus liegt?«

Er hörte, dass sich wieder ein kühler Unterton in ihre Stimme geschlichen hatte.

»Ich kann mir meine Verdächtigen nicht aussuchen«, sagte er schroffer, als er beabsichtigt hatte. »Und nur diejenigen befragen, die dir genehm sind.«

Lotta nahm ihr Weißweinglas und drehte es in der Hand.

»Was ist denn mit dieser Surferin? Martina ...«

»Scheffler. Die kommt nicht in Frage. Richter hat die Affäre beendet, als seine Frau erkrankt ist. Sie hat es akzeptiert. Und Richter und sie sind immer noch Freunde.«

Lotta stellte das Glas wieder zurück.

»Und das glaubst du?« Lotta schnaubte. »Ja, vermutlich tust du das sogar. Du hast keine Ahnung, wozu Frauen fähig sind, wenn sie sich zurückgewiesen fühlen, habe ich recht? Oder, noch schlimmer, wenn sie nicht aufhören können zu lieben.«

Beck wurde das ungute Gefühl nicht los, dass Lotta nicht nur über Martina Scheffler sprach.

»Vielleicht liebt sie ihn noch, ja«, lenkte er ein. »Trotzdem hätte es ihr nichts genützt, ihre Rivalin zu ermorden. Richter hat sich gegen Martina entschieden. Und er ist nicht der Typ, der sein Fähnchen nach dem Wind hängt.«

Beck, der am Nachmittag der Oberstaatsanwältin gegenüber noch selbst den Verdacht geäußert hatte, die Affäre zwischen Heiko Richter und Martina Scheffler könnte nach wie vor bestehen, war nach dem Gespräch mit Richter anderer

Ansicht. Ein wenig schämte er sich sogar für seine Unterstellung.

»Du meinst, er ändert seine Meinung auch dann nicht, wenn seine Frau tot ist?«, insistierte Lotta.

»Dann erst recht nicht«, behauptete Beck. »Er hätte Julia vielleicht verlassen, als er dachte, sie hätten sich auseinandergelebt. Aber jetzt, wo ihm klar geworden ist, wie sehr er sie liebt, wird er nicht so leicht über sie hinwegkommen. Er wird sich bestimmt nicht auf der Stelle in Martina Schefflers Arme werfen.«

Lotta stand abrupt auf.

»Nur gut, dass du dich so hervorragend in Beziehungsdingen auskennst«, versetzte sie.

»Darum geht es doch nicht«, versuchte Beck sie zu beschwichtigen. »Es ist einfach nur eine Frage der Logik.«

»Oh! Ja! Das ist es, was ich von Anfang an so an dir bewundert habe. Wie rational du bist.«

Sie wandte sich ab, schob die Terrassentür auf und trat ins Haus. Beck sprang von seinem Stuhl und keuchte, als ein scharfer Schmerz wie ein Messer in seinen linken Knöchel schnitt. Er musste ein paarmal durchatmen, ehe er den Mut fand, den nächsten Schritt zu tun. Dann nahm er sich zusammen und folgte Lotta nach drinnen.

Er sah, wie sie ihre Jacke vom Haken nahm und hineinschlüpfte. Das Messer, das eben noch seinen Knöchel traktiert hatte, schien plötzlich in seiner Brust zu stecken. Es fühlte sich an, als würde es langsam darin herumgedreht, doch Beck ließ sich nichts anmerken.

»Du willst schon gehen?«, fragte er so beiläufig, wie er es vermochte.

»Es ist spät. Und mit dir zu diskutieren hat ja ganz offensichtlich keinen Sinn. Man könnte sich sogar fragen, ob es überhaupt … Aber vielleicht heben wir uns das für später auf. Ich muss erst darüber nachdenken.« Sie hauchte ihm einen flüchtigen Kuss auf die Wange und war aus der Tür, ehe er etwas erwidern konnte. Die Rücklichter ihres Wagens flammten auf, und Beck sah wie erstarrt zu, wie sie einfach davonfuhr.

War es das jetzt gewesen? Hatte sie ihre Beziehung gemeint, von der sie nicht wusste, ob sie überhaupt noch einen Sinn hatte? Er hatte das Gefühl, dass sich seine Eingeweide zusammenzogen. Eine eisige Kälte breitete sich in ihm aus.

Beck biss die Zähne zusammen. Wenn es so war, würde er daran auch nicht zerbrechen. Er brauchte niemanden.

Er humpelte zurück auf die Terrasse, ließ sich auf seinen Stuhl fallen und leerte erst sein eigenes und dann Lottas Weinglas. Erst jetzt fiel ihm ein, dass Lotta seine Frage nicht beantwortet hatte, wo sie am Nachmittag gewesen war.

Von der Seite näherte sich ein dunkler, kugelrunder Schatten. Der Kater verharrte zu seinen Füßen und legte den Kopf schief.

»Ich habe sie vergrault, Watson«, eröffnete Beck ihm.

Der Kater sprang auf seinen Schoß und schmiegte sich an seinen Bauch. Beck kraulte ihn zwischen den Ohren.

»Aber was macht das schon«, sagte er düster. »Ich habe ja noch dich.«

28

Es war kurz vor acht, als Paul Beck am nächsten Morgen seinen Mercedes auf dem Parkplatz hinter der Bezirkskriminalinspektion abstellte. Die Sonne schien und spiegelte sich in den Scheiben des Gebäudes, doch Beck fühlte sich trotzdem schwermütig. Er hatte gerade seinen Wagen verschlossen und den Bowler aufgesetzt, als ein leuchtend orangefarbener VW-Bus mit einem schwarz-weiß gewürfelten Rallyestreifen, der sich einmal um das ganze Gefährt zog, auf den Hof bog. Aus dem offenen Seitenfenster drang laute Heavy-Metal-Musik.

Der Bus rollte neben Becks Mercedes und stoppte. Der Motor wurde abgestellt, und die Musik brach unvermittelt ab. Nick Harder sprang aus dem Wagen und knallte die Tür zu.

»Hallo, Paul«, sagte er und musterte seinen Freund und Kollegen. »Was ist los?«, fragte er dann. »Du machst ein Gesicht wie drei Tage Regenwetter. Dabei ist es doch herrlich.« Er deutete zum blauen Himmel.

Beck schaute nur kurz nach oben. Ihm erschien an diesem Morgen alles finster.

»Lotta war gestern Abend bei mir«, berichtete er.

»Oh.« Nick Harder schaute ihn mitfühlend an. »Sag nicht, sie hat sich von dir getrennt.«

»Nein. Sie wollte sich versöhnen.«

Harder hob die Augenbrauen.

»Aber?«

»Ich hab's vermasselt.«

»Weil du um jeden Preis dein Hercule-Poirot-Outfit verteidigt hast?«

»Nein. Sie hat eingesehen, dass ich selbst entscheide, was ich anziehe.«

»Hm«, murmelte Nick. »Du oder Watson.« Er legte den Kopf schief. »Was war es dann?«

»Lotta ist der Meinung, dass Martina Scheffler für den Mord an Julia Richter verantwortlich ist.«

»Quatsch.« Harder zupfte den Kragen seines rosafarbenen Poloshirts zurecht. »Wie kommt sie denn darauf?«

»Sie meint, Martina wollte Heiko Richter zurückhaben.«

»Keine Chance«, konstatierte Harder, der aus dem gestrigen Gespräch mit Richter offensichtlich dieselben Schlüsse gezogen hatte wie Beck. »Der hat kapiert, was ihm seine Frau bedeutet. Der würde Martina den Hals umdrehen, wenn sie Julia umgebracht hat, aber er würde sie bestimmt nicht zurückzunehmen.«

»Stell dir vor.« Beck nahm seinen Bowler ab und betrachtete ihn. »Das habe ich auch gesagt.«

»Und?«

»Lotta meint, das sei zu rational. Eine verliebte Frau würde nicht denken, sondern ihrem Gefühl folgen.«

Harder zog die Tüte mit den Pistazien aus der Tasche, schob sich eine in den Mund und kaute grübelnd.

»Vielleicht hat sie recht«, verkündete er schließlich.

Beck stöhnte leise.

»Eben hast du noch gesagt, es sei Unsinn.«

»Aber man kann sich täuschen, oder nicht? Ich treffe mich einfach noch mal mit ihr. Und dann fühle ich ihr auf den Zahn.«

Beck setzte seinen Bowler wieder auf.

»Ich dachte, wir fahren nach Sønderborg und vernehmen Anders Rask.«

»Das machen wir als Erstes«, erklärte Nick. »Wenn er ein Geständnis ablegt, können wir uns den Rest sparen.«

Beck lachte leise. Er wünschte, er könnte Nicks sonnigen Optimismus teilen. Was natürlich nicht der Fall war. Aber zumindest lasteten die dunklen Wolken nicht mehr ganz so schwer auf seinen Schultern.

***

Martina Scheffler beäugte missmutig die Innenwände des Zelts, das die Wettbewerbsleitung hatte errichten lassen. Es sollte ihnen als Abstellraum für ihre Ausrüstung dienen, solange die Polizei die Halle noch nicht wieder freigegeben hatte. Immerhin bot es Schutz vor der Witterung. Aber es war eben nur ein Zelt. Jeder, der wollte, konnte einfach mit einem Messer die Plane aufschlitzen und sich damit Zugang zu dem teuren Equipment verschaffen.

Doch Martina hätte auch nicht gewusst, wo sie ihr Board, das Kite-Segel und den kurzärmeligen Neoprenanzug sonst hätte aufbewahren sollen. Im Gegensatz zu ihren Teamkameradinnen hatte sie – genau wie Heiko Richter – darauf verzichtet, sich ein Zimmer im Strandhotel zu nehmen, und lieber in ihrem eigenen Bett in der Kaserne in Eckernförde geschlafen. Und nun waren natürlich keine Zimmer mehr frei. Über Nacht konnte sie die Sachen mit in die Kaserne nehmen, doch in den Trainingspausen am Tag gab es keine Alternativen. Ihr Auto war zu klein, um das Segel darin zum Trocknen auszubreiten. Also musste es eben so gehen. Zumindest hatten die Verantwortlichen Schränke herbeigeschafft, sodass sie den Anzug und das Board einschließen konnte. Das kostbare Segel allerdings musste sie ungesichert danebenhängen.

Sie strich noch einmal mit dem Finger darüber und wandte sich dann ab. Es hatte ja keinen Sinn. Sie musste einfach darauf hoffen, dass es gut ging. Sie konnte das Segel kaum den ganzen Tag mit sich herumschleppen.

Sie wandte sich dem Zelteingang zu und lief ein paar Schritte. Dann blieb sie wieder stehen.

Hatte sie nicht eben etwas rascheln gehört? Fummelte da womöglich bereits jemand an der Plane herum, um ins Zelt einzudringen? Wenn es so war, würde sie demjenigen einen Strich durch die Rechnung machen.

Sie lauschte noch einmal. Die Geräusche kamen aus dem Bereich, den man als provisorisches Büro für die Trainer abgehängt hatte. Da es nur schlichte Stoffbahnen mit einer aus demselben Material bestehenden Tür waren, drangen die Laute ungedämpft hindurch.

Martina schlich zu der Tür und hob den Stoff vorsichtig an. Dann spähte sie durch den Spalt.

Fast wäre ihr ein Laut der Verblüffung entwichen, doch im letzten Moment hielt sie sich zurück.

Es war keinesfalls ein Einbrecher, der sich durch die Zeltwand Zutritt verschaffte. Es war eine Frau, die sich an Heiko Richters Kiste mit seinen persönlichen Sachen zu schaffen machte. Zuerst dachte Martina, dass sie etwas stibitzen wollte, doch dann sah sie, dass die Frau einen Gegenstand in die Kiste *hinein*stellte: eine altmodische braune Glasflasche.

Martina betrat das provisorische Büro.

»Was genau«, fragte sie, »denkst du, dass du hier tust?«

Die Frau fuhr herum, und die braunen Locken flogen um ihren Kopf. Martina hatte sie natürlich längst erkannt. Sie hatte schließlich mehr als genug Trainingseinheiten mit Friederike Niehaus absolviert.

»Ich …« Die Augen der Sportlerin huschten durch den Raum. »Ich habe etwas gesucht. Einen … den Schlüssel für den Mannschaftsbus. Da ist noch meine Tasche mit der Schwimmbrille drin. Ich wollte eine Runde im Meer schwimmen.«

Martina Scheffler hob die Augenbrauen. Diese Geistesgegenwart hätte sie Friederike gar nicht zugetraut.

»Komisch«, entgegnete sie. »Ich hätte geschworen, dass du etwas in Heikos Kiste gesteckt hast. Eine braune Glasflasche.«

Friederike Niehaus kicherte schrill.

»Also wirklich, Martina. Wie kommst du denn auf so etwas?«

Martina Scheffler trat zu der Kiste. Sie zog ein Papiertaschentuch aus der Hosentasche, legte es um den Flaschenhals und zog die Flasche hervor.

»Und was ist das?«

Friederike machte große Augen.

»Die habe ich noch nie gesehen.«

Martina lachte verächtlich. Sie blickte vielsagend auf Friederikes Hände.

»Du bist nicht halb so schlau, wie du denkst. Wenn die Polizei die Flasche untersucht, findet sie mit Sicherheit nur *deine* Fingerabdrücke und nicht die von Heiko.«

»Oh.« Friederikes Mund bildete den gleichnamigen Buchstaben. Dann schlossen sich ihre Lippen wieder, und ihre Augen verengten sich.

»Gib sie her«, keifte sie und streckte die Hand aus, um Martina die Flasche zu entreißen. Doch Martina Scheffler war nicht umsonst Sportsoldatin und Judokämpferin. Sie zog die Flasche zurück, ehe Friederike danach greifen konnte. Zugleich trat sie ihr fast beiläufig mit dem rechten Fuß die Beine weg.

Friederike Niehaus fiel ohne jede Eleganz vornüber und landete auf allen vieren. Martina umklammerte Friederikes rechten Arm und bog ihn ihr auf den Rücken.

»Aua!«, rief diese. »Du tust mir weh.«

Martina Scheffler zog sie auf die Füße und bugsierte sie vor sich her zum Zelteingang.

»Ich kann ehrlich nicht sagen, dass mir das leidtut, Friederike«, erklärte sie.

29

Anders Rask lag bereits wieder auf Station.

»Es war nur ein leichter Infarkt«, erklärte die Ärztin, die Paul Beck und Nick Harder ins Zimmer führte. Beck hatte Mühe, ihr zu folgen, weil sein Knöchel immer noch höllisch schmerzte, doch genau wie Harder schien auch sie zu Becks Überraschung sein Humpeln gar nicht zu registrieren. Er fragte sich, ob sie alle mit anderen Dingen zu beschäftigt waren oder ob er womöglich schon immer so steifbeinig gegangen war, dass der Unterschied nicht auffiel. Im Grunde war er froh darüber, weil es ihm inquisitorische Fragen und gute Ratschläge ersparte, doch zugleich fühlte er sich ein wenig beleidigt. Gegen ein bisschen Anteilnahme und Zuwendung hätte er nichts einzuwenden gehabt.

»Wir müssen noch einige abschließende Tests durchführen«, erläuterte die Ärztin. »Danach können wir ihn entlassen.«

Paul Beck bedankte sich bei ihr, und die Ärztin verließ daraufhin mit einem knappen Nicken und eiligen Schritten das Zimmer. Zumindest in ihrem Fall konnte man davon ausgehen, dass sie mit ihren eigenen Patienten genug zu tun hatte.

Beck betrachtete Anders Rask. Das Gesicht auf dem weißen Kissen wirkte ein wenig blass, doch die blauen Augen blickten klar. Die Krankenhausdecke wölbte sich über Rasks rundem Bauch. In seinem Handrücken steckte eine Kanüle, die mit dem Tropf neben seinem Bett verbunden war.

Erst jetzt entdeckte der Kriminaloberkommissar, dass Nick und er nicht allein mit dem Bäcker waren. In der Ecke des Raums, an einem kleinen Tisch neben dem Fenster, saß Grit Larsen. Sie trug ein hellgraues Kostüm und hatte die Beine übereinandergeschlagen.

»Frau Larsen«, grüßte Paul Beck. »Was tun Sie hier?«

Grit Larsen erhob sich geschmeidig von ihrem Stuhl.

»Herr Rask hat mir mitteilen lassen, dass er Ihren Besuch erwartet«, erwiderte sie. »Ich bin seine Anwältin.«

Beck dachte kurz darüber nach, ob eine Verdächtige in einem Mordfall als Verteidigerin eines anderen Verdächtigen fungieren konnte. Aber wenn überhaupt, würde man ja voraussichtlich nur einen von beiden beschuldigen. Insofern sprach wahrscheinlich nichts dagegen.

»Sie sind also der Ansicht, dass Sie anwaltlichen Beistand benötigen?«, erkundigte er sich bei Rask.

Grit Larsen ging sofort dazwischen.

»Herr Rask hatte einen Herzinfarkt. Er ist geschwächt. Deshalb hat er sich Unterstützung gewünscht.«

»Ich habe keine Einwände.« Beck nahm sich einen Stuhl und setzte sich neben Rasks Bett. Er schaute den Bäcker ernst an.

»Heiko Richter hat schwere Anschuldigungen gegen Sie erhoben«, erklärte er. »Er glaubt, dass Sie seine Frau vergiftet haben.«

»Du musst nichts sagen, womit du dich selbst belastest«, bemerkte Grit Larsen.

»Ja, ich weiß.« Rask erwiderte Becks Blick offen. »Aber ich habe nichts zu verbergen. Ich hätte doch niemals einer der Sportlerinnen etwas angetan.« Er schüttelte den Kopf, hörte jedoch gleich wieder damit auf, weil ihm die Bewegung offenbar Schmerzen bereitete. »Ich war mir sicher, dass es reicht, die Zeiterfassung zu korrigieren. Wenn wir es trotzdem nicht geschafft hätten, hätte ich Grit das Geld für ihr Afrika-Projekt eben auf anderem Wege verschafft.«

Die angespannte Miene der Anwältin wurde für einen Augenblick weich, und ein kleines Lächeln huschte über ihre Lippen.

»Anders ist ein friedliebender Mensch«, bestätigte sie. »Er könnte keiner Fliege etwas zuleide tun.«

Nick Harder stützte sich mit beiden Händen auf die Metallstange am Fußende des Betts.

»Schön. Aber es wäre gut, wenn Sie das auch beweisen könnten.«

Rask hob hilflos die Hand mit der Kanüle.

»Wenn Sie mir sagen, wie.«

Harder neigte den Kopf.

»Nun ja. Ein guter Anfang wäre, wenn Sie uns erlauben, uns in Ihrem Geschäft und Ihrer Wohnung umzusehen.«

»Bitte.« Rask ließ seine Hand müde auf die Decke sinken. »Ich habe keine Leiche im Keller.«

Nick Harder zog sein Mobiltelefon aus der Tasche und tippte eine SMS an Jan Böttcher, den Verantwortlichen der Flensburger Spurensicherung, um ihm mitzuteilen, dass seine Leute mit der Arbeit beginnen konnten. Sie hätten Rasks Einwilligung nicht unbedingt gebraucht, doch so war es einfacher. Einen Durchsuchungsbeschluss für eine im Ausland befindliche Wohnung zu erwirken war eine komplizierte und aufwendige Angelegenheit. Und wenn sie es offiziell gemacht hätten, hätte ein Team der Reichspolizei die Durchsuchung übernehmen müssen. Natürlich zweifelten Beck und Harder nicht daran, dass die dänischen Kollegen ebenso gute Arbeit leisteten wie die Beamten von der Bezirkskriminalinspektion Flensburg, doch es erschien ihnen einfacher und übersichtlicher, wenn die Dinge in einer Hand blieben.

Während Nick seine SMS schrieb, wandte sich Beck wieder an den Bäcker.

»Sie haben versucht, den Ausgang des Trimarthons zu beeinflussen«, sagte er. »Das wirft in Bezug auf den Mord kein gutes Licht auf Sie.«

Rask wischte sich ein paar Schweißperlen von der Stirn.

»Ich weiß, das war nicht besonders klug. Aber ich habe es für Grit getan.«

»Weil Sie sie lieben.«

Anders Rask verzog schmerzlich den Mund.

»Ja«, gestand er leise.

Grit Larsen wirkte nicht sonderlich überrascht. Offenbar hatte sie von Rasks heimlicher Schwärmerei gewusst oder zumindest etwas geahnt. Oder sie hatte im Zuge der Ereignisse der letzten Tage davon erfahren. Große Chancen schien sich der Bäcker allerdings nicht ausrechnen zu dürfen. Grits Miene blieb freundlich, doch ihr Blick war bestenfalls neutral.

Sie trat an Rasks Bett und nahm die Hand, die nicht am Tropf hing.

»Ich bin dir dankbar für alles, was du für mich getan hast«, sagte sie. »Und ich weiß deine Freundschaft zu schätzen. Aber mehr … wird es zwischen uns nicht geben.«

»Ich weiß.« Rask schloss kurz die Augen und öffnete sie dann wieder. »Aber ich konnte trotzdem nicht aufhören zu hoffen.«

Er schaute die beiden Kommissare an.

»Es stimmt. Ich habe eine Dummheit begangen. Wie ein liebeskranker Teenager. Aber es ist ein himmelweiter Unterschied, ob man an einem Messgerät herumfummelt oder jemanden umbringt. Und das … einen Menschen töten … könnte ich niemals. Nicht einmal, wenn es um mein eigenes Leben ginge.«

Beck wechselte einen kurzen Blick mit Nick und sah, dass es seinem Kollegen ebenso ging wie ihm selbst. Er konnte sich Anders Rask nicht als Mörder vorstellen. Er wäre überrascht, wenn die Spurensicherung etwas bei ihm fand. Aber man konnte sich so vieles nicht ausmalen. Und man würde ja sehen, was die Durchsuchung ergab.

»Danke, Herr Rask«, sagte er. »Das war es fürs Erste. Wenn wir noch Fragen haben, melden wir uns bei Ihnen.«

Rask umfasste Grits Hand fester und richtete sich ein wenig auf.

»Sie werden es vielleicht nicht glauben, aber mir liegt auch daran, dass Sie den Täter finden.« Seine Augen wanderten zu Grit. »Damit Sie nicht länger denken, dass sie es war.«

30

Die braune Flasche stand zwischen ihnen auf dem Tisch in einem der kleinen Vernehmungsräume in der Bezirkskriminalinspektion Flensburg. Durch die halb geschlossenen Vorhänge hindurch fiel helles Sonnenlicht auf das Glas der Flasche und ließ die Flüssigkeit im Inneren schimmern.

»Was ist da drin?«, erkundigte sich Nick Harder. Er nahm den Stopfen aus dem Flaschenhals und schnüffelte. »Das, was wir suchen, ist es jedenfalls nicht«, stellte er fest.

Paul Beck legte seinen Bowler vor sich auf den Tisch und betrachtete ihn wie ein Wahrsager seine Kristallkugel.

»Das müssten Sie uns jetzt schon erklären, Frau Niehaus.«

Friederike Niehaus, die ihnen auf der anderen Seite des Tisches gegenübersaß, rieb mit beiden Händen über die Hosenbeine ihrer Jeans. Sie wirkte angespannt und, wie Beck überrascht bemerkte, eher verärgert als beschämt.

»Ich dachte … Sie kümmern sich überhaupt nicht um Heiko. Sie befragen nur uns. Die Sportlerinnen. Dabei hat doch Heiko das stärkste Motiv.«

»Tatsächlich?«

Die Schwimmerin, die von Julia Richter aus dem Team geworfen worden war, legte ihre fleischigen Unterarme auf den Tisch und beugte sich vertraulich zu Beck vor.

»Heiko hatte eine Affäre. Damals, bevor Julia krank geworden ist.«

Paul Beck richtete sich auf.

»Sie wussten davon? Weshalb haben Sie dann bisher nichts davon gesagt?«

»Na ja.« Friederike Niehaus wiegte ihren Kopf. »Ich wollte ihn nicht in Schwierigkeiten bringen.«

Beck hob die Augenbrauen.

»Und was hat Sie dazu bewogen, Ihre Meinung zu ändern?«

Die Schwimmerin setzte sich gerade hin.

»Was spielt das für eine Rolle?«

Beck studierte ihre Miene. Im Geiste ging er die Informationen durch, die sie in den letzten Tagen gesammelt hatten, und wie von selbst fügte sich ein Bild zusammen.

»Sie hatten gehofft, dass Heiko Richter Sie in die Mannschaft zurückholt, nicht wahr?«, sagte er. »Ich habe gehört, dass die Wettbewerbsleitung beschlossen hat, den Trimarthon am nächsten Wochenende zu wiederholen.«

Friederike Niehaus schien nicht sonderlich erfreut, dass er sie so rasch durchschaut hatte.

»Ja. Das ist richtig«, entgegnete sie kühl.

»Aber Heiko Richter hat sich gegen Sie entschieden«, folgerte Beck.

Friederike Niehaus schwenkte die Arme, als wollte sie einen ganzen Schwarm Mücken verscheuchen.

»Das ist einfach unfair«, sprudelte es aus ihr hervor. »Ich war von Anfang an dabei. Ich habe wie verrückt trainiert. Und ich bin immer gute Zeiten geschwommen.«

»Nur nicht beim Abschlusstraining«, warf Nick Harder ein.

Friederike Niehaus sackte in sich zusammen.

»Nein. Aber das war in der Schwimmhalle. Da fühle ich mich nicht wohl. Im Meer wäre das etwas ganz anderes.«

Beck bemerkte den Widerspruch. Bei ihrer ersten Befragung hatte Friederike zugegeben, dass sie den Anforderungen nicht genügte, jetzt bestritt sie es. Weil sie nach dem schwachen Moment die Fassade wieder errichten musste, um ihr Selbstwertgefühl zu schützen? Eine interessante Frage, doch Beck folgte dem Nebenpfad nicht. Seine Gedanken eilten bereits voraus, Schritt für Schritt immer ein Stück weiter zum Ende der logischen Kette.

»Sie waren wütend auf Heiko Richter«, konstatierte er. »Deshalb haben Sie die Flasche mit dem Gift unter seinen Sachen versteckt.« Er sah Friederike Niehaus interessiert an. »Was dachten Sie, was dann passiert? Wir hatten die Halle mit der Ausrüstung ja schon untersucht, und das Zelt ist erst gestern aufgestellt worden. Wir wären kaum zufällig auf die Giftflasche gestoßen.«

Die Schwimmerin verdrehte die Augen, als hielte sie ihn für ausgesprochen begriffsstutzig.

»Ich wollte Sie anrufen«, erläuterte sie. »Anonym. Und Ihnen einen Tipp geben.«

Nick Harder kräuselte die Lippen.

»Leider hat Martina Scheffler Ihren schönen Plan vereitelt«, bemerkte er, ein wenig schadenfroh, wie Beck fand. Wahrscheinlich, weil ihm Friederike Niehaus' mangelnder Sportsgeist missfiel.

Die Schwimmerin zupfte an ihrer Jeans und sagte nichts.

Beck legte seinen Bowler auf einen Stuhl und verschränkte die Hände vor sich auf dem Tisch. Natürlich war es denkbar, dass Friederike Niehaus den Mord an Julia Richter begangen hatte und mit dem Platzieren der Giftflasche von sich ablenken wollte, doch Beck glaubte es nicht. Er war überzeugt, dass sie sich lediglich an Heiko Richter hatte rächen wollen. Für die von ihr so empfundene Ungerechtigkeit und die Demütigung, die es für sie bedeutete, wegen ihrer Leibesfülle vom Wettbewerb ausgeschlossen zu werden. Beinahe hätte er geschmunzelt, weil er plötzlich an Watson denken musste, doch er riss sich zusammen. Er wollte Friederike Niehaus nicht verärgern. Vielleicht konnte sie ihnen helfen, ein paar lose Enden zusammenzufügen.

»Wissen Sie, wer diese Frau war, mit der Heiko Richter eine Affäre hatte?«, erkundigte er sich.

Friederike Niehaus schüttelte den Kopf.

»Julia hat mir ihren Namen nicht gesagt. Aber sie war zutiefst verletzt. Wenn sie nicht krank geworden wäre, hätte sie sich von Heiko getrennt.«

»Soweit wir wissen, hat Heiko Richter die Affäre beendet, als er von der Krebserkrankung seiner Frau erfuhr«, sagte Beck. »Sie haben sich ausgesprochen, und Richter hat seine Liebe zu ihr wiederentdeckt.«

»Das war doch nur Theater«, fuhr Friederike Niehaus auf. »Ich muss das wissen. Ich war dabei, ich habe mich um Julia gekümmert, als es ihr so schlecht ging. Sicher, Heiko hat sich beide Beine für sie ausgerissen. Aber ich hatte den Eindruck, dass er ihr etwas vorspielt. Es war einfach nicht … echt.«

Beck schaute sie aufmerksam an. Das war eine neue und möglicherweise interessante Information.

»Welchen Grund sollte Herr Richter dafür gehabt haben?«, fragte er ernst.

»Was weiß denn ich?« Erneut fuhren Friederike Niehaus' Arme in die Luft. »Wahrscheinlich hatte er ein schlechtes Gewissen. Es passt nicht in das Bild, das er sich von sich selbst macht. Seine Soldatenehre.«

»Hm.« Beck ließ sich ihre Worte durch den Kopf gehen. Was Friederike Niehaus sagte, war nicht vollkommen von der Hand zu weisen. Schließlich hatte Heiko Richter davon ausgehen müssen, dass seine Frau nicht mehr lange zu leben hatte. Vielleicht hatte er entschieden, dass es mit seiner Moral besser zu vereinbaren war, wenn er sie auf dem letzten Stück ihres Lebenswegs begleitete, ehe er sich auf eine neue Beziehung einließ. Aber er war ja auch bei ihr geblieben, nachdem sie geheilt worden war. Und seine Beteuerungen, dass er die Liebe zu seiner Frau neu entdeckt hatte, hatten auf Beck glaubwürdig gewirkt.

»Hat Ihre Freundin Julia Ihren Eindruck geteilt?«, fragte er.

Friederike Niehaus kniff die Augen zusammen und dachte offenbar angestrengt nach.

»Ich weiß nicht. Sie war gerührt, wie fürsorglich er plötzlich war. Aber sie hat auch mal so eine Bemerkung gemacht. Dass er vielleicht nicht nur wegen ihrer Krankheit geblieben wäre.«

»Sondern weshalb noch?

Wieder flatterten die Hände der Sportlerin auf und ab.

»Das hat sie mir nicht gesagt. Ich habe sie gefragt, aber sie ist einfach darüber hinweggegangen.«

Beck sah ihr an, dass sie darüber pikiert gewesen war. Er fragte sich, welches Gewicht er der Aussage der Schwimmerin beimessen durfte. Aber es konnte sicher nicht schaden, Heiko Richter daraufhin zu befragen.

Er stemmte seine Hände auf die Tischplatte und stand auf.

»Danke, Frau Niehaus«, sagte er. »Sie haben uns geholfen. Trotzdem fürchte ich, dass diese Sache ...«, er deutete auf die braune Flasche auf dem Tisch zwischen ihnen, »... ein Nachspiel haben wird.«

»Ach.« Die Sportlerin wehrte ungeduldig ab. »Was soll denn wegen so einer Lappalie schon passieren?«

Beck nahm seinen Bowler und drehte ihn wie ein Magier, der im nächsten Moment ein Kaninchen daraus hervorzaubern wollte.

»Manipulation von Beweismitteln und falsche Verdächtigung in einer Mordsache. Das sind keine Kleinigkeiten. Der Gesetzgeber sieht dafür Strafen von bis zu fünf Jahren Haft vor.«

Der Mund von Friederike Niehaus klappte wieder auf, und ihre rehbraunen Augen wurden groß und rund.

»Oh«, machte sie. »Aber ... das habe ich nicht gewusst.«

Nick Harder lehnte sich auf seinem Stuhl zurück und feixte.

»Unwissenheit schützt vor Strafe nicht«, verkündete er eine der Grundregeln der Rechtsprechung.

Beck fiel ein, dass die Schwimmerin Nicks Eingangsfrage noch nicht beantwortet hatte. Er legte den Bowler beiseite und wies auf die braune Flasche.

»Was ist denn da nun eigentlich drin?«, erkundigte er sich.

Friederike Niehaus senkte den Blick.

»DDT.«

Beck runzelte die Stirn. Der Insektenvernichter war schon seit vielen Jahren verboten.

»Wie sind Sie da herangekommen?«, wollte er wissen. »Und was hat Sie auf den Gedanken gebracht, dass Julia Richter ausgerechnet damit vergiftet worden sein könnte?«

Die Sportlerin schnitt eine Grimasse.

»Wir haben hinter dem Vereinsheim einen Schuppen«, berichtete sie. »Für Gartengeräte und alles, was man braucht, um das Gelände und die Hütte in Ordnung zu bringen. Wir haben da vor ein paar Monaten mal aufgeräumt, und dabei haben wir ein paar rostige alte Dosen gefunden.« Sie deutete auf die Flasche. »DDT. Julia wollte, dass wir es entsorgen, aber Heiko meinte, wir sollten es behalten. Man könne es ja vielleicht noch mal gebrauchen.« Sie sah Beck vielsagend an. »Ich dachte, wenn er es war, hat er sich da bedient. Das ist doch naheliegend, oder nicht?«

Nick Harder schnaubte.

»Es wäre ausgesprochen dumm von ihm gewesen. Jeder, der bei Ihrer Aufräumaktion dabei war, hätte sofort gewusst, dass er es war. Ich an seiner Stelle hätte mir ein anderes Gift besorgt.«

Friederike Niehaus nickte, offenbar beeindruckt von Nicks Überlegung.

»Wer hat sich denn an der Inventur beteiligt?«, fragte Beck.

»Nur wir drei«, sagte Friederike. »Heiko, Julia und ich. Die anderen hatten keine Zeit.«

»M-hm.« Beck signalisierte der Sportlerin, dass sie gehen konnte, und Friederike Niehaus sprang eilig von ihrem Stuhl und stürzte aus dem Raum.

»Schade«, bemerkte Nick Harder, nachdem sich die Tür hinter ihr geschlossen hatte. »Dass es kein DDT war. Sonst hätten wir jetzt eine wirklich heiße Spur.«

Er griff nach seiner Canvas-Jacke und bedeutete Beck, dass er ebenfalls an die frische Luft wollte. Beck nahm seinen Sommermantel von der Stuhllehne und streifte ihn über. Mit dem Bowler in der Hand folgte er Harder über die Treppe ins Erdgeschoss, jede Stufe ein neuer Schmerz in seinem lädierten Knöchel. Nick stand längst vor der Tür und blinzelte in die Sonne, als Beck ihn endlich erreichte. Nur mit Mühe gelang es ihm, ein Keuchen zu unterdrücken.

»Eine Spur haben wir vielleicht trotzdem«, knüpfte er an

Nicks letzte Bemerkung an. »Wenn es stimmt, dass Julias Krebserkrankung nicht der einzige Grund für Richter war, bei seiner Frau zu bleiben.«

Er fischte sein Handy aus der Manteltasche und wählte Richters Mobilfunknummer, erreichte aber nur die Mailbox. Also rief er stattdessen in der Kaserne an, doch auch dort konnte man ihm nicht helfen. Er erfuhr lediglich, dass Richter sich den Nachmittag freigenommen hatte und weggefahren war. Frustriert steckte er das Telefon zurück.

»Nun gut«, sagte er und warf einen Blick auf seine Uhr. Es war kurz nach fünf. »Dann reden wir eben morgen mit ihm.«

Steifbeinig ging er zu seinem Mercedes, der hinter der Kriminalinspektion neben Harders orangefarbenem Bus mit den schwarz-weiß gewürfelten Rallyestreifen parkte. Nick beschäftigte sich mit seinen Pistazien und bemerkte nichts von seinem Humpeln. Oder tat er nur so? Beck zog es vor, nicht darüber nachzudenken.

»Ich fahre jetzt nach Hause und fange an, mich durch Julia Richters Aktenordner zu wühlen«, verkündete er.

Nick Harder schloss seinen VW-Bus auf.

»Das mache ich auch. Aber vorher treffe ich mich mit Martina Scheffler und horche sie ein bisschen aus.«

Beck, der sich bereits zu seiner eigenen Wagentür heruntergebeugt hatte, drehte sich um.

»Soll ich mitkommen?«

»Nee, lass mal.« Harder federte beschwingt auf den Fahrersitz. »Ich glaube, ich habe einen Draht zu ihr. Besser, wenn es nicht so offiziell rüberkommt.«

Beck betrachtete ihn skeptisch.

»Hauptsache, du wirst nicht zu privat.«

Es reichte ja, dass Lotta und er Stress hatten. Wenn sich Nick und Theresa auch noch überwarfen, wäre das einfach zu viel.

»Nee. Keine Sorge.« Nick Harder grinste. Er steckte den Schlüssel ins Zündschloss und drehte ihn, und der Motor seines Allzweckgefährts erwachte knatternd zum Leben.

Zugleich sprang der CD-Player an, und harte Rockmusik dröhnte Beck entgegen.

Beck überlegte, ob er noch etwas hinzufügen sollte, ließ es dann aber sein.

»Du hast natürlich recht«, brüllte er über den Lärm hinweg. »Heiko Richter wäre nicht so dumm gewesen, ausgerechnet dieses Gift zu verwenden. Aber das bedeutet ja nicht, dass ihn der Fund nicht womöglich überhaupt erst auf die Idee gebracht hat.«

Harder signalisierte ihm mit erhobenem Daumen seine Zustimmung und knallte die Fahrertür zu. Die Musik wurde deutlich leiser. Dann gab er Gas, und der Motor röhrte auf. Im nächsten Moment sauste der Bus schwungvoll vom Hof. Beck sah ihm versonnen hinterher.

»Und wenn sich schon in einem Gerätehaus hinter einem Sportheim ein tödliches Gift findet – was mag dann erst alles in den Schuppen auf einem Kasernengelände lagern?«, murmelte er.

***

Paul Beck schleppte die beiden Kisten mit den losen Unterlagen von Julia Richter auf die Terrasse. Er klappte den großen Tisch auf, den er für den Fall angeschafft hatte, dass irgendwann einmal Freunde zum Grillen kommen würden. Der Garten, der direkt an die Schlei grenzte und einen freien Blick auf die Kappelner Innenstadt auf der anderen Uferseite bot, eignete sich hervorragend dafür. Die Nachbarn waren ein gutes Stück entfernt, die Einsicht in Becks Garten war durch hohe Hecken an beiden Seiten verwehrt. Dennoch hatte er in den zwei Jahren, die er hier wohnte, nur selten dort gesessen. Außer Lotta, Theresa und Nick hatte er keine Freunde. Nur seinen Kater Watson, doch der hielt nichts vom Grillen. Er fraß sein Fleisch lieber roh.

Beck nahm die Papiere aus den Kisten und schichtete sie auf dem Tisch auf. Er platzierte seinen bequemsten Gartenstuhl daneben und zog sich einen weiteren als Fußbank heran. An die andere Seite rückte er einen zweiten, kleineren Tisch. Diesen bestückte er mit einem Becher Tote Tante, seiner Pfeife und dem Pfeifenbesteck und einem Aschenbecher.

Ganz kurz zögerte er. Dann ging er ins Haus, schlüpfte in seinen Mantel und griff nach dem Bowler. Es war zugegebenermaßen ein wenig albern, aber zugleich verspürte er eine grimmige Zufriedenheit über seine kleine Rebellion. Und außerdem sah ihn ja niemand.

Er kehrte auf die Terrasse zurück, setzte sich in den Gartenstuhl und stellte die Lehne ein Stück nach hinten. Mit dem Fuß holte er den zweiten Stuhl heran und legte seine Beine darauf. Als durch die Entlastung der pochende Schmerz in seinem linken Knöchel ein wenig abebbte, atmete er erleichtert auf. Er löffelte die Sahne von seinem Kakao und zündete sich die Pfeife an.

Dann nahm er die obersten Blätter des Stapels und begann, die Unterlagen von Julia Richter zu sichten.

Hercule Poirot bei der Arbeit.

31

Die Wolken zogen federleicht am blassblauen Himmel vorbei wie Boote auf dem Meer. Die Sonne warf ein weiches Licht auf die Dächer der Häuser und glitzerte auf dem Wasser. Ein milder Wind wehte und trug den leichten Salzgeruch der Ostsee aufs Land. In einiger Entfernung ertönte mehrfach eine Schiffshupe.

Lotta Lundkvist und Theresa Vestergaard schlenderten am Flensburger Hafen entlang. Lotta betrachtete die Schiffe, die dort festgemacht waren, Theresa die Lokale, die sich in langer Reihe bis fast zur Ausfahrt in die Förde hinzogen. Als sie vielleicht die Hälfte der Promenade abgeschritten hatten, zog Theresa Lotta am Ärmel nach rechts.

Lotta sah ihre Freundin und Kollegin überrascht an.

»Ich dachte, wir wollten hier am Hafen einen Kaffee trinken und etwas essen?«

Theresa dirigierte sie über den großen Parkplatz und die breite Straße. Auf der anderen Seite erklomm sie eine kleine Treppe, die in einen Garten führte, in dem etliche Tische unter ausladenden Bäumen standen.

»Das ›Marien-Café‹«, sagte Theresa. »Sie haben den besten Kuchen in ganz Flensburg. Hausgemacht. Ausgesprochen phantasievolle Kreationen und unglaublich lecker.«

»Ach ja?« Lotta sah ihre Kollegin neugierig an. »Woher weißt du das?«

Theresa machte eine vage Geste.

»Nick und ich kommen am Wochenende manchmal her.«

Lotta seufzte leise. Im Gegensatz zu Paul, der seine kleine Kate in Kappeln nicht aufgeben wollte, wohnte Nick Harder in Flensburg, ganz in der Nähe der Bezirkskriminalinspektion und der Innenstadt. Und auch wenn Kappeln zweifellos schön war, hätte sich Lotta gewünscht, mehr Zeit in einer größeren Stadt zu verbringen. Von ihrer Heimatstadt Esbjerg, die eine herrliche Promenade und einen langen Strand – inklusive der alles überragenden weißen Figuren, die auf ihren Hockern saßen und über das Meer sahen – ebenso bot wie Hafenflair und großstädtisches Ambiente, war sie in dieser Hinsicht verwöhnt.

Sie gingen an die Kuchentheke und wählten, und als Lotta wenig später ihre Torte probierte – dunkler Boden mit Beeren, Sahne, weißer Schokolade und Minzblättern –, musste sie ihrer Freundin recht geben: Der Kuchen hier war tatsächlich exquisit.

Theresa, die einen schlichten karamellisierten Käsekuchen ausgesucht hatte, stellte den Teller beiseite, nachdem sie kaum die Hälfte gegessen hatte.

»Schmeckt er nicht?«, fragte Lotta überrascht.

»Doch.« Theresa lächelte. »Hervorragend. Aber ich bin satt.«

Lotta, die ihr eigenes Stück bereits verspeist hatte, beäugte den Käsekuchen begehrlich.

»Kann ich das haben?«

»Sicher. Gern.« Theresa schob ihr den Teller hin, und Lotta griff gierig zu.

Sie hatten den gesamten Tag in der Polizeiinspektion verbracht und seit dem Frühstück nur ein paar Kekse gegessen. Lotta verspürte bohrenden Hunger. Es lag ihr nicht, sich selbst zu kasteien, und dass die Arbeit der deutschen Kollegen von der IT-Beweissicherung – genauso wie die Hausdurchsuchung bei Anders Rask – bisher nichts erbracht hatte, machte den Frust über das entgangene Mittagessen noch größer.

»Ich bin wirklich enttäuscht«, sagte Theresa, der der Misserfolg im Gegensatz zu Lotta den Appetit offenbar verdorben hatte. »Ich meine, die Kollegen sind toll. Ich habe heute eine Menge gelernt.«

Was, wie Lotta wusste, ein großes Kompliment für die Computerspezialisten von der BKI Flensburg war. Theresa war auf diesem Gebiet nahezu genial.

»Aber dass eine Frau von Ende dreißig überhaupt nichts

Interessantes auf ihrem Handy oder auf dem Computer hat …« Theresa schüttelte den Kopf. »Sie war nicht bei Twitter, nicht bei Facebook, nicht bei WhatsApp. Sie hatte nicht einmal Fotos oder Videos auf dem Handy. Sie hat es nur benutzt, um zu telefonieren oder SMS zu schreiben.«

Theresa klang fassungslos. Für sie gab es nichts, das sie nicht mit ihrem iPad machte. Lotta dagegen hatte für Julia Richters Umgang mit den Medien durchaus Verständnis. Auch ihr selbst missfielen der Anspruch permanenter Erreichbarkeit und die Belanglosigkeit der Nachrichten, die man heutzutage austauschte. Im Fall eines Mordopfers allerdings hätte auch sie sich eine informativere Ausbeute gewünscht.

»Und ihre Kontakte waren mehr als übersichtlich«, fuhr Theresa verdrossen fort. »Ihr Mann, ihre Sportkameradinnen, das Krankenhaus und ein paar Ärzte.«

Lotta nickte. Sie hatte sich die Ausdrucke angesehen, während Theresa und die Beamten von der Flensburger Kriminaltechnik den Geräten ihre Schätze entlockt hatten. Und sie war zu demselben Ergebnis gekommen. Ein Resultat, das ihr nicht gefiel. Wenn sich in Julia Richters privatem Umfeld keine Hinweise auf ein Mordmotiv fanden, würden sich die Ermittlungen früher oder später wieder auf Grit konzentrieren. Und dann würde Lotta Paul sagen müssen, was sie wusste. Aber noch waren die Möglichkeiten ja nicht ausgeschöpft.

»Wie lange brauchen sie, bis sie die Sticks und Speicherkarten ausgelesen haben?«

Theresa nippte an ihrer Kaffeetasse.

»Nicht lang. Es waren ja nur ein paar. Ich schätze, wenn wir ausgetrunken haben, sind sie damit durch.«

»Gut.« Lotta leerte ihre Tasse in einem Zug und signalisierte der Bedienung, dass sie zahlen wollte. »Dann gehen wir.«

32

»Und … los!«

Nick Harder senkte den Kopf und stemmte seine nackten Füße in den weichen Sand. Martina Scheffler und er trugen beide nur Shorts und T-Shirts und hatten ihre Hände ineinander verschränkt. Im Abstand von vielleicht fünfzehn Metern hatten sie zwei breite Linien in den Sand gezogen und standen sich nun genau in der Mitte gegenüber. Beide drückten mit aller Kraft gegen die Arme des anderen.

Sie waren allein an diesem Strandabschnitt von Holnis Drei, einem der Badeparadiese, die nur wenige Kilometer von Glücksburg entfernt waren. Ein Stück weiter östlich lagerten ein paar Familien mit Badehandtüchern und Sonnenschirmen. Trotz des heißen Sommerwetters war es hier in Drei vergleichsweise leer.

Es war eine überschaubare Ansiedelung, mit ein paar Ferienhäusern, einem Campingplatz und einem Pferdehof. Außerdem gab es zwei Kioske, die Eis und Getränke verkauften und Boote vermieteten, und ein Stück weiter in Richtung Holnis ein kleines Hotel. Der Strand war sauber, das Wasser hell und klar, und an der Straße hinter dem Strand standen in regelmäßigen Abständen schattige Bänke, auf denen man verweilen konnte. Doch Nick Harder und Martina Scheffler hatte der Sinn nicht nach Müßiggang gestanden. Mit übermütig funkelnden Augen hatte Martina einen spontanen Ringkampf vorgeschlagen.

Nick war sich sicher gewesen, dass er ihr überlegen sein würde, doch er hatte sich getäuscht. Er war zwar stärker als Martina, doch sie nutzte den Druck, den er ausübte, um ihn aus dem Gleichgewicht zu bringen. Ihre Erfahrung als Judokämpferin kam ihr dabei zweifelsohne zugute. Ehe er sich's versah, hatte sie ihn etliche Schritte zurückgedrängt, und die Linie in seinem Rücken kam bedrohlich nahe. Wenn es ihr gelang, ihn auf die andere Seite der Markierung zu zwingen, hatte er verloren.

Nick umfasste ihre Hände fester und versuchte es ebenso zu machen wie sie. Er gab plötzlich seinen Widerstand auf, damit sie die Balance verlor und er im nächsten Augenblick mit neuem Druck kontern konnte.

Doch Martina hatte seine Finte vorausgesehen. Sie hörte im selben Moment auf zu pressen, als er mit Schwung seine Hände zurückzog. So war es nicht sie, sondern er, der ins Stolpern geriet und unfreiwillig zwei weitere Schritte nach hinten machte. Noch ehe er sich wieder gefangen hatte, griff sie erneut an.

Nick konnte sich nicht mehr halten.

Er taumelte rückwärts über die Linie und strauchelte. Im Fallen riss er Martina mit sich zu Boden, und sie landeten zusammen im Sand, sein Körper unter dem von Martina begraben. Sie stützte sich auf einen Arm und strich ihm mit der anderen Hand neckend eine Haarsträhne aus der Stirn.

»Gewonnen«, sagte sie.

Nick schob sie sanft von sich herunter, richtete sich halb auf und räusperte sich umständlich.

»Ich … ähm … ich habe eine Freundin, Martina.«

Martina Scheffler blieb auf der Seite liegen und lächelte zu ihm hinauf.

»Das war auch nicht das, was ich wollte, Nick«, erwiderte sie. »Ich mag dich einfach. Ich weiß, wir kennen uns kaum, aber du bist mir irgendwie vertraut. Wie ein Bruder.«

Nick Harder entspannte sich. Er streckte sich ebenfalls wieder aus, stützte sich auf den Ellenbogen und legte seinen Kopf in die offene Handfläche, sodass sie einander als perfektes Spiegelbild gegenüberlagen.

»Ja«, sagte er und merkte, dass es stimmte. »Geht mir auch so, Schwester.«

Er hob die freie Hand, und sie klatschten sich ab.

Martina rollte sich auf den Rücken, verschränkte die Arme hinter dem Kopf und schaute in den blauen Himmel.

Nick ließ sich ebenfalls rücklings in den Sand fallen und blickte nach oben.

»Deine Teamkollegin Friederike hat zugegeben, dass sie Heiko Richter das Gift unterjubeln wollte, um ihn zu belasten«, berichtete er. »Aber sie hat Julia Richter nicht ermordet. Es war das falsche Gift.«

Martina lachte auf.

»Hm. Sie war sauer, nehme ich an. Weil Heiko sie nicht ins Team zurückgeholt hat.«

»Ja.« Nick Harder überlegte, ob er ihr mehr verraten sollte. Im Grunde sprach nichts dagegen. Und er hatte ihr ja ohnehin auf den Zahn fühlen wollen. Schließlich gab es durchaus Verdachtsmomente, die gegen Martina sprachen, auch wenn es ihm nicht gefiel.

»Sie hat auch gesagt, dass sie wollte, dass wir ihn genauer unter die Lupe nehmen. Sie ist überzeugt davon, dass er seine Frau getötet hat. Sie meint, er hätte Julia seine neu erwachte Liebe nur vorgespielt, weil er ein schlechtes Gewissen hatte. Für sie hätte es nicht echt gewirkt.«

Martina Scheffler schwieg eine Weile. Sie folgte mit den Augen einer Möwe, die über der Ostsee kreiste und dann wie ein Pfeil ins Wasser schoss. Eine Sekunde später tauchte sie wieder auf, einen zappelnden Fisch im Schnabel.

»Sie irrt sich«, sagte Martina. »Heiko hat Julia wirklich geliebt.«

Nick wandte ihr den Kopf zu.

»Und was ist mit dir? Du hast ihn auch geliebt, oder nicht? Hast du dir nicht gewünscht, dass er zurückkommt?«

Martina setzte sich auf, und Nick tat dasselbe. Martina kreuzte die Beine, legte ihre Arme darauf und stützte das Kinn auf die Fingerspitzen.

»Ich ... ich hab das noch nie jemandem gesagt ...«, begann sie, sprach aber nicht weiter. Nick Harder wartete geduldig.

Martina atmete tief ein.

»Nachdem Heiko sich von mir getrennt hatte, ist mir etwas klar geworden«, vertraute sie ihm an. »Warum ich mir immer nur verheiratete Männer ausgesucht habe …« Sie legte den Kopf in den Nacken, schaute dann zu Nick und lächelte verlegen. »Ich wollte mich nicht binden. Ich wollte keine tiefgehende Beziehung zu einem Mann. Weil … weil ich eigentlich gar nicht mit einem *Mann* zusammen sein will.«

»Ach so?« Nick Harder war nicht schockiert. Er fand, dass es jedem freistand, sich den Partner zu suchen, den er wollte. »Das ist doch okay.«

»Du findest es nicht schlimm?«, fragte Martina. »Du gehörst nicht zu den Männern, die es abstößt, wenn sie eine … eine Lesbe treffen?«

»Nein.« Ganz im Gegenteil, stellte er fest, fühlte er sich erleichtert. Weil es die Beziehung zwischen ihnen beiden gänzlich unkompliziert machte. Und weil Martina kein Motiv gehabt hatte, Julia Richter zu töten, wenn sie weder deren Ehemann noch überhaupt einen Mann haben wollte.

Dynamisch sprang er auf die Füße und streckte ihr die Hand hin.

»Komm«, sagte er. »Das müssen wir feiern. Ich spendiere dir ein Eis. Oder einen Eiweißdrink.«

33

Im Labor der IT-Beweissicherung herrschte wie immer geschäftige Konzentration. Auf unzähligen Monitoren scrollten sich die Kriminaltechniker durch Listen und Datensätze, während andere mit Schraubenziehern und Pinzetten sichergestellten Mobilfunkgeräten zu Leibe rückten. Dicke Kabelstränge zogen sich durch den Raum. Das Licht über den Arbeitstischen war beinahe grell. Die Luft war trocken und hatte einen staubig-metallischen Geruch, wie man ihn aus Copyshops kannte. Sie war erfüllt vom leisen Surren der Festplatten und dem lauten Brummen der Lüfter.

Die Augen von Theresa Vestergaard leuchteten auf, als sie den Raum betrat. Lotta Lundkvist dagegen verspürte ein Ziehen hinter den Augäpfeln. Für ihren Geschmack gab es hier zu viele Reize. Und viel zu wenig frische Luft.

Der Kriminaltechniker, mit dem sie bereits vor der Kaffeepause die Daten aus Julia Richters Handy und PC durchgesehen hatte, winkte, als er sie entdeckte. Er hieß Arne Bahnsen und war ein schlaksiger junger Mann mit unordentlichen blonden Haaren, einer dicken Brille und einem glatten, bartlosen Gesicht. Tatsächlich sahen die meisten Kollegen bei der IT-Beweissicherung nicht so aus, wie man sich den typischen Computer-Nerd vorstellte, doch dieser hier kam dem Bild schon recht nahe. Allerdings nur äußerlich. Arne war weder schüchtern noch einsilbig. Er war einfach nur fasziniert von Rechenmaschinen.

»Hej, Arne«, sagte Lotta und setzte sich auf einen der beiden Hocker neben ihm. »Bist du mit den Speicherkarten schon weiter?«

Theresa nahm auf Bahnsens anderer Seite Platz.

»Längst«, sagte dieser und lächelte. »War ja nicht viel Arbeit.«

»Und? Irgendetwas Interessantes?«

Das Lächeln verschwand.

»Ja. Die Dokumentation einer Tragödie.« Er öffnete einen Ordner auf seinem Desktop. »Es gibt Fotos. Und ein Tagebuch. Die Dateien sind übrigens von einem anderen Rechner aus gespeichert worden als dem, den ihr sichergestellt habt. Wahrscheinlich hat sie sich einen neuen Rechner angeschafft, als die Krankheit überstanden war, und die Erinnerung an das Grauen nicht wieder aufgespielt. Aber auf der Speicherkarte waren die Sachen noch drauf. Seid ihr bereit?«

Lotta und Theresa nickten, und Bahnsen klickte ein paarmal mit der Maus. Auf dem Monitor seines Computers erschienen in schneller Folge Bilder.

»Hier. Die Hochzeit, 2004. Und ein paar schöne Urlaube.«

Lotta und Theresa sahen Heiko und Julia Richter vor einer kleinen Kirche, an einem langen weißen Strand, in irgendeinem sehr grünen und schwer zu durchdringenden Dschungel. Es gab auch Fotos von Heiko Richter in Uniform, von den Eheleuten am Flensburger Hafen und von irgendwelchen Sportveranstaltungen.

»Da war die Welt noch in Ordnung«, bemerkte Bahnsen. »Aber dann kommen die Einschläge.«

Er holte ein neues Foto auf den Bildschirm. Es war dasselbe, von dem Paul Beck und Nick Harder einen Abzug unter Julia Richters Sachen entdeckt hatten: Heiko Richter und Martina Scheffler händchenhaltend und im Kuss versunken im Café. Arne Bahnsen öffnete weitere Dateien. Die Bilder zeigten, dass es über fast ein Jahr regelmäßig solche Treffen gegeben hatte.

»Die Bilder sind übrigens mit einer anderen Kamera gemacht worden als die Urlaubsbilder. Ich nehme an, sie hatte einen Privatdetektiv«, erläuterte Bahnsen. »Das muss ja schon schlimm genug gewesen sein. Aber dann …«

Er zeigte ihnen wieder eine von Reihe Fotos, diesmal von Julia Richter. Immer auf derselben Bank, in einem Park an einem See. Im Hintergrund erhob sich eine weiße Burg mit vier runden Türmen.

»Schloss Glücksburg«, bemerkte Bahnsen.

Er klickte durch die Bilder, und Lotta spürte, wie sie unwillkürlich die Zähne zusammenbiss. Die Fotos dokumentierten den langsamen Verfall. Das Gesicht von Julia Richter wurde von Bild zu Bild schmaler. Die Wangenknochen traten immer deutlicher hervor. Die Haare wurden dünn, und dann waren sie von einem Foto zum nächsten plötzlich verschwunden.

Theresa Vestergaard gab einen leisen Laut des Erschreckens von sich.

»Chemo«, sagte Bahnsen leise. »Kacke.«

Auch Lotta schluckte.

»Tatsächlich«, bemerkte sie, »ist der Krebs die Scheiße.«

»Hm.« Bahnsen klickte weiter. Es folgten Bilder, auf denen Julia Richter bunte Kopftücher trug, die in scharfem Kontrast zu ihrem Gesicht standen, das immer ausgemergelter aussah, bis es einem Totenschädel ähnlich war.

»Warum macht man das?«, fragte der Kriminaltechniker. »Weshalb dokumentiert man das eigene Sterben?«

Lotta hob die Schultern. Sie fühlte sich selbst befremdet, und die Bilder lösten eine unbestimmte Angst in ihr aus. Der Tod war plötzlich so nah. Nicht der gewaltsame, mit dem sie von Berufs wegen tagtäglich zu tun hatte. Sondern der heimliche, der im eigenen Körper lauerte. Zellen, die schon programmiert waren und nur darauf warteten, ihre mörderische Vermehrung anzutreten.

Lotta schüttelte sich. Noch war sie jung und gesund. Und solange das so war, gab es keinen Grund, sich die guten Jahre mit Ängsten und Sorgen zu verderben.

»Ich nehme an, es hing mit ihrem Beruf zusammen«, sagte sie zu Bahnsen und deutete auf den Monitor. »Sie war Pathologin. Wahrscheinlich war es ihr Weg, damit zurechtzukommen. Indem sie Distanz wahrte und sich selbst wie ein Forschungsobjekt betrachtete.«

»Ah.« Der Kriminaltechniker nickte. Offenbar fand er die Begründung einleuchtend. »Das würde erklären, warum sie alles so akribisch dokumentiert hat.«

Er schloss das Fenster mit den Fotos und öffnete stattdessen eine Textdatei.

»Das ist so etwas wie ein Krebstagebuch. Sie beschreibt ihren Alltag und ihre Krankenhausaufenthalte. Da sind auch alle möglichen medizinischen Daten drin, Laborberichte und dergleichen. Insgesamt …«, er warf einen Blick auf den Balken unterhalb des Texts, »sind es achthundertzweiundneunzig Seiten.«

Er klickte auf das kleine Kreuz in der oberen rechten Ecke, und das digitale Tagebuch verschwand wieder vom Bildschirm.

»Ich kann es euch ausdrucken oder mailen«, sagte Arne Bahnsen. »Aber lesen müsst ihr es schon selbst.«

Lotta konnte sich eine Menge Dinge vorstellen, die sie lieber getan hätte. Doch es bestand ja zumindest eine vage Möglichkeit, dass Julia Richter nicht nur ihren Krankheitsverlauf dokumentiert, sondern auch irgendetwas notiert hatte, das ein weiteres Motiv für den Mord enthüllte. Etwas, das den Verdacht nachhaltig von ihrer Freundin Grit ablenkte.

»Schick es einfach«, sagte sie. »Ich lese zwar lieber auf Papier, aber bei der Menge wäre das Drucken eine unnötige Verschwendung.«

Bahnsen nickte, aber er konnte nicht verhindern, dass sein Blick verwundert zu Theresa huschte. Lotta sah, wie die beiden ein heimliches Verschwörerlächeln tauschten. Offenbar, schloss sie daraus, war sie in deren Augen so etwas wie ein Dinosaurier. Vielleicht, überlegte sie selbstironisch, hatte sie doch mehr mit Paul gemeinsam, als sie gedacht hatte.

***

Paul Beck legte den nächsten zentimeterdicken Papierstapel in die Plastikkiste, die neben seinem Gartenstuhl stand. Es war eine ausgesprochen mühselige Arbeit, weil er die Unterlagen Blatt für Blatt durchgehen musste, um nichts Wichtiges zu übersehen. Doch bisher war nicht das Geringste von

Interesse dabei gewesen. In den zwei Jahren ihrer Krankheit hatte Julia Richter tatsächlich sämtliche Post, die sie bekommen hatte, einfach aus den Umschlägen genommen und in die Kisten geworfen. Beck hatte Unmengen von Vertragsofferten von Versicherungen – ohne Gesundheitsprüfung! –, Kreditangeboten – ohne Bonitätsprüfung! – und Werbung von Telefon- und Mobilfunkbetreibern gefunden, außerdem Lieferscheine für Bücher und Medikamente, vorrangig aus dem Bereich der Naturheilmedizin. Beck glaubte nicht, dass sie gegen Krebs viel ausrichten konnten, aber wenn man in einer verzweifelten Lage war, griff man wahrscheinlich nach jedem Strohhalm.

Er war auch auf den Brief gestoßen, den ein Arzt – offenbar ergänzend zu einem vorherigen persönlichen Gespräch – Julia Richter zusammen mit dem Befund ihrer ersten Krebsdiagnose geschickt hatte. Das Schreiben war weitaus zartfühlender, als Beck das von einem Mediziner in seiner nüchternen und sachlichen Art erwartet hatte. Aber es war ja auch einer von Julia Richters Kollegen aus dem Flensburger Diakonissenkrankenhaus gewesen.

Beck hob den Kakaobecher zum Mund, musste jedoch feststellen, dass er leer war. Auch seine Pfeife war mittlerweile kalt. Er schaute zum anderen Ufer und sah, dass der Turm der Nikolaikirche und die Flügel der Windmühle »Amanda« bereits vom rötlichen Abendlicht beschienen wurden. Offenbar saß er schon sehr viel länger hier, als ihm bewusst war. Er überlegte, ob er sich noch etwas zu trinken holen sollte, doch er hatte keine Lust, aufzustehen. Stattdessen stopfte er seine Pfeife neu und zündete sie an.

Er ließ den Blick über den Rasen und das Schilf schweifen. Auf der Schlei zogen ein paar Segelboote vorbei, sicherlich auf dem Weg zur stündlichen Öffnung der Klappbrücke, um im dahinterliegenden Bootshafen festzumachen.

Beck seufzte leise. Wie schön wäre es, jetzt mit Lotta auf ihrer Jolle auf der Ostsee zu dümpeln und den herrlichen Abend zu genießen. Doch vielleicht war es damit ja ohnehin ein für alle Mal vorbei. Seit ihrem unseligen Einkaufsbummel in der Flensburger Innenstadt war in ihrer Beziehung der Wurm drin. Natürlich lag es an ihm, dachte er schuldbewusst. Weil er nicht von seiner Marotte mit dem Mantel und dem Bowler und der Pfeife lassen wollte.

Auf der anderen Seite: Was war so schlimm daran? Konnte Lotta ihn nicht einfach so nehmen, wie er war?

Er zog an seiner Pfeife und sah dem Rauch hinterher, der über die Wiese trieb.

In der Hecke auf der rechten Seite raschelte und knackte es plötzlich bedrohlich.

Ein Igel, dachte Beck, doch was im nächsten Moment hervorbrach, war keiner der putzigen Gesellen mit dem schweren Körper auf den kleinen Beinen, auch wenn die Kreatur kaum leichtgewichtiger und mindestens ebenso kratzbürstig war.

»Watson«, sagte Beck. »Wo kommst du denn jetzt her?«

Der Kater gab vor, ihn nicht zu hören. Er marschierte an Beck vorbei durch die offene Terrassentür ins Haus, inspizierte die wie immer leeren Näpfe neben dem Kühlschrank und erschien gleich darauf wieder auf der Terrasse, dieses Mal mit unwillig gesträubten Schnurrhaaren.

»Du warst den ganzen Tag unterwegs«, sagte Beck. »Warum hast du dir nichts zu essen gefangen?«

Watson drehte den Kopf nach oben und studierte scheinbar aufmerksam die Markise über der Terrasse.

»Okay. Ich mache dir einen Vorschlag.« Beck deutete auf die Papierstapel auf dem großen Tisch, die immer noch eine beträchtliche Höhe hatten. »Ich könnte das Katzen-Orakel gebrauchen. Als Belohnung gibt es … das feine Schälchen mit Thunfisch.«

Watson spitzte die Ohren. Beck legte seine Pfeife beiseite.

»Also. Pass auf …«

Der Kater wandte sich ab und trabte gemächlich auf die Rasenfläche zu.

»Hey. Was ist los? Hast du keinen Hunger?«

Der Kater vollführte auf der Wiese eine Pirouette. Dann

nahm er Anlauf und sprang mit einer Geschmeidigkeit, die Beck ihm aufgrund seines Übergewichts längst nicht mehr zugetraut hätte, auf den großen Tisch. Er landete direkt neben dem höheren der beiden Papierstapel, der bedenklich ins Schwanken geriet, aber nicht fiel.

»Watson, nein!« Beck nahm die Beine herunter und rutschte auf der Sitzfläche seines Stuhls nach vorn. »Lass das.«

Der Kater wandte ihm wie in Zeitlupe den Kopf zu, und wie so oft hatte Beck den Eindruck, Watson würde ihn angrinsen. Beck streckte die Hand aus, um ihn im Nacken zu packen und vom Tisch zu heben, doch der Kater war schneller. Er warf sich mit seinem ganzen Gewicht gegen den Haufen, und die Papiere segelten zu Boden.

»Watson!« Beck schnellte hoch, und ein scharfer Schmerz fuhr in seinen linken Knöchel. Der Kater sprang vom Tisch und landete auf einem der herabgefallenen Blätter. Er bearbeitete es mit den Pfoten wie ein Wollknäuel, mit dem er Fangen spielen wollte.

Beck verlagerte sein Gewicht stöhnend auf den gesunden Fuß und beugte sich vor.

»Watson. Gib das her!«

Der Kater schniefte. Betont langsam nahm er eine Pfote nach der anderen vom Papier und ließ sich direkt neben dem Blatt in der würdevollen und ein wenig beleidigten Sphinx-Haltung nieder, die er so gut beherrschte.

Beck schnappte sich die Seite. Er wollte sie zurück auf den Tisch legen, doch dann fiel sein Blick darauf, und er hielt mitten in der Bewegung inne.

Ein Schauer lief ihm über den Rücken. Er ließ das Blatt sinken und betrachtete Watson. Was er sah, war ein ganz normaler Kater mit struppigem rotbraunen Fell und einem ausgefransten linken Ohr. Und mit erheblichem Übergewicht.

»Manchmal bist du mir unheimlich, Watson«, sagte Beck leise. »Aber den Thunfisch hast du dir redlich verdient.«

34

Oberstaatsanwältin Dr. Margarete Döscher schaute nachdenklich auf die Blätter, die vor ihr auf dem Schreibtisch lagen. Sie runzelte die Stirn und tippte auf den schwachen Abdruck einer Katzenpfote, der in der linken oberen Ecke einer der Seiten zu sehen war.

»Was ist das?«

Paul Beck räusperte sich verlegen.

»Das war Watson. Der Zettel ist irgendwie …«

»… zwischen das Katzenfutter geraten«, ergänzte Nick Harder mit sanftem Spott.

Die Oberstaatsanwältin hob die Augenbrauen.

»Sie haben einen Kater, der Watson heißt?«

Beck nickte.

Sie betrachtete seinen Sommermantel und den Bowler, den er in der Hand hielt.

»Verstehe.« Sie machte eine auffordernde Geste. »Setzen Sie sich doch.«

Beck legte Hut und Mantel ab und nahm ihr gegenüber Platz. Nick Harder ließ sich auf den Stuhl neben ihm fallen.

Margarete Döscher studierte die Dokumente, die Beck ihr überreicht hatte.

»Julia Richter hat also eine nicht unerhebliche Erbschaft gemacht«, fasste sie in Worte, was sie den Schriftstücken entnommen hatte.

»Und zwar keine vier Wochen, nachdem sie von ihrer Krebserkrankung erfahren hatte«, ergänzte Harder, der sich die Unterlagen bereits auf dem Weg zum Landgericht angesehen hatte.

»Das heißt, Heiko Richters Entschluss, die Affäre mit seiner heimlichen Geliebten Martina Scheffler zu beenden und seiner kranken Frau beizustehen, war möglicherweise nicht ganz so selbstlos, wie er Sie glauben machen wollte.«

»Er wäre schön blöd gewesen, sich von seiner Frau zu trennen«, sagte Harder. »Sie war todkrank. Die Ärzte haben ihr nicht mehr lange gegeben. Warum nicht ein, zwei Jahre warten und das ganze Geld einsacken, statt sich scheiden zu lassen und mit dem Zugewinnausgleich zufriedenzugeben?« Er strich eine Strähne seiner kurzen dunklen Haare aus der Stirn. »Aber die Rechnung ist nicht aufgegangen. Seine Frau ist wieder gesund geworden. Also musste er bei ihr bleiben und ihr weiter seine Liebe vorheucheln. Und sehen, dass er sie irgendwie loswird.«

Die Oberstaatsanwältin legte ihre Fingerspitzen aneinander und stützte das Kinn auf das Dach, das sie bildeten.

»Sagten Sie nicht, Frau Scheffler habe kein Interesse mehr daran gehabt, ihre Beziehung mit Heiko Richter fortzusetzen? Weil sie mittlerweile ihre homoerotische Neigung erkannt hat?«

»Stimmt.« Harder nickte. »Aber ich glaube nicht, dass Heiko Richter das wusste. Oder wenn, dann gab es vielleicht eine andere, mit der er lieber zusammen sein wollte als mit seiner Frau.«

»Jedenfalls muss es das gewesen sein, was Julia Richter meinte, als sie zu Friederike Niehaus gesagt hat, ihr Mann habe noch einen anderen Grund, bei ihr zu bleiben, als ihre Krankheit«, ergänzte Beck.

Die Oberstaatsanwältin schob die Blätter auf ihrem Schreibtisch zurecht. Beck merkte, dass sie hin- und hergerissen war. Die Entdeckung von Julia Richters Erbschaft begründete zumindest einen Verdacht gegen Heiko Richter. Trotzdem war es nur eine Hypothese. Es würde nicht einfach werden, dem Untersuchungsrichter darzulegen, dass die aufwendige Durchsuchung der Kaserne Nord nötig war.

Margarete Döscher zog ihre Kladde heran und blätterte darin.

»Können Sie denn mittlerweile mit hinreichender Sicherheit ausschließen, dass einer der anderen Tatverdächtigen in Frage kommt?«, erkundigte sie sich.

Paul Beck rieb sich das Kinn.

»Der Versuch von Friederike Neuhaus, Heiko Richter falsche Beweise unterzuschieben, spricht natürlich nicht gerade für sie«, sagte er. »Aber wenn sie tatsächlich die Täterin wäre, hätte sie Richter nicht DDT, sondern Blausäure untergejubelt. In dem Fall hätte er tatsächlich Mühe gehabt, seine Unschuld zu beweisen.«

Beck trat ans Fenster. Es war ein trüber Tag. Draußen zogen schwarze Wolken vorbei. Durch die Blätter der großen Linde, die vor dem Gebäude stand, fegte ein scharfer Wind. Beck ärgerte sich, weil ihm in diesem Moment einfiel, dass er seinen großen Stockschirm nicht im Wagen hatte.

»Zu Cornelia König und dieser Mobbing-Geschichte fehlen uns noch die abschließenden Befunde von der Kriminaltechnik in Kiel«, fuhr er fort. »Die Kollegen prüfen gerade anhand der Listen aus dem Klinikum, ob Cornelia König die Möglichkeit gehabt hätte, dort Blausäure herzustellen. Aber selbst wenn, erscheint mir das Motiv zu dünn.«

Margarete Döscher machte sich eine Notiz.

»Und der dänische Trainer? Anders Rask?«, fragte sie.

»Bestreitet, dass er etwas mit dem Mord zu tun hat. Die Kollegen von der Kriminaltechnik haben seine Privat- und Geschäftsräume durchsucht, aber nichts gefunden, das ihn belastet.«

»Hm.« Die Oberstaatsanwältin seufzte. »Das heißt, das zu erwartende Erbe scheint zurzeit das plausibelste Motiv für den Mord an Julia Richter zu sein?«

»Es sind immerhin fast zweihunderttausend Euro«, bemerkte Harder. »Dafür müsste ein Bundeswehroffizier wie Richter eine ganze Weile sparen. Es reicht natürlich nicht für eine Finca auf den Kanaren, aber es ist zumindest ein guter Start.«

Margarete Döscher nickte. Beck konnte ihr ansehen, dass sie sich zum nächsten Schritt mühsam durchringen musste. Nicht, weil sie die Notwendigkeit nicht einsah, sondern weil er beträchtliche Ressourcen erforderte.

»Also gut«, sagte sie schließlich. »Ich beantrage einen Durchsuchungsbeschluss. Fordern Sie einen Zug von der Polizeidirektion für Aus- und Fortbildung in Eutin an. Und wenn der Untersuchungsrichter zustimmt, stellen Sie die gesamte Kaserne auf den Kopf.«

Nick Harder federte von seinem Stuhl hoch.

»Machen wir«, sagte er, und es war unschwer zu erkennen, wie sehr ihm die Aussicht gefiel. Ein Militärgelände nach Gift zu durchforsten machte ihm sicher mehr Spaß als das dröge Aktenstudium.

Die Oberstaatsanwältin lächelte nachsichtig.

»Ich hoffe, Sie werden fündig. Trotzdem denke ich, wir sollten auch die anderen Verdachtsmomente nicht aus dem Blick verlieren.«

Beck stimmte ihr zu.

»Die Suche überlassen wir den Polizeischülern. Wir beschäftigen uns weiter mit dem Nachlass von Julia Richter«, versprach er.

Nick Harder blieb vor der Tür stehen. Seine Mundwinkel sanken ebenso herab wie seine Schultern.

»Ja. Klar«, sagte er.

***

Nicks Miene hellte sich erst wieder auf, als sie auf den Parkplatz der Polizeiinspektion einbogen. Lotta Lundkvist und Theresa Vestergaard standen neben Lottas dunkelgrünem Passat und unterhielten sich angeregt.

»Ich habe eine hervorragende Idee«, verkündete Nick.

»Aha.« Paul Beck parkte seinen Mercedes auf dem Platz hinter Harders orangefarbenem VW-Bus. »Und die wäre?«

»Wir arbeiten kompetenzorientiert.«

»Toll. Und was heißt das?«

»Du vergräbst dich mit Theresa in den Akten. Und ich fahre mit Lotta nach Eckernförde in die Kaserne Nord und überwache die Suche nach dem Gift.«

Paul Beck warf seinem Kollegen einen raschen Seitenblick zu. Nick Harder war ein Sonnyboy, kein Mann, der sich mit Grübeleien aufhielt. Aber er hatte auch eine sensible Seite. Sonst hätte er die schüchterne Theresa Vestergaard kaum für sich gewinnen können. Es hätte ihn deshalb nicht gewundert, wenn Nick seinen Vorschlag nur gemacht hätte, um ein wenig Abstand zwischen ihn und Lotta zu bringen, damit sich die Gemüter wieder beruhigen konnten. Aber vielleicht deutete Paul auch zu viel in die Sache hinein, und Nick hatte tatsächlich nur sein Vergnügen im Sinn. Wie auch immer, es war ein guter Vorschlag.

»Einverstanden.«

»Super.« Nick Harder sprang aus dem Wagen, noch ehe Beck seinen Sicherheitsgurt gelöst hatte, und lief strahlend den beiden Däninnen entgegen.

Beck sah zu, wie er erst Lotta umarmte und dann Theresa in die Arme schloss und zärtlich auf den Mund küsste.

Seufzend schnallte er sich ab und griff nach dem Bowler, den er auf den Rücksitz gelegt hatte. Diese Leichtigkeit, die Nick zu eigen war, würde er nie erwerben. Aber so war das eben.

Er stieg aus dem Wagen, setzte den Hut auf und ging zu den Kollegen. In seinem linken Knöchel flammte der mittlerweile vertraute Schmerz auf, und er bemühte sich, den Fuß beim Laufen so wenig wie möglich zu belasten. Als er die anderen erreicht hatte, atmete er heimlich auf.

»Hallo«, sagte er steif.

Lotta schaute erst auf seine Beine, dann in sein Gesicht.

»Du humpelst«, stellte sie fest, und Beck fluchte innerlich. Doch nun war es nicht mehr zu ändern.

»Ich bin umgeknickt«, gab er zu und versuchte, sich gleichgültig zu geben, während sein Knöchel pochend protestierte.

»Wann?«

Beck tat so, als müsse er nachdenken. Dabei spielte ihm sein Gedächtnis die grässliche Sequenz in Wirklichkeit in jedem passenden und unpassenden Moment vor. Insbesondere nachts, wenn er versuchte einzuschlafen. Es war am Sonntag gewesen, als er Cornelia König im Park am Glücksburger Schloss aufgespürt hatte.

»Vor … drei Tagen, glaube ich.«

Lottas Augen verengten sich.

»Warst du beim Arzt?«

»Nein. Cornelia König hat sich den Fuß angesehen. Sie meinte, es sei nicht so schlimm.« Tatsächlich, erinnerte er sich, hatte sie ihm geraten, einen Orthopäden aufzusuchen. Aber er wollte nicht. Es war das linke Bein, dasselbe wie damals, als er zwölf gewesen war.

Lotta hob skeptisch die Augenbrauen.

»Ich an deiner Stelle würde trotzdem hingehen.«

Beck zuckte mit den Schultern.

»Das kannst du ja tun, wenn du dir irgendwann mal den Fuß verstauchen solltest.«

Nick Harder lachte. Lotta funkelte Beck böse an. Theresa versteckte sich hinter ihrem Pony.

»Kommt schon, Leute.« Nick legte den beiden Frauen jeweils einen Arm um die Schultern. »Lasst uns an diesem herrlichen Tag nicht streiten.«

Im selben Moment, als er es sagte, fielen die ersten Tropfen. Alle schauten unwillkürlich zum Himmel. Er war rabenschwarz, mit jenem bläulichen Schimmer, der ein nahes Gewitter verriet.

»Ja. Traumhaft«, spottete Lotta. »Ich freue mich schon darauf, im strömenden Regen mit dir auf dem Kasernengelände durch den Schlamm zu kriechen.«

Offenbar hatte Nick die beiden Däninnen bereits von seinen Plänen in Kenntnis gesetzt.

Lottas Stimme klang sarkastisch, doch ihr Blick strafte den Ton Lügen. Beck sah, wie ihre Augen leuchteten. Blau wie das Meer, fast türkis waren sie, und Beck konnte darin versinken wie in den Wellen des Pazifiks, der ungefähr dieselbe Farbe hatte. Lotta Lundkvist war keine Frau, die sich vor Wind und Wetter fürchtete.

»Ja, ich freue mich auch«, entgegnete Harder und grinste. Wie so oft konnte Beck nicht verhindern, dass ihn der Neid durchfuhr wie ein Nadelstich.

»Also, ich bevorzuge eine schöne Tasse Kaffee in einem warmen und trockenen Büro«, verkündete er. Es klang eine Spur hochmütiger, als er beabsichtigt hatte.

Er bot Theresa den Arm, und zu seiner Erleichterung hängte sie sich bei ihm ein.

»Ich schließe mich an«, erklärte sie und blinzelte Nick zu. »Du weißt ja: Wasser ist nicht so mein Element.«

35

Der Regen zog wie ein dichter Vorhang aus dicken, schweren Tropfen über das Militärgelände. Der Wind pfiff in stürmischen Böen. Der Kasernenhof und das Sportfeld lagen verlassen. Nur dann und wann sah man eine vereinzelte Gestalt in einer dunklen Windjacke mit der Aufschrift »Polizei« auf dem Rücken über den Exerzierplatz huschen, die Kapuze tief in die Stirn gezogen.

Nick Harder, der an einem Fenster im ersten Stock des Verwaltungsgebäudes stand, betrachtete die Reihe der Mercedes-Vito-Busse im Hof. Ein einzelner grün-weißer VW-Bus, der noch aus dem letzten Jahrhundert stammen musste, erinnerte daran, wie die Mannschaftswagen der Polizei ausgesehen hatten, ehe die blau-silberne Lackierung eingeführt worden war. Der Anblick erfüllte Nick mit einer gewissen Nostalgie. Auch wenn die alten Uniformen und Fahrzeuge jeder Mode widersprachen – es waren die Helden seiner Kindheit, die so gekleidet gewesen waren. Ein wenig bedauerte er es noch heute, dass es die beigefarbenen Hosen und die grünen Jacken mittlerweile nur noch in wenigen Bundesländern gab. Auch wenn er selbst niemals in diesem Outfit hätte herumlaufen wollen. Doch das musste er ja auch nicht. Dafür war er schließlich Zivilbeamter.

Drei weitere Fahrzeuge rollten auf den Hof, Transporter mit vergitterten Abteilen hinter den Sitzen. Zwei Männer und eine Frau in dunkler Wetterkleidung stiegen aus und öffneten die Hecktüren der Wagen. Die Polizeikräfte, die im Innenraum der Transporter warteten, trugen ebenfalls Uniform, allerdings nur in Gestalt leichter Umhänge mit dem fett eingeprägten Schriftzug der Polizei. Im Gegensatz zu ihren Kollegen hatten sie vier Beine und eine weitaus feinere Nase.

»Die Hundeführer sind da«, verkündete Nick und wandte sich zu Lotta, die an Heiko Richters Schreibtisch saß und in ihrem Notizbuch blätterte. Jetzt blickte sie auf.

»Ist Heiko Richter ein Mann, der für Geld töten würde?«, fragte sie.

Nick lehnte sich ans Fenster und fuhr sich durch die Haare.

»Tja. Gute Frage.« Er legte den Kopf in den Nacken und dachte nach. Bisher hatte er nicht den Eindruck gehabt, dass dem deutschen Trainer viel an materiellen Dingen lag. Was die Datenbanken über ihn ausgespuckt hatten, zeichnete eher das Bild eines bescheidenen, geradezu genügsamen Mannes. Wenn er nicht im Dienst war, fuhr er einen alten Golf, und er hatte auch keine Fernreisen unternommen, jedenfalls nicht als Privatmann. Der letzte von ihm beantragte Reisepass war vor fünfzehn Jahren abgelaufen. Die Wohnung, die sich Nick gemeinsam mit Paul angesehen hatte, passte in dieses Bild. Kein eigenes Haus, obwohl Julia Richter in der Pathologie des Flensburger Diakonissenkrankenhauses sicherlich gut verdient hatte, die Einrichtung gehoben, aber nicht unbezahlbar teuer. Und Richters gesamte Leidenschaft schien dem Sport zu gelten.

»Eigentlich nicht, würde ich sagen«, teilte er Lotta das Ergebnis seiner Überlegungen mit. »Er kommt mir eher wie ein Typ vor, der mit dem zufrieden ist, was er hat. Aber man kann sich auch täuschen.«

»Ja.« Lotta stand auf. Sie trat neben ihn und schaute in den strömenden Regen. »Das ist das Problem mit den Menschen. Man kann so schlecht in sie hineinschauen.«

Nick wandte sich ihr zu und studierte ihre traurige Miene.

»Du denkst an Paul, hm? Willst du dich von ihm trennen?«

Lotta stützte ihre Hände auf das Fensterbrett. Sie schien gründlich in sich hineinzuhorchen.

»Nein«, sagte sie schließlich. »Er ist ein verdammter Dickschädel. Aber ich liebe ihn.«

Nick Harder grinste erleichtert.

»Ja«, erklärte er. »So geht's mir auch.«

***

Die Wolke, die sich über sein Gemüt legte, war mindestens ebenso dunkel wie jene, die draußen vor dem Fenster vorbeizogen und unablässig Regen auf die Stadt schütteten. Paul Beck arbeitete sich systematisch durch Julia Richters Krankenhausunterlagen, und die Hoffnungslosigkeit, die aus den nüchternen Berichten sprach, zog ihn wie ein Strudel in die Tiefe.

Schließlich legte er den Ordner, in dem er gelesen hatte, zur Seite und erhob sich. Er brauchte irgendetwas, das seine Stimmung hob. Am besten wäre eine Pfeife gewesen, doch im Büro konnte er nicht rauchen. Der kleine Vernehmungsraum, in dem er es manchmal heimlich tat, war besetzt, wie er festgestellt hatte, als er vor einer halben Stunde in der Kantine gewesen war, um sich ein Brötchen zu holen, und bei dem strömenden Regen wollte er nicht in den Hof gehen. Dort gab es zwar ein Dach, unter das man sich flüchten konnte, doch der Wind blies so kräftig, dass er ihm den Niederschlag vermutlich genau ins Gesicht fegen würde. Und Beck hatte keine Lust, nass zu werden. Also musste es fürs Erste ein Kaffee tun.

Er schaltete die Maschine ein und schaute zu Theresa, die an Nicks Schreibtisch saß und sich auf dessen Rechner Julia Richters Krebstagebuch ansah. Sie war offensichtlich völlig in ihre Lektüre versunken gewesen, doch als der Kaffeeautomat zu blubbern begann, blickte sie auf.

»Das ist sehr informativ«, erklärte sie. »Wenn du Zeit hast, würde ich dir gern ein paar Passagen vorlesen.«

»Natürlich.« Beck deutete auf den Automaten. »Willst du auch einen Kaffee?«

»Eigentlich …« Sie winkte ab. »Ja. Warum nicht? Mit Milch.«

Beck wartete, bis der Kaffee durch war. Dann füllte er zwei Becher, gab Milch dazu und setzte sich zu Theresa. Sie pusteten beide auf die heiße Flüssigkeit, ehe sie vorsichtig daran nippten und die Kaffeebecher anschließend auf den Tisch stellten.

»Also.« Theresa griff zur Computermaus und scrollte durch das Dokument auf ihrem Bildschirm. »Hier.«

Sie blinzelte und las mit leiser Stimme:

»Wie nah Glück und Schmerz, Freud und Leid doch beieinanderliegen können. Gestern habe ich die endgültige Diagnose bekommen. Leukämie, mit nur fünfunddreißig Jahren. Und heute kam der Anruf aus einer Kanzlei in Boston. Meine Tante Nora ist gestorben, die seit über zwanzig Jahren in Amerika lebt und an die ich mich überhaupt nicht erinnern kann. Ich weiß nicht, warum, aber sie hat mir ein kleines Vermögen hinterlassen. Fast zweihunderttausend Euro. Was könnte ich mit dem Geld für wunderbare Dinge tun, wenn ich gesund wäre. Doch jetzt, wo das Schicksal mir plötzlich diesen Faustschlag versetzt hat …«

Theresa brach ab und blätterte weiter durch das Dokument.

»Und dann hier.« Sie beugte sich vor.

»Heiko hat mir erklärt, dass er sich von Martina getrennt hat. Er sagt, ihm sei klar geworden, dass er einen Fehler gemacht hat. Dass er mich liebt und in dieser schweren Zeit an meiner Seite sein will. Er hat mir dabei in die Augen gesehen, und ich würde ihm so gerne glauben. Aber da ist diese kleine Stimme in meinem Hinterkopf, die sagt, dass er es nur wegen Tante Noras Erbe tut. Seit ich ihn kenne, träumt Heiko davon, auf seiner eigenen Hochseeyacht den Atlantik zu überqueren. Und nun scheint die Erfüllung seiner Wünsche plötzlich in greifbare Nähe gerückt zu sein. Mit Noras Geld könnte er sich ein passendes Boot kaufen und sich für ein halbes Jahr beurlauben lassen. Natürlich würde er es nicht gerade jetzt tun. Aber er muss ja nur warten. Die Kollegen haben mir wenig Hoffnung gemacht, dass mir noch mehr als zwei oder drei Jahre bleiben.«

Beck spürte, wie es ihm die Kehle zuschnürte. Theresa sah in an.

»Das war es, was Friederike Niehaus gemeint hat, nicht wahr? Sie hat doch ausgesagt, Julia Richter hätte angedeutet, ihr Mann würde nicht nur wegen der Krankheit bei ihr bleiben?«

Paul Beck räusperte sich.

»Ja«, brachte er mühsam hervor.

Theresa nickte.

»Es geht noch weiter«, erklärte sie und blickte wieder auf den Bildschirm.

»Ich habe ihm gesagt, dass er sich seine Yacht kaufen und diese Reise machen soll, wenn ich nicht mehr da bin. Ich will ja, dass er sein Leben weiterlebt. Aber ich habe auch eine Abmachung mit dem Schicksal getroffen. Wenn ich doch noch gerettet werde, dann spende ich das Geld der Krebshilfe.«

Ein Schauer rieselte Beck über den Rücken. Für Richter hatte sich die Lage also zugespitzt. Er konnte nicht beides haben. Wenn seine Frau starb, hatte er das Geld, war aber einsam. Wenn seine Frau am Leben blieb, verlor er das Geld.

»In den Monaten danach ist das Thema in den Hintergrund gerückt«, erläuterte Theresa und scrollte jetzt schneller durch das Dokument. »Julia Richter hat die Folgen ihrer Erkrankung immer stärker gespürt. Es ging ihr schlecht. Sie hat sich durch die Bestrahlung und die Chemotherapie gekämpft, aber sie hat gemerkt, dass es stetig weiter bergab ging.«

Sie deutete auf einen Abschnitt auf dem Bildschirm.

»Ich spüre, dass mir nicht mehr viel Zeit bleibt«, las sie vor. *»Und die Ärzte haben es bestätigt. Vielleicht noch zwei Monate, wenn ich Glück habe. Und dann ist alles vorbei.«*

Beck hatte einen Kloß im Hals. Er versuchte, seine Gefühle auf Distanz zu halten, doch Theresa trug Julia Richters Aufzeichnungen mit so viel Empathie vor, dass er fast den Eindruck hatte, die Tote selbst würde ihm gegenübersitzen und zu ihm sprechen.

Theresa trank von ihrem Kaffee und blätterte weiter.

»Und dann hier.« Sie hob die Mundwinkel, und das Glück, das Julia Richter empfunden haben musste, schwang in ihrem Lächeln mit.

»Das Wunder ist tatsächlich geschehen. Man hat einen Spender gefunden. Nächste Woche gehe ich noch einmal in die Klinik. Und mit ein wenig Glück werde ich wieder voll-

kommen gesund. Es ist so unfassbar, dass ich es überhaupt nicht glauben kann. Gestern dachte ich noch, ich wäre am Ende. Und nun hat sich auf einmal eine Tür geöffnet, und ich sehe diesen wunderbaren, großen, blühenden Garten vor mir. Ich kann gar nicht in Worte fassen, wie glücklich ich bin.«

Beck spürte die Erleichterung. Doch er ahnte auch schon, dass der Ton nicht so heiter bleiben würde. Und er hatte recht.

»Heute kam Heiko von seiner Dienstreise zurück«, trug Theresa den Text des nächsten Tages vor. *»Ich hatte ihm am Telefon noch nichts gesagt. Ich wollte sein Gesicht sehen, wenn ich ihm von dem Spender berichte. Er hat mich in die Arme genommen und gelächelt. Aber in seinen Augen war auch noch etwas anderes. So als wäre er ... enttäuscht.«*

Theresa schob die Maus beiseite und rollte mit dem Schreibtischstuhl ein Stück zurück.

»Was denkst du?«, fragte sie. »War es einfach nur Julias Misstrauen, und sie hat zu viel in seinen Blick hineingedeutet? Womöglich war es ja nur seine Angst, sich zu früh zu freuen. Oder war er wirklich enttäuscht, dass aus seiner Erbschaft und der Atlantiküberquerung mit der eigenen Yacht nichts wird?«

Beck nahm seinen Kaffeebecher in beide Hände und schaute auf die hellbraune Flüssigkeit. Er war nicht gut darin, sich in andere Menschen hineinzuversetzen. War Heiko Richter ein Typ, dem sein eigenes Glück wichtiger war als das Leben seiner Frau? War er tatsächlich nur aus Berechnung bei ihr geblieben? Und hatte er dann handeln müssen, als sie wieder gesund geworden war und im Begriff stand, das ersehnte Erbe der Krebshilfe zu spenden?

»Es fällt mir ehrlich gesagt schwer, mir vorzustellen, dass Heiko Richter so kalt und berechnend ist. Auch wenn wir Derartiges in unserem Beruf immer wieder erleben. Aber vom rein logischen Standpunkt aus« – und das war schließlich der Zugang, den er am besten beherrschte – »ist Richter damit unser Hauptverdächtiger. Wir müssen dringend mit ihm reden.«

Das Problem war nur, dass er nicht aufzufinden war. Lotta und Nick hatten ihn in der Kaserne nicht angetroffen, und die

Streifenbeamten, die Beck zu Richters Wohnung geschickt hatte, waren ebenfalls erfolglos geblieben. Der Sportsoldat ging nicht an sein Handy und hatte es offenbar ausgeschaltet, denn der Versuch, es zu orten, war fehlgeschlagen.

War das nur eine Reihe dummer Zufälle? Oder hatte Heiko Richter sich abgesetzt, weil er wusste, dass sie ihm früher oder später auf die Spur kommen würden?

36

Anders Rask sah ihn sofort, als das Taxi in den Drosselvej in Kollund einbog. Heiko Richter stand vor dem Schaufenster seiner Bäckerei. In der Hand hielt er einen Stapel Blätter, die er an die Leute verteilte, die das Geschäft betreten wollten. Ein Vorhaben, das sie, wie Rask entsetzt feststellen musste, aufgaben, nachdem sie Richters Zettel gelesen und mit ihm gesprochen hatten.

Rask drückte dem Taxifahrer eilig ein paar Kronenscheine in die Hand und griff nach der Sporttasche mit den Sachen aus dem Krankenhaus, die neben ihm auf der Rückbank stand. Dann kletterte er aus dem Wagen und lief auf die Bäckerei zu.

Du darfst dich nicht aufregen, versuchte er, sich selbst zu beruhigen. Du hattest gerade erst einen Herzinfarkt. Die Ärzte haben gesagt, es war nicht schlimm, aber es kann jederzeit wieder passieren.

Es nützte nichts.

Rask fühlte das Blut in seinen Schläfen pulsieren. Ein heißer Zorn erfasste ihn, und jede Vorsicht war vergessen.

Er ließ seine Sporttasche fallen, riss Richter die Handzettel aus den Fingern und schleuderte sie auf den Boden. Dann packte er Richter am Kragen und brachte sein Gesicht so dicht vor das des Widersachers, dass sich ihre Nasen beinahe berührten.

»Du … Hat dir die Polizei nicht gesagt, dass du eine Anzeige bekommst wegen übler Nachrede und Verleumdung?«

Richter nahm nicht einmal die Arme hoch, um sich zu wehren. Dabei hätte er Rask in seinem angeschlagenen Zustand wahrscheinlich abschütteln können wie eine lästige Fliege.

»Das interessiert mich nicht«, erwiderte er. »Ich lasse mir den Mund nicht verbieten. Du hast Julia auf dem Gewissen. Und dafür wirst du büßen.«

Anders Rask spürte, wie sein Herz hämmerte und sich ein feiner Schmerz in seiner linken Brust ausbreitete.

»Ich habe deiner Frau nichts getan, verdammt noch mal«, erwiderte er.

»Spar dir deine Märchen.« Richter griff nach Rasks Händen und löste sie mit einem Ruck von seinem Kragen. Rask merkte, dass er keine Kraft in den Fingern hatte. Richter stieß ihn vor die Brust, ganz leicht nur, doch Rask taumelte zurück und schwankte. Es war, als stünde er auf einem Schiff auf hoher See. Der Horizont kam einfach nicht zur Ruhe. Das Bild vor seinen Augen flimmerte. Nur verschwommen erkannte er, wie Richter seine Handzettel aufhob.

»Ich werde jedem deiner Kunden sagen, was für ein gewissenloses Schwein du bist«, versprach Heiko Richter. »Und du wirst dein Bild an jedem Laternenmast in dieser Stadt wiederfinden.« Er hob die Hand und hielt Rask den ausgestreckten Zeigefinger unter die Nase. »Ich werde erst aufhören, wenn du ein Geständnis ablegst.«

Damit wandte er sich ab und marschierte über die Straße auf die andere Seite. Rask sah in seltsam bunten Farben, wie er seine Propaganda an eine Gruppe älterer Frauen verteilte, die noch unschlüssig schienen, ob sie der Bäckerei Rask oder dem »Café Lackberg« den Vorzug geben sollten. Nachdem sie ein paar Worte mit Richter gewechselt hatten, betraten die Frauen geschlossen das Geschäft seines Konkurrenten.

Rask lehnte sich keuchend gegen die Schaufensterscheibe seiner Bäckerei. Er spürte, wie ihm dicke Schweißperlen von der Stirn rannen. Sie brannten in seinen Augen, vermischten sich mit den wütenden Tränen, die dort lauerten, rannen über seine Wangen und tropften vom Kinn auf seine Brust. Dort verdampften sie und verursachten kleine, kalte Stiche wie Eiskristalle. Doch die unerträgliche Hitze in seinem Brustkorb konnten sie nicht lindern.

Anders Rask ließ sich mit dem Rücken am Fenster zu Boden gleiten. Er legte den Kopf an das kühle Glas der Scheibe, zog die Beine an und stemmte die Füße auf den Asphalt, um nicht vollends den Halt zu verlieren und zur Seite zu sinken. Dann vergrub er sein Gesicht in den Händen.

Er musste irgendetwas tun. Heiko Richter war vollkommen von Sinnen. Er würde Rasks Existenz vernichten. Er würde seinen Laden aufgeben und Lasse Lackberg das Feld überlassen müssen. Wenn ihn nicht schon vorher der nächste Infarkt ein für alle Mal vom Platz schickte.

37

»Warum geht er so erbittert gegen Anders Rask vor?« Lotta Lundkvist sah ihre Kollegen, die sich im Büro von Heiko Richter versammelt hatten, fragend an. Nachdem sie das Tagebuch von Julia Richter gelesen hatten, waren Paul Beck und Theresa Vestergaard zur Kaserne gefahren. Sif Jacobson, die Verkäuferin aus Rasks Bäckerei, hatte Lotta über die erneute Attacke informiert, und sie alle waren davon ausgegangen, dass Heiko Richter früher oder später hierherkommen würde. Doch bisher war er nicht aufgetaucht, obwohl er Dienst hatte.

»Ich kann nicht glauben, dass das alles nur Theater ist«, fuhr Lotta fort. »So wie diese Sif Jacobson sein Verhalten geschildert hat, ist er wirklich verstört. Ich kann mir nicht vorstellen, dass er das nur vortäuscht.«

Paul Beck hob hilflos die Arme. Er wollte Lotta gerne zustimmen. Immerhin besaß sie in Sachen menschliche Regungen sicher größere Expertise als er. Doch die Beweislast sprach gegen Anders Rask und für Heiko Richter als Täter.

»Es ist nicht gespielt«, sagte eine Stimme von der Tür her, und Beck und seine Kollegen wandten sich um. Martina Scheffler stand dort, die blonden Haare von einem grünen Barett bedeckt, eine glatt gebügelte Uniform am Leib.

»Er hat sie wirklich geliebt«, beharrte sie. »Glauben Sie mir. Das Geld war ihm nicht so wichtig. Er wollte, dass Julia lebt. Und jetzt, wo sie tot ist, ist er vollkommen verzweifelt.«

Beck zauderte. Was die junge Frau sagte, war nicht von der Hand zu weisen. Aber wenn Richter tatsächlich unschuldig war, weshalb blieb er dann seinem Arbeitsplatz fern?

»Wissen Sie, wo Herr Richter sich derzeit aufhält?«

Martina Scheffler schüttelte den Kopf.

»Ich erreiche ihn nicht. Er geht nicht an sein Handy.«

Beck trat ans Fenster und sah hinaus in den Regen. Unten versammelte sich die Suchmannschaft von der Polizeidirektion für Aus- und Fortbildung. Der Zugführer gab offenbar neue Anweisungen aus.

»Was ist mit dem Gift?«, fragte Beck an Nick gewandt. »Haben die Kollegen irgendetwas gefunden?«

»Bisher nicht.« Harder machte eine weit ausholende Bewegung. »Aber sie sind erst seit zwei Stunden dabei. Dieses Gelände ist riesig. Ich schätze, sie werden den ganzen Tag brauchen, wenn nicht zwei.«

»Und die Hunde?«

»Haben bislang nicht angeschlagen. Doch da gilt dasselbe. Sie können toxische Stoffe riechen, aber nicht auf große Distanz. Schon gar nicht bei diesem Sauwetter.«

Paul Beck dachte nach. Wenn Heiko Richter tatsächlich seine Frau ermordet hatte und nun auf der Flucht war, zählte jede Minute. Sie konnten nicht untätig herumstehen, bis sie Spuren des Gifts fanden. Zumal ja ein Fehlen derselben keinesfalls Richters Unschuld bewies.

Er schaute seine Kollegen an und sah, dass sie ähnlich dachten.

»Wir dürfen nicht länger warten«, entschied er. »Ich rufe die Staatsanwältin an. Wir müssen Richter zur Fahndung ausschreiben.«

Sein Blick fiel auf Martina Scheffler, die noch immer mit hängenden Schultern in der Tür stand. Ihre blauen Augen schimmerten feucht.

»Sie machen einen Fehler«, sagte sie leise. »Heiko war es nicht.«

Beck seufzte. Die Sportsoldatin tat ihm leid. Aber darauf konnte er im Augenblick keine Rücksicht nehmen.

***

Innerhalb der nächsten Stunden wurden Straßensperren und Kontrollposten rund um das Kasernengelände sowie auf den Landstraßen nach Flensburg, Eckernförde und Glücksburg eingerichtet, und auch auf dänischer Seite führte man im näheren Umkreis von Sønderhav und Kollund Personenkontrollen durch, nachdem die dänische Polizei in Kollund erfolglos nach Richter gesucht hatte. Die Beamten am Grenzübergang und am Hamburger Flughafen waren informiert, und in den Bahnhöfen in Flensburg, Neumünster und Kiel patrouillierte ein verstärktes Aufgebot.

Die ganze Aktion führte zur Aufdeckung etlicher Kleindelikte. Unter anderem gingen der Polizei ein Drogendealer, ein Handtaschendieb und ein Sträfling ins Netz, der von seinem Freigang nicht zurückgekehrt war. Heiko Richter allerdings blieb verschwunden.

Am frühen Abend entdeckte eine Polizeistreife seinen schwarzen Golf nahe der alten Klärgrube in Holnis Drei, doch vom Halter des Wagens fehlte jede Spur.

Während Paul in den Hof der Bezirkskriminalinspektion ging, um endlich die Pfeife zu rauchen, nach der er sich schon seit Stunden sehnte, sichteten Lotta und Nick noch einmal Julia Richters Unterlagen, und Theresa vertiefte sich in irgendwelche Datenbanken.

Beck schaute frustriert in den tiefschwarzen Himmel. Obwohl es erst kurz nach sieben war, fiel fast kein Licht durch die dichte Wolkendecke, und es war kaum weniger finster als mitten in der Nacht. Er kramte seine Pfeife hervor, zündete sie an und paffte. Das warme, rauchige Rumaroma versöhnte ihn ein wenig mit dem unerquicklichen Tag. Trotzdem löschte er die Pfeife eilig, als ein neuer Regenguss niederging und dicke Tropfen vom Asphaltbelag des Hofs an seine Hosenbeine spritzten.

Die Stimmung im Büro war nicht besser als vor einer Viertelstunde, als er nach unten gegangen war, aber der Duft hatte sich geändert. Lotta hatte Tee aufgesetzt, und nun zog ein würziger Kräutergeruch durch den Raum. Nick Harder legte dankbar den dicken Aktenordner beiseite, in dem er geblättert hatte, und setzte sich zu Lotta an den kleinen Tisch in der Ecke des Zimmers. Auch Beck gesellte sich dazu.

Lotta schaute zu ihrer Kollegin.

»Theresa? Willst du auch einen Tee?«

Theresa Vestergaard blickte von ihrem Bildschirm auf.

»Was? Ja. Gleich.« Sie vertiefte sich wieder in die Arbeit. Dann erschien ein feines Lächeln auf ihren Lippen.

»Ich glaube, ich habe da etwas«, sagte sie. Jeder andere wäre vermutlich aufgesprungen und hätte irgendein Jubelritual dargeboten. Doch diese Art von Gesten hatte Theresa nicht in ihrem Repertoire.

Beck sah hoffnungsvoll zu ihr hinüber.

»Was denn?«

»Eine Urlaubsunterkunft«, berichtete Theresa, und nun hörte Beck doch einen leisen Stolz in ihrer Stimme. »Das Ehepaar Richter besitzt ein kleines Ferienhaus. Es ist nicht so leicht zu finden, weil es auf den Geburtsnamen der geschiedenen Mutter von Julia Richter eingetragen ist.« Sie winkte ab, weil sie offenbar fand, dass es nicht von entscheidender Wichtigkeit war, die Details zu erläutern. »Es befindet sich in Holnis Drei.«

Nick Harder schnellte von seinem Stuhl hoch und verschüttete dabei beinahe seinen Tee.

»Also da, wo Richter den Wagen geparkt hat?«

»Keine hundert Meter Luftlinie entfernt«, bestätigte Theresa.

»Ha!« Harder tat, was Theresa unterlassen hatte: Er ballte in einer triumphierenden Geste die Faust. »Jetzt kriegen wir ihn!«

Er stellte die Teetasse beiseite und griff nach seiner Canvas-Jacke, die am Haken neben der Tür hing, doch Beck hielt ihn zurück.

»Warte«, sagte er.

»Weshalb?« Nick blieb stehen, die Jacke halb über der Schulter, die Türklinke in der Hand. »Wir sollten ihn festnehmen, bevor er neue Pläne macht und uns wieder entwischt.«

»Wir müssen vor allem Vorsicht walten lassen«, beschied ihm Beck. »Richter ist Soldat. Er könnte bewaffnet sein. Er befindet sich in einer verzweifelten Lage. Womöglich schießt er, wenn er sich in die Enge getrieben fühlt.«

»Waffen haben wir auch«, entgegnete Nick und deutete lässig auf sein Pistolenholster. »Und Richter muss erst mal schneller ziehen als ich.«

»Ich möchte es lieber nicht darauf ankommen lassen«, erwiderte Beck und griff nach dem Telefon.

Er forderte ein Spezialeinsatzkommando beim LKA an. Dann machte er sich mit Lotta, Theresa und Nick auf den Weg. Die Kollegen aus Kiel würden in etwa einer Stunde vor Ort sein. Bis dahin mussten sie selbst das Ferienhaus im Auge behalten. Falls sich Richter tatsächlich dort aufhielt, wollten sie nicht riskieren, dass er ihnen wieder entwischte.

Sie waren gerade dabei, das Büro in der Bezirkskriminalinspektion zu verlassen, als Becks Telefon klingelte. Es war der Zugführer aus Eutin, der ihm mitteilte, dass die Suche nach Gift auf dem Kasernengelände nichts ergeben hatte. Weder die Polizeischüler noch die Spürhunde waren fündig geworden.

Beck bedankte sich und legte auf. Es gefiel ihm nicht, dass sie keine handfesten Beweise für Richters Täterschaft hatten. Aber vielleicht würde der Mann ja ein Geständnis ablegen, wenn sie ihn mit ihrem Wissen über sein Motiv konfrontierten.

Es war nur ein frommer Wunsch, wie Paul Beck wusste. Doch Heiko Richter war Soldat und ein geradliniger und aufrechter Mann. Womöglich litt er unter seiner Schuld und würde froh sein, sein Gewissen erleichtern zu können.

38

Die Feriensiedlung in Holnis Drei lag still in der Dunkelheit. Es waren kleine Grundstücke mit Hütten, die winzig wirkten, immerhin aber über ein eigenes Fleckchen Garten, Terrassen mit Tischen und Liegestühlen und einen Parkplatz verfügten. Die wenigen Laternen warfen ein fahles Licht auf die schmale Straße. Nur ein paar der Fenster waren erleuchtet. Die meisten waren finster.

Lotta Lundkvist, Nick Harder und Paul Beck schlenderten so unbeteiligt, wie sie es vermochten, an den Häuschen entlang, um keine unnötige Aufmerksamkeit zu erregen. Theresa Vestergaard war auf dem Parkplatz beim Wagen geblieben, um Kontakt mit dem SEK zu halten.

Als das Ferienhaus von Heiko Richter in Sicht kam, blieben Beck, Harder und Lotta im Schatten zwischen den Straßenlampen stehen. Sie wollten nicht riskieren, dass Richter sie entdeckte. Falls er sich hier versteckt hatte, behielt er wahrscheinlich die Straße im Blick. Und vermutlich würde er sie trotz der Dunkelheit erkennen.

Sie beobachteten das kleine Haus eine Weile, doch nichts rührte sich. In keinem der Fenster brannte Licht, und sie nahmen auch keine Bewegung wahr. Allerdings konnten sie von ihrer Position aus nur die Vorderfront sehen. Die Terrasse und der Garten lagen auf der Rückseite.

»Scheint, als wäre niemand zu Hause«, bemerkte Lotta.

»Vielleicht hockt er im Dunkeln«, erwiderte Nick. »Oder er schläft.«

Beck warf noch einen Blick auf das Haus. Dann winkte er den beiden anderen, ihm zurück zum Parkplatz am alten Klärwerk zu folgen.

Sie liefen über einen schmalen Pfad, der hinter den Häusern entlangführte, und gingen über den Sandplatz zu Becks Mercedes, den er nahe der Einfahrt abgestellt hatte. Theresa

Vestergaard saß auf dem Beifahrersitz und beschäftigte sich mit ihrem iPad. Als sie die Kollegen bemerkte, stieg sie aus.

»Habt ihr ihn gesehen?«, fragte sie.

»Nein.« Harder öffnete den obersten Knopf seiner Canvas-Jacke. »Falls er da ist, hält er still.«

Theresa machte eine vage Geste, die wohl besagen sollte, dass sie nichts anderes erwartet hatte. Lotta blickte sich ungeduldig um.

»Wo bleibt das SEK?«, fragte sie.

Beck warf einen Blick auf seine Armbanduhr.

»Sie müssen jeden Moment hier sein.«

Er hatte die Worte kaum ausgesprochen, als zwischen den Büschen, die den Parkplatz von der Straße trennten, Scheinwerfer aufleuchteten. Im nächsten Augenblick bogen zwei Kleinbusse auf den Parkplatz, und ein Dutzend Männer in schwerer Ausrüstung sprang heraus. Sie waren komplett in Schwarz gekleidet und trugen schusssichere Westen. Bis auf den Gruppenführer hatte jeder von ihnen einen Schutzhelm in der einen und eine Maschinenpistole in der anderen Hand.

Der Anführer, der seine Ausrüstungsgegenstände am Gürtel trug, trat auf die Wartenden zu.

»Wer von Ihnen ist KOK Beck?«, erkundigte er sich.

Paul hob den Arm. »Das bin ich.«

»Matthias Meister«, stellte sich der SEK-Mann vor und schüttelte Becks Hand. »Wo befindet sich das Zielobjekt?«

Beck entfaltete den Plan, den Theresa von der Siedlung ausgedruckt hatte, auf der Motorhaube seines Mercedes, und Nick Harder leuchtete mit seiner Taschenlampe darauf.

»Hier.« Paul Beck tippte auf eines der Vierecke. »Das fünfte Haus auf der linken Seite.«

Meister prägte sich den Plan ein.

»Gut«, sagte er und machte seinen Männern ein Zeichen. Diese setzten klobige Brillen auf, Nachtsichtgeräte, wie Beck annahm. Darüber stülpten sie ihre Helme und klappten die Visiere herunter. Dann nahmen sie ihre Maschinenpistolen in beide Hände.

»Sie können mitkommen, aber Sie bleiben hinter uns«, sagte Meister zu Beck. »Wenn wir das Objekt erreichen, halten Sie mindestens fünfzig Meter Abstand und gehen in Deckung. Dort warten Sie, bis ich Ihnen ein Signal gebe.«

»Verstanden.«

Meisters Spezialeinsatzkommando setzte sich in Bewegung, und Beck, Harder und Lotta Lundkvist folgten den Männern.

»Ich bleibe hier«, wisperte Theresa.

Beck hob den Daumen, um zu signalisieren, dass er sie gehört hatte. Dann schloss er eilig zu den anderen auf. Er biss die Zähne zusammen, weil sein linker Knöchel bei jedem Schritt einen heftigen Schmerz bis hinauf in die Wirbelsäule ausstrahlte. Wenn das hier vorbei war, würde ihm nichts anderes übrig bleiben, als endlich zum Arzt zu gehen.

Die Beamten des SEK bewegten sich nahezu lautlos. Sie erreichten das Grundstück mit dem Ferienhaus von Heiko Richter, und auf ein Zeichen von Matthias Meister hin teilten sie sich auf. Sie umstellten das Haus, suchten sich Deckung und brachten ihre Waffen in Anschlag. Meister trat mit zweien seiner Leute an die Haustür. Er klopfte an.

»Polizei!«, rief er laut. »Öffnen Sie bitte die Tür.«

Er wartete einen Moment. Als nichts geschah, hämmerte er erneut gegen die Türfüllung.

»Herr Richter? Sind Sie im Haus? Machen Sie keine Dummheiten und kommen Sie heraus.«

Wieder rührte sich nichts, und Meister winkte einem seiner Männer. Der huschte zur Tür und stocherte ein paar Sekunden lang mit einem Werkzeug im Schloss herum. Dann ging er einen Schritt zurück und trat mit seinem schweren Stiefel die Tür auf. Sie knallte scheppernd gegen eine Wand.

Es war das Signal für den Sturm. Von allen Seiten kamen die schwarzen Männer aus dem Gebüsch. Fensterläden flogen auf, Glas klirrte. Keine dreißig Sekunden später war ein halbes Dutzend der Beamten im Haus. Zwei weitere Minuten später trat Meister wieder auf die Straße und ging zu Beck.

»Da ist niemand, weder die Zielperson noch irgendwer

sonst«, sagte der Gruppenführer, als sie ihn erreicht hatten. »Aber bis vor Kurzem war jemand im Haus. Auf dem Tisch liegt ein Karton mit Resten von einer Pizza, daneben steht ein halbes Glas Bier. Die Pizza ist kalt und das Bier wärmer, als es sein sollte, aber beides befindet sich noch nicht lange dort. Maximal zwei bis drei Stunden, würde ich schätzen.«

Beck rieb sich das Kinn. Das bedeutete, dass sich Heiko Richter irgendwo in der Nähe aufhalten musste. Er war offensichtlich im Ferienhaus gewesen, und sein Golf stand noch immer auf dem Parkplatz neben der alten Klärgrube.

»Er kann nicht weit sein«, sagte er zu Meister. »Ich würde ja ein paar Streifenbeamte anfordern, um die Siedlung zu durchkämmen, aber wo Sie und Ihre Leute nun schon einmal hier sind …«

Matthias Meister zögerte nicht lange. Er versammelte seine Männer um sich und gab Befehle aus.

»Wie sieht der Flüchtige aus?«, erkundigte er sich.

Links neben Beck leuchtete plötzlich etwas auf. Er fuhr herum und entdeckte, dass es Theresa war, die offensichtlich doch nicht allein auf dem Parkplatz hatte warten wollen und ihnen gefolgt war. Sie hielt ihr iPad in die Luft, auf dem sie ein Foto von Richter geöffnet hatte.

»Das ist der Mann«, sagte sie und reichte das Gerät herum. Die SEK-Beamten betrachteten das Bild jeder ein paar Sekunden lang. Dann zerstreuten sie sich und machten sich paarweise daran, den Flüchtigen zu suchen.

Nick Harder mochte nicht untätig herumstehen.

»Kommt«, sagte er. »Wir durchstöbern auch ein wenig die Gegend.« Er blickte sich um und entdeckte einen Pfad, der von der Straße abzweigte und in undurchdringliches Gebüsch zu führen schien. Entschlossen marschierte er darauf zu.

»Nick.« Theresa, die auf ihrem iPad einen Plan von Holnis Drei geöffnet hatte, versuchte, ihn zurückzuhalten. »Da ist nichts. Nur ein alter, stillgelegter Minigolfplatz.«

»Na und? Wenn man da weitergeht, kommt man zur Promenade und zum Strand, oder nicht?«

»Ja …«

»Also. Dann können wir den Weg doch nehmen.« Er wartete nicht ab, ob ihm jemand folgte, sondern lief einfach los. Das Licht seiner Taschenlampe flitzte über struppiges Grün.

Beck verdrehte die Augen. Er teilte Nicks Vorliebe für Abenteuer nicht. Doch in diesem Fall blieb ihm wohl nichts anderes übrig, als sich dem Kollegen anzuschließen. Er setzte sich in Bewegung, und Lotta und Theresa taten dasselbe, Lotta energisch, Theresa mit demselben offensichtlichen Widerwillen wie er. Beck bemerkte, dass sie auf ihre Pumps schaute, die für eine Nachtwanderung vermutlich ebenso wenig geeignet waren wie seine guten Schuhe. Doch sie beschwerte sich nicht. Was sie, wie Beck im nächsten Moment einfiel, allerdings auch so gut wie nie tat.

Nick und Lotta hatten sich mittlerweile einen kleinen Vorsprung erarbeitet. Sie erreichten den Zaun, der um den stillgelegten Minigolfplatz herumführte. Nick ließ das Licht seiner Taschenlampe über die Betonbahnen schweifen, die an etlichen Stellen aufgeplatzt und geborsten waren.

»Schade«, bemerkte er. Dann hielt er inne.

Paul Beck und Theresa Vestergaard schlossen zu ihm auf, und Beck spürte, wie ihm der Magen durchsackte.

Im Lichtkegel der Taschenlampe sah er etwas auf einer der Bahnen liegen. Es war jene, auf der man den Golfball über eine Wippe in das Loch am hinteren Ende der Bahn befördern musste. Jetzt befand sich allerdings kein Ball auf der Golfbahn, sondern ein Mensch. Und er spielte auch nicht. Er ruhte bäuchlings auf der Strecke, die Arme zu beiden Seiten der Wippe ausgestreckt, als wollte er das Hindernis umarmen. Er bewegte sich nicht, und im nächsten Moment erkannte Beck auch, weshalb: Im Hinterkopf des Mannes, der von millimeterkurzen dunklen Haaren bedeckt war, klaffte ein tiefes, blutiges Loch. Der Minigolfschläger, mit dem ihm der Schädel eingeschlagen worden war, lag keinen halben Meter entfernt im Gras.

»Oh mein Gott.«

Beck registrierte, wie Theresa neben ihm eine Hand vor den Mund presste, und auch Lotta, deren Gesicht er im Widerschein der Taschenlampe nur schemenhaft sehen konnte, schien fassungslos.

Nick Harder drehte sich langsam zu Beck um. Der Lichtkegel seiner Taschenlampe wanderte mit, und das grausige Bild entschwand aus Pauls Blickfeld.

Nick richtete die Lampe auf den Boden, um Beck nicht zu blenden.

»Scheiße«, sagte er, und Beck hörte seiner Stimme an, dass auch er erschüttert war. »Das ist Heiko Richter.«

39

»Wir waren zu spät«, erklärte Paul Beck bitter, als sie am nächsten Morgen im Büro der Oberstaatsanwältin saßen. Er fühlte sich matt, und sein Jackett schien wie eine Bleiweste an seinem Körper zu hängen. »Wenn wir das Ferienhaus nur ein wenig früher entdeckt hätten ... Dr. Reimers meinte, er war noch keine zwei Stunden tot.«

Der Rechtsmediziner war noch in der Nacht aus Kiel herübergekommen, ebenso wie die Beamten von der Spurensicherung aus Flensburg. Dr. Marten Reimers hatte Heiko Richters Tod festgestellt und den Abtransport des Leichnams überwacht, und die Kriminaltechniker hatten den blutverschmierten Minigolfschläger sichergestellt und das Gelände gründlich abgesucht. Die starken Scheinwerfer, die sie rund um den Minigolfplatz errichtet hatten, hatten die ganze Nacht gebrannt. Gefunden hatten sie nichts.

Dr. Margarete Döscher hob die Hand.

»Es war nicht Ihr Fehler«, sagte sie. »Sie hätten es kaum voraussehen können. Schließlich haben Sie Richter als Tatverdächtigen gesucht, nicht als potenzielles Opfer.«

Beck nickte müde. Er fühlte sich ausgelaugt und zerschlagen. Er hatte maximal drei Stunden Schlaf bekommen, und er war immer wieder aufgeschreckt, weil er Heiko Richters blutüberströmtes Gesicht vor seinem geistigen Auge gesehen hatte.

»Was glauben Sie, wer das getan hat?«, fragte die Oberstaatsanwältin. Ihre Stimme klang sachlich. Nicht, weil es ihr an Empathie mangelte, sondern weil sie ihnen allen die Sache leichter machen wollte, nahm Beck an.

Er versuchte, sich zusammenzureißen.

»Ich denke, wir haben uns getäuscht«, berichtete er, was ihm in der Nacht klar geworden war. Vor dem Schlafengehen hatte er Watson die ganze Geschichte erzählt. Der Kater hatte ihn nur angesehen, doch der Blick aus seinen smaragdgrünen Augen war so traurig gewesen, dass er ihn an Heiko Richter erinnert hatte. Offenbar war sein erster Eindruck doch richtig gewesen. Richter hatte seine Frau geliebt. Er hatte sie nicht getötet.

»Heiko Richter war nicht der Täter«, erklärte der Kriminaloberkommissar seine Überlegungen. »Ich glaube, er hat etwas ganz anderes getan: Er hat auf eigene Faust den Mörder seiner Frau gesucht. Und er hat ihn gefunden.«

Nick Harder und Theresa Vestergaard nickten. Anscheinend waren sie zu ähnlichen Schlüssen gelangt. Lotta Lundkvist machte ein zweifelndes Gesicht. Die Oberstaatsanwältin, an deren Miene nichts abzulesen war, schaute sie interessiert an.

»Sie haben eine andere Hypothese?«

»Ich finde das nicht schlüssig«, verkündete Lotta. »Wir haben bisher kaum eine vernünftige Spur. Wie sollte Heiko Richter das dann geschafft haben?«

Beck verspürte einen Stich. Er war daran gewöhnt, dass man seine emotionalen Fähigkeiten anzweifelte. Aber dass man ihm mangelnde Logik unterstellte?

»Er könnte über Informationen verfügt haben, die uns fehlen«, entgegnete er kühl. »Das ist nicht dermaßen an den Haaren herbeigezogen, oder?«

Nick Harder lachte freudlos auf.

»Wie wär's, wenn ihr eure Ehestreitigkeiten später austragt?«, schlug er schärfer als gewöhnlich vor. »Wir haben momentan wirklich andere Sorgen.«

Beck verschränkte beleidigt die Arme vor der Brust. Lotta lächelte reumütig.

»Du hast recht«, sagte sie zu Nick.

»Dann wenden wir uns vielleicht der Frage zu, wer die Person sein könnte, die Heiko Richter enttarnt hat«, schlug die Oberstaatsanwältin vor. Sie klang freundlich und vollkommen unberührt von den Spannungen zwischen den ermittelnden Beamten. Vermutlich, dachte Beck, weil sie wusste, dass sie alle noch unter Schock standen und deshalb emotionaler agierten als normal.

»Richter war überzeugt davon, dass Anders Rask seine Frau ermordet hat«, erinnerte er die anderen.

»Aber das hatte er bereits in aller Öffentlichkeit kundgetan«, bemängelte Nick. »Es war kein Grund, ihn zu erschlagen. Es sei denn, Richter hatte Beweise.«

»Ja.« Paul Beck erlebte eine seltsame Leere im Kopf. Er war es nicht gewöhnt, dass ihm einfach nichts einfiel, und es frustrierte ihn zutiefst. Der einzige Trost war, dass es den anderen offenbar nicht anders ging. Sie alle hatten den Blick aus dem Fenster oder auf irgendeinen Punkt an der Decke gerichtet, und das Schweigen im Raum wurde langsam drückend. Nur Theresa schien davon nichts mitzubekommen, weil sie vollkommen darin vertieft war, irgendetwas auf ihrem iPad zu recherchieren. Beck verspürte das dringende Bedürfnis, sich eine Pfeife anzuzünden.

»Wenn wir wenigstens wüssten, wie Julia Richter das verdammte Gift verabreicht wurde«, fluchte Lotta. »Dann würde sich vielleicht jemand erinnern, dass er doch etwas gesehen hat.«

Sämtliche Sportlerinnen, die am Wettbewerb beteiligt gewesen waren, und alle Personen, die sonst noch in die Nähe der Ausrüstungshalle gekommen waren, waren nach dem Mord mehrfach befragt worden, von den Beamten der Schutzpolizei ebenso wie von jenen der Kriminalpolizei. Niemand hatte etwas Auffälliges bemerkt. Doch sie stocherten ja auch im Nebel. Es wäre so viel einfacher, wenn sie konkrete Anhaltspunkte hätten.

»Die Kollegen in der Kriminaltechnik tun, was sie können«, sagte Beck defensiv.

»Das bezweifelt ja auch niemand.« Lotta fuhr sich durch die blonden Haare, und ihre meerblauen Augen funkelten. »Wir haben nur so schrecklich wenig in der Hand.«

»So wenig vielleicht auch nicht«, murmelte Theresa abwesend und blickte von ihrem iPad hoch. Die anderen drehten ihr die Köpfe zu, und Theresa, der die geballte Aufmerksamkeit sichtlich unangenehm war, setzte eine verlegene Miene auf.

»Ich habe mir überlegt, dass sich Heiko Richter und sein Mörder ja irgendwie getroffen haben müssen«, erläuterte sie. »Ich dachte, sie waren vielleicht verabredet.«

Die Oberstaatsanwältin nickte.

»Deswegen habe ich Richters Handydaten gecheckt«, fuhr Theresa fort.

»Die hast du schon?« Nick Harder schaute sie verblüfft an. »Ich hätte nicht gedacht, dass die Kollegen von der IT-Beweissicherung mitten in der Nacht die SIM-Karte auslesen.« Er lächelte stolz. »Du musst die Jungs ganz schön beeindruckt haben.«

»Äh. Nein.« Theresa hüstelte. »Das waren nicht die Kollegen. Ich habe die Daten direkt vom Provider ... ähm ... heruntergeladen.«

Margarete Döscher hob die Augenbrauen, sagte aber nichts.

»Und? Was hast du gefunden?«, drängte Lotta.

»Heiko Richter hat an seinem Todestag mit drei Frauen telefoniert, die wir kennen«, berichtete Theresa. »Mit Martina Scheffler. Mit Cornelia König. Und ...«, sie schaute Lotta mitfühlend an, »... mit Grit Larsen.«

Lotta presste die Lippen zusammen.

»Und was hatte er mit diesen Frauen zu bereden?«

Theresa zog den Kopf zwischen die Schultern.

»Das kann ich dir nicht sagen. Die Gespräche werden nicht aufgezeichnet, es werden nur die Nummern erfasst. Und die Gesprächsdauer. Mit Martina Scheffler hat Richter sechs Minuten telefoniert, mit Cornelia König fünfzehn und mit Grit Larsen fast eine halbe Stunde.«

Nick Harder sprang auf.

»Das ist doch schon was. Dann knöpfen wir uns die Damen jetzt vor und finden heraus, was sie mit Richter zu bequatschen hatten.«

Beck nickte, sah aber unschlüssig zwischen den Kollegen

hin und her. Mit wem sollten sie anfangen, und wer sollte zusammenarbeiten? Nick nahm ihm die Entscheidung ab.

»Lotta und ich kümmern uns um die Kratzbürste im Diakonissenkrankenhaus. Cornelia König«, fügte er, an die Oberstaatsanwältin gewandt, erklärend hinzu. »Und anschließend machen wir einen Ausflug in die Kaserne und reden mit Martina Scheffler.«

Beck zupfte an seinem Hemdkragen.

»Das heißt, Theresa und ich fahren nach Sønderhav und sprechen mit Grit Larsen.«

Nick Harder grinste ihn an.

»Man merkt eben doch, dass du die reinste Intelligenzbestie bist.«

***

»Heiko ist … tot?«

Cornelia Königs Hände begannen zu zittern, und die Objektträger in der Schale, die sie hielt, klapperten. Nick Harder bekam sie gerade noch zu fassen, ehe sie ihr entgleiten konnte. Er stellte sie achtlos auf einen der Labortische. Dann nahm er die Pathologin am Arm, führte sie zu einem der Hocker und nötigte sie, darauf Platz zu nehmen. Cornelia König ließ sich führen wie eine Kranke. Sie sackte auf die Sitzfläche und blickte verstört zu Lotta Lundkvist und Nick Harder auf.

»Aber … wie ist das möglich?«, krächzte sie. »Hat er sich … selbst?«

»Nein.« Lotta zog sich einen zweiten Hocker heran und setzte sich der Pathologin gegenüber. »Herr Richter hat sich nicht suizidiert. Er wurde ermordet.«

»Was?« Die grüngrauen Augen der Ärztin weiteten sich. »Wieso denn … Heiko?«

Lotta stellte fest, dass sie der Ärztin glaubte. Offenbar war sie ehrlich schockiert. Anders war kaum zu erklären, dass eine hochintelligente und eloquente Frau wie Cornelia König plötzlich stammelte wie ein Schüler, der seine Hausaufgaben nicht gemacht hatte. Sie schaute kurz zu Nick und sah, dass auch dessen Miene eher mitfühlend als misstrauisch war.

Lottas Blick wanderte durch den Raum, über die Reihen der Flaschen voller Reagenzien, die großen, kompliziert aussehenden Geräte, die Mikroskope und den verglasten Abzug. Er hatte zwei mit Manschetten versehene Löcher, durch die man die Arme stecken konnte, um hinter der Scheibe mit gefährlichen Substanzen zu hantieren. Im Großen und Ganzen, befand sie, sah es in der Pathologie nicht viel anders aus als in den Laboren der Rechtsmedizin und der Kriminaltechnik. So wie vermutlich auch in jedem anderen Labor.

»Sie haben gestern Abend noch mit Heiko Richter telefoniert«, sagte sie.

Cornelia König presste die Finger neben ihrer schmalen Nase in die Augenwinkel. Anscheinend wollte sie verhindern, vor den Polizisten Tränen zu vergießen.

»Ja«, sagte sie rau. »Wir haben … gestritten, wenn Sie es genau wissen wollen.« Ihre Hände wanderten nach oben und strichen durch die kurzen dunklen Haare. »Mein Gott. Wenn ich gewusst hätte …« Sie brach ab, fuhr sich über das Gesicht und ließ die Arme dann sinken.

»Ich wollte, dass er mich in die erste Mannschaft nimmt«, erklärte die Pathologin. »Es stimmt nicht, dass Martina – Martina Scheffler – beim Training die besseren Zeiten eingefahren hat. Julia hat die Ergebnisse vertauscht. Genauso, wie sie hier im Labor alles Mögliche in Unordnung gebracht hat, um es mir in die Schuhe zu schieben. Sie konnte mir einfach nicht verzeihen, dass ich ihr ihren Job weggenommen habe. Sie wollte ihn unbedingt wiederhaben.« Sie atmete tief durch. »Wer weiß. Wenn sie ihre Intrigen noch eine Weile fortgesetzt hätte, hätte man mir die Leitung der Abteilung womöglich tatsächlich entzogen. Die Klinikleitung hat mich wegen der Vorfälle bereits zweimal zu einem sehr ernsten Gespräch gebeten. Wenn das noch einmal passiert wäre …«

Lotta und Nick tauschten einen schnellen Blick. Was Cornelia König ihnen da offenbarte, war ein handfestes Motiv für den Mord an Julia Richter. Eines, das sehr viel gewichtiger war als der Ärger, von der Teamchefin nicht in die erste Mannschaft aufgenommen worden zu sein, oder das Mobbing an sich.

»Heiko hat meine Bitte abgelehnt«, fuhr die Ärztin fort. »Er hat an Martina festgehalten. Ich habe ihn … nun ja … reichlich unflätig beschimpft.« Sie schluckte. »Und jetzt …«, ihre Augen suchten die von Lotta, »… jetzt kann ich mich nicht einmal mehr dafür entschuldigen.«

Nick Harder zog einen hellblauen Latexhandschuh aus einem der Kartons, die auf dem Tisch neben der Tür standen. Er zog den Mittelfinger des Handschuhs in die Länge und ließ ihn dann mit einem leisen Schnalzen zurückschnellen.

»Sie hatten guten Grund, Ihrer Konkurrentin nach dem Leben zu trachten«, bemerkte er. »Und Heiko Richter … Ist er Ihnen auf die Schliche gekommen? Musste er deshalb sterben?«

Cornelia König hob das Kinn. Ihr eben noch offenes Gesicht verschloss sich und nahm wieder den abweisenden, ein wenig hochmütigen Ausdruck an, den Nick bereits kannte.

»Haben Sie für diese Anschuldigungen irgendwelche Beweise?«, fragte sie.

»Nein. Bisher nicht.« Nick Harder lächelte charmant. »Aber wenn es welche gibt, finden wir sie.«

Er schnippte den Latexhandschuh in Richtung des Papierkorbs. Der Handschuh fiel auf den Rand, rutschte darüber und landete mit einem leisen Klatschen auf dem Boden.

»Vielleicht verraten Sie uns, wo Sie letzte Nacht waren?«, fragte er.

Cornelia König erhob sich, eine Hand auf den Tisch neben sich gestützt, als fühle sie sich nicht sicher auf den Beinen und müsse um Halt ringen.

»Zu Hause«, entgegnete sie kühl. »Und: nein. Es gibt keine Zeugen dafür.«

40

Das Haus in Kolding, in dem Grit Larsen wohnte, war dasselbe, in dem sie auch mit ihrem Mann und ihrer Tochter Pia gelebt hatte. Jener Tochter, die im zarten Alter von sechs Jahren an einer Blinddarmentzündung gestorben war. Und jenem Mann, der sich von Grit getrennt hatte, weil in Grits Leben plötzlich nichts anderes mehr Platz gehabt hatte als ihr verbissener Kampf gegen den Arzt, der ihrer Ansicht nach mit seiner missglückten Operation den Tod ihrer Tochter verschuldet hatte.

Paul Beck verspürte Beklemmung, als er seinen Mercedes auf der Straße vor dem Grundstück abstellte. Es war ein typisches dänisches Haus, rot gestrichene Holzbretter und weiße Fensterläden. Der Vorgarten stand voller bunt blühender Büsche und Blumen. Die Fensterscheiben waren offenbar erst unlängst geputzt worden und strahlten in der Sonne. Grit Larsen verwendete anscheinend viel Energie darauf, die Welt um sich herum zu ordnen. Vermutlich, weil es der einzige Halt war, der ihr geblieben war.

Beck wunderte sich ein wenig über diese rührseligen Gedanken, die eigentlich nicht seine Art waren. Aber vielleicht lag es daran, dass ihm Theresa auf dem Weg hierher Grits Geschichte in so bewegenden Worten geschildert hatte. Oder es hatte etwas damit zu tun, dass ihm sein verstauchter Knöchel beständig die Erinnerung an die Zeit in seinem eigenen Leben ins Gedächtnis rief, in der er begonnen hatte, sich von der Welt zurückzuziehen.

Auch jetzt fuhr wieder ein heißer Schmerz durch seinen Fuß, als er aus dem Wagen stieg, und er sog scharf die Luft ein. Theresa, die schon auf dem Weg zur Haustür gewesen war, wandte sich zu ihm um und musterte sein Gesicht.

»Du solltest wirklich zum Arzt gehen, weißt du?«, sagte sie sanft. »Vielleicht ist der Knöchel angebrochen.«

Beck winkte ab. Auf keinen Fall wollte er einen Gips oder

womöglich eine ähnlich hinderliche Beinschiene wie damals haben.

»Geht schon«, verkündete er und schritt mit zusammengebissenen Zähnen zur Tür, bemüht, so wenig wie möglich zu hinken.

»Wie du meinst.«

Theresa war keine Frau, die Konflikte suchte. Sie legte einen Finger auf den Klingelknopf, und im Inneren des Hauses war ein melodiöser Gong zu hören. Ansonsten blieb es ruhig. Keine Schritte erklangen, kein Geräusch, das auf das Öffnen oder Zuschlagen einer Tür hindeutete, und auch sonst nichts.

»Vielleicht ist sie im Garten«, schlug Theresa vor, der der liebevoll gepflegte Vorgarten ebenso wenig entgangen war wie Beck.

Beck knirschte mit den Zähnen. Der Weg ums Haus herum war nicht weit, doch mit jedem Auftreten schien sich ein Messer tief in seinen Knöchel zu bohren. Trotzdem lächelte er so heiter, wie er es vermochte, und folgte Theresa, indem er mit dem linken Fuß kleine, mit dem rechten große, lange Schritte vollführte. Wahrscheinlich sah das albern aus, aber es minimierte zumindest den Schmerz.

Als sie um das Haus herumkamen, entdeckten sie Grit Larsen. Sie stand an einem Tisch auf der Terrasse, vor sich eine Reihe von Blumentöpfen und einen Sack Erde. In der Hand hielt sie eine Pflanzschaufel. Behutsam platzierte sie einen Setzling in der Mitte eines Topfs und befüllte diesen mit dunkler Erde.

»Hej, Grit«, sagte Theresa.

Diese hob den Kopf.

»Hej.« Ihre Miene verdunkelte sich. »Was führt euch denn zu mir? Ich dachte, wir hätten alles besprochen.«

Beck wies auf die Gartenstühle, die auf der anderen Seite der Terrasse standen, und Grit Larsen lud sie mit einer Handbewegung ein, Platz zu nehmen. Sie selbst blieb stehen und fuhr mit dem Einpflanzen ihrer Setzlinge fort.

Beck ließ sich erleichtert auf den Stuhl sinken, streckte das linke Bein aus und nahm seinen Bowler vom Kopf.

»Ich fürchte, wir haben schlechte Nachrichten«, erklärte er.

»So?« Grit Larsen warf ihm nur einen kurzen Blick zu. »Und was mag das sein?«

»Heiko Richter ist tot. Er wurde ermordet.«

Die Pflanzschaufel fiel klappernd auf die Terrakottafliesen. Grit Larsen sah darauf herab, als wisse sie nicht mehr, wozu man dieses Werkzeug benötigte. Wie in Zeitlupe wandte sie sich zu Beck und Theresa.

»Mein Gott. Das kann nicht wahr sein. Das hat er nicht getan, oder?«

»Verzeihung?« Theresa holte ihr iPad aus der Tasche und schaltete es ein. »Du meinst, du weißt, wer es war?«

Grit legte ihre gefalteten Hände an die Lippen.

»Ihr wisst es doch selbst, oder nicht?«, fragte sie. »Anders … Heiko Richter hat seine Existenz bedroht. Seit Lackberg gegenüber sein Café eröffnet hat, kämpft er ums Überleben. Und nachdem Richter ihn überall als Mörder verleumdet hat, laufen ihm die Kunden scharenweise weg.«

»War das der Grund, weshalb Sie mit Heiko Richter telefoniert haben?«, erkundigte sich Beck.

Ein Muskel in Grits Wange zuckte.

»Woher …?« Sie vollführte eine Geste, als wolle sie die Frage beiseitewischen. »Ja«, sagte sie stattdessen. »Ich habe versucht, an sein Gewissen zu appellieren. Ihm klarzumachen, dass Anders seine Frau nicht ermordet hat. Und dass er aufhören muss, ihn in die Enge zu treiben.« Sie hob die Hände und ließ sie wieder fallen. »Ich habe mir eine halbe Stunde lang den Mund fusselig geredet. Und ich kann reden.«

Beck nickte. Er war ja selbst bereits in den Genuss ihrer rhetorischen Fähigkeiten gekommen.

»Aber es hat nichts genützt«, sagte Grit Larsen.

»Und was haben Sie dann getan?«

Grit, die langsam ihre Fassung wiederfand, funkelte ihn an.

»Was glauben Sie denn? Meinen Sie, ich habe mich heimlich

in seine Kaserne eingeschlichen und ihm im Schlaf ein Kissen aufs Gesicht gedrückt?«

Beck tastete nach der Pfeife in seiner Manteltasche. Er würde den Teufel tun und sie hervorziehen, weil Grit Larsen das sicher als ein Zeichen der Schwäche interpretieren würde. Aber allein die Vorstellung, wie er den süßen Rauch einsog, beruhigte ihn.

Es war alles andere als ein Geständnis. Das Szenario, das Grit Larsen entworfen hatte, war so weit von der Wirklichkeit entfernt, wie es nur ging. Weder der Ort noch die Tötungsmethode stimmten. Aber Grit Larsen war eine gewiefte Anwältin. Vielleicht war das nur eine Finte, um ihn von ihrer Unschuld zu überzeugen, während sie in Wahrheit ganz genau wusste, was geschehen war.

Theresa lächelte scheu.

»Wir glauben gar nichts«, sagte sie. »Wir fragen ganz unvoreingenommen.«

Grits leuchtend blaue Augen richteten sich auf sie wie Röntgenstrahlen.

»Wir haben uns ja nur ein paarmal gesehen. Aber Lotta spricht oft von dir«, verkündete sie. »Sie hält große Stücke auf dich. Sie sagt, sie beneidet dich um deine Ruhe und Gelassenheit. Und um deine unglaublichen technischen Fähigkeiten.«

Theresa stieß ein kleines nervöses Lachen aus, und Beck sah, wie sich ihre Wangen leicht rosa färbten. Schnell senkte sie den Kopf und versteckte sich hinter ihrem Pony.

»Sie sagt auch, du bist ein Mensch, dem man hundertprozentig vertrauen kann«, fuhr Grit Larsen fort. »Und deshalb sage ich dir die Wahrheit. Ich habe Heiko Richter versichert, dass ich ihm die Hölle heißmache, wenn er Anders nicht in Ruhe lässt. Er hat mich ausgelacht und einfach aufgelegt.«

Sie hob die Pflanzschaufel auf und betrachtete sie. Dann stieß sie sie mit Schwung in einen Topf, der bereits mit Erde gefüllt war, aber noch keinen Setzling enthielt.

»Ich war so wütend. Ich habe mich in mein Auto gesetzt und bin nach Eckernförde zu seiner Kaserne gerast. Aber am

Tor haben sie mir gesagt, dass Richter nicht auf dem Gelände ist. Sie wollten mich nicht reinlassen. Ich bin um das ganze Areal herumgegangen und habe geschaut, ob es einen Weg hinein gibt. Aber … na ja. Es ist eine deutsche Kaserne. Da muss man sich nicht wundern, wenn alles perfekt ist, nicht wahr? Am Ende bin ich unverrichteter Dinge wieder nach Hause gefahren.«

»Danke, Grit«, sagte Theresa und steckte ihr iPad zurück in die Tasche. »Weißt du, wo wir Herrn Rask erreichen?«

Die Anwältin umklammerte den Griff ihrer Pflanzschaufel, als plane sie, damit auf jemanden loszugehen. Beck sah, wie sich ihre Wangenmuskulatur verhärtete.

»Er ist wieder im Krankenhaus«, stieß sie hervor. »Sif, seine Verkäuferin, hat ihn heute Morgen im Laden gefunden. Er hockte neben dem Tresen und war kaum ansprechbar. Und er hat gezittert, hat sie gesagt. Sif hat einen Krankenwagen gerufen. Und dann hat sie die Bescherung gesehen. Statt sie in den Ofen zu schieben, hat er eine ganze Ladung Brötchenrohlinge an die Scheibe des ›Café Lackberg‹ geschleudert. Er muss völlig außer sich gewesen sein. Und dann hat er offenbar wieder einen Anfall bekommen.«

Paul Beck tauschte einen raschen Blick mit Theresa.

Sosehr er Krankenhäuser hasste, er würde nicht umhinkommen, schon wieder eines aufzusuchen.

***

Nick Harders Mobiltelefon klingelte, als sie durch die gläsernen Eingangstüren des Diakonissenkrankenhauses in Flensburg ins Freie traten. Geschmeidig zog er es aus der Tasche seiner Canvas-Jacke.

»Entschuldigung«, sagte er zu Lotta und tippte auf die Rufannahmetaste. »Ja, hallo, hier ist Nick Harder«, sprach er ins Handy.

Lotta beobachtete ihn. Was immer der Anrufer ihm mitzuteilen hatte, es kam offenbar überraschend. Sie sah es an seinen

Augen, auch wenn er sich bemühte, eine undurchdringliche Miene aufzusetzen. Er gab ein paar Laute von sich, die dem Gesprächspartner signalisierten, dass er aufmerksam zuhörte. Schließlich verabschiedete er sich mit einem »Danke, Kollegen« und ließ das Telefon wieder in die Tasche gleiten.

»Das waren die Jungs von der Naturwissenschaftlichen Kriminaltechnik«, berichtete er. »Die Substanz, an der Julia Richter gestorben ist, befand sich nicht in ihren Lebensmitteln. Ihr Mörder ... oder ihre Mörderin ... hat sie auf die Innenseite ihres Neoprenanzugs aufgetragen. Nachdem sie sich eine Weile damit bewegt hat, hat sich das Gift durch die Feuchtigkeit der Haut gelöst und ist in den Körper eingedrungen.«

Lotta spürte, wie sich ihr Magen zusammenzog. Ein Giftmord war immer heimtückisch, doch diese Art der Verabreichung erschien ihr besonders perfide.

Sie wandte sich um und schaute an der grauen Fassade des Klinikums nach oben.

»Sollen wir noch mal zurückgehen?«, fragte sie.

Harder dachte kurz darüber nach. Dann entschied er sich dagegen.

»Sie würde uns nichts anderes sagen als eben. Wir sprechen lieber erst mit Martina Scheffler. Vielleicht hat Richter ihr irgendetwas gesagt, das uns hilft.«

Lotta betrachtete die grauen Wolken, die eilig über den mattblauen Himmel zogen. Mehr denn je wünschte sie, sie hätte sich nicht freiwillig zu dieser Ermittlung abkommandieren lassen.

***

Das Bild hatte etwas von einem Déjà-vu. Anders Rask lag bleich zwischen den weißen Krankenhauslaken mit dem feinen hellblauen Muster. In seinem Handrücken steckte eine Nadel, die mit dem Tropf neben seinem Bett verbunden war. Dieses Mal war er allerdings allein. Grit Larsen war im Garten hinter ihrem Haus geblieben. Sie hatte darauf verzichtet, ihr graues

Kostüm anzulegen und Paul Beck und Theresa Vestergaard zu begleiten, um ihren Mandanten zu unterstützen. Weil sie selbst nicht mehr daran glaubte, dass er unschuldig war?

Beck zog sich einen Stuhl heran und setzte sich neben Rask ans Bett. Theresa wählte den Platz an dem kleinen Tisch am Fenster.

»Hallo, Herr Rask«, sagte der Kriminaloberkommissar. »Das war alles ein bisschen viel für Sie, scheint mir.«

Rask wandte ihm langsam den Blick zu.

»Sie müssen diesen wild gewordenen Offizier stoppen«, sagte er matt. »Er ruiniert mich.«

»Wenn Sie von Heiko Richter sprechen – der wird Ihnen keine Schwierigkeiten mehr machen. Dafür haben Sie gesorgt.«

»Ich?« Rasks kornblumenblaue Augen weiteten sich. »Wie hätte ich das anstellen sollen? Dem Mann war ja nicht beizukommen. Weder mit Bitten noch mit Drohungen.«

»Nein. Aber mit einem alten Minigolfschläger.«

»Wie bitte?«

»Heiko Richter ist damit erschlagen worden. Letzte Nacht, auf einem stillgelegten Minigolfplatz in Holnis Drei.«

Rask richtete sich auf.

»Was?« Er schüttelte den Kopf, als hätte er Wasser in den Ohren. »Richter ist tot?«

»Ja.«

Anders Rask sank zurück auf sein Kissen.

»Tot«, sagte er, so als würde der Umstand seine Vorstellungskraft übersteigen. »In Holnis Drei?« Sein Blick irrte durch den Raum und blieb schließlich wieder an Paul hängen. »Wo ist das?«

»Nur ein paar Kilometer von Glücksburg entfernt. Ein ruhiger Ort mit einem wunderschönen Strand. Richter hatte dort ein Ferienhaus.«

Der Bäcker starrte an die Decke.

»Das war ich nicht«, sagte er.

»Aber Sie hatten ein Motiv.« Beck schaute zu Theresa, die

offenbar nicht beabsichtigte, sich an der Vernehmung zu beteiligen. Sie tippte auf ihrem iPad und schien mit ihren Gedanken meilenweit weg zu sein. »Richter hat Ihre Existenz bedroht. Und Sie waren verzweifelt. Das haben Sie gerade eben zugegeben.«

Rask wandte sich wieder zu Beck.

»Natürlich hatte ich Angst«, erwiderte er offen. »Wenn die Kunden erst mal weg sind, kommen sie nicht so leicht zurück. Aber deshalb bringe ich doch niemanden um.«

»Was hätten Sie denn sonst getan?«

Beck merkte, dass seine Frage ungewollt spöttisch klang. Dabei interessierte es ihn wirklich.

Der Bäcker schwieg eine Weile. Dann breitete sich ein feines Lächeln auf seinen Lippen aus.

»Ich hätte versucht, sie mit ein paar neuen Kreationen und Sonderangeboten zurückzugewinnen«, erklärte er. Entweder hatte er Becks ironischen Unterton nicht wahrgenommen, oder er war ihm egal. »Und wenn es nicht funktioniert hätte, hätte ich den Laden verkauft und es anderswo neu versucht. Vielleicht wäre das sowieso das Beste. Das Geschäft aufzugeben, meine ich. Wenn die Pumpe innerhalb einer Woche zweimal den Dienst versagt, ist es an der Zeit, irgendetwas in meinem Leben grundlegend zu ändern. Und Morten – mein Sohn – hat ohnehin kein Interesse an der Bäckerei.« Rasks Miene bekam etwas Versonnenes. »Er könnte in dem Ladengeschäft das Gaming-Café eröffnen, von dem er immerzu redet. Und ich … könnte nach Mallorca gehen. Die Spanier sind nicht in der Lage, vernünftiges Vollkornbrot zu backen. Die ganzen deutschen Touristen und die Promis, die dort leben, haben wahrscheinlich früher oder später die Nase voll von nichtssagenden Weizenfladen. Ich bin sicher, wenn man es richtig anstellt, kann man da eine Goldgrube auftun. Und das Klima ist bestimmt besser für die Gesundheit.«

Theresa blickte von ihrem iPad auf.

»Das wäre sicher schön«, sagte sie leise. »Jeden Tag blauer Himmel und Sonne.«

Beck, der sich selten Gedanken über das Wetter machte, sah sie verblüfft an. Er hatte nicht geahnt, dass auch Theresa heimliche Träume hatte. Oder hatte sie womöglich schon mit Nick darüber gesprochen? Die beiden würden doch nicht auf die Idee kommen, auszuwandern? Nick war der beste Kollege, den er je gehabt hatte, und darüber hinaus sein einziger echter Freund. Er wollte ihn nicht verlieren. Doch das waren ja auch nur Hypothesen und unbelegte Schlussfolgerungen.

Beck hatte wirklich keine Ahnung, was mit ihm los war. Normalerweise bewegten sich seine Gedanken geordnet und logisch durch seinen Kopf. Dass sie in den letzten Tagen immer wieder von plötzlich hochschießenden Gefühlen durcheinandergewirbelt wurden, verwirrte ihn. Und das alles nur, weil er im Park hinter dem Glücksburger Schloss so unachtsam gewesen war und sich den Fuß verstaucht hatte. Und weil ihn diese Ermittlung ständig in Krankenhäuser führte.

»Woher hätte ich denn wissen sollen, dass Richter in diesem … Drei … ein Ferienhaus hat? Und dass er letzte Nacht dort war?«, fragte Rask in Becks Überlegungen hinein. »Meinen Sie, das hätte er mir verraten?«

Beck machte eine vage Geste.

»Vielleicht haben Sie ihn beobachtet. Und als er nach Holnis gefahren ist, sind Sie ihm gefolgt.«

Rask rieb sich mit der freien Hand über die Augen.

»Ich habe es nicht getan«, wiederholte er. »Ich kann es Ihnen schwören, aber beweisen kann ich es nicht.«

Theresa verstaute ihr iPad in ihrer Handtasche und trat an Rasks Bett.

»Ruh dich aus«, sagte sie sanft. »Das mit den Beweisen erledigen wir. Und wenn du unschuldig bist, finden wir das auch heraus.«

Paul Beck war einen Moment lang irritiert. Dann fiel ihm ein, dass es in Dänemark sehr viel üblicher war, sich zu duzen, als auf der anderen Seite der Grenze. Trotzdem befremdete es ihn. Unschlüssig sah er zwischen Theresa und Rask hin und her. Er war nicht zufrieden mit dem Ergebnis dieser

Befragung. Aber Theresa hatte natürlich recht. Wenn Rask sein Gewissen nicht erleichtern wollte, gab es im Augenblick nichts, was sie tun konnten. Und Rask war ja auch nicht der Einzige, der als Täter in Frage kam.

Er verabschiedete sich ebenfalls und folgte Theresa hinaus auf den Flur. Beinahe wäre er mit ihr zusammengeprallt, weil sie unmittelbar vor Rasks Zimmertür stehen geblieben war.

»Pardon.« Beck trat einen Schritt zurück und setzte seinen Bowler auf, doch Theresa achtete überhaupt nicht auf ihn. Sie zog ihr iPad wieder aus der Tasche und hielt es Beck hin.

»Nick hat mir eine Nachricht geschickt«, erklärte sie. »Die Kriminaltechnik konnte das Gift in Julia Richters Sachen nachweisen. Genauer gesagt: Man hat es an der Innenseite ihres Neoprenanzugs gefunden.«

Beck verspürte unwillkürlich ein Schaudern und versuchte, sich auf die rationale Seite der Entdeckung zu konzentrieren.

»Du meinst, damit ist Rask aus dem Schneider?«, fragte er, nicht wirklich überzeugt. »Er hätte es doch ebenso tun können wie jeder andere.«

»Schon.« Theresa sah ihn unbehaglich an. »Ich denke einfach, es wäre leichter gewesen, wenn er das Gift in die Nahrung oder in ein Sportgetränk gemischt hätte. Dann hätte er nur die Flasche oder den Riegel manipulieren müssen. Aber um sich in die Halle zu schleichen und in aller Seelenruhe das Gift auf den Anzug aufzutragen, muss man ganz schön kaltblütig sein. Und das ... traue ich Rask nicht zu.«

Beck stellte fest, dass es ihm genauso ging. Auch er fand, dass ein solches Vorgehen sehr viel besser zu einer der anderen Verdächtigen passte. Rask mochte sich den Sieg seiner Mannschaft gewünscht und sich unlauterer Mittel bedient haben, um sein Ziel zu erreichen, doch er war ein weicher Typ. Ganz anders als die Sportlerinnen selbst. Das waren eisenharte Kämpferinnen. Und eine von ihnen musste nicht nur hart, sondern auch grausam sein.

41

Martina Scheffler weinte. Sie saß auf einer der Hantelbänke im Kraftraum der Kaserne Nord, und ihre Schultern bebten.

Lotta Lundkvist bemerkte, dass Nick Harder von einem Fuß auf den anderen trat. Anscheinend befand er sich im Zwiespalt. Als Polizist musste er der Sportsoldatin nüchtern und neutral gegenübertreten, doch die beiden hatten sich offenbar angefreundet, und er hätte sie vermutlich gerne getröstet. Lotta konnte nur zu gut nachempfinden, wie er sich fühlte. Schließlich ging es ihr mit Grit genauso.

»Sie haben gestern Abend mit Herrn Richter telefoniert«, sagte sie sanft. »Können Sie uns sagen, worüber Sie gesprochen haben?«

Martina Scheffler hob den Kopf, und Lotta sah den Schmerz in ihren blauen Augen.

»Wir haben uns für heute früh zum Training verabredet«, erklärte die Sportsoldatin. Ihre Stimme klang dumpf und belegt. »Der Wetterbericht hatte stürmische Böen angesagt, und ich wollte ein paar Sprünge ausprobieren, die mir im Rennen einen ordentlichen Vorteil einbringen könnten.« Sie blickte auf ihre Hände, die nutzlos zwischen ihren Beinen baumelten. »Wir wollten uns am Tor treffen, aber Heiko ist nicht erschienen. Ich habe versucht, ihn anzurufen, doch er ist nicht an sein Handy gegangen. Deshalb habe ich mich entschieden, im Kraftraum an den Geräten zu trainieren. Ich dachte, Heiko ist etwas dazwischengekommen, und er wird wissen, dass er mich später hier findet.«

Sie presste die Zähne zusammen, und Lotta sah, wie ihre Kiefer mahlten.

»Und nun … kommt er nie wieder«, flüsterte die Sportsoldatin, und neue Tränen rannen über ihre Wangen.

Nick Harder gab seine distanzierte Haltung auf und setzte sich neben sie auf die Hantelbank.

»Es tut mir leid«, sagte er und legte ihr kurz eine Hand auf die Schulter. »Aber wir müssen trotzdem ein paar Fragen stellen.«

»Ja. Ich weiß.« Martina fuhr sich ungeduldig über die Augen und wischte die Finger an ihrem Kapuzensweatshirt ab.

Nick zupfte am Kragen seines Polohemds.

»Wo warst du …«, sein Blick huschte kurz zu Lotta, »ich meine: Wo waren Sie letzte Nacht?«

»Hier.« Martina Scheffler machte eine vage Handbewegung, die wahrscheinlich auf eines der Kasernengebäude verweisen sollte.

»Das heißt, es gibt Kameradinnen, die das bezeugen können?«, fragte Lotta.

»Nein.« Die Sportsoldatin schaute zu ihr auf. »Die Kaserne ist nicht voll belegt. Nur die Rekruten haben Mehrbettunterkünfte. Für die höheren Dienstränge gibt es Einzelzimmer.«

»Und was haben Sie dort getan, in Ihrem Zimmer?«

»Ich …«, Martina Scheffler hüstelte verlegen, »… ich habe gemalt.«

»Ach so?« Lotta, die selbst leidenschaftlich gern Vögel beobachtete und zeichnete, sah sie interessiert an. »Was malen Sie denn?«

Martina lächelte schief. Offenbar fand sie ihr Hobby unsoldatisch.

»Frauen«, gestand sie. Dann stahl sich ein verwegenes Funkeln in ihre Augen. »Nackte Frauen. Acryl auf Leinwand.«

Lotta wusste nicht, ob die Sportlerin provozieren wollte. Ihr war sicherlich klar, dass Nick seinen Kollegen von ihrer homoerotischen Neigung berichtet hatte. Vielleicht wollte sie herausfinden, wie die anderen dazu standen.

»Schön«, sagte Lotta und meinte es auch so.

Martina Scheffler entspannte sich sichtlich. Nick zog sein Handy halb aus der Tasche und warf Lotta einen fragenden Blick zu.

Lotta dachte nach. Was sie aus der Kriminaltechnik erfahren hatten, war Täterwissen, doch sie sah keinen Grund, Martina Scheffler die Information vorzuenthalten. Sie hatten die Art der verwendeten Substanz bisher verheimlicht, sodass sich ein falsches Geständnis immer noch von einem echten unterscheiden lassen würde, auch wenn die Art der Verabreichung bekannt war. Darüber hinaus wimmelte es in diesem Fall ja nicht gerade von Verdächtigen, die sich darum rissen, die Tat zu gestehen. Sie signalisierte Nick mit einer fast unmerklichen Geste ihre Zustimmung.

»Unsere Toxikologen haben herausgefunden, wie man Julia Richter vergiftet hat«, sagte dieser, und Martina wandte sich ihm zu. »Ihr Mörder hat ihren Neoprenanzug damit präpariert.«

»Wie bitte?« Martina Schefflers Kopf ruckte nach oben. Im nächsten Moment schlug sie sich mit der flachen Hand derart heftig vor die Stirn, dass es laut klatschte.

»Ich bin so blöd«, erklärte sie fassungslos. »Ich habe es doch gesehen!«

Lotta spürte, wie ihr ein Schauer über den Rücken rieselte.

»Was?«, fragte sie mit mühsam unterdrückter Erregung. »Was haben Sie gesehen?«

»Cornelia. Das war kurz vor dem Rennen. Sie hatte einen der Anzüge auf links gedreht und auf den Tisch gelegt. Sie hat ihn mit einer durchsichtigen Substanz eingesprüht.« Martina Schefflers Augen richteten sich auf Lotta. »Wir desinfizieren unsere Anzüge regelmäßig. Wenn sich Bakterien darin ansiedeln, fängt es beim Tragen schnell an zu jucken, und dann kann man sich nicht mehr gut auf einen Wettbewerb konzentrieren. Ich habe geglaubt, dass es das war, was sie getan hat. Ich dachte, es sei ihr eigener Anzug. Aber …«, ihr Blick wanderte zur Decke, als müsse sie sich des Bildes, das sie vor ihrem geistigen Auge sah, noch einmal versichern, »… als sie den Anzug umgedreht hat, habe ich die Aufschrift auf dem Rücken gesehen. Wenn es ihr eigener gewesen wäre, hätte dort ›GER 2‹ stehen müssen.«

»Doch das war nicht der Fall?«

Martina Scheffler schaute zu Nick und dann wieder zurück zu Lotta.

»Nein«, sagte sie leise. »Ich bin mir ganz sicher. Dort stand ›GER 1‹.«

42

Cornelia König hatte darauf verzichtet, einen Anwalt mitzubringen. Obwohl Paul Beck sie offiziell vorgeladen und ihr mitgeteilt hatte, dass man sie ab sofort als Verdächtige vernehmen würde.

»Ich verstehe den Unterschied nicht«, beschied sie ihm kühl, als sie ihm in dem kleinen Raum gegenübersaß, den die Kollegen in der Bezirkskriminalinspektion hinter vorgehaltener Hand die »Räucherkammer« nannten. Nicht, weil die Verdächtigen dort im Verhör geröstet wurden. Sondern weil allgemein bekannt war, dass sich Kriminaloberkommissar Paul Beck bei schlechtem Wetter gelegentlich dorthin zurückzog, um heimlich ein paar Züge aus seiner Pfeife zu nehmen. Er öffnete stets das Fenster, und es gab in dem Zimmer auch keine Vorhänge, aber ein leichter Geruch nach Rauch blieb trotzdem immer zurück. Weil dieser Duft eine leichte Rumnote hatte, war der Übeltäter für die erfahrenen Ermittler, die hier arbeiteten, nicht schwer auszumachen. Da es aber niemanden wirklich störte, hatte man ihn noch nie darauf angesprochen. Dass er es trotzdem wusste, verdankte er Nick. Dem hatten die Kollegen unter dem Siegel der Verschwiegenheit davon erzählt. Und Nick hatte eine entsprechende Bemerkung auf einen gelben Haftnotizzettel gekritzelt und ihn Beck an den Monitor geklebt. Schließlich hatte er sein Versprechen nicht brechen wollen.

Beck hatte erwogen, seine Gewohnheit aufzugeben. Doch der nächste starke Regenguss hatte seinen jungen Entschluss ins Wanken gebracht, und seitdem räucherte er weiter das Vernehmungszimmer zu – mit einer Mischung aus klammheimlicher Freude und schlechtem Gewissen.

Jetzt allerdings stand nicht seine Moral auf dem Prüfstand, sondern die von Cornelia König. Und die hagere Pathologin ließ wenig Zweifel daran, dass sie es ihnen nicht leicht machen würde.

»Ihre bisherigen Befragungen waren doch auch voller unausgesprochener Vorwürfe«, bemerkte sie unwirsch. »Was ist jetzt anders, wenn Sie mich offiziell als Verdächtige befragen?«

»Zum Beispiel, dass Sie ein Anrecht auf einen anwaltlichen Beistand haben«, erläuterte Beck ruhig. Sie hatten sich darauf geeinigt, dass die zuständige Kapitaldezernentin Dr. Margarete Döscher und er die Vernehmung durchführten. Nick, Lotta und Theresa konnten das Gespräch dank der unter der Decke angebrachten Videokamera in einem Nebenraum verfolgen. Sie wollten nicht, dass sich die Pathologin durch eine Übermacht von fünf Staatsbediensteten in die Enge gedrängt fühlte. Für eine erfolgreiche Befragung war es wichtig, eine vertrauensvolle Atmosphäre zu schaffen. Die Wahrscheinlichkeit, dass ein Verdächtiger eine wahrheitsgemäße Aussage machte, stieg, wenn er sich bei der Vernehmung wohlfühlte. Der respektvolle Umgang gehörte auch hier zu den Grundregeln, die jedem Polizeischüler eingeimpft wurden.

»Ich brauche keinen Anwalt«, versetzte Cornelia König, und Beck schloss aus ihrem harschen Tonfall, dass es ihnen bisher nicht gelungen war, die gewünschte Stimmung zu schaffen.

Er zog die Mappe heran, die vor ihm auf dem Tisch lag, und schlug sie auf.

»Die Kollegen von der Kriminaltechnik haben die toxikologische Analyse abgeschlossen«, verkündete er. »Ich muss Ihnen das vermutlich nicht näher erläutern. Sie sind ja vom Fach.«

Die Pathologin nickte ungeduldig.

»Die Untersuchung hat ergeben, dass sich das Gift, mit dem Julia Richter getötet wurde, auf der Innenseite ihres Neoprenanzugs befand.«

Cornelia König blinzelte. Sie sagte nichts, doch Beck hatte den Eindruck, dass ihr Gesicht eine Spur blasser geworden war.

»Und wir haben eine Zeugenaussage«, fuhr er fort. »Jemand

hat beobachtet, wie Sie, Frau König, sich an einem Anzug zu schaffen gemacht haben, der jemandem aus dem deutschen Team eins gehörte.«

Die Pathologin schlug die Hände vors Gesicht, und Paul Beck erschrak beinahe. Er hatte selten jemanden so schnell und so vollständig zusammenbrechen sehen.

Cornelia König schniefte, und Tränen rannen ihr über das Gesicht. Margarete Döscher reichte ihr ein Taschentuch, und sie tupfte damit in ihren Augenwinkeln herum, konnte aber gegen die beharrlich nachströmenden Tränen kaum etwas ausrichten. Sie verschluckte sich und hustete, und dann bekam sie einen Schluckauf.

»Ich habe das nicht gewollt«, brachte sie endlich hervor. Mit weinerlicher Stimme, unterbrochen von mehreren Hicksern.

Beck und die Oberstaatsanwältin tauschten einen raschen Blick. Es kam immer wieder vor, dass die Schuldigen bei einem Kapitaldelikt beteuerten, dass sie nicht die Absicht gehabt hatten, ihr Opfer zu töten. Bei Kneipenschlägereien, bei Messerstechereien, selbst bei Schießereien war das zumindest in manchen Fällen glaubhaft. Einen Neoprenanzug mit Blausäure zu präparieren und anschließend zu behaupten, man habe den Tod der Person, die diesen Anzug getragen hatte, nicht gewollt, war, gelinde gesagt, sonderbar.

»Das müssten Sie uns schon genauer erklären, Frau König«, sagte Beck. »Wie muss man sich das vorstellen, dass Sie ein Gift auf Julia Richters Neoprenanzug aufbringen, wenn Sie nicht die Absicht hatten, sie zu ermorden?«

»Na ja, Gift …« Cornelia König schluchzte und schluckte. »Das ist es ja nicht per se.«

Sie sah wohl ein, dass das Herumtupfen keinen Sinn hatte, und wischte sich energisch mit dem Taschentuch die Augen. Margarete Döscher schob ihr die ganze Packung hin.

»Ich wollte nicht, dass sie damit durchkommt. Mit diesen hinterfotzigen Mobbingstrategien, mit denen sie mich bei der Klinikleitung schlechtmacht. Ich habe ihr einfach nicht gegönnt, dass sie den Trimarthon gewinnt. So, wie sie mir den Chefarztposten in der Pathologie nicht gegönnt hat.« Die Ärztin hob den Kopf, den Blick in eine unsichtbare Ferne gerichtet. »Sie war eine bedauernswerte Frau. Aber sie war nicht unbedingt eine nette Person.«

Sie zupfte ein neues Taschentuch aus der Verpackung.

»Trotzdem ist es meine Schuld. Ich hätte das vorher kontrollieren müssen.« Wieder fuhr sie sich über das Gesicht und verwischte Lidstrich und Mascara. »Es war verantwortungslos. Aber ich habe einfach nicht daran gedacht. Erst nachdem sie gestorben war, habe ich mir ihre Krankenakte besorgt. Und da habe ich es gesehen.«

»Frau König.« Beck sprach so sanft, wie er konnte. »Ich verstehe Sie nicht. Ich habe keine Ahnung, was Sie uns eigentlich sagen wollen.«

Die Pathologin richtete ihre feuchten grüngrauen Augen auf ihn und nahm sich zusammen.

»Capsaicin. Das ist die Substanz in Paprikagewächsen, die spezifische Rezeptoren, sogenannte Chemonozizeptoren, also schmerzempfindende Zellen, im menschlichen Körper reizt und für das Brennen verantwortlich ist. Deshalb schmecken Chilischoten und Cayennepfeffer scharf. Sie enthalten eine besonders hohe Konzentration.«

»Ja?«, sagte Beck gedehnt. Tatsächlich hatte er jedes Mal, wenn er in eine Chilischote biss, das Gefühl, seine Zunge würde in Flammen aufgehen. Doch er hatte noch immer nicht die geringste Idee, worauf die Pathologin hinauswollte.

»Es ist auch der Inhaltsstoff von Pfefferspray«, erläuterte Cornelia König. »Ich dachte, wenn ich Julia das in den Anzug sprühe, brennt es so sehr, dass sie sich nicht mehr aufs Paddeln konzentrieren kann. Im Prinzip ist diese Substanz harmlos. Aber im Zusammenspiel mit Drogen oder bestimmten Psychopharmaka kann sie tödlich wirken. Ich meine«, sie schluckte wieder, »daran *ist* Julia gestorben. Die Behandlung des Krebses war abgeschlossen, aber sie hat noch Antidepressiva genommen. Das steht in ihrer Krankenakte.«

Wieder flossen die Tränen, und Cornelia König kam mit dem Abtupfen kaum noch hinterher.

»Langsam.« Beck hob die Hand. »Sie wollen sagen, dass der Stoff, mit dem sie Julia Richters Anzug behandelt haben, Pfefferspray war?«

Die Pathologin sog schniefend die Luft ein.

»Das habe ich doch gerade erklärt, oder nicht?« Sie blickte ihn an, und ihre Augen waren so voller Tränen, dass sie überliefen. »Wenn ich es doch nur rückgängig machen könnte.«

Beck schaute zu Margarete Döscher und vollzog mit der Hand eine Telefongeste. Die Oberstaatsanwältin hielt ihm zur Antwort ihr Handy hin, sodass er auf das Display sehen konnte. Sie war bereits dabei, eine SMS an die Kollegen von der Naturwissenschaftlichen Kriminaltechnik zu schreiben.

»Frau König.« Beck neigte sich zu ihr vor. »Wenn das die Wahrheit ist …«

»Warum sollte ich denn lügen?«, schluchzte die Pathologin.

»Weil es bedeuten würde, dass Sie unschuldig sind.«

Die graugrünen Augen flackerten.

»Wie könnte ich das?«

»Das Gift, an dem Julia Richter gestorben ist, war kein Capsaicin.«

Er sah, wie es hinter der Stirn der Ärztin arbeitete. Die Tränen stockten, und ihre Pupillen weiteten sich.

»Sie meinen … da hatte irgendjemand dieselbe Idee? Es gibt eine zweite Person, die Julias Anzug ebenfalls präpariert hat? Und das, was Julia umgebracht hat, war nicht das Pfefferspray, sondern diese andere Substanz?«

Das Handy der Oberstaatsanwältin piepte. Sie warf einen Blick darauf und hielt es dann hoch.

»So sieht es aus.«

Cornelia König sprang auf. Sie beugte sich über den Tisch, ergriff Becks Kopf mit beiden Händen und küsste ihn auf die Stirn. Dann schüttelte sie Margarete Döscher enthusiastisch die Hand.

»Danke«, sagte sie inbrünstig. »Vielen Dank. Sie können

sich nicht vorstellen, welche Last Sie mir von den Schultern genommen haben.«

Beck wischte sich verstohlen über die feuchte Stirn und entdeckte Lippenstift auf seinem Handrücken.

»Doch«, sagte er. »Ich glaube schon.«

***

»Tja.« Nick Harder versetzte dem Mobiltelefon, das er vor sich auf den Tisch gelegt hatte, einen Schubs, und das Gerät kreiselte ein paarmal um die eigene Achse. »Wieder eine Person weniger auf der Verdächtigenliste.«

Er hob den Kopf und sah die anderen, die mit ihm im Besprechungsraum saßen, der Reihe nach an, erst Paul Beck, dann Lotta Lundkvist und Theresa Vestergaard und schließlich die Oberstaatsanwältin Dr. Margarete Döscher.

»Die Kollegen von der Kriminaltechnik haben bestätigt, dass sie Spuren von Capsaicin in Julia Richters Anzug gefunden haben«, erläuterte er. »Sie haben es auch in ihrem Bericht vermerkt, es uns aber nicht sofort telefonisch mitgeteilt, weil es nicht todesursächlich war.«

Beck verspürte eine dumpfe Enttäuschung. Das Feld der Tatverdächtigen lichtete sich wirklich rapide. Nur die dänische Anwältin Grit Larsen blieb beharrlich im Rennen. Es sei denn … Cornelia König war nicht nur mit Heimtücke, sondern auch mit größter Raffinesse vorgegangen.

»Vielleicht war das ihr Plan«, erläuterte er den Gedanken, der ihm plötzlich durch den Kopf schoss. »Cornelia König präpariert den Neoprenanzug mit zwei verschiedenen Substanzen, mit Pfefferspray und mit einer Blausäurelösung. Und dann kann sie glaubhaft versichern, dass sie nur die harmlosere der beiden – das Pfefferspray – verwendet hat.«

»Also ehrlich, Paul.« Lotta Lundkvist atmete hörbar aus. »Auf so was kommt doch keiner.«

»Ich schon.«

Lotta schüttelte energisch den Kopf.

»So einen Zusammenbruch wie Cornelia König eben – das kann niemand spielen«, erklärte sie heftig, und sowohl Nick und Theresa als auch die Oberstaatsanwältin stimmten ihr zu. »Es muss eine zweite Person geben, die sich an Julia Richters Anzug zu schaffen gemacht hat. Anders Rask. Oder …«

»Grit«, sagte Theresa leise, und Beck sah, wie Lotta schmerzlich den Mund verzog. Sie hatte sicher nicht gewollt, dass die Diskussion diese Richtung einschlug.

Er tippte auf den Bowler, der auf seinen Knien lag.

»Und das erscheint euch plausibler? Dass zwei Personen unabhängig voneinander auf eine solche Idee kommen?«

»Es muss so gewesen sein«, beharrte Lotta. »Und vielleicht war es ja auch jemand anders. Nicht Grit oder Rask, sondern irgendjemand, den wir noch gar nicht in Erwägung gezogen haben.«

Die anderen nickten und schwiegen. Paul Beck fühlte sich plötzlich von einer bleiernen Müdigkeit übermannt. Normalerweise führte die wachsende Zahl der Erkenntnisse in einer Ermittlung dazu, dass sich das Bild vervollständigte und klarer wurde. Doch in diesem Fall schien es immer wieder in seine Bestandteile zu zerspringen.

Sollte es wirklich möglich sein, dass sie trotz sorgfältiger Arbeit wichtige Hinweise übersehen hatten? Und dass es einen Täter gab, der sich nach wie vor im Verborgenen hielt?

Wenn er ehrlich war, glaubte er nicht daran. Nach allem, was sie wussten, kam den Gesetzen der Logik zufolge nur eine Person als Täterin in Frage. Doch Beck sagte nichts. Weil er keine Beweise hatte. Und, wichtiger noch, weil es Lotta nicht gefallen würde.

43

Watson saß auf seinen Hinterläufen und schnupperte. Die smaragdgrünen Augen waren weit aufgerissen, die Ohren – das intakte ebenso wie das zerfranste – aufgerichtet. Er verharrte vollkommen regungslos. Ein Jäger, der seiner Beute auflauerte. Nur die Schwanzspitze schlug mal nach links, mal nach rechts auf den Boden.

Paul Beck beobachtete ihn und schmunzelte. Der Duft, der aus der Pfanne aufstieg, war in der Tat verführerisch. Watsons Interesse allerdings galt vermutlich weniger den angeschwitzten Zwiebeln und dem Knoblauch, die im Öl brutzelten, als vielmehr dem Hähnchenbrustfilet, das, in feine Streifen geschnitten, auf einem Brett neben dem Herd lag. Der Kater sah aus, als erwäge er, auf die Spüle zu springen und sich ein paar Stücke davon zu stibitzen. Doch er fürchtete wohl – durchaus zu Recht –, dass er dafür von Lotta Lundkvist etwas auf die Pfoten bekommen würde. Den Pfannenwender jedenfalls hielt sie bereits erhoben in der Hand und ließ den Kater nicht aus den Augen.

»Du könntest ihm gelegentlich ein paar Manieren beibringen«, sagte sie.

Beck lehnte sich in seinem Relaxsessel zurück und zündete seine Pfeife an.

»Ich hab's versucht«, entgegnete er. »Aber es nützt nichts.«

»Wahrscheinlich, weil er genauso ein Dickschädel ist wie du«, versetzte Lotta. Sie wedelte mit dem Pfannenwender vor Watsons Nase herum. »Los. Verschwinde. Geh in den Garten und fang dir eine Maus.«

Watson legte den Kopf ein wenig schief und blinzelte.

Lotta schaute ihn grimmig an.

»Hau ab, habe ich gesagt.«

Der Kater gab ein paar kurze schniefende Laute von sich, wie ein Katzenjunges, das seine Mutter dazu bringen will, es noch ein wenig länger zu säugen. Zu einem ausgewachsenen Kater mit Übergewicht passte ein solches Gewimmer kein bisschen, doch seine Wirkung verfehlte es trotzdem nicht.

Lotta stemmte die Hände in die Seiten.

»Meine Güte, Watson. Das ist ja zum Steinerweichen.« Sie nahm einen Streifen Hühnerfleisch und hielt ihn hoch. Watsons Schnauze wanderte nach oben, und sein Blick wurde starr. Lotta ließ den Brocken fallen. Der Kater schnappte ihn aus der Luft und schluckte ihn mit zwei eiligen Bissen hinunter. Dann setzte er wieder seine Leidensmiene auf.

»Du darfst ihm nichts geben«, bemerkte Paul. »Wenn du einmal damit anfängst, wirst du ihn überhaupt nicht mehr los.«

»Ach so?« Statt auf Watson richtete sich Lottas Zorn jetzt auf ihn. »Und das hättest du mir nicht eine halbe Minute früher sagen können?«

Beck zog an seiner Pfeife.

»Ich dachte, das weißt du. Du kennst ihn doch.«

»Hm. So gut wie dich. Oder so schlecht.«

Paul Beck seufzte leise. Er hatte sich gefreut, als Lotta vorgeschlagen hatte, den Abend gemeinsam in seiner Kate in Kappeln zu verbringen und etwas zu kochen. Doch ihm war nicht danach, ihre Beziehungsdiskussion fortzusetzen. Der Fall Richter – der jetzt korrekterweise Richter und Richter heißen müsste – reichte ihm. Den Fall Beck wollte er lieber auf später verschieben.

»Lotta, bitte«, sagte er und streckte das linke Bein aus. Der Knöchel pochte noch immer unangenehm. »Können wir nicht einfach nur friedlich zusammensitzen?«

Lotta schaute missbilligend auf seinen Fuß. Weil er ihren Rat, zum Arzt zu gehen, in den Wind geschlagen hatte, nahm er an.

»Klar. Machen wir Smörrebröd mit Sahne«, fauchte sie, was ebenso gut die dänische Variante von »Friede, Freude, Eierkuchen« wie ein Familienspruch sein konnte. Beck, der nach wie vor kaum ein Wort Dänisch sprach, wusste es nicht.

So schnell, dass Beck Mühe hatte, mit den Augen zu folgen, warf Lotta den Pfannenwender beiseite, beugte sich vor und packte Watson im Nacken. Der Kater reagierte zu langsam, um ihrem Griff zu entkommen.

Lotta trug ihn am ausgestreckten Arm zur Terrassentür, öffnete diese und beförderte den Kater nach draußen. Dann schob sie die Tür rasch wieder zu. Watson trabte über die Terrasse zur Scheibe, pflanzte sich davor auf und stimmte ein klagendes Geschrei an. Der Blick seiner Augen war so vorwurfsvoll, dass Beck es kaum aushielt.

»Das kannst du nicht machen«, sagte er.

Lotta blickte nur kurz in seine Richtung.

»Doch. Kann ich. Und du kannst dich entscheiden. Er oder ich.«

Sie ging wieder zum Herd, nahm den Pfannenwender und schabte das Hühnerfilet vom Brett in die Pfanne. Das Bratаroma schwappte durch den Raum zu Beck, und sein Magen knurrte vernehmlich. Er schaute zu Watson und hob entschuldigend die Hände.

»Sorry, Kumpel«, murmelte er so leise, dass Lotta es nicht hören konnte. »Ich kann dir nicht helfen.«

Watson hob den Kopf. Dann drehte er sich um und marschierte mit hoch aufgerichtetem Schwanz über die Terrasse in den Garten.

Beck griff nach dem Aktenordner, den ihm die Oberstaatsanwältin im Anschluss an ihre Besprechung übergeben hatte. Er enthielt die Prozessakten zu der Kunstfehlerklage, die Grit Larsen gegen den Operateur ihrer Tochter Pia angestrengt hatte. Durchgeführt worden war die folgenschwere Operation in einem Krankenhaus in Hamburg, weshalb auch der Prozess in Deutschland stattgefunden hatte – zum Vorteil für Beck, der andernfalls die Akte nicht hätte lesen können. Beck hatte Margarete Döscher gebeten, den Vorgang anzufordern. Er wusste nicht genau, was er sich davon versprach. Aber je länger er darüber nachdachte, desto mehr wuchs seine Überzeugung, dass Grit Larsen den Mord an Julia Richter begangen hatte.

Sicherlich fanden sich in der alten Akte keine Beweise. Doch vielleicht entdeckte er irgendetwas anderes, das ihm mehr über Grit Larsen verriet.

Er warf einen Blick zu Lotta, die sich jetzt mit voller Aufmerksamkeit der Essenzubereitung widmete. Zum Glück. Wenn sie erkannte, was er hier vor sich hatte, würde das womöglich einen neuen Streit heraufbeschwören.

Eine Sekunde lang dachte er daran, wie einfach sein Leben gewesen war, als er allein mit Watson hier gehaust hatte. Dann schlug er den Ordner auf.

***

Nick Harder kam sich vor wie ein Popstar. Er schlenderte durch die Glücksburger Rathausstraße, die Knöpfe seines neuen Camp-David-Polohemds bis zur Brust geöffnet, die Sonnenbrille in die mit Wachs gestylten Haare geschoben – und an jedem Arm eine schöne Frau, die linke zart, mit langen dunklen Haaren, die rechte robust und mit einem kurzen Blondschopf. Die Passanten, die ihnen entgegenkamen, warfen ihnen Blicke zu, die Frauen interessiert, die Männer neidisch. Nick erwiderte sie entsprechend – mit einem charmanten Lächeln für die Damen und einem Augenzwinkern für die Herren.

»Vielleicht sollten wir irgendwo hingehen, wo weniger Leute sind«, sagte Martina Scheffler hinter seinem Rücken zu Theresa Vestergaard. »Sonst platzt er womöglich noch vor Selbstgefälligkeit.«

Theresa lachte leise.

»Keine Sorge«, erwiderte sie. »Das ist nur heiße Luft. Und ich weiß, wo das Ventil sitzt, um sie abzulassen.«

Nick schaute sie überrascht an. Theresa war anderen Menschen gegenüber für gewöhnlich ausgesprochen zurückhaltend und wortkarg. Er hatte noch nie erlebt, dass sie sich so keck gab. Das musste an Martina Schefflers lockerer Art liegen. Ihm selbst war es ja genauso gegangen.

Er hatte Theresa vorgeschlagen, die Sportsoldatin zum Abendessen einzuladen, damit sie nicht allein war. Heiko Richter war immerhin nicht nur ein Freund und Kollege, sondern eine Zeit lang auch ihr Lebensgefährte gewesen. Sein Tod hatte sie schwer getroffen. Und er wollte nicht, dass sie in Trübsal versank.

Martina hatte die Einladung sofort angenommen, und wie Nick gehofft hatte, war es ihnen gelungen, für den einen oder anderen Moment die düstere Wolke, die so unverkennbar über ihr schwebte, zu vertreiben und ihr ein kleines Lächeln zu entlocken.

Deshalb beschwerte er sich auch nicht über die Frotzelei, sondern heizte sie im Gegenteil weiter an.

»Sei lieber vorsichtig«, warnte er Theresa und blinzelte ihr zu, damit sie seine Worte nicht missverstand. »Sonst tausche ich dich ganz schnell gegen eine aus, die mir zu Füßen liegt.« Er ließ den Blick demonstrativ die Straße entlangschweifen, um zu verdeutlichen, dass es vor Bewerberinnen nur so wimmelte.

»Hm.« Theresa gab sich ungerührt. »Mach nur. Dann halte ich mich an Martina. Wer weiß, vielleicht ist man mit einer sensiblen Frau ohnehin besser bedient als mit einem hirnlosen Hengst.«

Nick schnalzte empört.

»Das ›hirnlos‹ habe ich nicht gehört«, drohte er.

Martina neben ihm kicherte. Sie steckte den Kopf wieder hinter Nicks Rücken zu Theresa.

»Bei mir bist du jederzeit willkommen.«

Nick spürte, wie sich Theresa neben ihm versteifte, und drückte verstohlen ihre Hand. Es war ja nur Spaß. Oder nicht?

Er deutete mit dem Kinn zum Restaurant »Scheune«, das sich gegenüber der Nord-Ostsee Sparkasse und dem EDEKA-Markt an einem Parkplatz befand.

»Wie wär's? Pizza und Pasta?«

»Unbedingt«, sagte Martina. »Ich sterbe vor Hunger.«

Sie wählten einen Platz an einem der Tische, die neben dem

Eingang des Lokals standen, und bestellten Wasser und eine Flasche Wein. Nick nahm eine Pizza, Martina ein Nudelgericht.

»Für mich den Salat mit Käse«, entschied Theresa und klappte die Karte zu. Martina Scheffler betrachtete sie interessiert.

»Sehr diszipliniert«, lobte sie. »Deswegen bist du auch so zart und schlank, nicht wahr?«

Theresa hob die Schultern, als wollte sie ihren Kopf dazwischen verschwinden lassen wie eine Schildkröte den ihren im Panzer.

»Eigentlich nicht«, sagte sie. »Ich kann essen, was ich will. Ich werde nicht dick. Das liegt in der Familie.«

Martina Scheffler seufzte.

»Du Glückliche! Ich muss ständig aufpassen. Heiko sagt immer …«

Sie brach ab, und die heitere Stimmung verschwand von einer Sekunde auf die andere. Martina biss sich auf die Lippen, und ihre Augen begannen zu glänzen.

»Verdammt«, quetschte sie hervor. »Ich kann es einfach nicht fassen. Dass er nicht mehr da ist. Dass ich ihn nie wiedersehen werde.«

Theresa legte ihr tröstend eine Hand auf den Arm.

»Es bringt ihn natürlich nicht zurück«, sagte sie. »Aber wir werden alles tun, um seinen Mörder zu finden.«

Martina Scheffler kramte eine Packung Taschentücher aus ihrer Jackentasche, zog eines heraus und schnäuzte sich. Eine Weile schwiegen sie alle drei, sahen in die hereinbrechende Dämmerung und hingen ihren Gedanken nach.

Zum Glück servierte der Kellner kurz darauf das Essen. Die Pizza war riesig und fingerdick mit Käse belegt. Nick leckte sich unwillkürlich die Lippen. Auch der Salat und das Nudelgericht sahen höchst appetitlich aus.

»Lasst es euch schmecken«, sagte Nick und säbelte ein Stück von seiner Pizza ab.

Martina Scheffler schaufelte wortlos ihre Nudeln in sich hinein.

Nick Harder zupfte einen Käsefaden von seinem Kinn. Eigentlich sollte er vor Martina nicht über den Fall sprechen, doch es ließ ihm keine Ruhe.

»Könntest du dir vorstellen, dass Heiko Richter auf eigene Faust ermittelt hat und dem Mörder oder der Mörderin seiner Frau auf die Spur gekommen ist? Wir glauben nämlich, dass der Täter ihn getötet hat, um zu verhindern, dass Richter ihn ans Messer liefert.«

Martina ließ sich das Gesagte durch den Kopf gehen.

»Gut möglich«, erklärte sie schließlich. »Heiko war total außer sich. Er hat es einfach nicht verkraftet, dass Julia gestorben ist, gerade jetzt, als er dachte, sie hätten noch ein Leben vor sich.«

Nick biss in eine Peperoni und schnitt eine Grimasse, weil sie so scharf war. Capsaicin, fiel ihm ein – die Substanz, mit der Cornelia König den Neoprenanzug von Julia Richter präpariert hatte. Doch sie war nicht daran gestorben, sondern an der Blausäurelösung, die irgendwer aufgetragen hatte.

»Womöglich war der Täter jemand, den wir noch gar nicht auf dem Schirm haben«, verkündete er düster. »Vielleicht eine der Frauen aus den anderen Teams.«

Martina Scheffler wickelte eine Nudel auf ihre Gabel.

»Habt ihr die denn nicht überprüft?«, fragte sie.

»Doch, selbstverständlich. Die Kollegen haben sie befragt und gecheckt. Aber es könnte ja sein, dass wir etwas übersehen haben. Irgendjemand muss es schließlich gewesen sein.«

Martina dachte darüber nach.

»Von den Außenseiterinnen war es sicher keine«, erklärte sie dann. »Wir hatten ja nicht viel miteinander zu tun. Lena, Nina und Marie, unser Team drei, das sind drei Sportstudentinnen. Lehramt. Wir nennen sie immer das ›Spaßteam‹. Sie sind nicht schlecht, aber überhaupt nicht ehrgeizig. Mit Julia hatten sie kaum Kontakt. Und Heiko haben sie angehimmelt. Wie man das mit Mitte zwanzig eben tut.« Sie schob die Gabel in den Mund und kaute. »Und die Holländerinnen, Tess, Isa und Grietje, sind genauso. Die albern mehr herum, als dass sie trainieren. Für die ist das einfach nur Fun. Die machen sich ein paar schöne Tage hier auf dem Campingplatz und genießen die Ostsee. Eigentlich sind sie, glaube ich, nur wegen ihres Trainers dabei. Ruut ist ein cooler Typ. Sie sind alle drei in ihn verknallt, wenn du mich fragst.« Sie spießte ein Stück Lachs auf und betrachtete es. »Und Daniela und Stefanie aus Cornelias Team haben auch keine großen Ambitionen. Sie haben sich den dritten Platz erhofft, aber den mussten sie ja nicht gegen Julia erkämpfen, sondern gegen unsere dritte Mannschaft und die Holländerinnen.«

Martina legte ihre Gabel beiseite.

»Mit den Däninnen war das anders«, fuhr sie fort und warf Theresa einen abschätzenden Blick zu, doch die gab vor, mit dem Sortieren ihrer Salatblätter beschäftigt zu sein. »Nicht Jette und Hedvig, die waren total entspannt. Aber Julias direkte Gegnerin auf dem Paddle-Board, Grit Larsen. Die hat Julia manchmal angesehen …« Martina richtete die Augen zum Himmel, über den sich die hereinbrechende Nacht legte wie eine dunkle Decke. »So, als wolle sie Julia ein Messer ins Herz stoßen.«

***

»Paul? Das Essen ist gleich fertig.«

Beck schaute von seiner Akte auf. Er hatte die Vorwürfe gelesen, die Grit Larsens Anwalt erhoben hatte, die Gegenrede des Verteidigers des beschuldigten Arztes, die Einlassungen von Grit Larsen und dem in Zweifel gezogenen Operateur.

»Erbittert« war wohl das Wort, das die Schlacht am besten beschrieb.

»Ja. Sofort«, sagte er abwesend und blätterte um.

Auf der nächsten Seite befand sich das Gutachten, das den Arzt von jeder Schuld freigesprochen und Grits Klage zunichtegemacht hatte. Beck studierte es sorgfältig.

Demnach war die sechsjährige Pia Larsen einer Infektion

erlegen, die von Bakterien ausgelöst worden war, die sie sich nicht im Krankenhaus eingefangen haben konnte. Die pathologische Stellungnahme ging von einer verschleppten Erkältung aus, die sich das Kind bereits vor der Einweisung ins Krankenhaus zugezogen haben musste. Ein Operationsfehler wurde zweifelsfrei ausgeschlossen.

Beck war nicht gut in Gefühlsdingen, aber sogar er konnte sich vorstellen, dass Grit Larsen, die Mutter des Kindes, dieses Gutachten als Schlag ins Gesicht empfunden haben musste.

Er wandte sich nach links, weil ein lautes Klappern seine Lektüre störte. Einen Moment lang musste er nach der Ursache des Geräusches suchen. Dann entdeckte er Watson, der seinen Kopf durch die Katzenklappe hineingesteckt hatte und seinen feisten Körper durch das enge Viereck zu quetschen versuchte.

Beck runzelte die Stirn. Der Verkäufer hatte ihm versichert, dass die Klappe Standardmaße hatte und jede Katze hindurchpasste. Doch ganz offensichtlich hatte er sich getäuscht. Es wäre besser gewesen, wenn Beck seinen Kater zur Anprobe mitgenommen hätte.

Watson presste weiter. Kurz sah es aus, als würde er stecken bleiben, die Vorderläufe im Wohnzimmer, die hinteren auf der Terrasse. Dann wurden seine Anstrengungen von Erfolg gekrönt, und er schoss mit einem satten Ploppen aus der Klappe wie ein Sektkorken aus der Flasche. Auf dem Teppich bremste er, drehte sich zu Beck um und schaute ihn vorwurfsvoll an.

Paul hob die Hände.

»Es nützt nichts, Watson. Wir müssen eine Diät machen. Heute Abend bleibt der Napf leer.«

Lotta, die den akrobatischen Akt des Katers kopfschüttelnd mit angesehen hatte, wandte sich wieder dem Herd zu.

»Dein Teller bleibt auch leer, wenn du nicht endlich den Tisch deckst und dich hinsetzt«, bemerkte sie.

»Ja. Ich komme.«

Beck wollte den Aktenordner zuschlagen, doch in diesem Augenblick fiel sein Blick auf die Unterschrift des Gutachters, und ihm stockte der Atem. Seine Augen weiteten sich, und er legte seine Pfeife achtlos auf den kleinen Beistelltisch.

»Paul? Was ist los?«

Lotta stand plötzlich vor ihm. Beck sah zu ihr auf. Es fühlte sich an, als würden eisige Finger in seinen Eingeweiden herumwühlen und ihm das Herz herausreißen.

»Lotta«, sagte er, und alle Energie schien aus seinem Körper zu weichen. »Die Pathologin, die das Gutachten erstellt hat, wegen dem deine Freundin Grit ihren Prozess verloren hat … das war Julia Richter.«

Der Aufschrei, den er erwartet hatte, blieb aus. Beck kniff die Augen zusammen.

»Du hast es gewusst?«

Lotta schob die Hände in die Taschen ihrer Jeans.

»Sie hat es mir verraten, ja. Am Montag nach dem Mord.«

»Und du … hast mir nichts davon gesagt?«

Watson, der vor ihnen auf dem Boden saß, spitzte die Ohren. Seine Augen wanderten zwischen Beck und Lotta hin und her wie beim Zuschauer eines Tennismatches.

»Ich konnte es nicht, Paul. Grit ist meine beste Freundin. Sie hat so viel durchgemacht. Wenn ich es dir erzählt hätte, hättet ihr die gesamten Ermittlungen auf sie konzentriert. Ihr hättet das Wenige, das von ihrem Leben noch geblieben ist, auf den Kopf gestellt. Es hätte sie endgültig zerstört.«

Paul Beck betrachtete die Frau, mit der er seit einem Dreivierteljahr liiert war. Er hatte sie immer bewundert. Für ihre Offenheit und ihre Direktheit. Und nun musste er feststellen, dass es noch eine andere Seite gab. Dass sie in der Lage war, ihn zu belügen, ohne auch nur mit der Wimper zu zucken. Die Wärme, die er gewöhnlich empfand, wenn er sie ansah, wich klirrender Kälte.

»Dafür wäre Heiko Richter vielleicht noch am Leben«, grollte er.

Lotta nahm die Hände aus den Taschen.

»Nein. Das war doch nicht Grit«, verteidigte sie ihre Freundin aufgebracht. »Wenn ich auch nur für eine Sekunde in Erwägung gezogen hätte, dass sie es wirklich getan haben könnte, hätte ich dir davon erzählt. Ich kenne Grit. Sie ist der aufrechteste und ehrlichste Mensch, den du dir vorstellen kannst.«

Das habe ich von dir auch geglaubt, dachte Beck. Und sieh nur, wie man sich täuschen kann.

»Mein Gott, Lotta.« Er stand auf und nahm sie bei den Armen. »Du bist Polizistin. Du weißt, dass es bei unserer Arbeit nicht um Treu und Glauben geht. Wir müssen jedem erdenklichen Hinweis nachgehen und jede Spur überprüfen. Ein Motiv einfach zu unterschlagen, das ist …«, er ließ sie los und gestikulierte hilflos, weil er einfach keine Worte für ihren Verrat fand, »… ein Dienstvergehen.«

»Ich wollte es dir ja sagen«, erklärte Lotta.

»So? Wann denn?«

»Wenn wir den Mörder von Julia Richter gefasst haben. Oder … wenn sich herausstellt, dass es niemand anders als Grit gewesen sein kann.«

»Aha. Du hast also doch in Erwägung gezogen, dass sie es war.«

»Nein. Habe ich nicht.« Lotta kräuselte die Stirn. »Ich wollte dir erzählen, dass Julia Richter das Gutachten für Grits Prozess erstellt hat, weil es meine Pflicht ist. In dem Moment, in dem es für die Ermittlungen eine Rolle spielt.«

»Das hätte es von Anfang an getan.«

»Ich sage dir doch, dass Grit unschuldig ist. Sie hat Julia Richter nicht ermordet«, beharrte Lotta. Er sah, wie ihre meerblauen Augen funkelten, und entdeckte, dass das schlechte Gewissen in ihrem Blick langsam von ihrer Empörung verdrängt wurde. Eine Entrüstung, zu der sie aus seiner Sicht nicht das geringste Recht hatte.

»Du hast uns mit deinem Versäumnis in Teufels Küche gebracht«, erklärte er kühl. »Ich habe keine Ahnung, wie wir das wiedergutmachen sollen. Und ich fürchte, das wird ein Nachspiel für dich haben. Du solltest dich nicht wundern, wenn man dich dafür vom Dienst suspendiert.«

Lotta nestelte an der Schleife herum, die ihre Kochschürze hinter ihrem Rücken zusammenhielt. Dann riss sie die Schürze herunter und warf sie Beck vor die Füße.

»Suhl dich nur weiter in deiner Selbstgerechtigkeit«, fuhr sie ihn an. »Ich habe getan, was ich für richtig hielt. Was ich mit meinem Gewissen und meiner Menschlichkeit vereinbaren konnte.«

»Dann ist deine Moral vielleicht ein wenig zu dehnbar.«

Lotta schüttelte den Kopf.

»Ich weiß langsam nicht mehr, ob das mit dir überhaupt einen Sinn hat. Du bist so ein gefühlskalter Stoffel. Immer geht es bloß um Logik und Ratio, und nur das beste Argument zählt. Hast du überhaupt Gefühle?«

Beck fühlte sich getroffen.

»Die habe ich sehr wohl«, entgegnete er heftiger, als es sonst seine Art war. »Und du solltest das wissen. Wo du doch ach so sensibel bist.«

Er hatte sie verletzen wollen, und ganz offensichtlich war es ihm gelungen.

»Schön. Dann ist es vielleicht das Beste, wenn wir die Sache hier beenden.«

»Bitte.« Beck breitete die Arme aus. »Geh doch.«

Lotta sah ihn einen Moment lang mit glühenden Augen an. Dann wandte sie sich abrupt zur Tür, riss ihre Jacke vom Haken und stürmte nach draußen. Watson folgte ihr auf dem Fuß.

Beck fühlte sich, als hätte jemand einen Kübel Eiswasser über ihm ausgegossen. Er eilte Lotta nach, konnte aber nicht mithalten, weil sein verstauchter Knöchel bei jedem Schritt einen reißenden Schmerz durch sein Bein schickte. Als er endlich auf der Türschwelle stand, saß Lotta schon in ihrem dunkelgrünen Passat. Sie ließ den Motor an, und die Scheinwerfer flammten auf.

»Wenn du jetzt gehst, brauchst du nicht mehr wiederzukommen«, brüllte Beck.

Lotta gab Gas, und der Kies unter ihren Reifen knirschte

und spritzte in alle Richtungen davon. Sie schoss durch den schmalen Fischergang, und in der nächsten Sekunde waren die roten Rücklichter in der Dunkelheit verglommen.

Watson hob den Kopf und verdrehte die Augen. Dann wandte er sich ab und verschwand zwischen den Büschen.

Beck fühlte, wie sich eine grauenvolle Leere in seinem Inneren breitmachte.

Was hatte er bloß getan?

44

Grit Larsen sah an der Fassade des Flensburger Diakonissenkrankenhauses hinauf. Dort oben hatte Julia Richter gearbeitet. Die Pathologin, die verhindert hatte, dass Pia Gerechtigkeit widerfuhr.

Und jetzt, drei Jahre danach, hatte Grit einen Anruf erhalten. Die Frau am Telefon hatte geflüstert. Sie habe Beweise, hatte sie gesagt. Dafür, dass Julia Richter damals ein falsches Gutachten verfasst hatte. Aus Gefälligkeit. Weil sie mit dem Kollegen befreundet war, der Pia operiert hatte.

Wenn das wahr war …

Aber welchen Sinn hatte das jetzt noch? Die weltliche Gerichtsbarkeit konnte Julia Richter nichts mehr anhaben. Und Grit wartete noch immer vergeblich darauf, dass sich Erleichterung darüber einstellte, dass ihre Widersacherin tot war. So oft hatte sie es sich ausgemalt. Doch jetzt, wo es geschehen war, fühlte sie sich taub und hohl wie nie zuvor. Ihr Streben nach Rache hatte ihr ganzes Denken und Handeln in Anspruch genommen. Und dabei hatte sie es versäumt, weiterzuleben. Das Einzige, wofür es sich jetzt noch lohnte, waren die Aids-Waisen in Malawi. Sie sollte wieder anfangen, als Anwältin zu arbeiten. Dann würde sie genug verdienen, um das Projekt aus eigenen Mitteln zu finanzieren. Sie wusste nur nicht, wo sie die Kraft dafür hernehmen sollte.

Auf der Straße neben ihr hielt ein dunkler Transporter. Die Fahrertür wurde geöffnet, und eine schwarz gekleidete Gestalt kam um den Wagen herum. Sie öffnete die rückwärtigen Türen.

Grit drehte sich um, um herauszufinden, was die Person dort tat, doch die war nicht mehr zu sehen. Stattdessen spürte Grit plötzlich, wie ihr jemand einen harten metallischen Gegenstand in den Nacken drückte. Es war, wie ihr im nächsten Augenblick klar wurde, ein Pistolenlauf. Ein eisiger Schreck fuhr ihr in die Glieder.

»Steig ein«, sagte eine heisere Stimme.

Grit machte einen Schritt auf den Wagen zu. Ihre Hände zitterten, und sie schaffte es kaum, ihre Beine zu heben, als sie wie in Trance auf die Ladefläche kletterte. Ihr Herz hämmerte, und das Bild vor ihren Augen verschwamm. Was um Gottes willen passierte hier?

Die Person hinter ihr versetzte ihr einen Stoß, und Grit fiel auf die Knie. Ein scharfer Schmerz schoss durch ihre Wirbelsäule direkt in ihren Hinterkopf. Ehe sie sich wieder aufrichten konnte, wurden ihre Arme nach hinten gerissen und ihre Hände mit einer Schnur gefesselt, und Grit stöhnte auf. Sie hatte das Gefühl, als würden ihr die Schultern aus den Gelenkpfannen springen. Im nächsten Moment legte sich etwas Dunkles über ihre Augen, und sie spürte, wie so etwas wie ein Tuch hinter ihrem Kopf verknotet wurde. Die plötzliche Dunkelheit versetzte sie derart in Panik, dass sie fast die Kontrolle über ihre Blase verloren hätte.

Mit einiger Verspätung kam ihr der Gedanke, um Hilfe zu rufen, doch es war zu spät. Die Person hinter ihr stopfte ihr etwas in den Mund und befestigte es mit einem zweiten Tuch. Wieder wurde Grit gestoßen, und sie fiel auf die Seite. Die Wagentüren schlugen zu. Gleich darauf hörte sie, wie jemand in die Fahrerkabine stieg. Der Motor sprang an, und der Transporter setzte sich in Bewegung.

Grit wurde hin und her geschüttelt, der Arm, auf dem sie lag, eingequetscht. Ihr ganzer Körper schien ein einziger Schmerz zu sein, und die Angst fraß sich durch ihre Eingeweide.

Was wollte diese Person von ihr? Wo brachte sie sie hin? Und was hatte sie mit ihr vor?

Das Zittern erfasste ihren ganzen Körper, und Grit schrie in ihren Knebel.

45

Theresa Vestergaard war konsterniert, als Paul Beck am nächsten Morgen berichtete, was er am Abend herausgefunden hatte.

»Sie hat gewusst, dass Julia Richter die Gutachterin war, wegen der Grit ihren Prozess verloren hat? Und sie hat nichts gesagt?«, fragte sie fassungslos.

Nick Harder dagegen zeigte sich pragmatisch.

»Es ist nicht mehr zu ändern, oder?«, stellte er fest und legte Theresa eine Hand auf die Schulter. »Also sehen wir zu, dass wir uns die Dame schnappen.«

Das allerdings war leichter gesagt als getan.

»Ich habe gleich heute früh die Kollegen in Dänemark gebeten, Grit Larsen zu uns zu bringen, aber sie haben sie nicht angetroffen«, informierte Beck. »Sie ist nicht zu Hause. Die Kollegen haben auch im Bootshaus ihres Sportvereins nachgesehen. Grits Paddelboot ist da, sie selbst nicht. Ich habe einen Streifenwagen nach Glücksburg geschickt, aber dort ist sie ebenfalls nicht. Ihre Ausrüstung im Mannschaftszelt ist vollständig, doch von Grit fehlt jede Spur.«

»Sie hat sich abgesetzt«, mutmaßte Nick.

Beck stimmte ihm zu.

»Die Fahndung läuft, bei uns und in Dänemark. Wir kontrollieren sämtliche Grenzübergänge und Anlegestellen an Nord- und Ostsee, alle Bahnhöfe und Flughäfen in Norddeutschland und Süddänemark.«

»Was ist mit ihrem Handy?«, erkundigte sich Theresa.

»Die Kollegen in der Bezirkskriminalinspektion versuchen, es zu orten. Bisher ohne Erfolg.«

»Hm.« Theresa setzte sich an Becks Schreibtisch und zog ihr iPad aus der Handtasche. »Hast du ihre Mobilfunknummer? Dann probiere ich es auch mal.«

Beck hob skeptisch die Augenbrauen, doch Nick Harder

griff bereits nach seinem Notizbuch und blätterte. Er blinzelte Beck zu und diktierte Theresa die Nummer.

»Lass sie nur machen«, sagte er. »Sie hat magische Kräfte.«

***

Das weiße Segel knatterte im Wind, und die »Lydløst« glitt beinahe schwerelos durch die Wellen. Vor dem Bug spritzte Gischt auf.

Lotta Lundkvist schloss für einen Moment die Augen. Sie sog die salzige Luft ein und ließ sich von der Sonne die Lider wärmen. Es war zumindest ein kleiner Trost.

Ihre Kehle fühlte sich rau an, nachdem sie die halbe Nacht gewütet hatte. Abwechselnd hatte sie ihr eigenes Spiegelbild und das Foto von Paul auf ihrer Anrichte angebrüllt. Und als sie endlich erschöpft ins Bett gefallen war, hatte sie nicht einschlafen können, weil das Adrenalin noch immer durch ihren Körper pumpte.

Sie hatte sich schlecht gefühlt, weil sie alles, was sie sich mit Paul im letzten Dreivierteljahr aufgebaut hatte, in einem einzigen Augenblick in Trümmer gelegt hatte. Langsam hatte sie seine Mauern abtragen wollen, um den weichen, zarten Kern, der sich dahinter versteckte, freizulegen. Sie hatte von Anfang an gespürt, dass seine Seele verletzlich war, auch wenn es ein wenig Nachhilfe von Theresa gebraucht hatte, um zu begreifen, dass sein Hercule-Poirot-Gehabe ebenso wie seine steife Art ein Schutzschild war. Sie mochte seine Nachdenklichkeit, seine wache Intelligenz, die Schnelligkeit, mit der er Gedanken aufgriff und weiterspann. Und sie genoss seine Zärtlichkeit. Er war ein Mann, wie sie ihn sich immer gewünscht hatte, kein Macho, sondern einer, mit dem eine Frau ohne Angst durchs Leben gehen konnte.

In ihrer Berufsanfängerzeit hatte sie oft mit Fällen von häuslicher Gewalt zu tun gehabt. Sie hatte gesehen, was aus der ersten stürmischen Liebe werden konnte, wenn es beiden Partnern nur noch darum ging, ihren Kopf durchzusetzen, wenn keiner Rücksicht auf den anderen nahm. Mit Paul war es anders gewesen.

Sie hatten sich behutsam angenähert, hatten einander Raum gelassen, sich zu entwickeln und zu wachsen. Und nun hatte sie die Pflanze, die vorsichtig ihren Kopf ins Freie gereckt hatte, einfach zertrampelt.

Sie hatte tolerant sein wollen und doch Pauls Marotten nicht ignorieren können. Sie hatte ihn gedrängt, sich zu verändern, damit er der perfekte Partner wurde. Und sie hatte ihn belogen.

Der Gedanke, dass sie ihn vermutlich für immer verloren hatte, schmerzte stärker, als sie erwartet hatte. Mit plötzlicher Deutlichkeit war ihr bewusst geworden, wie sehr sie ihn liebte. Seine klugen hellblauen Augen, die blitzten und funkelten, wenn sich eine Idee in seinem Kopf formierte. Das leichte Anheben der linken Braue, wenn er etwas mit einem spöttischen Kommentar versah. Seine ruhige, sonore Stimme, die ihre Seele streichelte. Die Ernsthaftigkeit, mit der er seinen seltsamen Kater behandelte.

Sie war nicht zur Ruhe gekommen, weil sie mit sich gehadert hatte, dass sie nicht diplomatischer gewesen war, dass sie Pauls berechtigten Ärger einfach negiert hatte. Und weil die Stimmen in ihrem Kopf den Disput fortgesetzt hatten.

Die Polizistin, die sie schalt, weil sie belastendes Material zurückgehalten hatte.

Und die Freundin, die ihr gram war, weil sie Grit nicht beschützt hatte.

Lotta fuhr sich mit der flachen Hand über das Gesicht und öffnete die Augen wieder. Über ihr kreiste schreiend eine Möwe. In Lottas Ohren klang es wie Hohngelächter.

Sie wusste, dass sie einen Fehler gemacht hatte. Sie hätte sich nicht zu den Ermittlungen im Mordfall Julia Richter abkommandieren lassen dürfen. Gerade weil Grit ihre Freundin war. Sie hatte sie schützen wollen, doch am Ende hatte sie das Gegenteil erreicht. Und damit nicht nur ihre eigene Karriere in Gefahr gebracht und ihre Beziehung zu Paul ruiniert, sondern womöglich auch noch den Tod von Heiko Richter verschuldet.

Sie hatte keine Ahnung, wie sie damit leben sollte.

Aber es nützte ja nichts. Es machte die Sache nicht besser, wenn sie den Kopf in den Sand steckte. Sie hatte eine Entscheidung getroffen, und jetzt musste sie dazu stehen und die Konsequenzen tragen, auch wenn es schwer war.

Sie straffte die Großschot und ging härter an den Wind. Dann nahm sie Kurs auf Glücksburg.

46

Grit Larsen schreckte mit einem Ruck hoch. Ihr Nacken schmerzte, und ihre Arme und Beine waren taub. Ihr Kopf dröhnte und fühlte sich schwammig an. Auf ihrer Zunge lag ein bitterer Geschmack. In ihrem Mund steckte ein Knebel. Grit wollte eine Hand an die Stirn pressen, doch sie konnte sie nicht bewegen. Furcht breitete sich in ihrem Körper aus wie flüssiges Feuer.

Sie atmete tief ein und versuchte, sich zusammenzunehmen.

Konzentrier dich.

Sie zwang ihre verklebten Augenlider, sich zu öffnen, doch sie konnte trotzdem nichts sehen. Etwas Dickes, Weiches, Dunkles lag vor ihren Augen und versperrte ihr die Sicht.

Grit schluckte trocken.

Sie richtete ihre Aufmerksamkeit auf die Empfindungen ihres Körpers, und langsam klärte sich der Nebel in ihrem Kopf.

Sie saß auf einem hohen Stuhl. Die Lehne in ihrem Rücken reichte bis über ihren Kopf hinaus. Das Material war hart, aber nicht kalt. Massives Holz, schloss Grit. Ihre Unterarme lagen auf breiten Armlehnen. Und um ihre Hand- und Fußgelenke schlossen sich metallene Bänder.

Wo um alles in der Welt war sie? Und wie war sie hierhergekommen?

Sie kniff die Augen zusammen, und plötzlich fiel ihr alles wieder ein.

Der dunkle Transporter. Die finstere Gestalt, die sie auf die Ladefläche gestoßen und gefesselt hatte. Und die Fahrt, auf der sie von einer Seite auf die andere gerollt war, hin und her geworfen wie ein Gepäckstück.

Irgendwann hatte der Wagen angehalten, und die Türen waren geöffnet worden. Jemand hatte sich über sie gebeugt. Und dann … nichts. Nur ein großes schwarzes Loch.

Die Person musste ihr irgendetwas verabreicht haben. Drogen vielleicht. Oder ein Schlafmittel.

Grit bewegte ihre Finger und Zehen, um das Taubheitsgefühl aus ihren Gliedern zu vertreiben. Dabei stellte sie fest, dass ihr linker Daumen irgendwo feststeckte. Sie versuchte, ihn herauszuziehen, bekam ihn aber nicht frei. Etwas hielt ihn fest.

Grit spürte ein Prickeln im Nacken. Die Panik schlich sich auf leisen Sohlen heran wie ein Raubtier.

Links von ihr knarrte eine Tür, und gleich darauf hörte sie schwere Schritte.

Grit schrie, doch durch den dicken Knebel drang kaum ein Laut. Sie begann am ganzen Leib zu zittern, und ihr Herz hämmerte, als wollte es zerspringen.

Sie spürte, dass sich ihr jemand näherte.

»Ah«, sagte die Person dicht an ihrem Ohr. »Ich sehe, du bist wach. Das ist gut.«

Leise war diese Stimme, süß und grausam zugleich.

Grit schauderte.

47

Der Anruf kam schneller als erwartet. Die Besatzung eines Streifenwagens hatte das Auto von Grit Larsen auf einer Parkfläche vor dem Flensburger Diakonissenkrankenhaus entdeckt. Beck beorderte sofort einige weitere Kollegen dorthin, aber die gründliche Durchsuchung der Klinik blieb ohne Erfolg. Was immer Grit Larsen dort gesucht hatte, im Krankenhaus war sie nicht. Beck hatte weitere Einsatzkräfte angefordert, die das gesamte Viertel durchstöbern sollten, doch noch gab es keine neuen Nachrichten, und Beck, Harder und Theresa blieb nichts anderes übrig, als zu warten. Paul Beck studierte den vorläufigen Bericht der Spurensicherung vom stillgelegten Minigolfplatz in Holnis Drei. Nick Harder lief im Büro auf und ab wie ein Tiger im Käfig. Er hasste es, wenn er nichts tun konnte. Theresa Vestergaard, die auf ihrem iPad tippte, blickte auf.

»Nick«, sagte sie leise. »Setz dich hin. Ich muss mich konzentrieren.«

Harder warf sich auf einen Stuhl. Beck sah, wie er heimlich die Fäuste öffnete und schloss.

Ihm selbst ging es, wie er feststellen musste, kaum anders. Die Lösung des Falls schien zum Greifen nah. Wenn er nur mit Grit Larsen reden könnte! Doch solange sie nicht verfügbar war, musste er sich eben mit dem begnügen, was er hatte. Und das war nicht viel.

Es gab keine Fingerabdrücke auf dem Minigolfschläger, mit dem Heiko Richter erschlagen worden war, also hatte der Täter wahrscheinlich Handschuhe getragen. In der Nähe des Platzes waren Reifenspuren entdeckt worden, doch niemand konnte sagen, ob sie mit der Tat zusammenhingen. Und auf einem sandigen Fleckchen Erde zwischen dem hochstehenden Gras und den alten Betonbahnen hatten die Kollegen einige partielle Schuhabdrücke entdeckt, von Heiko Richters schweren Bundeswehrstiefeln und einem kleineren und schmaleren Schuh, vermutlich einem Damenturnschuh. Sie verglichen das Profil mit den Datenbanken, um das Modell zu ermitteln, doch weil sie nur undeutliche Teilabdrücke hatten, dauerte die Recherche noch. Aber es war immerhin ein Hoffnungsschimmer. Wenn sie bei Grit Larsen entsprechende Schuhe sicherstellen konnten, hätten sie zumindest ein Beweisstück von nicht geringer Bedeutung.

Die zuständige Kapitaldezernentin am Landgericht Flensburg, Dr. Margarete Döscher, hatte sich bereits mit ihren dänischen Kollegen in Verbindung gesetzt. Man hatte einen Durchsuchungsbeschluss für Grits Wohnung erwirkt, und mehrere dänische Polizisten waren jetzt gerade auf dem Weg dorthin. Beck wäre selbst gern dabei gewesen, doch Margarete Döscher hatte ihm abgeraten. Sie wollte Kompetenzgerangel vermeiden, und Beck hatte eingesehen, dass sie recht hatte.

Theresas iPad piepte, und sie blickte mit einem Lächeln auf.

»Ich habe sie«, sagte sie. Sie öffnete eine Landkarte auf Nicks Computer und zoomte mit der Maus näher heran.

»Hier.« Sie bewegte den Mauszeiger zu einem Punkt auf der Karte. »Das ist der Ort, an dem sich Grit Larsen im Augenblick aufhält.«

Beck und Harder beugten sich über ihre Schulter.

»Schloss Glücksburg«, sagten sie wie aus einem Mund.

Theresa aktivierte die Mitteilungs-App auf ihrem iPad. Schnell tippte sie eine SMS.

***

Das dunkle Tuch verschwand vor ihren Augen, und Grit Larsen blinzelte. Sie befand sich in einem winzigen Raum, der nur schwach von dämmerigem Licht erhellt wurde. An den rohen Steinwänden hingen ein paar gerahmte Poster hinter Glas. Rechts von dem Stuhl, auf dem sie saß, stand etwas, das aussah wie ein langer, sehr alter Holztisch. Darauf lag an jedem Ende ein Paar eiserner Schellen. Sie waren mit Ketten verbunden, die zu einer Art Walze mit einer kleinen Kurbel führten. Grit brauchte ein paar Sekunden, bis ihr Gehirn bereit war, die richtigen Schlüsse zu ziehen. Das Monstrum dort war eine mittelalterliche Streckbank.

Grit stöhnte in ihren Knebel.

Sie senkte den Blick und entdeckte, dass das Ding, das ihren linken Daumen umklammert hielt, eine Art Schraubzwinge war. Die Backen waren flache Metallstücke, die durch zwei Gewinde miteinander verbunden waren. Mit Hilfe der Schraubvorrichtung, die sich oben auf dem Objekt befand, konnte man die beiden Platten beliebig eng zusammenpressen.

Der Knebel verschwand aus ihrem Mund, und Grit sog gierig die abgestandene Luft in der Kammer ein. Sie bewegte ihren Kiefer, der laut knackte, und befeuchtete ihre Lippen mit der Zunge.

Sie fürchtete sich zu Tode. Aber sie musste einfach etwas sagen.

»Was … was wollen Sie von mir?«

Ein ganz und gar nicht mittelalterliches Klemmbrett mit einem leeren Blatt Papier erschien in ihrem Blickfeld, gefolgt von einem billigen Einwegkugelschreiber.

»Du wirst ein Geständnis ablegen«, sagte die gesichtslose Stimme in ihrem Rücken. »Du wirst zugeben, dass du Julia und Heiko Richter ermordet hast.«

Grit hätte nicht geglaubt, dass die Angst, die wie ein glühender Klumpen in ihrem Magen saß, noch schlimmer werden könnte. Doch sie hatte sich getäuscht.

»Aber … das ist nicht wahr«, krächzte sie.

»Nein?« Grit spürte den Hauch eines Atems an ihrem Ohr. »Ich glaube schon.«

Die Person, die hinter ihr gestanden hatte, trat um den Stuhl herum.

Es war eine Frau, mittelgroß, kräftig und blond. Sie trug den schwarzen Trainingsanzug des deutschen Teams und klobige Turnschuhe. Ihre Augen waren blau und kalt wie Eis.

Wie eine Einblendung in einem Film tauchte in Grits Kopf ein Name auf.

Martina Scheffler.

Wortlos griff die deutsche Kite-Surferin nach der Daumenschraube und drehte sie weiter zu.

Es tat nicht wirklich weh. Nur der Druck verstärkte sich, und Grit sah, wie sich das Blut in der Kuppe des Daumens staute.

»Am Anfang ist es nicht besonders schlimm«, erklärte Martina Scheffler so emotionslos und sachlich, als belehre sie die Teilnehmer einer Führung. »Aber das ändert sich, wenn die Haut aufplatzt und das Fleisch zerquetscht wird. Und es wird unerträglich, wenn das Metall den Knochen erreicht. Wenn er in lauter kleine Stücke zerspringt und der ganze Finger nur noch eine rohe, breiige Masse ist. Dann ist es so, als würde dir jemand tausend heiße Nadeln unter den Nagel schieben.«

Grit schaute auf ihren Daumen. Sie hatte ihm nie viel Beachtung geschenkt, doch der Gedanke, ihn zu verlieren, brachte sie an den Rand dessen, was sie ertragen konnte. Sie wollte ihn befreien, doch sie konnte ja nichts tun. Die Daumenschraube hielt ihn fest umklammert. Und ihr Handgelenk war an die breite Armlehne des Stuhls gefesselt.

Martina Scheffler rückte ein kleines Pult in Grits Reichweite und legte Papier und Stift darauf. Dann löste sie die Schelle an Grits rechtem Handgelenk.

»Du hast die Wahl«, sagte sie. »Du legst ein Geständnis ab. Oder du leugnest weiter und siehst zu, wie ich dir einen Finger nach dem anderen breche.«

48

Paul Beck, Nick Harder und Theresa Vestergaard rasten mit Becks Mercedes von Flensburg aus über die Landstraße in Richtung Osten. Die sanften Hügel mit den Weiden und der dichte Forst rund um Glücksburg übten gewöhnlich eine beruhigende Wirkung auf Beck aus, doch jetzt hatte er keinen Blick dafür. Er lenkte den Wagen auf die Zufahrt zum Schloss, hupte die Fußgänger auf der Brücke beiseite und parkte neben den Miniaturburgtürmen, in denen ein paar Kinder spielten. Nick sprang aus dem Wagen und war schon halb über die Brücke zum Schloss, ehe Beck und Theresa ausgestiegen waren. Theresa lief leichtfüßig hinter Nick her. Beck machte zwei Schritte und sog scharf die Luft ein. Schwankend blieb er stehen. Es fühlte sich an, als würde eine eiserne Faust seinen linken Knöchel umklammern.

Er versuchte, sich nichts anmerken zu lassen. So würdevoll, wie er es vermochte, setzte er seinen Bowler auf und wartete an der Brücke auf die Besatzungen der vier Streifenwagen, die direkt nach ihnen in den Burghof gefahren waren. Beck verteilte sie auf die vier Etagen des Schlosses. Anschließend hinkte er über die weiße Brücke zum Eingang.

Dort blieb er erneut stehen.

Die große Eingangshalle reichte über zwei Stockwerke. An der Wand hing ein riesiges Gemälde, in der Mitte des Raums stand eine alte Kutsche mit goldenen Beschlägen. Rechts und links gingen einige Türen ab, unter anderem zu den Toiletten, wie Beck dem Hinweisschild entnahm. In den Türmen gelangte man über Treppen in die oberen Stockwerke und in den Keller.

Beck überlegte nur kurz. Dann humpelte er zu einer der Bänke, die an der Seite des Raums aufgestellt worden waren. Er war der Leiter der Ermittlungen. Er musste nicht wie ein aufgescheuchtes Huhn durchs Schloss rennen. Er konnte einfach hier warten, bis man Grit Larsen gefunden hatte.

Wie zur Bestätigung seiner Überlegungen piepte im selben Moment sein Handy. Er zog es aus der Tasche und schaute auf das Display.

Die Kollegen von der Spurensicherung hatten ihm ein Bild geschickt. Ein Produktfoto des Turnschuhs, der zu den Spuren auf dem Minigolfplatz passte. Er war schwarz und klobig, mit zwei feinen roten Streifen an der Seite. Nach dem Ausmessen der Teilabdrücke, die man gefunden hatte, schätzten die Kriminaltechniker die Schuhgröße auf achtunddreißig oder neununddreißig. Was bedeutete, dass mit hoher Wahrscheinlichkeit eine Frau diese Schuhe getragen hatte. Anders Rask, der dänische Trainer, hatte jedenfalls wesentlich größere Füße, daran erinnerte sich Beck deutlich. Aber er war sich ja ohnehin sicher, dass Grit Larsen die Täterin war, die sie suchten.

Es dauerte geraume Zeit, bis Theresa und Nick und die Besatzungen der vier Streifenwagen in die Halle zurückkehrten.

»Nichts«, berichteten sie übereinstimmend. »Wir haben alles durchkämmt. Hier ist sie nicht.«

Theresa aktivierte ihr iPad.

»Aber sie muss hier sein. Das Signal ist eindeutig.«

Becks Blick huschte durch die große Halle und blieb an einer schlanken blonden Frau hängen, die gerade durch das Eingangsportal hastete. Sein Herz machte einen kleinen Aussetzer.

»Lotta«, sagte er leise.

»Ah.« Nick blinzelte Theresa zu. »Das war die SMS, die du unbedingt noch schreiben musstest.«

Theresa nickte abwesend und winkte Lotta heran.

»Sie muss doch dabei sein«, erklärte sie. »Gerade jetzt.«

Lotta erreichte ihre Kollegen und blieb bei ihnen stehen. Sie fühlte sich offensichtlich unbehaglich.

»Habt ihr sie?«

»Nein.« Paul Beck blickte haarscharf an Lotta vorbei. »Sie ist nicht hier.«

»Aber ich habe ihr Handy hier geortet«, beharrte Theresa.

Lotta schaute sich um.

»Ihr habt überall nachgesehen?«

Die Polizisten nickten.

Lottas Blick schweifte weiter durch den Raum und blieb an dem Turm links neben dem Eingang hängen.

»Auch im Keller?«

»Der ist geschlossen«, erläuterte einer der uniformierten Beamten. »Da wird renoviert.«

Beck sprang auf. Ein neuer, scharfer Schmerz schoss durch seinen Knöchel, doch dieses Mal ignorierte er ihn.

»Das heißt, ihr habt den Keller nicht überprüft?«

Dem Beamten ging offensichtlich auf, dass er einen Fehler gemacht hatte.

»Nein«, bekannte er kleinlaut.

Beck zögerte nicht. Er humpelte zur Kellertreppe. Harder überholte ihn problemlos und eilte die Stufen hinunter. Vor der Tür zum Folterkeller blieb er stehen und rüttelte an der Klinke. Tatsächlich hing dort ein Schild, das verkündete, der Zugang sei wegen Renovierungsarbeiten bis auf Weiteres gesperrt. Und die Tür war abgeschlossen.

Harder machte kehrt und sauste wieder nach oben.

»Ich suche jemanden, der einen Schlüssel hat«, rief er Beck zu, als sie sich auf halber Strecke begegneten und in der engen Schnecke des steinernen Treppenhauses aneinander vorbeizwängten.

49

Martina Scheffler hatte recht gehabt.

Es tat weh, wenn das Fleisch des Daumens so gequetscht wurde, dass sich die Haut spannte und zu platzen drohte, und das Metall der Platten auf die empfindliche Knochenhaut drückte.

Aber die Sportsoldatin würde ihren Daumen nicht wirklich zermalmen. Sie wollte ihr nur Angst einjagen. Irgendwann, bevor sie irreparablen Schaden anrichtete, würde sie aufhören.

Oder nicht?

Bisher machte sie jedenfalls keine Anstalten, ihr grausames Werk zu beenden.

»Und?«, fragte sie, offenbar gänzlich ungerührt. »Bist du schon bereit, zu gestehen? Oder brauchst du noch mehr?«

Grit ballte die rechte Hand zur Faust. Wenn sie sich nur auf diese konzentrierte, konnte sie den Schmerz in der linken ausblenden. Bis zu einem gewissen Grad jedenfalls.

»Wie du willst.« Martina drehte die Schraube eine Wendung weiter, und Grit schrie. Die Haut an der Seite ihres Daumens riss auf, und Blut tropfte heraus.

Grit wimmerte wie ein Säugling.

»Nein, bitte. Hör auf.«

Martina Scheffler deutete auf das Blatt.

»Dann schreib.«

Grit nahm den Stift und biss die Zähne zusammen. Sie konnte den Kugelschreiber kaum halten. Der Schmerz pumpte in Wellen durch ihren Körper, und ihre Hand bebte.

»Ich, Grit Larsen …«, sagte Martina, und Grit begann zu schreiben.

Ich, Grit Larsen, gestehe, dass ich Julia und Heiko Richter ermordet habe. Julia Richter hat mein Leben zerstört. Sie trägt die Schuld daran, dass der Mörder meiner Tochter ungestraft davongekommen ist. Und Heiko Richter hat herausgefunden, was ich getan habe. Er wollte mich der Polizei ausliefern, und deshalb musste er ebenfalls sterben.

Grit setzte ihre Unterschrift unter den Text, zitterig und kaum lesbar. Martina lächelte.

»Na also.« Sie nahm das Blatt, faltete es und steckte es in ihre Jackentasche. Dann zwang sie Grits rechte Hand wieder in die Metallschelle und befestigte sie an der Armlehne des hohen Stuhls.

»Bitte.« Grit deutete mit dem Kinn auf ihren malträtierten Daumen. »Ich habe getan, was du wolltest. Jetzt mach das los.«

Martina blinzelte sie an.

»Nein. Ich denke nicht«, sagte sie.

Grit legte den Kopf in den Nacken und rang nach Luft. Die Schmerzen in ihrem Daumen waren so mörderisch, dass ihr schwarz vor Augen wurde. Dann verlor sie das Bewusstsein.

50

Nick Harder schob den Museumswärter, der ihnen die Tür zur Folterkammer geöffnet hatte, ungeduldig beiseite und drängte sich in den kleinen Raum. Beck, Theresa und Lotta folgten ihm.

Das Bild, das sich ihnen bot, war reichlich skurril.

Grit Larsen saß auf einem hohen Stuhl, Hand- und Fußgelenke mit Metallschellen an Armlehnen und Stuhlbeine gefesselt. An ihrem linken Daumen hing eine antik aussehende Schraubzwinge. Grits Oberkörper war nach vorne gesackt, der Kopf beinahe zwischen ihren Knien. Und neben ihr stand Martina Scheffler und schaute sie mit grimmiger Zufriedenheit an.

Lotta stürzte auf ihre Freundin zu.

»Mein Gott, Grit.« Sie hob den Kopf der Anwältin an, zog deren Augenlider nach oben und tastete am Hals nach ihrem Puls.

»Schnell. Einen Rettungswagen«, sagte sie zu Theresa, die ihr iPad aus der Handtasche nahm und eilig den Raum verließ. Sie war, wie Beck bei einem raschen Seitenblick feststellte, fast grün im Gesicht.

Nick Harder starrte Martina Scheffler an.

»Was hast du getan?«, fragte er heiser.

Die Sportsoldatin lächelte reumütig.

»Ich weiß. Selbstjustiz ist verboten. Aber ich habe sie ja auch nicht umgebracht.« Sie zog das gefalzte Blatt aus der Jackentasche. »Ich habe sie nur überredet, die Wahrheit zu sagen. Dies hier ist ihr Geständnis.«

Harder nahm die Seite, las, was daraufstand, und reichte sie an Beck weiter. Der überflog sie ebenfalls, faltete das Papier zusammen und steckte es ein.

»Sie wissen, dass das nichts wert ist«, sagte er, bemüht, sich sein Entsetzen nicht anmerken zu lassen. »Ein Geständnis, das unter Androhung von Gewalt erfolgt …«

Lottas Kopf fuhr herum.

»*Androhung?* Sie hat ihr nicht nur Gewalt angedroht. Sie hat sie gefoltert.«

Beck trat näher und betrachtete Grit Larsens malträtierten Daumen. Er sah ausgesprochen unappetitlich aus, eher wie etwas, das in Watsons Katzenfutter gehörte als zu einer menschlichen Hand.

»Das ist schwere Körperverletzung, Frau Scheffler«, sagte er. »Dafür werden Sie sich verantworten müssen, genau wie für die Entführung.«

Die Sportsoldatin zuckte bockig mit den Schultern.

»Und wenn schon. Immerhin habe ich sie daran gehindert, zu fliehen. Sie hat vielleicht nicht freiwillig gestanden, aber früher oder später wird sie es tun.«

Damit wandte sie sich ab und ging die Treppe zur Halle hinauf. Beck sah ihr nach, wurde aber von Nick Harder beiseitegeschoben.

Nick öffnete die eisernen Schellen, die Grit Larsens Hand- und Fußgelenke umschlossen, und löste vorsichtig die Daumenschraube. Dann schob er einen Arm unter Grits Knie, den anderen unter ihren Oberkörper und hob sie hoch, als wöge sie nicht mehr als ein Sack Blumenerde. Er trug sie die enge, gewundene Treppe nach oben in die Halle und von dort über die weiße Brücke weiter in den Schlosshof. Sacht legte er sie auf eine der Bänke, die von ein paar Bäumen beschattet wurden.

Beck, der ihm hinkend gefolgt war, sah ungeduldig zur Toreinfahrt. Er hoffte, dass der Krankenwagen schnell kam. Sonst war es vielleicht zu spät, um Grit Larsens Daumen zu retten.

Eine Bewegung auf der anderen Seite des Hofs erregte seine Aufmerksamkeit. Er wandte sich um und entdeckte Martina Scheffler, die sich an einem schwarzen Transporter zu schaffen machte. Vermutlich das Fahrzeug, mit dem sie Grit Larsen hierhergebracht hatte.

Beck fluchte leise. Was war nur in ihn gefahren, dass er die Sportsoldatin einfach hatte gehen lassen? Sie hätten Martina

Scheffler festnehmen müssen, doch weder er noch Nick oder Lotta oder Theresa hatten daran gedacht. Der Schock über Grits Anblick hatte alle anderen Instinkte verdrängt. Dabei waren Freiheitsberaubung und Körperverletzung ernste Delikte, auch wenn dies kein gewöhnlicher Fall war. Martina hatte nicht zum eigenen Vorteil gehandelt, sondern mit dem Ziel, ein Verbrechen aufzuklären. Und man musste ihr zugutehalten, dass sie nach dem Mord an ihrem ehemaligen Geliebten unter erheblichem psychischen Stress stand.

Aber das alles änderte nichts daran, dass sie sie verhaften mussten.

Er humpelte über den Hof und winkte Martina Scheffler, die gerade hinters Steuer klettern wollte, auf ihn zu warten. Sie verharrte in der offenen Tür, einen Fuß bereits im Transporter, den anderen auf der äußeren Trittstufe.

»Brauchen Sie mich noch?«, erkundigte sie sich.

»Wir nicht«, erwiderte Beck. »Aber die Kollegen vom K2 für Leib, Leben und Gesundheit.«

»Aha?« Die Sportsoldatin blinzelte, und ihre selbstgerechte Überzeugung schien ein wenig zu bröckeln.

Beck, der neben dem gewaltigen Abscheu über ihre Tat auch ein gänzlich unwillkommenes Mitleid empfand, schob die Hände in die Manteltaschen und tastete nach seiner Pfeife.

»Ich muss Sie in Untersuchungshaft nehmen …«, sagte er und brach dann jäh ab.

Sein Blick war auf Martinas Fuß gefallen, der in einem klobigen schwarzen Turnschuh mit zwei dünnen roten Streifen an der Seite steckte. Es war exakt dasselbe Modell wie auf dem Produktfoto, das ihm die Kollegen von der Kriminaltechnik geschickt hatten. Von jenem Schuh, der zu den Spuren auf dem Minigolfplatz passte.

Beck fiel es wie Schuppen von den Augen. Plotzlich ergab alles einen Sinn.

»*Sie* waren das«, sagte er fassungslos. »*Sie* haben Julia und Heiko Richter ermordet. Und anschließend wollten Sie die Taten Grit Larsen anlasten.«

Martina Scheffler sparte sich die Antwort. Sie schlüpfte in den Wagen und schlug die Tür zu. Der Motor sprang an, und Martina gab Gas. Beck warf sich gerade noch rechtzeitig aus dem Weg, ehe ihn der Transporter erfassen konnte. Er rollte auf die Seite und zog seine Dienstwaffe. Schnell versicherte er sich, dass niemand in der Schussbahn stand, dann feuerte er in rascher Folge drei Kugeln auf das linke Hinterrad.

Der Reifen zerplatzte mit einem Knall, und der Transporter geriet ins Schlingern, doch Martina Scheffler stoppte nicht. Sie hielt mit unverminderter Geschwindigkeit auf das Torhaus zu.

Beck hob erneut die Waffe und zielte auf das rechte Hinterrad, bemerkte aber aus dem Augenwinkel eine Gruppe alter Damen, die aus dem Andenkenladen trat und ebenfalls auf das Tor zustrebte. Er konnte nicht auf den schlingernden Wagen schießen, ohne die Frauen in Gefahr zu bringen. Eilig steckte er die Waffe weg und stemmte sich hoch, um die Verfolgung zu Fuß aufzunehmen, doch als er das linke Bein belastete, schoss der Schmerz wie ein heißes Messer in seinen Knöchel. Beck taumelte und fiel auf die Knie.

Er sah, wie der schwarze Transporter auf das Tor zuhielt und zu verschwinden drohte, und schaute sich hektisch nach seinen Kollegen um. Irgendwer musste die Frau doch aufhalten. Tatsächlich erfassten Lotta, Theresa und Nick, die sich über Grit Larsen gebeugt hatten, die Situation sofort. Alle drei zogen ihre Waffen und rannten los, aber sie waren zu weit entfernt. Nur noch Sekunden, dann wäre Martina Schefflers Flucht geglückt.

Als der Transporter die Ausfahrt erreichte, griff Beck nach seinem Handy, um so rasch wie möglich Straßensperren errichten zu lassen, doch im selben Augenblick tauchte im Torbogen die rot-weiße Front eines Rettungswagens auf. Martina Scheffler riss das Steuer herum und bremste, aber es war zu spät. Der Transporter prallte gegen das massive Mauerwerk. Aus der Kühlerhaube stieg Dampf auf.

Der Krankenwagen kam mit quietschenden Bremsen zum

Halten. Die Sanitäter sprangen heraus und eilten zu dem verunglückten Transporter.

Lotta stand plötzlich neben Beck und half ihm auf die Beine. Nick Harder hatte das Tor erreicht und zerrte Martina Scheffler aus dem Transporter. Sie war offenbar unverletzt und wehrte sich. Mit einem Tritt versuchte sie Harder aus dem Gleichgewicht zu bringen, doch Nick war schneller. Er bog ihr die Arme auf den Rücken und legte ihr Handschellen an.

Lotta schaute Beck in die Augen und lächelte zerknirscht.

»Es tut mir leid«, sagte sie. »Aber ich hatte recht, oder nicht? Grit war es nicht.«

51

Der Startrichter hob die Pistole, und der Schuss hallte über die Förde. Die vier Sportlerinnen liefen zu ihren Brettern, schoben sie ins Wasser und kletterten hinauf. Sie tauchten ihre Paddel in die türkis schimmernde Ostsee und glitten hoch aufgerichtet in Richtung Sønderhav.

Paul Beck lehnte sich in seinem Relaxsessel zurück und schaute zu Nick, der mit ausgestreckten Beinen auf seinem Sofa saß und gebannt auf den Bildschirm des Fernsehers starrte. Theresa stand an der Spüle. Sie stellte drei große Tassen auf ein Tablett und trug es herüber, Kaffee für Nick und sich selbst und eine mit einer gewagten Sahnehaube gekrönte Tote Tante für Beck. Sie setzte das Tablett auf dem Tisch ab und kuschelte sich an Nick.

Paul Beck ächzte. Er blickte auf seinen linken Fuß, den er auf den Hocker gelegt hatte. Er steckte in einem Gips und wurde von einer massiven Gehhilfe aus Kunststoff umschlossen. Beck hatte sich mit Händen und Füßen gegen diese Maßnahme gesträubt, aber er hatte keine Chance gehabt. Ihm hatte vor der Hilflosigkeit gegraut, und die Furcht, die ihn seit seinem Unfall als Jugendlicher beherrschte, hatte dicht unter der Oberfläche gelauert, doch dank der Fürsorge seiner Freunde begann die alte Wunde zu seiner Überraschung zu heilen. Er fühlte sich getröstet und geborgen. Vielleicht, dachte er, würde er Lotta irgendwann von seiner alten Verletzung erzählen.

Er nippte an seinem Kakao, den Theresa mit einem ordentlichen Schuss Rum versetzt hatte, und hätte beinahe behaglich geschnurrt. Doch das überließ er lieber dem Kater, der wie eine Statue vor dem Fernseher thronte. Allerdings hatte er den Blick nicht auf den Bildschirm gerichtet, sondern auf Paul, und er schien zufrieden mit dem, was er sah.

Beck selbst dagegen wusste nicht so recht, was er von seinem Anblick halten sollte. Er trug einen schwarzen Trainingsanzug aus festem Baumwollstoff, den ihm Nick geliehen hatte. Die Hose und das Sweatshirt schlabberten, weil er viel schmaler war als Nick, und er vermisste die Sicherheit, die ihm sein üblicher Aufzug bot, doch er musste zugeben, dass diese Kleidung ausgesprochen bequem war.

Theresa strich sich die Haare aus der Stirn.

»Ich kann es immer noch nicht fassen«, bemerkte sie. »Dass ein Mensch so kaltblütig sein kann.«

»So verzweifelt«, sagte Beck. »Martina Scheffler hat Heiko Richter geliebt. Als er sich von ihr getrennt hat, weil seine Frau krank geworden ist, konnte sie das akzeptieren, aber sie war der Meinung, es wäre nur eine Übergangslösung.«

»Sie dachte, es ginge ihm um das Erbe. Und sie hat sich ausgemalt, wie sie mit dem Geld nach Julia Richters Tod gemeinsam ein neues Leben anfangen«, ergänzte Nick.

»Aber dann ist Julia geheilt worden, und Heiko ist bei ihr geblieben«, vollendete Beck die Geschichte. »Das hat Martina Scheffler nicht ertragen.«

Watson spitzte die Ohren. Seine smaragdgrünen Augen wanderten von einem zum anderen. Er sah aus, als lausche er konzentriert der Auflösung des Falls.

Theresa trank einen Schluck von ihrem Kaffee.

»Hat sie wirklich geglaubt, Heiko Richter käme zu ihr zurück, wenn sie seine Frau ermordet?« Sie stellte die Tasse auf den Tisch. »Na ja«, fügte sie hinzu. »Vielleicht wäre er das sogar. Aber er hat herausgefunden, dass sie es getan hat, stimmt's?«

»Sie hat es ihm gesagt«, berichtete Nick, was Martina Scheffler bei der Vernehmung zugegeben hatte. Zwei Tage lang hatten Oberstaatsanwältin Dr. Margarete Döscher, Nick Harder und Paul Beck sie befragt, und die Sportsoldatin hatte ein umfassendes Geständnis abgelegt. »Sie hat allen Ernstes angenommen, er würde ihr vor Freude um den Hals fallen, weil sie ihn von seiner Frau erlöst hat. Aber das hat er nicht getan. Er ist vollkommen durchgedreht und hat angekündigt, dass er mit seinem Wissen zur Polizei geht.«

»Und da hat sie den Minigolfschläger genommen und ihn getötet«, schloss Theresa. »Hat sie auch gesagt, woher sie das Gift hatte, mit dem sie Julia Richter ermordet hat?«

»Aus einer Lagerhalle auf dem Kasernengelände«, sagte Beck. »Es waren ein paar uralte Flaschen mit Insektenvernichter. Martina Scheffler hat sie zufällig entdeckt. Und dann hat sie ihren perfiden Plan entwickelt.«

»Wir haben das Gelände doch durchsucht«, erwiderte Theresa. »Da war nichts.«

»Sie hat es beiseitegeschafft. Sie hat die Flaschen einfach unter einer Ladung Sondermüll versteckt, die mit einem regulären Transport zur Mülldeponie gefahren worden ist. Und zwar schon zwei Wochen vor dem Mord«, erläuterte Nick. »Es hat ihr alles in die Karten gespielt. Dass sie das Gift gefunden hat. Dass sie die Reste so unauffällig loswerden konnte. Und dass Cornelia König die Idee hatte, Julia Richters Anzug mit Pfefferspray zu präparieren. Wenn Martina mit ihrer Überzeugung, dass Heiko Richter sie immer noch liebt, richtiggelegen hätte, wären wir ihr nie auf die Spur gekommen.«

Er wirkte verbittert, und sein sonst so sonniges Lächeln sah gequält aus. Beck wusste, dass es ihm schwerfiel, sich zu verzeihen, dass er sich derart in Martina Scheffler getäuscht hatte. Sie hatte ihn schamlos belogen, über ihre Gefühle für Heiko Richter ebenso wie über ihre angebliche homoerotische Neigung, und Nick hatte ihr jedes Wort geglaubt.

»Die Frau ist krank, Nick«, sagte Beck. »Sie hat eine schwere psychische Störung. Früher oder später hätte sie so oder so die Kontrolle verloren. Und dann hätten wir sie erwischt.«

Nick Harder sprang auf.

»Ich hätte es merken müssen.«

Theresa griff nach seinem Arm und zog ihn zurück aufs Sofa.

»Wie denn? Niemand von uns hat es erkannt.«

Der Kater erhob sich gemessen, lief zu Beck und ließ sich vor dessen Hocker nieder. Dann legte er den Kopf schief und blinzelte. Seine Ohren, das intakte ebenso wie das ausgefranste, zuckten.

»Ja, Watson«, sagte Beck. »Du hast es gewusst. Aber du hättest dich ein wenig deutlicher ausdrücken müssen. So gibt es keine Belohnung.«

Der Kater schniefte und wandte sich ab. Er trottete zur Terrassentür und blieb davor stehen. Die Katzenklappe würdigte er keines Blickes.

»Hm. Beleidigte Leberwurst«, sagte Nick.

Der Kopf des Katers fuhr herum. Beck schnaubte.

»Das ist eine Metapher, Watson. Nichts, das man essen könnte.«

»Apropos.« Nick Harder erhob sich erneut und schaute aus dem Fenster, über das hochstehende Gras der Wiese zur Schlei. »Ich könnte schon mal die Stühle und den Tisch aufstellen und den Grill aufbauen.«

Er öffnete die Terrassentür, und Watson schlüpfte mit ihm zusammen nach draußen. Während er im Garten werkelte, vertieften sich Beck und Theresa wieder in die Betrachtung des Glücksburg Trimarthon.

Bei den Schwimmerinnen gewann Stefanie Wagner aus dem neuen deutschen Team eins. Bei den Kite-Surferinnen siegte Cornelia König. Sie war für Martina Scheffler ins Team gerückt, nachdem diese in Untersuchungshaft genommen worden war. Als Zweite kamen in beiden Disziplinen die Däninnen ins Ziel. Die deutsche Mannschaft hatte einen kleinen, aber nicht uneinholbaren Vorsprung auf die dänische. Die Stand-up-Paddlerinnen waren zeitgleich in Sønderhav angekommen. Die Entscheidung würde auf dem Rückweg fallen.

Nick schaute durch die Terrassentür herein.

»Draußen ist alles bereit. Wie sieht's aus?«

»Deutschland eins liegt in Führung«, berichtete Beck. »Aber Dänemark kann noch gewinnen. Ich schätze, in zehn bis fünfzehn Minuten sind sie im Ziel.«

»Fein.« Harder kam herein und ließ sich neben Theresa

auf das Sofa fallen. »Dann warte ich mit dem Anzünden der Kohle, bis sie auf dem Weg sind.«

Sie verfielen in Schweigen und schauten gebannt auf den Bildschirm, obwohl im Augenblick nichts anderes zu sehen war als das beinahe spiegelglatte Wasser der Ostsee und der wolkenlose, azurblaue Himmel, der sich darüberspannte. Doch dann tauchten zwei kleine dunkle Punkte auf, die schnell näher kamen.

»Da!« Theresa streckte die Hand aus. »Da sind sie.«

Die Deutsche und die Dänin, die auf ihren Brettern in Richtung Glücksburg glitten, hatten sich offenbar weit von ihren Konkurrentinnen abgesetzt. Zumindest war weder der orangefarbene Neoprenanzug der Holländerin noch der schwarze Anzug der zweiten deutschen Teilnehmerin zu entdecken.

Beck sah, wie Theresa die Daumen drückte und ihre Hände zugleich vor den Mund presste, der nur noch ein schmaler Strich war. Nick streckte den Arm aus und strich ihr über die Schulter, und für einen Moment löste Theresa den Blick vom Fernseher und schaute zu ihm auf. Beck verspürte einen Stich, als er das glückliche Leuchten in ihren Augen entdeckte, und wünschte sich, Lotta wäre hier und würde ihn so ansehen. Aber vielleicht bekam er ja noch eine Chance. Womöglich würde jetzt, wo alles vorbei war, nicht nur sein gebrochener Fuß verheilen.

Die beiden Sportlerinnen auf den Paddle-Boards näherten sich rasch. Noch immer waren sie gleichauf, doch nun begann die Dänin in ihrem rot-weißen Neoprenanzug, die Schlagfrequenz zu erhöhen. Es war, wie sie wussten, Grit Larsen. Die Ärzte hatten ihren gequetschten Daumen retten können und so verbunden und getapt, dass sie mit dicken Neoprenhandschuhen paddeln konnte.

Grit beugte sich gefährlich nach vorn, um ihr Paddel einzutauchen, zog es am Brett entlang nach hinten, so weit sie konnte, und schwenkte es sofort auf die andere Seite. Dieser Paddelstil sah unglaublich kräftezehrend aus, doch die Dänin schien durchzuhalten. Und ihre Strategie hatte Erfolg. Stück für Stück schob sie sich an der Deutschen vorbei, ging in Führung und vergrößerte ihren Vorsprung mit jedem Schlag.

»Was für eine Kämpferin!«, entfuhr es Nick bewundernd, und Beck bemerkte, wie Theresa lächelte.

»Ich hoffe nur, es reicht«, erwiderte sie und knabberte nervös an ihrem Daumen.

In der rechten oberen Ecke des Bildschirms wurden jetzt die Zeiten eingeblendet. Die Dänin auf dem Stand-up-Paddle-Board würde gewinnen, doch für den Gesamtsieg war ja die Mannschaftszeit entscheidend. Und dort lagen die Deutschen vorn. Allerdings betrug der Vorsprung nur gut vierzig Sekunden. Das war zu schaffen, aber der Weg bis zum Glücksburger Strand war nicht mehr weit, und auch die deutsche Paddlerin kämpfte.

Harder griff nach der Fernbedienung und stellte den Ton lauter. Die Stimme des Reporters vom Westküsten-Kanal überschlug sich fast.

»Was für ein Herzschlag-Finale. Nur noch knapp fünfhundert Meter bis zum Ziel, und Grit Larsen geht weiter in Führung. Unglaublich, wo sie die Energie für diesen Endspurt hernimmt …«

Tatsächlich sah es so aus, als würde die Dänin immer noch beschleunigen, dabei musste sie längst ausgelaugt sein, und ihre Arme mussten sich anfühlen wie Blei. Doch sie schaffte es und erreichte mit deutlichem Abstand zu ihrer Verfolgerin den Strand. Die obere der beiden eingeblendeten Uhren stoppte.

»Jetzt kommt es darauf an«, kreischte der Reporter. »Vierzig Sekunden … dreißig … zwanzig … fünfzehn … zehn … fünf … und aus.«

Die deutsche Paddlerin langte am Strand an, doch die Uhr zeigte, dass sie fast fünfzig Sekunden länger gebraucht hatte als die Dänin.

»Damit ist es amtlich!«, rief der Kommentator. »Dänemark gewinnt den ersten Glücksburg Trimarthon!«

Die Kamera schwenkte zu den Zuschauern, die am Strand

hinter der Absperrung standen, und Beck entdeckte Lotta. Sie hatte die Arme in die Luft gerissen und hüpfte von einem Bein auf das andere. Ihr Mund war zu einem Jubelschrei geöffnet, und ehe sie aus dem Bild verschwand, sah Beck, dass ihre Augen leuchteten.

»Darauf stoßen wir an«, verkündete Nick, während auf dem Bildschirm die Siegerehrung begann. Rudi Hager, der Wettbewerbsleiter, hängte Grit Larsen, Hedvig Rasmussen und Jette Nielsen Goldmedaillen um und überreichte ihnen den Pokal und eine Tafel, auf der eine vergrößerte Fotografie des Schecks über zehntausend Euro klebte. Die Däninnen und ihr Trainer strahlten, doch niemand lächelte so breit und wirkte so erleichtert wie Grit Larsen.

Nick ging zum Kühlschrank, holte eine Sektflasche heraus und ließ den Korken knallen. Er füllte drei Gläser und stellte sie auf ein Tablett, das er zum Tisch trug. Er verteilte die Gläser und prostete Beck und Theresa zu. Im Fernsehen lief der Abspann, dann folgte ein ausführlicher Bericht, der den gesamten Trimarthon noch einmal zusammenfasste und über die tragischen Ereignisse berichtete, die den Wettbewerb überschattet hatten. Den Abschluss bildete ein Interview mit der Oberstaatsanwältin Dr. Margarete Döscher, die die großartige Zusammenarbeit zwischen deutscher und dänischer Polizei hervorhob.

Beck seufzte leise.

Nachdem die Reportage zu Ende war, schaltete Nick den Fernseher aus und ging auf die Terrasse, um den Grill anzuwerfen. Beck und Theresa blieben sitzen, schweigend, weil keiner von beiden so recht wusste, was er sagen sollte, und nippten an ihren Sektgläsern. Beck war froh, als Nick zurück ins Haus kam und verkündete, dass die Kohle durchgeglüht war.

Nick leerte sein Glas, stellte es auf die Spüle und nahm die Schalen mit dem Grillfleisch aus der Kühlung. Er stapelte sie auf dem linken Arm und griff mit der rechten Hand nach dem Tablett, auf dem er in Folie gewickelte Kartoffeln aufgeschichtet hatte, die er zwischen die Kohlen legen wollte. Der Turm mit dem Fleisch wackelte, und die Würste in der obersten Schale gerieten ins Rollen. Nick balancierte seine Fracht wieder aus, doch ein Würstchen fiel heraus und landete mit einem klatschenden Geräusch auf dem Boden.

Nur den Bruchteil einer Sekunde später fegte ein orangebrauner Kugelblitz von der Terrassentür aus ins Zimmer und schoss in gerader Linie auf das Grillgut zu. Ehe Nick etwas ausrichten konnte, hatte sich der Kater das Würstchen geschnappt.

»Watson!«, donnerte Harder, sah dann aber ein, dass es zu spät war. »Na ja«, fügte er hinzu. »Du sollst auch nicht leben wie ein Hund.«

Der Kater ließ das Würstchen fallen, sicherte es mit beiden Pfoten und fauchte Nick wütend an. Der schaute zu Beck.

»Was hat er denn?«

»Er mag keine Hundewörter.«

»Ah.« Harder hob die Augenbrauen. Er beugte sich vor, soweit das mit den Aluschalen und dem Tablett möglich war.

»Jagdhund?«, sagte er versuchsweise. »Spürhund? Wachhund?«

Watson zog den Kopf zwischen die Vorderläufe. Seine Ohren richteten sich steil auf, genau wie sein Schwanz.

»Bluthund?«, erhöhte Nick Harder den Einsatz. »Kampfhund?«

Der Kater fuhr sich nervös mit einer Pfote über das Gesicht.

Nick Harder feixte. Seine Augen funkelten.

»Flughund?«, schlug er vor. »Seehund? Oder Hundshai?«

Watson ließ die erbeutete Wurst im Stich und bewegte sich rückwärts in Richtung Terrassentür.

»Himmelhund«, rief Nick ihm zu. »Schweinehund. Hundsfott. Oder …«, er machte ein paar Schritte in Richtung des Katers, »… Hundebiss?«

Watson drehte sich einmal um die eigene Achse. Dann visierte er die Terrassentür an und sauste nach draußen. Theresa und Paul lachten laut und konnten gar nicht wieder aufhören. Beck sah seinen Kollegen an.

»Unglaublich«, keuchte er erstickt. »Den Trick muss ich mir merken.«

Theresa schüttelte den Kopf.

»Wo nimmst du nur all diese Wörter her?«, fragte sie, eher entgeistert als bewundernd.

Nick Harder grinste.

»So bin ich eben«, erklärte er. »Clever wie ein Eichhörnchen. Und kalt wie eine Hundeschnauze.«

Er trug das Grillgut nach draußen in den Garten. Wenig später hörten sie das Brutzeln der Steaks und Würstchen, und der Wind trug das Aroma von gebratenem Fleisch ins Wohnzimmer. Paul Beck spürte, wie sein Magen knurrte.

Theresa stand auf und begann, den großen Tisch auf der Terrasse zu decken. Beck sah ihr zu und fühlte sich ein wenig schuldig, weil er nichts beitrug. Aber er war ja auch verletzt.

Nick Harder kam herein und goss erneut Sekt ein. Dann ging er wieder in den Garten, um das Fleisch umzudrehen, und Theresa stellte Schüsseln mit Salat und Früchten, ein Brett mit geschnittenem Brot und eine ganze Reihe von Soßen auf den Tisch. Beck erhob sich und folgte ihr humpelnd.

Theresa rückte ihm seinen bequemsten Gartenstuhl zurecht, und Beck ließ sich dankbar darauf nieder und legte den Gips auf den zweiten Stuhl, den sie ihm hinschob.

Nick drehte sich zu ihm um.

»Jetzt könnten sie kommen«, sagte er.

Keine Minute später klingelte es an der Tür.

Theresa öffnete, und Lotta trat ein, gefolgt von Grit Larsen, Hedvig Rasmussen, Jette Nielsen und Anders Rask.

Die Däninnen und ihr Trainer begrüßten Paul, Theresa und Nick. Lotta blieb vor Beck stehen.

»Hallo, Paul«, sagte sie. »Wie geht es dir?«

Beck sah sich um. Die dänischen Sportlerinnen hatten am Tisch auf der Terrasse Platz genommen, der sich unter den aufgefahrenen Köstlichkeiten bog. Anders Rask stand im

Wohnzimmer vor Becks Regal und bestaunte seine Sammlung von Rumflaschen und Buddelschiffen. Nick Harder trug eine Platte mit gegrilltem Fleisch herbei und stellte sie in der Tischmitte ab. Watson folgte ihm und strich um seine Beine. Harder musterte ihn. Dann ging er nach drinnen, kam einen Augenblick später mit dem heruntergefallenen Würstchen zurück und schwenkte es außerhalb von Watsons Reichweite in der Luft. Der Kater setzte sich auf die Hinterläufe und sah bettelnd zu ihm hoch.

»Also gut«, sagte Nick. »Diesem Hun… hungrigen Katzenblick kann ja niemand widerstehen.«

Er ließ die Wurst fallen, und Watson fing sie auf und stürzte sich darauf. Binnen Sekunden hatte er das Würstchen verschlungen.

Beck schaute zu Lotta.

»Es geht mir gut«, erklärte er und streifte die Gehhilfe an seinem Fuß mit einem kurzen Blick. Sie würde ihn vielleicht ein wenig behindern, aber zugleich half sie ihm auch, sich wieder schmerzfrei zu bewegen. Und sie machte kein Opfer aus ihm. »Ehrlich.«

»Schön.« Lotta betrachtete ihn noch einen Moment lang. Dann entfaltete sich ein Lächeln auf ihren Lippen, und sie beugte sich zu ihm hinunter und küsste ihn.

Beck legte die Arme um sie und seufzte leise. Er hatte nicht gelogen. Höchstens untertrieben. Tatsächlich, dachte er, könnte es ihm kaum besser gehen.

Danksagung

Ich danke meinen Freunden, die immer noch da sind, obwohl ich oft monatelang in meiner Schreibwelt versinke, meinem großartigen Agenten und meinem wunderbaren Lektor Carlos Westerkamp, all den lieben Leuten im Emons Verlag, die sich so hingebungsvoll um meine Bücher kümmern, und ganz besonders meiner Frau, deren Liebe mich auf jedem Schritt meines Weges begleitet.

Danken möchte ich auch Ihnen, liebe Leserinnen und Leser, dafür, dass Sie dieses und die vorhergehenden Bücher gekauft und so dafür gesorgt haben, dass meine Figuren weiterleben und immer neue Abenteuer bestehen dürfen. Wenn es mir gelungen ist, Ihnen mit der Lektüre ein paar spannende und vergnügliche Stunden zu verschaffen, habe ich mein Ziel erreicht.

Kiel, im Januar 2018
Bengt Thomas Jörnsson

Bengt Thomas Jörnsson
DER BULLE VON DER SCHLEI
Broschur, 336 Seiten
ISBN 978-3-95451-991-0

Dramatische Dreharbeiten: In Kappeln hängt ein Schauspieler tot an der Rahe eines Segelschiffs, in Dänemark wird seine Schwester entführt. Eine harte Nuss für die Flensburger Kommissare Paul Beck und Nick Harder, die sich nicht nur mit den skurrilen Marotten der Filmschaffenden herumschlagen müssen, sondern auch mit einem übereifrigen TV-Bullen. Da kommen die romantischen Gefühle, die Beck und Harder für ihre hübschen dänischen Kolleginnen entwickeln, nicht besonders gelegen …

Bengt Thomas Jörnsson
FRIESEN PORNO
Broschur, 240 Seiten
ISBN 978-3-95451-607-0

»Mit viel Atmosphäre und Humor beschreibt der promovierte Psychologe Jörnsson die Verhältnisse im Ort, mischt das Ganze mit zahlreichen Sexszenen, die aber nie ins Geschmacklose abgleiten, und erreicht eine gelungene Balance zwischen Erotik und Kriminalhandlung. Ein erfreuliches Beispiel dafür, dass ein ›Erotischer Heimatkrimi‹ tatsächlich gelingen kann.« ekz

Bengt Thomas Jörnsson
FRIESEN FETISCH
Broschur, 256 Seiten
ISBN 978-3-95451-795-4

»Freunde knisternder Erotik kommen auch in Jörnssons zweitem Krimi wieder auf ihre Kosten. Mit witzigen Dialogen, skurrilen Aktaufnahmen und dem trockenen, hintergründigen Humor sorgt der Autor für einen facettenreichen Kriminalroman. Jörnsson liefert mit ›Friesen Fetisch‹ einen flott erzählten und ebenso spannenden Kriminalroman von der Küste.« Hohenwestedt aktuell